講談社文庫

# 迷宮百年の睡魔

## LABYRINTH IN ARM OF MORPHEUS

森 博嗣



講談社

目次

［登場人物］

## 宮殿モン・ロゼの人々

ルウ・ドリィ｜先王

シャルル・ドリィ｜新王

メグツシュカ｜女王

クラウド・ライツ｜僧侶長

ヨハン・ゴール｜僧侶

メイ・ジェルマン｜従者

レオン・ドゥヌブ｜医師

ウィル｜少年

パトリシア｜秘書

## シビの住人

イザベル｜宿屋の娘

ケン｜鍛冶屋

ジャンネ｜街の娘

オスカ｜老人

ミシェル｜オスカの妻

カイリス｜警官

## 訪問者

サエバ・ミチル｜エンジニアリング・ライタ

ロイディ｜ミチルのパートナ

LABYRINTH IN ARM OF MORPHEUS

BY

MORI Hiroshi

2003

PAPERBACK VERSION

2017

# 迷宮百年の睡魔

LABYRINTH
IN ARM OF
MORPHEUS

万が一、誰れか邪魔者が、この甘味《あまやか》な文字盤に僕が眼をやっている時に現われて、水をさしたり、悪意のそして狭量の鬼や、意地悪の悪魔が現われて、《何をそんなにしげしげと見つめているのか？　この女の眼の中に、何を探《たず》ねているのか君は？　時間でも読めるというのか、道楽者のなまけ者よ。》とでも言ったとしたら、僕は答えるつもりだ、躊躇なしに。《そうだ、僕には時間が読めるのだ、それは「永久」という奴だ！》と。

（L.HORLOGE/CHARLES PiERRE BAUDELAiRE）

『ボードレール詩集』堀口大學訳、新潮文庫。各章冒頭の引用も同書による。

# プロローグ

ああ、かしこ、かの国にては、
ものみなは、秩序と美、
豪奢《おごり》、静けさ、はた快楽《けらく》。

砂。

擦《す》れ合う囁《ささや》き。その細かさが滑《なめ》らかさなのか……。遠い記憶の微《かす》かな手触りに似て。無数に繰り返す、その数が多ければ、それだけの理由で均質となりえるものか……。

弱さと脆《もろ》さを補う数、寄せ集められた力、そして集合。

白と黄色の中間の、傲慢《ごうまん》なほど緩やかな傾斜を撫《な》でるようにして、湿った風が軽やかに駆け上っていく。

風はなにも掬《すく》わない。

逆にその風をカモメが翼で抱き、マシンのようにホバリングしていた。浅瀬の生命を狙《ねら》っているのだろう。太陽を遮るものは、近くには何一つなかった。きっと、この嫌《いや》らしい日差しを避けて、すべてが砂の中に隠れているにちがいない。

潮。

もしかして、海はとうの昔に腐ってしまったのかもしれない。
海を間近に見るたびに、海の香りを感じるごとに、僕はそんなふうに思う。
空だって、腐っているかもしれない。大昔にはもっと青く、あるいはもっと緑で、それともっとずっと透き通っていたのではないだろうか。そう、宇宙のように……。
混じり込もうとする不純なものを吐き出すために、今では海も空も力を合わせて、こうして陸地へ波を押し寄せてくる。
空の一番高いところ、
それとも海の一番深いところに、
あるいは、極地の分厚い氷の奥だけに、
太古の純粋が集積している。そんな幻想を見ることが、一瞬。
影。
僕の前に落ちている影は、いつだって歪《ゆが》んで斜めだ。
けれど、
それはそれなりに僕の形をしているし、酷《ひど》く変形していても、僕から離れることはない。僕と同調して、動き、僕と同期して、霞《かす》む。
影は、僕の中にいるのだろうか、

それとも、影は僕の外にいて、
僕のことを、自分の影のように眺めているのだろうか。
僕は……、僕の中にいるのだろうか。
もしかしたら、
僕なんてものは、とうの昔に消えてしまって、
それとも、腐ってしまって、
それだから、もうどこにも本当は存在していない、ただ、僕を入れていた容器が、ぼんやりと思い出を懐《なつ》かしんでいるだけかもしれない。脱ぎ捨てたシャツに、その人の匂《にお》いがしばらく残るように……、ぼんやりと。何故なら、本当の僕には、影がないはず。容器だからこそ、影があるのでは？
光。
眩《まぶ》しいものを見てはいけない、と言われて育った。光は常に破壊的なイメージを伴っている。多くの兵器が殺戮《さつりく》と同時に光を放つ。誇らしげに、あるいは、絶叫を相殺《そうさい》するために……。それほど余剰なエナジィが発散されるのだ。
宇宙のところどころで死はいつも輝かしい。両眼を覆《おお》い、眩しさに目を細めるようにして、僕たちは常に死と直面してきた。
それが人間の生。

けっして目を逸《そ》らすことはできない。

そしてときどき、なんでもないときに、僕は眩しいものを急に見たくなってしまう。どこかに光り輝くものはないかしら、と探してしまう。死を求めるかのように……。死を確かめるかのように……。砂浜に落ちている小さなガラスの欠片《かけら》でも良い。遠くの細かい波頭でも良い。

何故だろう？

空を仰ぎ、両手を伸ばして、眩しさも、冷たさも、高さも、寂しさも、なにもかもを吸い込んでしまいたくなるのは、
どうしてだろうか？

僕はいったい、何が、欲しいのだろう？

「何かな？」僕は呟《つぶや》いた。

砂地を避けて、後方の少し高いところを歩いていたロイディが慌《あわ》てて近づいてきた。砂浜は彼にはことのほか悪路だ。しかたがない。砂浜ってやつは、生身の人間だって多少は手こずるもの、特に大人《おとな》になるほどやっかいな代物《しろもの》といえる。少なくとも、大勢で並んで真《ま》っ直《す》ぐに行進しようなんて場合は、傾斜した砂浜だけは避けた方が賢明だと思う。

「質問が聞こえなかった」ロイディが言った。綺麗《きれい》なアクセント、痺《しび》れるようなダン

ディなトーン、真面目《まじめ》くさった表情も、全部悪くない。

「うん……、いや、いいんだ……」何故か可笑《おか》しくて、僕は少し笑ってしまった。

「もう忘れちゃったよ」

「質問の内容を忘れたのか？　こんな短時間で？」

「そう」軽く頷《うなず》き、僕はまた前を向いて歩き始める。

「質問から七秒しか経過していない」

「一瞬で忘れることだってあるんだよ」

「ミチル、疲れているのか？」

「うーん、多少」

「クルマへ戻ろう。休んだ方が良い」後ろからロイディが言った。「現在の行動には、明確な目的が見出《みいだ》せない」

僕は立ち止まり、振り返ってロイディを睨《にら》んでやった。

「いや……」彼は少しだけ首を傾ける。最近覚えたワザだ。「ミチルの好きにすれば良いが」

「そう」僕は微笑《ほほえ》んだ。「好きにしている、今のこの状態がそう」

「了解」

「わかっているなら、黙っていたら？」

「しかし、そろそろ戻った方が良いという判断は、過去のデータからも妥当と思われる。また、忠告とは元来、所定の理解のうえで、沈黙の許容値を越えてなされるものだ」ロイディは枯れ葉みたいにさらりと言った。にこりともしないで。

「ねえ、ロイディ。僕が、突然走りだしてさ、海の中へ入っていったら、どうする？」

「泳ぐには気温が低い」ロイディは海の方を眺めた。赤外線で温度を見たのだろう。

「目的は？」

「泳ぐんじゃないと思うな」僕は肩を竦《すく》める。「なんかさ、もう、二度と戻ってこないかもしれないし」

「戻ってこない？　意味がよくわからない」

僕は黙っていた。こういうとき、ロイディの顔をじっと眺めているのが僕は好きだ。このドライなパートナを、僕はときどき苛《いじ》めてしまう。否、そうじゃない、甘えてしまう、といった方が近いだろう。

「それは自殺か？」ロイディが計算結果を吐き出した。

「賢いね」

「古典的な方法だ」

「そうやって、ずばり言われると、ちょっと違っているような気もするけれど、うーん……、なんか、無茶をしてみたい、ていうか、どうにでもなれって、いうのかな……。もういいや、みたいな、そういう感じ……。衝動的にって、あるんじゃない？」

「データにおける傾向の把握、さらにそれを基にした概念的な認識はしている。ただし、その場合、当該行為が結果的に自殺になるのか、未遂のため単なる無茶で終わるのか、についての予測を行うためには、現状では数値データが不足している。したがって不確定だ」

「だからさぁ、自殺じゃなくて……。ちょっと違うんだよね。死にたい死にたいって強く願っているわけでもなくてさ……」そこまで言って、僕は勢いよく溜息《ためいき》をついた。頭の中を一陣の風が吹き抜けたように、あっさりと諦《あきら》める。「もう、いいや」

「ミチル、私は水の中へ入るようには設計されていない。したがって、ミチルが海に入っていった場合、助けられるかどうか自信がない」

「わ、けっこうドライなこと言うね」

「自信という単語をあえて使ってみたのだが、気に入らないか？」

「じゃあ何？　どうするの？　放っておけるわけ？」

「誰か、近くにいる者に知らせて、救援を求めることが最も現実的かつ賢明な選択かと考えられる」ロイディはそう言いながら、周辺を見回した。

「近くには誰もいないよ」

「現在確認できる範囲にはいない」ロイディは頷いた。「この状況では、ある程度のリスクはやむをえない。ミチルを助けるために私は海に入ろう」

「ありがとう」僕は微笑んだ。

「しかし、そのまえに、対話をするチャンスを私に与えてほしい。何故、ミチルはそんな行為に及ぼうとしているのか、その理由を説明してくれないか。私には無駄なことだと思える。もちろん、ミチルには、ミチルの好きにする権利があるが、状況の把握は必ずしも常に正しいとは限らない。それに……」

「もうわかった。いいよ。心配しなくても。そんなことしないから」

「仮定の話であることは理解している」ロイディはそこでまた首を傾《かし》げ、少し笑ったように見えた。僕にだけ、そう見えるのかもしれない。「ミチルが突然始める話題の約八十パーセントは仮定の話だし、その大半は、実現の可能性が極めて低いものだ。すなわち、会話を楽しんでいる、という状況と判断して良い。これもそうか？」

普通、どんなものでも仮定の上の話じゃないか、と思えたけれど、あまり彼を困らせるのも可哀想《かわいそう》だと考えて僕は黙った。たとえば、恋人どうしがする会話なんて、百パーセントが仮定の話ではないだろうか。仮定の状況を持ち出して、相手の愛情を探る。相手の真意を確かめる。自分が行く先へ、ずっと相手はついてきてくれるのか、それを知りたい。その確証が欲しいのが人間だ。僕にも、過去にそんな経験がある。具体的なことはすっかり忘れてしまったけれど、たしかに、そんな感情が存在した。なんだか、それがとても懐かしい。それに、温かい。そういった温かさだけが、躰《からだ》のどこかに残っている。それだけだ。

今は、独り。

ロイディしかいない。

ロイディは僕についてきてくれる。一人が淋《さび》しいとは思わない。けれど、誰かと一緒にいられるということは、正直言って少し嬉《うれ》しい。大切なものがどこにも見当たらないとき、最後にはいつもポケットの中で見つかる、そんなときみたいに、少しは嬉しい。

「あ、あそこから上がろう」僕は指をさした。堤防へ上がるための階段が見えた。

「こちらへクルマを寄こして」

「了解」ロイディが頷く。

僕はゴーグルの時計を見る。約束の時刻まで、まだ二時間以上もあった。目的地は、ここからクルマで三分ほどのところだ。今も、僅《わず》かにカーブした堤防の先端に、そこが見えていた。

「どうしようか。ちょっと早いけれど、もう行ってみる?」階段を上りながら僕はきいた。今回はゴーグルのトーク・モードをオンにしてあったから、階段で遅れているロイディにもちゃんと聞こえたはずだ。

「その判断のためには、データが不足している」

「約束は宮殿の方で、ホテルじゃないしね」僕は堤防の上からロイディに言った。「チェックインをさきにして、昼寝でもしようかな」

「ホテルとは聞いていない。宿屋だ」

「宿屋って、つまりホテルだよ」

クルマが堤防の道路をゆっくりと近づいてくる。僕たちの前で停止して、ドアが上に開いた。ようやくロイディが階段を上がってくる。

僕とロイディが乗り込むと、クルマは滑《すべ》りだし、開けていた窓から風が入った。右も左も砂浜。そして、ところどころに空を映す水面。これは潮が引いている状態なのか、それとも満ちている状態なのか、昨夜の月の位置を思い出しながら、僕は考えた。

道幅はクルマがどうにか擦れ違えるくらいしかなかったけれど、幸い、後ろにも前にも、走っているクルマは他にない。歩いている人間さえ見当たらなかった。

太陽の光を横から浴びて、黄色っぽく光る建造物が前方に迫っていた。山のように小高く、天を突くように先が尖《とが》っている。そこは島、巨大な建造物自体が一つの島なのだ。まるで海に浮かんでいるようにも見える。距離感を狂わすほど、それは巨大だった。もちろん事前に映像を見て知っていたから、たしかにそのままの実物が存在している、という印象しか持ちえないけれど、しかし、周辺との関係、大きさと量、そして雰囲気といった曖昧《あいまい》な感覚を刺激するファクタが、この建造物は卓越していた。宮殿にも、城にも、教会にも見える。とても歴史的な古いデザインで、事実メインとなる建物は、宮殿にも、城にも、教会にもなった歴史があるという。さらには、牢獄《ろうごく》にも……。

そう、牢獄だ。

それが一番それらしい。

なにしろ周囲は海。アクセスは、今通っているこの堤防の道一本しかない。建造物と一体化した島の周囲は、岩の絶壁か、あるいはさらに高い城壁で取り囲まれている。

人間が作り出すプロテクトとは、つまりは人間自身に対抗して存在する仕組みにほかならない。侵入しようとするものは、人間以外には存在しない。人間が人間を犯そうとする。ずっとそれを繰り返してきた。人間の歴史のメインテーマなのだ。

踏み込み、踏みにじり、踏み倒す。

相手を破壊することで、自分を高めようと試みた。

相手がいなくなれば、仲間の内から犠牲者を選ぶ。自己の存在を確かめるために、どれほど凄惨《せいさん》な悲劇が繰り広げられてきたことか。自分が生き延びるために相手を殺す、という自然の摂理を越えて、もっと高い望みだと信じて、相手を殺すために生きてきた。

ずっとそうしてきたのだ、人間は。

ときどき、それを考えると僕は憂鬱《ゆううつ》になる。自分が、人間の歴史が作った槍《やり》の刃先に立っているのではないか、と思えてしまうからだ。

つまり、憂鬱の原因は、その残忍性を否定できないことにある。

溜息。

城門が近づいてきた。

接近するにしたがって、建物が間近となるにつれて、島の全体が見渡せなくなった。岩と同化した壁面がそそり立ち、それらのディテールがより生々しく、刺激的だ。絵画のように霞んでいた高い建造物は、今はもうほんの一部しか見えない。壁のところどころに小さな穴が開いていた。周囲を見張るための窓だったのだろう。壁の向こう側に別世界がある、という演出にだけ今は機能している、そんなふうに思えた。

堤防の道の終端は短い橋だった。吊《つ》り上げられる構造になっている。数メートル下は海面。この橋を上げてしまえば、島への陸路は断たれる。

橋を渡ったところは駐車場のように広いスペースで、すぐ近くに太い木製の柱が立った大きなゲートがあった。扉が上方に鎖で持ち上げられている。僕はそちらへクルマを進め、ゲートの手前に駐車した。

ロイディもクルマから出て、僕の方へ近づいてきた。

「危険は？」僕は彼にきいた。

「今のところ、特にない」

ゲートをくぐり抜けると、急に日差しが遮られ、辺りは暗かった。ひんやりとした冷たい空気は、微かにカビ臭い。

空は真上にだけ見える。井戸の底にいるみたいな錯覚。有機的なデザインの石造の建築物が両側に迫り、見上げると、左右を連絡する小さなアーチの橋が高いところに架かっていた。何人かがそこから僕たちを見下ろしている。顔しか見えない。子供だろうか。よくわからなかった。

このちょっとした広場は、ぐるぐると渦巻くような模様に石が敷き詰められていた。

「古いデザインだね」僕は小さく溜息をつく。

「約五百年まえに造られたものだ」ロイディが答える。それくらいは僕だって知っていた。

「ゲートを入ってすぐ左にホテルがある、と聞いたんだけれど」

「ホテルではない。宿屋だ」ロイディが訂正する。彼は、こういう点には意外に拘《こだわ》る方だ。

今いるところからは、それらしい建物が見当たらなかった。看板もない。もちろん、建物は幾つもあったので、そのうちのどれかがホテルか宿屋である可能性は残されている。そういった控《ひか》えめな商売をする土地柄かもしれない。ただ、どうもそんな雰囲気ではなかった。ただの住宅のようにしか見えない。

もう一度橋を見上げると、既にそこには誰もいなかった。左右どちらかの建物の中へ入ってしまったようだ。通りの両側の建物の上階で行き来ができるようになっている。ということは、おそらくアパートのような集合住宅なのだろう。小さな窓が沢山並んでいたけれど、すべてが閉じられ、カーテンが引かれていた。辺りには、歩いている人間は一人もいない。石畳の歪んだ通りは上り坂で、奥へカーブして消えていた。

もう少し先へ行ってみようか、と考える。ただ、この街自体が一つの建物のような印象が強く、そのためか、ここが既に建物の内部のような気がして、勝手に奥へ入ることが多少躊躇《ためら》われた。

そのとき、すぐ近くの左手の窓の中で人影が動いた。

僕はそちらを注目する。ゴーグルを瞬時に調整して、数秒まえの映像をアップで再生した。思ったとおり、若い女か、あるいは子供が、僕たちの方を覗《のぞ》き見ていた。

僕はその建物へ近づき、窓のすぐ右にあるドアを軽くノックした。その音だけだ。辺りは依然として静まり返っている。いつからこんなに世界が静かになったのだろう。クルマのクーリングファンが聞こえなくなったせいかもしれない。

誰も出てこない。もう一度ノックした。

しばらく待つと、内側で僅かな気配がして、鍵《かぎ》を外す小さな音のあと、少しだけドアが内側に開いた。僕の目よりも低いところに、顔の半分が現れた。

「あ、すみません」僕は話した。「あの、ホテルへ行きたいのです。ゲートを入ってすぐ左だというふうに聞いたのですけど、この、ご近所ですよね？」

「ここは、ホテルじゃない」ドアの内側からの声は高く、女性かあるいは子供らしい。

「宿屋では？」僕の後ろに立っていたロイディが言った。こうしたケースで彼が口を挟むことは珍しい。それにしても、まだ拘っているなんて、執念深い奴《やつ》だ。

「いいえ」小さな顔が首を横にふった。その動きで、不安そうな表情だとわかる。

「どこにあるか、ご存じないでしょうか？　この近くにあると思うんですけれど」僕はできるだけ丁寧に発音して尋ねた。

この島は周囲が二キロ程度の広さしかない。どれくらいの人数が生活しているのかわからないが、ほとんどが顔見知りになっても良いサイズといえるだろう。

「知っているけど……」そこで言葉を切って、俯《うつむ》いた顔で瞳《ひとみ》が瞬《またた》いた。「口で説明できない。とても道順は複雑だから。一度、島の外へ出て……、その、約束をしている人と連絡を取るか、それとも、約束の時間まで待つか……」

「そう、ちょっと早く来過ぎてしまったんです」

「うん、知っている」

「え？」相手のリアクションが予想外だったので、僕は多少驚いた。「どういうことですか？」

「サエバさんが、こちらへ来ることは、街のみんなが知っている」

「へえ……」それは凄《すご》い、と思った。いつから、そんなに有名になったのだろう。しかし、その言葉は口にしなかった。

「あ、あの……、ちょっと待って。どうしたら良いか、きいてくる」

ドアが閉められた。

歓迎されているのか、それともその逆か、僕は考える。しかし、歓迎されるような要因が、そもそも僕にはない。サエバ・ミチルの来訪が街の噂《うわさ》として流れていること自体、マイナスの印象を持たれていることは確実だ。

やはり子供らしい。奥にいる大人に判断を仰ぎにいった、そんな様子だった。

僕は周囲を見回しながらしばらく待った。相変わらず、街は息を止めているように静まり返り、どこにも人の気配はない。方々の窓からこっそり僕たちを観察しているのでは、という懐疑的な気持ちが浮上したけれど、僕は溜息一つでそれを押し留めた。そういうことを気にするのは、僕らしくない。

「そうだよね?」ロイディの顔を見て、僕は小声できいた。

ロイディは口もとを僅かに緩めて応《こた》える。単なる学習効果の結果ではあっても、痺れるくらい様になっていた。

足音が戻ってくる。

ドアが開き、古風なファッションの女性が現れた。襞《ひだ》のある長いスカートと白い軟らかそうなブラウス。軽そうな刺繍《ししゅう》の細かいショールを肩にかけている。彼女は僕の前に立った。白っぽい色の髪は短い。

「こんにちは」僕はさきに挨拶《あいさつ》した。

「私が、ご案内いたします」

少女にも見えたが、もう大人かもしれない。この年頃の女性はみんなウォーカロンに見えてしまう。

「えっと……、ありがとう。でも、その、教えてもらえれば、自分で行けると思う」

僕は微笑んだ。「一緒に行ってくれたら、もっと嬉しいのは、もちろんだけれど」

「この街は、初めての方には、とても複雑なのです」

「複雑？」僕は彼女の言葉が少し可笑《おか》しかった。

「ええ、必ず道に迷うことになります。運良く行き着いても、ずっと遠回りをしてしまうでしょう」

ドアから出てくる。僕は一歩下がった。彼女は通りを奥へ歩いていく。後ろを振り返ったりしなかった。僕も歩き始める。僕のすぐあとをロイディがついてくる。石畳の凹凸が彼を煩《わずら》わせているだろう。

カーブした道を少し奥へ入ったところで、建物の壁に沿って作られた石造の階段があった。それを上がったところで、建物内部を通り抜けるトンネルに入り、反対側へ出た。そこは細長いベランダのような通路で、中庭が見下ろせた。洗濯物を干している女性が驚いた表情でこちらを見上げている。周囲の建物の小さな窓にも、幾人かの顔が覗いていた。みんな例外なく僕たちに注目している。

また建物の中を抜けるトンネルに入り、その途中で階段を上がった。周囲の壁は石積みで、ところどころに小さな明かり採りの窓がある。何度か鈍角に方向を変え、しばらく進むと外に出た。

潮風。

十数メートル先に、一羽のカモメが飛んでいた。かなり高い位置だった。平たい土地がずっと遠くまで見渡せた。それは海。海面が細かく光っている。島の端に近い場所だろう。両側に四角い石が積まれた幅一メートルほどの通路を歩いている。右手はすぐ下に建物の屋根。オレンジに近い色の瓦《かわら》が微妙に歪んだ曲面を作っている。その向こうが、開けた一面の海。灰色にも緑にも茶色にも見える風景。屋根の向こう側に立てば、真下に島の絶壁が見下ろせるかもしれない。反対の左手は、急な傾斜の土地の上に、垂直の壁が立ち上がり、四角い窓が横に並んでいた。そちらの高い方が島の中心にちがいない。しかし、宮殿はまったく見えなかった。立ち止まって、階段で遅れていたロイディを待ってやる。彼女も足を止めた。

「さっきの人は、君の弟？　それとも……」僕は尋ねる。

「妹です」前を向いたまま、こちらを見ないで彼女は答えた。

「君、名前は？」

「え？　どうしてですか？」ようやく振り返った。

「名前をきくのが、ここでは礼儀に反するのかな？」

「名前を呼ばれることなんて、滅多にありませんから」

「でも、名前はあるよね？」

「ジャンネといいます」

「ありがとう。ジャンネ」僕は軽く頭を下げた。

「そちらの方は？」彼女は近づいてきたロイディに片手を差し出した。

「彼はロイディ」僕は紹介する。「僕のパートナ。彼は……」

「ウォーカロンですね？」ジャンネは言った。

「そうです」ロイディが無表情で返事をする。

ロイディは機械だ。二人だけのときには、それをすっかり忘れてしまえるのに、こうして第三者がいると、それを思い出さなければならない。どうして、人間の関係って、こんなに排他的なのだろうか。

再び歩き始める。見晴らしの良い小径《こみち》を抜けて、また階段を上がった。小さなベンチと花壇の横を通り抜け、建物と建物の間の路地へ入る。角を曲がると行き止まりだったが、突き当たりの木戸をジャンネが開けた。出たところは再び石畳の通りだった。

「たしかに、これは聞いてもわからなかったかも」僕は呟いた。

「道順は把握している」ロイディの声がゴーグルのイヤフォンから聞こえた。彼の得意とする分野だ。

少し左に下ったところに看板があった。店らしき建物が数軒両側に並んでいる。飲食店か、あるいは酒屋だろうか。中に人影が見えた。通りに出ている者は一人もいない、まるで隠れているように。

「あそこです」ジャンネが腕を伸ばして指をさした。

通りの右手に一段低い庭園がある。白壁の建物がその向こう側に見えた。他の建物に比べると窓の数が多い。窓枠は薄い緑色で、どの窓際《まどぎわ》にも黄色とオレンジ色の花が飾られていた。

「こちらは裏手になります。あのドアから入って、中の螺旋《らせん》階段を下りていったところがロビィです。イザベルという人がサエバさんを待っています」

「イザベル」僕は繰り返した。「ホテルの人？」

「そうです」ジャンネは頭を下げる。「あの、では、私はここで」彼女はそう言うと、来た道を戻ろうとした。

「あ、ちょっと、待って」僕は引き留めた。彼女は立ち止まって振り返る。「えっと……、しばらくこの街にいることになると思う。もし良かったら、また会おうね」

「どうしてですか？」彼女は真剣な表情で首を傾《かし》げた。

「どうしてかな」僕は微笑む。正直、どうしてなのか自分でも見当もつかなかった。

「なんとなく、うん、その、せっかくだから、もっといろいろ話を聞いてみたいし」

「どんな？」

「そう、たとえば、この街での生活とか……」

「イザベルが担当です」

「担当？」

「はい、彼女があなたの、サエバさんの担当をすることになっています」

「へえ、そういうふうに決まったわけ？」

「そうです」

「誰が決めたの？」

ジャンネは少しだけ目を開き、そのままの表情で止まってしまった。数秒のタイムラグのあと、彼女は一度瞬き、視線を僕の後方へ逸らした。ロイディが僕の代わりに、後方を振り向き、彼女の視線を追った。その映像が僕のゴーグルへ転送される。白壁の建物の窓から、こちらを覗いている白い顔があった。僕はわざと振り向かないで、じっとジャンネを見つめていた。

「さようなら」今度は素早く頭を下げると、ジャンネはそのまま僕を見ないで背中を向け、木戸の中へ姿を消した。

嫌われているみたいだな、と僕は思う。

こういったことは珍しくない。日常といって良い。僕はジャーナリストだから、いつも異国の街を訪ねる。歓迎されない視線に囲まれるなんて、慣れっこだ。

それにしても、この街は、この島は、特に排他的かもしれない。もう長い間、ここは自主独立を維持してきた。周囲との僅かな交渉はあったものの、興味本位のメディアの目に曝《さら》されたことはなかった。ガードが堅いことで有名だったのだ。数々の報道機関が、ここの宮殿、モン・ロゼの取材を試みた。だが、一度も成功しなかった。島の中、このシビの街までは誰でも入ることができる。しかし、その先へは、つまり宮殿の内部へは、一歩も立ち入ることが許されなかった。街の人も皆、マスコミには友好的ではない。取材者に対して非協力的だった、という記録を僕は幾つか読んだ。

現代ほど、少数民族の自主独立が絶対的に保障・優先された時代はかつてなかった。前世紀の中盤にエナジィ問題が解決されて以来、人類はかつてない豊かさを手に入れ、物質の所有権を巡る争いは自然に沈静化した。それと同時に、他人に対して無関心になり、それぞれのサークルの中で、自分たちだけの秩序を築こうとする動きが主流になった。小さくまとまった綺麗な文化と、洗練された新しい歴史を作ろうとしている。もちろん、ほんの一部ではまだ伝統的な戦争が続いているけれど、それも昔に比べればどんどん規模が縮小され局所化する方向だ。幸せも不幸せも、かつてはぼんやりと世界中に拡散していたものが、今ではフォーカスが絞られシャープになって、小さく方々に散在している。

人間の傾向とは、ものごとをクリアに、より明確にしたがること。我々は、宇宙の未来になにも残せないことを知っているのに、こうしてこつこつと有限の時間を刻んで、自分たちのためだけに彫刻を創《つく》り上げようとしている。いずれ朽《く》ち果てるための一時の形を求めようとしている。人の形とは、人の社会の形とは、いかにあるべきかと考え続け、試行錯誤を重ね、もっと合理的なものを、もっと洗練されたものを、ずっと探しているのだ。

テクノロジィによって築かれた平和を、そして豊かさを、いかにして自分たちの内側の精神世界へ取り入れられるか、という課題に対して、この百年ほど人類は挑んでいるといっても良いだろう。僕の仕事は、それらに関する個々の小さな挑戦を、テクニカルな視点から観察・考察すること。民族や文化といったものに囚《とら》われずに、それらを支える基盤としてのエンジニアリングのあり方を客観的に分析する、というアプローチ、それが僕の書くレポートの売りになる。

僕自身が、そういう目でしか見られない人間だ。わざとそんな視点で見ようと考えているわけではない。僕には逆に、多くの人々が「人間性」という言葉の虜《とりこ》になってきたように見えるだけのこと。僕にはそれがない。つまり、「人間性」がない、というだけのこと。

もともと、僕はエンジニアだった。それも、ごく普通の。ジャーナリスト志望だったのは、実は、死んでしまった僕のパートナの方だ。僕は単なるなりゆきで、彼女の僅かな遺産を引き継いだに過ぎない。そう、僅かといえるのか、それともすべてといえるのか、とにかく彼女の唯一《ゆいいつ》の遺産を引き継いで、今のこの僕がある。

けれど、すべてのものが、そうではないだろうか……。

この街も、この世界も、

この街の人々も、世界中の人々も、

なりゆきで引き継いだ僅かな遺産で、今のすべてがある。

それは唯一の遺産で、過去のどこにも、選択する機会はなかったものだ。世界は、歴史は、そんなふうにできている。

中庭の入口に近づいていく。

扉の窓ガラスに映った自分の顔を見て、僕は一瞬、短い過去の映像をプレイバックした。

「ミチル」ロイディの声。いつの間にか立ち止まっていた僕の肩に、彼の手が軽く触れた。

「何？」僕は振り返る。

「思い出さない方が良い」

「何を？」

「わからない」ロイディは首をふった。

僕の脈拍でも見張っていたのだろう。彼にはこういうお節介なところがある。でも、悪いことでは全然ない。

ドアは自動的に内側に開いた。

僕たちは建物の中へ足を踏み入れ、狭い廊下を進んだ。突き当たりにあった木製の螺旋階段を下りていく。ぎいぎいと呻《うめ》き声を上げる堪《こら》え性のない階段だった。

この伝説の街、閉ざされた迷宮の島、イル・サン・ジャックに僕はもういるのだ、と思った。入ることは、なんの苦でもない。ゲートは開け放たれている。街の人々は言葉も通じる。こうして宿屋のロビィへ下りる階段にも、立ち入り禁止、撮影禁止の類《たぐい》の警告は一つもない。なにも拒絶されていない。

しかし、ここは、特別な場所だ。

宮殿モン・ロゼの内部の様子を伝えるレポートは、この百年間、一切存在していない。それ以前の情報も調べてみたが、意図的に削除された形跡がある。個人の財産なので、もちろん勝手に立ち入ることは許されない。これまでに、取材の申し出は悉《ことごと》く無視されてきた。

マスコミは過去に、何度かこの街の取材を試みている。けれど、モン・ロゼのことになると、街の人々は口を閉ざす。徹底してその繰返しだった。それがもう数十年もまえの情報。そういった時期を過ぎ、今では誰も、イル・サン・ジャックのことなど忘れていた。

この島は一夜にして海に取り囲まれた、という伝説がある。周囲が海に沈み、かつて山の上にあった寺院だけが島として残った、という物語だ。洪水による自然災害を言い伝えたものかもしれないが、少なくともここは海岸で、地形からしても伝説のような現象は物理的にありえない。そもそも、ここは山ではない。明らかに人工的に作られた島だ。

僕がここに興味を持った理由は、実に些細《ささい》なことだった。

死んだ僕のパートナが残したデータを整理していたとき、それらの中から、彼女がかつてここへやって来たときの部分的な記録を見つけた。観光で訪れたのか、それともなにかの取材だったのか、それはわからない。その当時にもう、彼女が駆出しのジャーナリストとして仕事をしていたのかどうかも、僕は知らない。

外部との公的な接触を一切拒否していた宮殿モン・ロゼに、僕は取材を申し込んでみた。どんなふうに断られるのか、それが知りたかっただけだった。ところが、驚いたことに、数日後、OKのリプライがあった。なにかの間違いだろうと思ったけれど、こんなチャンスは滅多にないと思い、さっそく動いた。

まず、内々に大手メディアの二、三に相談を持ちかけた。どのメディアも、きっとミスだろう、と全然信用してくれなかったけれど、僕は仮契約を結び、前金を受け取ることができた。

僕自身がまったく期待していなかった。

いつだって、僕はなにも期待していない。

そういう人間になってしまった。

ただ……、
毎日、昨日とは違う風を感じたい、と思う。

それだけだ。

ここへ来たのも、実のところ、
その程度の、ほんの小さな動機だった。

## 第Ⅰ章
# 海はいかにして押し寄せたか

いにしえの世の僧院は、
ひろ壁の所せましと、
聖事蹟絵に描きつらね、
信深き心腸《しんちょう》の、
あこがれを燃え上らせて、
難行の冷厳を、
和ぐるよすがとなしき。

# 1

宿屋のロビィは表通りに面していて、窓から外を覗くと、すぐ近くに島の外側へ出られそうなゲートがあった。木製の扉は、今は閉まっている。たしかに、このゲートから入ってくれば、通りの左手にすぐこの宿屋が見つかっただろう。つまり、島には少なくとも二つのゲートがあるということ。僕たちはそれを間違えたのだ。しかし、島へ近づく道は堤防の一本、島へ渡る橋も一つしかないのに、ゲートが二つもあるのは、多少奇妙な気もする。

ここへ来たとき、ゲートの手前に駐車場のような広場が左右に伸びていたことを思い出す。おそらく、少し右手へ行けば、こちらのゲートが見つかったのだろう。

ロビィの奥には小さな食堂があった。板張りの床や壁がとても古風で、まるで映画のセットのようだった。エプロンをした若い女性が奥から現れ、螺旋階段を下りてくる途中のロイディを見て、本当にびっくりしたという顔で目を瞬いた。

「サエバ・ミチル様ですね？」

「サエバは僕です。こんにちは」僕は彼女の方へ近づく。「少し早く着いてしまいました。あなたがイザベル？」

「ええ、そうです。いらっしゃいませ」彼女の視線が僕に向けられる。大きな瞳が印象的だった。「違うゲートから入られたのですね？」

「そう、えっと……」僕は振り返り、窓から大通りを見た。「そうみたいです。ジャンネが、ここまで案内してくれました」

「こちらで、ご記帳をお願いいたします」イザベルは、カウンタの中に入っていき、テーブルの上を示した。磨き上げられたアンティークなカウンタだ。

「へえ、古風なんだ」僕は微笑んで、テーブルに指でサインをした。

「そちらの方は？」イザベルはロイディを見てきいた。

「彼はロイディ」僕は答える。

「アシスタント？」

「いえ、僕のパートナです」

カウンタに備えられたチェッカが、僕を検証するのに五秒ほどかかった。

「では、お部屋へご案内いたします」イザベルはまたカウンタから出てくる。

彼女について、僕たちはさきほどの螺旋階段をまた上がっていった。「余計なエナジィだ」とロイディが呟いたような気がしたけれど、実のところ、そういう無駄口を叩くことは彼の場合絶対にない。僕が勝手に想像しているだけ。僕が与えている彼の別の人格が、僕だけに囁くのだ。これは、一種の混線というのだろうか。

イザベルは、途中で幾つか説明をしてくれた。食堂がどこにあるのか、非常のときの対処と、貴重品の保管などのセキュリティに関して、などなど。通常のホテルだと、そういった事項は文字情報で直接こちらへインプットされる。つまり、このあたりが、ロイディが言っていた「宿屋」という意味かもしれない。

二階の廊下を歩き、一番奥、突き当たりのドアの前でイザベルは立ち止まり、ロックを解除した。ドアを開けてから彼女は振り返る。

「どうぞ、こちらでございます」

ベッドが二つ並んだ小さな部屋だった。窓枠がとても古くさい。触ってみたら、本当に金属でできていたので驚いた。窓の外にはこぢんまりとした中庭と、それを取り囲む建物の屋根が見える。海が見える方角のはずだが、残念ながら見えなかった。

隣のバスルームは、白いタイルの床が光っていた。平面を既に失いつつある。建物自体が歪《ひず》んでいる可能性も高い。床も撓《たわ》んでいるだろう。これくらいは愛嬌《あいきょう》だと思えて、僕はむしろ楽しくなった。そのバスルームの窓が開いていたので、微風でレースのカーテンが揺れていた。

「こちらでよろしいでしょうか?」戸口に立っていたイザベルがきいた。

「ええ、今のところ、まったく問題はありません」僕は振り返って、そのままの笑顔を彼女に見せた。

「もしなにかございましたら、いつでもお呼び下さい」彼女は頭を下げる。そして、ロイディを横目でちらりと見て、もう一度軽く頭を下げてから、部屋を出ていった。

ロイディが窓の方へ歩いてきた。

「ミチル、小さなトラブルがある」

「何?」僕はベッドに腰を下ろしてロイディを見上げた。

「座標システムからの信号がおかしい」

「またぁ?」僕は顔をしかめる。「どこかで戦争でも始めたのかな? もう目的地には着いたんだから、べつに良いけれど」

「いや、信号が受信できないのではない。情報に意図的と思われるズレが生じている」

「へえ……、ズレだって、どうしてわかるの?」

「正確にはわからない。もう少しデータを収集してみる」

「してみて」僕は頷いた。

「了解。一時間後に、再度検討してみることにしよう」

「再度検討してみて」僕は微笑んだ。「あぁあ」両手を上げて深呼吸をしながら、僕はそのまま仰向けにベッドに倒れ込んだ。「なんか、眠くなっちゃった」

「時間はまだ充分にある。少し眠った方が良い」

「じゃあ、着替えを出しておいてね」僕はゴーグルを外して、サイドテーブルに置いた。

「了解」

三十分くらい眠れるかもしれない。ときどき、どういうわけか、急に瞼《まぶた》が重くなることがある。これは僕の特性だろうか。この状態になると、死んでしまいたくなるほど眠い。たとえば、目を瞑《つむ》ったら死ぬことがわかっていたとしても、躊躇《ちゅうちょ》なく目を瞑るだろう。生きることよりも眠ることが重要だと確信できる。これも、やはり僕の特質といって良いだろう。簡単に言えば、生に対する執着が、平均的な人間に比べて弱い。そう、極めて弱い。すっかり、生きることへの執着を失ってしまった、と表現してもまんざら間違いではない。

もちろん、あのとき……。

あのとき以来、ずっと。

僕は、いつ死んでも良い、というずるずるとした惰性のような、どろどろとした余韻のような、曖昧な生き方をしてきた。

直るかな?

いつか、もっと生きたい、と思うように、なれるだろうか?

「ミチル」耳もとでロイディが囁いた。

「ん?」僕は薄目を開ける。彼の顔がすぐ横にあった。窓のカーテンが閉められ、部屋は暗くなっていた。

「すまない」彼は真剣な表情だ。もちろん、いつだってその顔なのだが。「赤外線照射を検出した。窓の外からだ」

「相手は?」僕は顔を上げる。

「未確認だ。人間ではない。移動速度から考えて、小型の機械類だと推定される」

「この島の放送局とか?」

「私の知るかぎりでは、そういった組織はここには存在しない」

「子供たちが、ネットでニュースを流しているのかも。きっと、僕たちのことをスクープしようとしているんだ」

「この島には、それも存在しない」ロイディは首をふった。「秘密裏にローカルなネットワークが形成されている可能性はあるが、今のところ、通常プロトコルにおけるその種の信号は検出できない。ミチル、向こう側のベッドへ移ってくれないか」

「え？　どうして？」

「窓に近い方が危険だからだ」ロイディは囁いた。僕がゴーグルをしていないから、こんなに顔を近づけて内緒話をしているのだ。ときどきこういうのも良いな、と少しだけ僕は思った。

「何が危険なわけ？」

「狙《ねら》われる可能性がないとはいえない」

「どうして？」

「理由は特定できない。また、特定することは無意味だ」彼は目を細めた。どこで覚えたのか、とても様になっている。「統計的なデータに基づく判断に過ぎない。もし、窓際のベッドに対してミチルが特別な感情を持っていないのならば、私の提案を受け入れてほしい」

「いいよ、べつに」僕は吹き出した。ロイディの言い回しが妙に面白かったからだ。

「じゃあ、運んで」

「どこか不具合が？」

「疲れていて、動きたくない」

「了解」

ロイディは立ち上がり、僕の躰を軽々と持ち上げて、隣のベッドまで連れていってくれた。ゆっくりと、必要以上に慎重に僕を下ろすと、彼はまた、床に片膝《かたひざ》をつき顔を近づける。

「ミチル、武器を持っていくか？」

「それは……」僕は一瞬考えた。しかし首をふった。「いや、駄目だ。それは無理だよ。簡単に見つかるし、見つかったときに、言い訳ができない」

「言い訳は可能だ。契約は結ばれていない。安全を保障するという提言もなかった。治外法権であり、我々は今のところ、ここのルールに拘束されていない。保身の目的から最低限の武装は認められている」

「わかった。じゃあ、用意しておいて」

「了解」ロイディは頷いた。「起こしてすまなかった。おやすみ」

僕は目を瞑ったけれど、でも眠気は半減していた。しばらく、この島のこと、そして、宮殿モン・ロゼのことを考えた。こういった小さなプライベート・ソサイエティ(私設社会)は、世界中でさまざまな形態が試行され、模索されている。エナジィ的な問題さえクリアすれば、平和な社会、好ましい環境を人工的に作ることは、規模が小さいほど容易《たやす》い。なんらかの理由で継続が困難になった事例の多くは、結局は、外部との関係における経営的な破綻《はたん》が原因だった。

このイル・サン・ジャックのように、地理的にも孤立し、情報公開を拒絶した完全閉鎖型のサークルは珍しいが、内部の不満さえ大きくならなければ、これは一つの在り方かもしれない。地球上に存在するのは自分たちだけだ、と思い込めれば、なおさら効果的だろう。

最終的には、テクノロジィではなく、メンタルなコントロールが必要になるのでは、と僕は疑っている。それを確かめたい、というのが今回の取材の大きなテーマの一つだ。

見たところ、街は平和そうだ。建物や施設には若干の老朽化が認められるけれど、大きなトラブルが生じている様子はない。もちろん、もっと詳細な観察を、明日から少しずつ範囲を広げて行う予定だ。

それにしても、大げさな出迎えもなく、また反発もなく、あっさり、こうしてホテルの部屋まで案内されてしまったのは、拍子抜けだった。どちらかというと、市長だの領主だのの歓迎、役員の紹介、並んだ笑顔、しかもどれも儀礼的な……、といったものを覚悟していた。この点では誤算だったけれど、もちろん良い方向だ。後ろめたいものがあるほど、歓迎は和やかになる傾向がある、という経験則からすると、ここは、シロということになるが、それでは、レポートとしては高く売れない。

考えるのが億劫《おっくう》になった。

それはとても素敵なことだ。

ついつい僕は考え過ぎて、いつも気分が悪くなってしまう。特に、昔の思い出だけは、注意が必要だった。たとえ楽しい場面ばかりを思い浮かべていても、最後には必ず悲しくなる。

眠れそうな気がした。

どんな場所で、どんな人々に会えるのか……。

考えないでおこう。

心配しないでおこう。

## 2

「どれくらい眠っていた?」服を着替えながら、僕はロイディに尋ねた。

「約二十七分五十秒」

「そういうときは、約って言わないよ」

「精確には、四十八秒と、おそらく四分の三」

「やだなぁ、脳波まで監視されているんだ」僕はジャケットに腕を通す。「プライベートなんて、あったものじゃない」

「不快な点があれば改める。睡眠時間は、以後、精確には口にしない。ただ、ミチルの健康を管理する使命が私にはあるので……」

「わかったわかった」僕は微笑んだ。「いいよ。ちゃんと管理してて。うん、起こされたから、ちょっと機嫌が悪かっただけだよ」

「気分は？」

「すっきり爽快《そうかい》」

部屋を出て、ロビィへ下りていくと、イザベルが椅子《いす》に座って待っていた。

「モン・ロゼへご案内します」彼女は僕たちを見て立ち上がった。

「あ、ありがとう。でも、すぐそこなんだから、道を教えてもらえたら……」

「いいえ、シビの者でないと、難しいと思います」

彼女が言ったシビというのが、この街の名前だ。僕たちはイザベルについて、表通りへ出た。表通りといっても幅は広くない。両側の建物の前に、樽《たる》、貯蔵箱、鉢植え、ベンチ、その他雑多なものが出ているため、ますます道幅は狭くなる。クルマがすれ違うことは無理だろう。石畳の緩やかな坂道を上る方向へ、つまり島の中心に向かって、三人は歩き始めた。

通りには店が建ち並んでいる。初めのうちは食品を売っている店が多かった。パン屋、それに海産物を扱う店があった。その次は、日用品の販売・修理を行う店、革製品の店、洋服や布を並べている店。さらに上ると、鍋《なべ》を直している鍛冶《かじ》屋や、木製の荷車を作っている工房らしきところも目についた。道はカーブしながら上っている。二百メートルほど来たところで、その比較的賑《にぎ》やかだった通りは行き止まりになった。石垣が城壁のように立ちはだかり、その上から人が数人、こちらを眺めていた。

イザベルは、石垣のすぐ手前、右の脇《わき》に建っていた木造の家の小さなドアを開けて、その中へ入っていく。民家に見えたが、中に入ると、トンネルのように細い道が奥へと延びていた。

暗い石の壁に囲まれた階段を上り、途中で向きを変える。回廊のような通路に出てしばらく進むと、片側の壁がなくなり、柱だけが等間隔に並んでいた。海側の景色が開ける。その通路を途中で左に折れ、今度は木造の階段を上がった。次は左手に景色が見える。さきほどの店が並んだ大通りを見下ろすことができた。通りを突き当たった石垣の上に出たのだ。

「ミチル、話をしても良いか？」ロイディの声がゴーグルのイヤフォンから聞こえた。

「座標システムのことだね」僕は小声で囁いた。

前を歩いていたイザベルが振り返って僕を見た。声が聞こえてしまったのかもしれない。ロイディの場合は音声を発しないでトークモードの通信ができるけれど、僕にはそんな腹話術みたいな真似は無理だ。

「何度か確認の計算を行ってみたが、やはりデータがおかしい。しかも、どんどんずれている。誤差が増大している。位置の数値に関しては、この程度は意図的な誤差範囲ではある。極端な間違いはないことから、衛星のトラブルの可能性は低いものと判断できる。誤差が生じているのは、方角を示す数値だけだ。続けて良いか？」

僕はイザベルを意識して、無言で頷いた。

「方向のデータに異常が生じる原因としては二つ考えられる。一つは、一部の衛星の軌道のずれに起因したものだが、現在ではこれを補うシステムがある。複数の衛星の軌道が同時に狂うことは確率として極めて低い。また、この場合には位置データにおいても同時にもっと極端な異常値を示すはずだ。そうなると、原因としてもう一つの方が有力となる。それは、私自身の計算が間違っている、というものだ」

僕は思わず吹き出してしまった。

「どうかしましたか？」イザベルが立ち止まり、不思議そうに僕を見た。

「あ、いえ、思い出し笑い」僕は誤魔化した。それから、ロイディを振り返って二秒くらい睨みつけてやった。

「ミチル、これは冗談ではない」ロイディの声が聞こえる。

ますます可笑《おか》しくなったけれど、僕は小さく深呼吸をして、その話を切り上げることにした。

イザベルは何度も道を曲がり、階段を上がり、ドアを開けた。建物の中に入ったかと思うと、庭に出て、通路に出て、また別の小径へ合流する。これでは、絶対に来た道を戻れない、と僕は確信した。こういったことは、いつもならばロイディに任せておくのだが、私の計算が間違っている、なんて言いだすポンコツのウォーカロンの場合、どうすれば良い？

これから訪ねる目的地、その仕事に対する緊張が、まだ僕にはわかなかった。ロイディが笑わせてくれたおかげでリラックスしていたのかもしれない。

石畳の道を上がっていくと、やがてちょっとした広場に出た。大型のヘリコプタが離着陸できる程度の広さは充分にある。どうしてそんなことを連想したかというと、綺麗に同心円を描いた文様にブロックが敷き並べてあったからだ。周囲の低い壁には、連続した絵が描かれている。細かい絵だった。人物や建物、船や鉄道などの乗り物が描かれている。

正面の一番奥には、高さが五メートルほどの石像が二体立っていた。両者とも男性か女性かわからない。頭にも躰にも、布を纏《まと》った不思議な服装だった。映画で見たことがあるファッションに近い。僧侶《そうりょ》か、なにかの修行をしている人、といった印象だ。いずれにしても、貧しい時代のものだと思う。

僕はずっと、その石像を眺めながら歩いた。右の像は、片手を目に当てている。片目を隠しているのだが、もう一方の目も瞑っていた。左の像は目を開けている。ただ、こちらは目ではなく、手で口を押さえていた。なにかの戒めだろうか。

この二体の石像の間に、大きな木製の扉があった。石像の後部が柱になっている。僕たちが近づいていくと、その扉が手前にゆっくりと開いた。

「では、私はここで失礼いたします」イザベルが立ち止まって頭を下げる。

「あ、どうも、ありがとう」僕は礼を言う。「またあとで……」

僕とロイディは、ゲートの中へ入っていく。扉の内側に男が一人待っていた。驚いたことに、石像と同じように、白い布を頭と躰に巻き付けている。顔は髭《ひげ》が濃く、眉《まゆ》が太かった。僕よりはずっと歳上《としうえ》に見えた。

「サエバです。どうかよろしくお願いします」僕は挨拶する。

「お待ちしておりました。どうぞ、こちらへ」男は名乗らずに、さっさと歩き始めた。歓迎を示すような表情も見せなかった。

幅の広い階段がカーブして上へ向かっている。両側は高い垂直の壁。上っていくと、ときどき踊り場があって、両側に真っ直ぐの樹が立っていた。ロイディにとって幸いだったのは、階段の傾斜が比較的緩やかだったこと。きょろきょろと辺りを眺めながら、ロイディはすぐ後ろについてきた。

階段を上り切ったところで、分厚い木製のドアを開けて中に入った。ロビィふうの広い場所で、円筒形の柱が両側に立ち並んでいる。壁の高い位置に窓があって、天井の曲面に描かれた絵が明るく見えた。しかし完全に色褪《いろあ》せていたし、ところどころ剝《は》がれている。かなり古いもののようだ。いつものロイディなら、測定結果を教えてくれるのに、彼は無言だった。元気がないのは、さきほどの測定誤差のせいだろうか。

通路に入り、また階段を上がる。もうずいぶん上っているように思える。海抜はどれくらいだろうか。これもロイディにきいてみたかったけれど、しんと静まりかえった空間に、三人が歩く音しか聞こえない。話を切り出しにくい雰囲気だった。

「海抜約五十メートル」ロイディの声がイヤフォンから聞こえた。最近、しゃべらなくても、気持ちが伝わることがあるのだ。そういうバイパスのような新回路が、僕とロイディの間にできたらしい。「こういうときは、約は必要か？」

一瞬、息が漏《も》れてしまったが、僕は口に手を当て、咳払《せきばら》いをして誤魔化した。元気がないなんて心配して損をした。こんな場面でジョークを言うロイディの気がしれない。歩きながら、横目で三秒間は睨みつけてやった。

「それにしても、立派な建物ですね」なにか話した方が良い、という気がしたので、僕は当たり障《さわ》りのないことを口にした。

案内の男は、僕を一瞥《いちべつ》し、軽く頷いただけで、なにも言わなかった。微笑むこともなかった。こちらとしては、あまり良い気分ではない。

通路の突き当たりに階段があり、それをまた上る。途中の踊り場に窓があったので、外が見えた。島のどちら側になるだろうか。眼下に海が広がって見えた。とても見晴らしが良い。

さらに階段を上り、二間ほど部屋を横に見ながら通路を進むと、最後に天井の高い広間の前まで来た。

周囲には極端に細い縦長の窓が並び、白い光が差し込んで床に縞模様《しまもよう》を作っていた。円柱が周囲に立ち、高いボールト天井の曲面を支えているが、これが装飾的なものなのか、構造的に必要なものなのか、わからなかった。

その広間の奥に、テーブルがあり、そこにオレンジ色の服装の人物が立っていた。僕たちが近づいていくと、彼もこちらへ顔を向ける。小柄な老人だった。

「サエバ様をお連れいたしました」案内の男が会釈《えしやく》する。

「ご苦労でした」老人は言う。

僕たちをそこに残して、案内の男は立ち去った。彼が部屋を出ていくまで、僕たちは待つ。というよりも、老人の足許《あしもと》、床に描かれている大きな絵に、僕は見蕩《みと》れてしまった。数秒間、息を止めていたかもしれない。しばらくなにも話せなかった。

その絵の大きさは六メートル四方ほどもあるが、周辺には未完の部分があるので、完全な四角形ではなかった。非常に細かい幾何学的な文様で、中心から放射状に、どの方向へも同様のパターンで広がり、同じ形を繰り返し、入り組んだ文様が形成されている。鮮やかな原色に近い色彩は、最初は絵の具に見えたが、すぐ手前の部分に焦点を合わせると、細かい粉体によって描かれたものだとわかった。

「これは、何ですか？　色のついた粉？」

老人はじっと僕を見つめている。

「あ、失礼……」軽く首をふって、彼は長い息を吐いた。「何でしたかな？」

「いえ、この絵に使っている粉は何でしょうか？」

「砂です」老人は答える。片手に細長いものを握っていて、それを僅かに持ち上げた。

彼は僕の方へ近づいてきて、それを見せてくれた。金色の細長いパイプのようなものだった。先は円筒の半分しかなく、スプーンのように使う道具のようだ。今も黄色の砂がのっていた。綺麗に線上に並んでいる。このスプーンで、少しずつ床に砂を置いていくのだろう。そうやって、この絵を描いたというわけか。ようやくそれを理解して、僕は溜息をついた。

「どれくらい、かかりましたか？　ここまで描くのに」

「六年」老人は答え、にっこりと微笑んだ。「はじめまして、私はライツと申します。クラウド・ライツ。ここの僧侶長をしております」

「お目にかかれて光栄です」僕は一歩下がって、片膝をつき、頭を下げた。「今回のことでは、本当に感謝しています」

「これはまた、古風なマナーをご存じですね、サエバさん」

「失礼がなければ良いのですが」

「いえいえ、とんでもない」ライツは、ロイディの方を向いた。「そちらは？」

「彼はロイディといいます。僕のパートナです」

ライツは数秒ほどロイディを観察したあと、手に持っていた道具をテーブルに置き、再び僕に社交的な表情を向けた。

僕はようやく砂の絵から目を離し、壁や天井を見回した。がらんとしたなにもない空間だったが、それは、この鮮やかな絵を演出する場には相応《ふさわ》しいと思えた。天井は高く、太い木の梁《はり》が縦横に交差している。幾つかのロープが見えた。滑車もある。なにかを持ち上げるためのものだろうか。

「さて、いかがいたしましょう？　モン・ロゼをご案内しましょうか？」

「できれば」

「外部の方がおみえになるのは、久しぶりのことです」

「そうらしいですね」僕は頷く。「しかし、あの……、お邪魔ではありませんでしたか。お仕事中だったのでは？」

「何事も仕事ですし、何事も邪魔です」彼はまた微笑んだ。「どうかお気になさらずに」

## 3

モン・ロゼの建物は素晴らしかった。とても古いものだが、保存状態も良好で、どこも綺麗にメンテナンスされ、掃除なども行き届いていた。床も壁も平面は依然として正確で、窓やドアなども、何度も塗装をし直した形跡があった。丹念に補修が繰り返されているようだ。これだけの古いものを維持しようと思うと、相当な資金あるいは労力が必要だろう。

天井が高く、柱が多いのは、クラシカルな建築物に共通する様式だが、おそらく、かつては宗教的な観念から高い天井を必要としたのだろう。世界中どこへ行っても、それが観察される。地面から離れ、重力を断ち切ろうとしたかのようだ。天国へ近づこうとした人間の欲望の表れだろうか。それとも、そんな拘束の解放から天国が創造された、とも考えられる。

この建物に固有と思われる最も特徴的なデザインは、窓の形ではないだろうか。どれもというわけではなかったけれど、縦に細長いスリットのような窓が幾つかの部屋にあった。幅は僅かに二十センチほどしかなく、それが腰の高さから天井近くまで、長さは二メートルから三メートルほどもある。太陽の光がそのスリットから差し込んで、床や対面の壁に、長い光の縞をくっきりと描いているのがとても印象的だった。回廊を歩き、幾つかの大広間を見て回った。ただ、途中で誰にも出会わなかった。こんな広い部屋が幾つもあって、そこに集まるほどの人々がここにいるのだろうか、と不思議に思えた。しかし、どこかには、それなりの人数がいるにちがいない。

ライツは、モン・ロゼの建物の歴史について話してくれた。建物の基本部分が最初に建造されたのは、約八百年ほどまえのことで、それはヨーロッパでルネサンスが起こるよりも古い。最初、ここは砦《とりで》、つまり戦争のための基地だった。それは、この立地からも容易に納得できる。見晴らしが良く、海路の拠点にもなりえるからだ。その後、この地を治めた領主が大幅な改修を行って、ここに住んだらしい。こうして文字どおりの城になり、このときに城下町としてシビの街の前身が形成されたという。その後数百年の間に、ここは牢獄になり、さらに修道院にもなった。近代になって国が管理する文化財となり、一時は国際的な観光地としても栄えたものの、百年ほどまえに個人がこれを買い上げ、今に至っている。現在はドリィ家の個人住宅というわけだ。それが、つまり別の言い方をすれば、宮殿と呼ばれる理由である。

「ルウ・ドリィ氏にはお会いできますか？」僕は尋ねた。その名前は事前に調べたものだ。この地の所有者、いうなれば王の名である。

「残念ながら、先代は亡くなられました」ゆっくりと歩きながらライツは答えた。

「え？」僕は驚いたけれど、その可能性を考えていなかったわけではない。「いつのことですか？」

「十一年まえになりますか」

「そうですか……、それは残念ですね」言葉のとおり、僕はがっかりした。このおもちゃのような小さな国を作った人間、ここを外界から閉ざした張本人に会うことが、今回の取材の最大の目的の一つだったからだ。「すると、今は、どなたがここのリーダなのですか？」

「シャルル・ドリィ様です。先代のご嫡男《ちゃくなん》です」

「あの、称号は王、ですか？」

「はっきりとした決まりはありませんが、シビの者はそう呼んでおります。外部に対して積極的な情報公開をいたしておりませんので、そうした儀式的な取り決めをする必要もないのです」

「シャルル王には、お会いできるでしょうか？」

「伺っておきましょう」ライツは微笑んだ。この老人は人当たりの良い、社交的な人物だ。長期にわたってマスコミを締め出していたイル・サン・ジャックで、こんな友好的な応対を受けるとは、想像していなかった。

「あの、失礼な質問かもしれませんけれど、僕がここへ入れてもらえたのは、何故だったのでしょう？」

「というと？」

「マスコミに対しては、その……、ここは、どちらかというと、否定的な対応だったと思うのですが」

「それらの決定は、私の仕事ではありません」ライツはにこやかな表情のまま首を横にふった。「したがって、状況自体も、残念ながらわかりかねます」

「では、決定は誰がするのですか？　ここの議会が？」

「ここには、議会はありません」

「え？」これには驚いた。「議会がない？　えっと、人口はどれくらいでしょうか？」

「把握しておりませんが、おそらくは、五百人程度かと」

「それで、意思決定はどのように？」

「王が決められます。シビの者の意見を聞いて、王があらゆることを決定します」

「そうですか……、それでうまくいっているのなら、まあ、問題はないと思いますけれど、珍しいといえば、珍しいですよね」

「前近代的だ、とおっしゃるのですね？」

「ええ、そうですね。多少古風かと」僕は肩を竦める。

ライツは眉を一度持ち上げた。軽い反応だ。

「もし良ければ、どうして、今までマスコミをシャッタアウトしていたのか、その理由をおききしたいのですが……」

「いえ、私にはまったく……」彼はまた首をふった。

このとき、僕は初めて、この人物に対する違和感を抱いた。優しい老人の顔、ものわかりの良さそうな素振り、優しいジェントルな口調、それらが、単なる演技だと感じたのだ。

広間の回廊を進んでいくと、明るい中庭が見えてきた。建物の中に作られた四角形の人工的な空間で、柱が立ち並んだ通路に四方を囲まれていた。人の背丈ほどの小振りの樹々《きぎ》が方々に立ち、石造のベンチが幾つか見えた。一段低くなっていた庭を右手に眺めながら、僕たちは回廊を進んだ。

老人の態度と同様に、これらも作りものだ。この建物も、すべてが作りもの。人間がなんらかの意図をもって作り上げた造形物。自然に生まれたものではない。

クラウド・ライツが急に立ち止まった。

僕も立ち止まり、振り返る。ロイディは数メートル後ろにいた。

老人は中庭を見ている。それまで樹の蔭《かげ》になって見えなかった場所だった。彼の視線の先を追うと、中庭のほぼ中央に、白い衣装の女性が立っていた。彼女は、こちらを真っ直ぐに見据えている。

僕は老人の顔をもう一度見た。目を見開き、こわばった表情。今までに現れたことのない緊張した顔だった。

「あの人は？」僕は尋ねる。

「女王様です」ライツの表情は瞬時に戻った。作り笑顔を浮かべ、片手を少し持ち上げた。「さあ、あちらへ参りましょう」

「女王様……」僕は中庭の女性を見る。

僕よりも背が高いだろう。真っ白なドレスは、花弁のような曲線を描いて下へ広がっている。首と顔の肌の色も白い。長い髪は後ろで縛られているようだ。髪の間、その額に、金色のものが輝いていた。印象的に真っ直ぐな眉、そしてグリーンともブルーとも思える瞳。笑ってもいない、怒ってもいない、端正な唇。見ていると、軽い目眩と、吸い込まれそうな仄かな恐怖に襲われる。背筋が寒くなった。

僕は彼女に頭を下げた。

すると、彼女は、片手を僅かに前に持ち上げた。

「はい、ただ今」ライツが返事をして、庭へ下りていき、女王のもとへ歩み寄った。

僕とロイディは廊下で突っ立って待っている。

「ミチル、相談がある」ロイディが無線で話しかけてきた。

「駄目」僕は即座に囁いた。「あとで」

「了解」彼は頷き、一歩後ろへ下がった。

「何考えてんのさ、こんなときに」

「すまない」

女王から、クラウド・ライツはなにかの指示を受けたようだ。すぐにこちらへ戻ってきた。

「女王様が、あなたとお話がしたいとおっしゃっています」老人は僕に内緒話をするみたいに顔を近づけて囁いた。

「え、本当に？」僕は驚いた。

「いかがですか？」

「いや、そりゃ……、もちろん、光栄です」僕は頷く。

「危険なものをお持ちではありませんか？」老人は尋ねた。

「あ、えっと……」僕は一瞬躊躇する。「あの、実は簡単な武器を所持しています。どうすればよろしいでしょうか？」

「では、お預かりいたしましょう」彼は片手を差し出した。

僕はロイディを見る。

「ミチルの武器は、私が保管します」ロイディが口をきいた。

ライツはロイディを見て驚いたようだった。

「それでも、良いですか？」僕は尋ねる。

「ウォーカロンは、人間に危害は加えません」ロイディが事務的な口調でライツに言った。

老人が頷いたので、僕は、上着の内側のホルダから銃を抜き、それをロイディに手渡した。

「ミチル、気をつけて」ロイディの声がイヤフォンから聞こえる。本当に心配性なんだから……。

僕はライツに軽く会釈をしてから、中庭へ下りていった。

近づくとき、彼女から僕へ向かって風が吹いているように感じた。空気が抵抗するのだ。大きな長方形の石が敷き詰められている。僕はその石のブロックを見て、そして、ぼく自身の影を見て、そこに片膝をついた。

「お目にかかれて光栄です。サエバ・ミチルといいます」

女王の足許を僕は見る。まだ顔を上げることはしなかった。長いドレスが彼女の足を隠している。本当にその中に、生身の人間の脚があるだろうか、と想像した。

「ミチル」綺麗な声だった。

「はい」僕は顔を上げて彼女を見る。

「よく来てくれました」

人形のように整った彼女の顔が、僅かに傾いた。発声に同調して赤い唇が動く。ゆっくりと瞬き、そして、青い瞳が微動する。

何だろう、この仕掛けは？

そう思った。

僕は息を止めていた。

驚いたのだろうか、それとも、彼女の容姿に見蕩れていたのか、あるいは、緊張のあまり意識が薄れてしまったのか。

なにも考えられない。ただぼんやりとした霧のようなものが、僕と彼女の間に壁を作った。それに遮断されて、声が遠回りして聞こえてくるような気がした。

何だろう？

この、存在は……。

とても懐かしい気持ちが、急に僕を襲った。

風。

冷たい。
気持ちの良い。
そして、赤子の泣き声。
何故、そんな音が聞こえたのか……。
混乱。
僕は、どうにか自分のコントロールを取り戻した。
勇気を出して、女王の顔を、その全体を、認識しようと、じっと見据えた。
そう……、
その顔に、
僕は見覚えがあったのだ。
「デボウ・スホ？」僕はその名前を口にしてしまった。
「そう」彼女の口に微笑みの形が浮かぶ。
僕は立ち上がる。彼女の前に立った。
二メートルほどの距離。
「え？」不思議な感覚に僕はますます混乱した。「あなたは？」
何だろう、この仕掛けは。
「面白い」彼女はまた微笑んだ。

「どうして……」僕は疑問で窒息しそうだ。

「なにもかもが、不思議なのね？」彼女は言った。「生まれたばかりのように……。ミチル、あなたをここへ招き入れたのは、私です」

「招き入れた？」

「簡単なことです。あなたにききたいことがあります」

「え？　あの……、何を」

女王は僕に近づき、両手を差し出して、僕の肩を軽く摑んだ。彼女の顔が僕の目の前にある。青い瞳が刺すように僕を見据えて、僕の神経はそれで麻痺してしまいそうだった。ロイディに助けを求めたいくらいだった。

「アキラが、殺された」女王はゆっくりとした口調でそう発音した。僕の躰は痙攣する。これまでの声とは違っていた。「目を、撃ち抜かれた」

彼女の顔がさらに近づく。

僕は動けなくなった。

「口が、動いていた。口から、舌が、出ていた。唾液《だえき》も、血も、泡のように、流れ出た」

僕の躰はぶるぶると震えだした。

それを断ち切るために、

飛び退《の》くようにして、僕は後ろに下がった。

呼吸を取り戻す。荒い息を繰り返す。

女王を見た。

離れた僕の躰を求めるように、彼女はまだ両手を前に差し出していた。しかし、それをゆっくりと下げ、同時に、僕を見据えていた冷淡な視線を下へ逸らせた。

長い睫毛《まつげ》が、瞳を隠し。

僕の鼓動が。

僕の息が。

まだ、速かった。

クジ・アキラは……、そう、僕のパートナだった。

僕の目の前で、彼女は死んだ。

片目を、撃ち抜かれて。

最後になにかを話そうとした彼女の口が、
まるで海星《ひとで》みたいに、
まるで蛞蝓《なめくじ》みたいに、
動いていて。

痙攣していただけかもしれない。電気で収縮する生物の筋肉だった。白い歯が赤く染まろうとしていた。泡は弾《はじ》けて、辺りに飛び散った。目の穴からも大量の血液が溢《あふ》れ、彼女の顔を輝くように真っ赤にした。滑《なめ》らかな一部の頬だけが、割れた陶器の仮面のように、残っていた。

クジ・アキラは、僕の目の前で殺されたのだ。

「ミチル」ロイディの声だ。「考えるな」

僕は静かに溜息をついた。

「誰だ？」女王は僕の後ろへ視線を送った。「ロボットか？」

「ロイディです」僕はようやく口をきくことができた。

彼女は再び僕を見た。既に最初の無機質な表情に戻っていた。

「驚いた？」彼女は優しい口調で尋ねた。

「はい、ええ……」僕は素直に頷いた。「どうして？　どうして、僕のことを？　いえ……、どうして、こんな話をなさったのですか？」

「どんなことでも知ることはできる。そして、どんなことでも知りたい。あなたの反応が見たかった。どうもありがとう」

女王は横を向いた。白いドレスが一瞬遠心力で軽く持ち上がる。

「あの……」僕はなにかを言おうと思った。そのあとの言葉は出てこなかった。何だったのだろう？

「ゆっくりしていかれると良いわ。ここに、あなたの幸《さち》があることを……」横を向いたまま彼女は綺麗な発音で話した。「それではまた、いずれ……」

すっとそのまま、彼女は歩く。姿勢良く直立の姿勢のままで、中庭の左手に滑《すべ》るように移動した。白い背中と、腰まで延びた長い髪を僕は見送った。回廊への段を上がるとき、彼女はスカートを持ち上げ、躰を少し横に向けた。その仕草だけが、僅かに彼女が人間であることの証《あか》しだった。

回廊の中へ白いドレスは吸い込まれ、闇へ消えていく。

香りがした。

彼女の香りが、残っていた。

僕の鼓動はなんとか平生のテンポに収まっていた。額から汗が流れている。もう一度ゆっくりと溜息をついた。ときどき、こうして生きていることを思い出す。

4

一時間ほどで、モン・ロゼを一旦辞去することになった。ゲートの外の広場でイザベルが待っていてくれた。僕とロイディは彼女について、宿屋への複雑な帰路を歩いた。途中で二度、ロイディが話しかけてきたけれど、僕はなにも応えなかった。幸い、イザベルも口をきかない。三人は黙って宿屋まで戻ってきた。

「ご夕食は一時間後に、こちらで」イザベルはロビィの奥を片手で示しながら言った。

僕は頷いて螺旋階段を上がる。通路を戻り、部屋の鍵を開けて、そのままベッドに倒れ込んだ。

「大丈夫か？　ミチル」遅れて部屋に入ってきたロイディがドアを閉めた。

「大丈夫じゃない」僕は答える。

「どこが悪い？　頭痛か？　それとも呼吸が苦しいのか？」彼は僕の近くへ来る。

「なにか飲みたいものは？」

「冷たいもの」

「了解」

ロイディは冷蔵庫へ行った。僕は仰向けになって、天井を見ながら、意識してゆっくりと呼吸を繰り返した。

頭の中がまだ混乱している。なにかを今すぐにしなければならない、しかし、そのなにかがわからない、そんな強迫観念。胸に圧力がかかっているような息苦しさだった。

ロイディが飲みものを持って来る。僕の前にそれを差し出した。

「シャワーを浴びる」僕は急に起き上がった。

「飲まないのか？」

「あとで。飲んでも良いよ」

僕はベッドから跳ね起きて、バスルームへ入った。

服を脱ぎながら、ロイディが飲みものを冷蔵庫に戻しているシーンを想像した。洗面台の壁に大きな鏡があって、そこに自分の姿が映っている。だけど、僕はけっしてそちらを見なかった。

いつも、見ないようにしている。

思い出すから。

適温の湯がすぐに出た。バスタブの中に座り込み、僕は自分の躰にお湯をかけた。温かいという感覚が、得体の知れない不安を押し流してくれれば良い、と思う。けれど、そんなに簡単にいくはずがないことも、わかっていた。

デボウ・スホ。

女王の前で、僕は、その名を口にしてしまった。

それもまた、女王の名だ。

ここではなく、ずっと遠くの地の女王。僕は彼女を思い出した。同じ女王だから、というだけではない。二人の女王が似ていたから。

でも、別人。

デボウ・スホの優しい、あの柔らかさは、ここの女王にはない。モン・ロゼの女王は、もっと硬質な、しかし鋭さがある。美しいというよりも、怖い。

そう、怖かった。

どうして、彼女はあんな話をしたのだろう？

僕を驚かすために、わざわざ僕の過去を調べたのか？

それとも、僕のことを知っていたから、取材を許可して、僕をここへ呼び寄せたのだろうか？

しかし、何のために？

あまり考えたくない、そんな予感がした。このまま考えることが、自分のためにならない。危険な領域へ近づく結果になる、と警報のシグナルが点滅していた。

躰が温まり、僕は溜息をつく。

仕事で来ているのだから、しっかりしなくては、という気持ちはなかった。いつも、僕はそうなのだ。しっかりしていても、ろくなことはない。それがわかっている。とにかく、自分が壊れないように、ただそれだけを注意しよう。否、べつに壊れたって良いではないか……。どれほどのものか、僕なんて……。

少し気が楽になった。

シャワーを止め、バスタオルで頭を拭《ふ》きながら出ていくと、ロイディが心配そうな顔で僕を見た。心配そうな顔、という部分は僕の勝手な観測、そして希望的な主観だろう。

「ミチル、気分はどう？」

「グッド」僕は微笑んだ。「飲みものは？」

「了解」ロイディは慌てて冷蔵庫を開ける。慌てて、という部分も、僕の勝手な妄想にすぎない。

ロイディから手渡されたグラスに口をつけ、冷たいジュースを飲んだ。甘くて、酸《す》っぱくて、いろいろな味のする個性のない飲みものだったけれど、冷たさは気持ちが良かった。

「そうだ、女王様と会っているとき、ロイディ、僕に話しかけただろう？」

「話しかけた」

「彼女、それに気づいて、君を睨んだよね。覚えているかい？」

「再生できる」

「まるで、君の声が聞こえたみたいだったけれど」

「偶然だろう」ロイディは答える。「あるいは、ミチルの表情の変化から、その原因を類推したものと考えられる」

「ああ、なるほど。凄いね、ロイディ。そんな深い洞察ができるなんて」

「深くない」

「うん、そういうのを謙遜《けんそん》っていうんだ。知ってた？」

「知っている。比較的簡単な様式だ。ミチルの機嫌が直ったようだ」

「そう、悪くない」

「シャワーが良かったか？」

「そんなところかな」

「普段からもっと頻繁にシャワーを利用すれば良い」

「無理言わないで」僕は笑った。「でもそれ、可笑しいよ。ねえ、思うんだけれど、今、ロイディが言った、僕の表情の変化から、無線を使ってなにかを伝えたな、ということを読んだにしては、あの反応は早すぎると思うんだ」

ロイディは数秒間黙った。計算しているようだ。おそらく、あの場面を再生して再検討しているのだろう。

「ミチルの言うとおりだ」彼は頷いた。「私のメッセージが終わるよりも一瞬速く、彼女は視線を私に向けている。ミチルの反応が表れるには、おそらく〇・四から〇・六秒はかかる。これを考慮すると、彼女が判断をするのに充分な時間はない」

「不思議だね。女の勘っていうやつかな」

「そういった現象は存在しない」

「まあいいや。お腹が減った」僕は服を着る。「ミチル、もし良ければ、相談がある」

「何？　また、あれ？」

「座標システムのずれの原因だ」

「わかったの？」

「私が故障している、という可能性が極めて高い」

ソニック・ドライヤを頭に当てていたが、僕のその手が止まる。

「へえ……、やっぱり、部品が壊れているってこと？」

「そうだ」ロイディは頷いた。とても真面目な表情に見えた。

「どこを取り替えれば直る？」

「確認できない」

「わかった、帰ったら、一度調べてもらおう」

「私のシステムは、多少、古くなったかもしれない」

「え？」僕はまた手を止めてロイディを見た。「何？」

「もし、ミチルに経済的な余裕があるのなら、新しいウォーカロンと取り替える方が賢明だろう」

「経済的な余裕なんてないよ。知っているくせに」

ロイディは黙って頷いた。僕は横目で彼を見る。

しばらく沈黙。

ドライヤのファンが止まった。髪がもう乾いたからだ。

「嘘だって」僕は言う。「お金の問題じゃないよ」

「嘘？　何が？」

「いくらお金があっても、ロイディと取り替えたりしないに決まっているだろう」

「どうして決まっている？」

「馬鹿」僕は鼻息をもらした。「そんなこと説明できるか」

「説明できない。したがって、決まってはいない」

「もういい！　変なこと言うな。せっかく気分が良くなってきたのに、台無しだ。どうして、そういう湿っぽい話をするわけ？」

「湿っぽい話？　理解できない」

「ああ、もう時間じゃない？　食事に下りよう」

「あと二分二十秒ある」

「ロイディもおいで」

「私は食事はできない」

「いいから、一緒に行こう」

## 5

食堂の客は僕たちだけだった。そもそも、この街へ訪ねてくる人間なんているのだろうか。イル・サン・ジャックは風景としては絵になるかもしれない。しかし、島の中心的存在である肝心のモン・ロゼの中には一般人は入れないのだ。となると、この迷路の街シビを散策する以外にない。観光客が来るには、ここの雰囲気はあまりにも暗すぎる。遠目に眺めて、それでおしまい。きっと近くのどこか、もっと楽しい刺激的な都会へ足が向くはずだ。それに近頃、「観光客」という言葉は、限りなく「冒険者」に近づいている。バーチャル情報が完備した現代において、エナジィを消費し、危険を冒してまで現地に足を運ぼうとするのは、たしかに勇気を称《たた》えられる行為かもしれない。

食堂には暖炉があった。そこで本ものの炎が動いていた。とても珍しい。音を立てていたし、刺激的な匂いがした。丸いテーブルと椅子のセットが五組ほどあって、その一つに、僕とロイディが向き合った。ロイディは暖炉の火を気にしている。温度を測定しているのだろうか。

イザベルが料理を運んできてくれた。もちろん、僕一人の分である。ロイディは水さえ飲まない。魚のオードブルのあと、メインは卵の料理だった。ケーキのように膨らんだ不思議な代物《しろもの》で、どうしてそんな形状なのか、きっと誰も知らないだろう。ワインを勧められたけれど、僕はアルコールは断った。

「とても美味しかった」皿を下げにきたイザベルに僕は言った。

「ありがとう」彼女は微笑んだ。少しはうち解けてくれただろうか。「ただ今、デザートをお持ちします」

「デザートが来たら、少し、話をしたいんだけれど」

「私と、ですか？」

「誰か他にいる？　僕と話ができる人が」

「モン・ロゼにはいます」

「それはまた明日行くから……。そうじゃなくて、街の人の話が聞きたいんだ。たとえば、モン・ロゼのことをみんなは、どう思っているか。それから、そう、ここでの普段の生活はどんなふうなのか……」

イザベルは少し困った顔を見せた。キッチンの方を一度振り返ってから、再び僕に視線を向ける。

「デザートをお持ちいたします」彼女は、それだけ言って奥へ入っていった。

「なんか、嫌われているみたい」僕は呟いた。

「嫌われている兆候は、私には確認できない。何故、そう思う？　どのような点に、その傾向が観察される？」

「なんとなく」

「理解不能」

今はゴーグルをしていないので、ロイディとも肉声で会話している。

「ねえ、ロイディ」僕は少し彼に顔を近づける。「何を考えているの？」

「気を悪くしないでほしい」ロイディが言った。

「うわぁ、凄いこと言うね」

「実は、今も、座標システムのデータについて検討している。誤差は大きくなっている。まるで船に乗っているようだ」

「その比喩《ひゆ》も、なかなか良い感じだよ」

「ミチル、冗談ではない」

「気にするなって」僕は彼にウインクする。「そうだ、この島が動いているってことにすれば？　ほら、どんどん大海原へ乗り出していくんだ。一時期流行《はや》ったよね、なんていったっけ？」

「メガフロート」

「そうそう」

「停留されているだけだ。動くものは少ない。それに、それほどの速度でもない」ロイディは真面目な表情で言った。「私の測定に問題がないとすれば、この島はほぼ同じ位置で回転している」

「回転している？」

「そうだ。ここへ到着してからの時間は、およそ五時間。その間の方角のずれは、約七十五度。これは、地球の自転の角速度に一致している。また、島の中心から、現在地位までの推定距離は三百メートル。七十五度の回転によって生じる位置のずれも、ほぼ推定値と一致している。私のセンサが故障していて、私の計測あるいは計算に誤りがある、という可能性も残されているが、両者の一致は偶然とは思えない。レポート終わり」

　イザベルが戻ってきた。小さなカップをトレィにのせて持ってきた。僕の前にそのデザートを置く。ピンクの不透明な液体が入っていた。

「ヨーグルトです」彼女は言う。

「話をしてくれる？」

「はい」緊張した表情だったが、イザベルは小さく頷いた。

「それじゃあ、座って」僕は、横の椅子を示す。

イザベルは椅子を引き、そこに腰掛けた。最初、顔を下に向けていたが、僕が黙って待っていると、やがて顔を上げ、僕を、そしてロイディを見た。僕はヨーグルトを一口飲んだ。

「へえ、これも美味しい」

「ありがとうございます」

「ここで作っているの？」

「いいえ。ここで作ったものは、オムレツだけです」

「キッチンには、誰がいるの？　君の家族？」

「いいえ」イザベルは首をふる。「私は、ここの育ちではありません。三年ほどまえにここへ来ました」

「なんだ、そうなんだ。どうして、ここに住み着いたの？」

「仕事を探していたから」

「ああ、なるほど、明快な答だね。ここへ来て、どう思った？　変な街だって思わなかった？　古いものばかりだし……」

「いいえ、こういうのが私は好きです」

「不便だとは思わない？」

「いいえ。あの、私のことは、あまりきかないで下さい」

「うん、わかった。そうだね。そんなつもりはないよ」僕は両手を広げる。彼女は僕をマスコミの人間だと思っているのだろう。間違った認識ではない。「えっと、今日ね、僕たち、女王様にお会いしたよ」

「え？　メグツシュカ様に？」

「あ、そうか、名前を聞かなかった。メグ……？」

「メグツシュカ様」

「凄い綺麗な人」僕は微笑んだ。「主観だけれど」

「はい」イザベルは頷いた。彼女にとって好ましい話題になったからだろうか、少し安心したようだ。

「女王様や王様に、会う機会はあるの？」

「滅多にありませんが、ときどき、シビの街へ出ていらっしゃることがあります」

「何をしに？　ショッピングじゃないよね」

「ええ」イザベルは微笑んだ。「みんなの様子をご覧になりにいらっしゃるのでしょう」

「モン・ロゼに入ることはない？」

「私たちが？　いいえ、そんなことはできません」

「だけど、荷物を運び入れたり、うーん、たとえば、王様の具合が悪くなったら、医者が行かなくちゃいけないとか」

「お医者様なら、お近くにいらっしゃるはずです」

「一度もモン・ロゼに入ったことがない？」

「はい。一度も」彼女は首をふった。

「中を覗いてみたいと思わない？　余所者《よそもの》の僕が見てきたんだよ」

「ある程度の映像ならば公開されています。それで、だいたいは知ることができますので」

「王様はどんな人？」

「シャルル・ドリィ様は、素敵な方です。気品があって、ご立派です」

「まだ、若い？」

「年齢は存じ上げません」

「でも、女王様と同じくらいだよね」

「あ、いえ……」イザベルは困った顔をする。彼女は上目遣いに僕を見た。「あの、メグツシュカ様は、シャルル・ドリィ様のお母上です」

「え？」僕はしばらく口を開けたままになる。「え……、そうなんだ」ロイディが僕を睨んでいるみたいに見えた。「そうかぁ、女王様って、つまり、先王のお后《きさき》様なんだね」

「そうです」

「へえ……、とてもそんなふうに見えなかったけれど」

「はい、お美しい方ですから」イザベルが目を細める。

「そうか……」

僕よりは多少歳上かな、と思った程度だった。今思い出してみても、ぞっとする。年齢を超越した造形、そういったものを寄せつけない美しさがたしかにあった。僕はまた、デボウ・スホのことを思い出してしまった。デボウも実際よりもずっと若く見える。もう五十年も生きているのに、僕よりもずっと若い。

「ミチル、私も質問をしたいのだが」ロイディがきいてきた。

「え、何？　珍しいことを言うね」僕は笑った。「もしかして、オムレツが食べたかった？」

「違う」ロイディはイザベルの方へ視線を向ける。「この島は回転していませんか？」

「え？」イザベルは目を見開く。「回転？」

「イル・サン・ジャック自体が、回っている、という意味です」

「ああ、はい……」イザベルは頷いた。「そう、そのとおりです。ここにいると、つい、それを忘れてしまうけれど」

「え、本当に？」今度は僕が驚いた。

「一日に一回転」ロイディが言う。

「そう、太陽の方に、いつも南を向けています」イザベルが答える。

「南を向ける？」

「そう、私が最初にここへ来たときには、そうではありませんでした。えっと、二年ほどまえからかしら、突然……」

「突然？　突然回り始めたの？」

「そうです」

「本当に？　驚いたでしょう？」

「驚きました。驚いたでしょう？」


「驚きました。それ以来、ここではいつも太陽は南にあります。日の出も、日の入りも、真南です」彼女は躊躇なく、窓の方角を指さした。「太陽は真っ直ぐに上がって、真っ直ぐに沈みます」

「ちょっと待って」僕は頭の中で幾つかイメージした。「どうして、そんなことを？　こんな大きな島を回すって、凄いエナジィの無駄だと思えるけれど」

「理由は知りません」イザベルは首をふった。「メグツシュカ様に、お尋ねになられたら良かったのに」

「そんな……、知っていたら、絶対に質問していたよ」僕は溜息をつき、ロイディを見た。彼は表情を変えなかったが、どことなく自慢げな、満足そうな表情に見えた。

「そうか……、凄いね。そんな大掛かりなことをしているんだ。すると、建物は古くても、地盤の工事は最近ってことになるね」

「それは知りません」

「でも、工事とかをしていたでしょう?」

「いいえなにも」イザベルは首をふる。「突然、気がついたら、そうなっていました。私は知りませんが、以前から住んでいる者に話を聞くと、もともと、ここは森の中にあったそうです」

「あ、その伝説なら、知っているよ」僕は頷く。

イル・サン・ジャックは、かつては島ではなく山だった。周囲は森林だった。あるとき、天の声を聞いた聖者が、この山の上に寺院を建てたところ、一夜にして海が押し寄せ、周囲の森は海底に沈んでしまった、という物語だ。

「伝説ではありません。あれは事実だそうです」

「事実って……」

「いえ、いつのことなのかは知りませんが、今生きている人たちが本当に体験したことのようです。周囲の森が一夜にしてなくなったって」

「でも、ここは、昔からこの場所にあるはずだよ」

「海岸は、今よりも数百メートルも海側の方にあったそうです。この辺りの一帯は全部、前世紀に植林された土地、海ではなく陸地だった、それが、僅《わず》か一日ですっかり消えてしまって、今のように海になった、というのです。ちょうどそのとき、この街でウィルス性の病気が流行して、多くの死者が出ました」

「その記録はある」ロイディが口をきいた。「三十年ほどまえの記録によれば、たしかにこの一帯は森林だ。もともと海だったが、流砂が堆積《たいせき》して、前世紀の初めには完全な陸地になった。そこに緑化のために土地改良と植林が行われて、その結果、森林となった」

「それがまた海に？　どういうこと？」

「どういうことなのか、という記録は残っていない」ロイディが答える。「伝染病の記録もある。動物を通して感染するタイプのものだったと報告されている」

「いつから、今みたいに、周囲が海になっちゃったわけ？」

「私が入手できる関連データに、十五年まえに撮影された衛星写真がある。このときには、既に周囲は海だ」

「じゃあさ、イル・サン・ジャックが回転しているなんていう情報はあった？」僕はロイディに尋ねた。

「それも現在検索しているが、見つからない」

「当てにならないってことだね」

「ここの記録は、ほとんど残っていないようだ」

「大規模な工事をしたってことだよね。よくそんな資金があったなぁ」僕は不思議に思った。

「あの、私、もうよろしいでしょうか？」イザベルが俯き気味に僕を見つめていた。

「仕事をしなければなりません」

「あ、そうだね。ごめん」僕は微笑んだ。「また、いつか、ゆっくりと話を聞かせてもらえる？」

「ええ」彼女は立ち上がる。「なにか、ご不自由はありませんか？」

「全然」

「では、失礼いたします」

彼女はキッチンの方へ足早に立ち去った。

「ねえ、目的は何だと思う？」僕はロイディに顔を近づける。

「仕事をするためでは？」

「違うって」僕は吹き出す。「イル・サン・ジャックを島にしたり、ぐるぐる回している理由」

「わからない」ロイディは首をふった。「しかし、この周辺は私有地なので、どのようにするのも個人の自由だ」

「明日、是非その点を王様にインタヴューしてみよう」僕は呟いた。

## 6

食事のあと、僕とロイディは外に出た。迷路のように道が複雑なので、気軽に散歩などしようものなら、帰ってこられなくなるかもしれない。大通りの店は、半分ほどがドアを閉めて、照明を消していた。歩いている者にはやはり出会わなかったが、窓の中に人々の姿を見かけることはできた。シビの住人たちは、少なくとも社交的ではない。たとえば、この小さな街から出ずに暮らしていること自体が、その傾向を示しているだろう。

坂道を上り、なんとなくモン・ロゼの方へ足が向いたけれど、とても行き着けそうにはなかった。通りの行き止まりで右手の階段を上り、少しでも展望が良さそうな場所を探した。小径に沿って斜面を上がると、石壁に階段があり、ようやく島の外側が見渡せる場所に出た。

半月が浮かんでいる。星空はぼんやりとして、それほど暗くない。一部の海面が微かに光って見えた。

どちらの方向も海が広がっている。

不思議な感覚だった。ロイディが言ったように、まるで巨大な船に乗っているみたいだ。

「本当だ」僕はゴーグルを外して、肉眼でその景色を眺め直した。「えっと、あっちが南だね。来たときと向きが変わっている」

つまり、本当ならばこの方角には、僕たちが通ってきた堤防や陸地があるはずなのだ。島が回転し、今は海の方角へ向いてしまった、ということになる。

「その議論は既に完了している」ロイディが素っ気なく言った。

「そうだけどさ。やっぱり、こうして実物を見てみないと、信じられないんだってば」

「データを信じる方が賢明だ。観察が常に正確とはいえない。見たからといって断言はできない」

「さっきまで弱気だったくせに、ロイディ、ずいぶん自信家になったね」

「これは自信ではない。客観的な傾向を評価している」

「そうか……」僕は星空を仰ぎ見ながら、島の中心の方向、つまりモン・ロゼの方へ視線を向けた。残念ながら、宮殿の建物はここからは見えなかった。「島全体が回っているとはね。建物くらいなら、回転させているものって、けっこうあると思うけれど、こんなに大規模なものは、やっぱり珍しいんじゃないかな」

「世界で最大規模のものは、直径が約二百五十メートル。これは競技場だ」

「どうして回してるの？」

「太陽光を有効に使うためだ」

「ずっと回しているわけじゃないよね。ここは時計みたいにゆっくり、常に動いているわけでしょう？」

「詳細な測定をしていないが、おそらく等角速度だと思われる」

「そういえば、ほら、来たとき、橋を渡ったよ。あのときも、動いていたわけだよね。常にずれているんだ。全然、気がつかなかったけれど」

「島の周囲は約二千メートル。これを一日かけて一周するとすると、円周における、一秒間の移動量は約二十三ミリ」

「二センチかぁ……。蟻《あり》くらいの速さ？」

「蟻のデータは持ち合わせていないので比較はできない」

「あ、そうか」僕は気づいた。「僕たち、ここへ早く来すぎたから、それで、違う道へ入ってしまったんだ。約束の時刻に来れば、ちゃんとこの通りが正面に来ていたんだよ。少し早かったから、ジャンネの家の方へ行ってしまったんだね」

「そうだ」ロイディは頷いた。

「あれ、気づいていた？」

「当然だ」無表情でロイディは頷く。ちょっと腹立たしい。

「そんな言い方って、ないと思うな」

「悪かった」

低い石の壁に僕はもたれかかった。ロイディが近くにやってきて、僕の後ろに腕を回した。

「何？」

「構造が古いので、危険だ。崩れる可能性がある」

「なんだ」僕は飛び退いて振り返る。向こう側は三メートルほど下に斜めの屋根が見えた。

僕はゴーグルをかけ直す。そして、女王に会ったときの映像をリプレィした。まるで星空の下、この場所に今、彼女が立っているように錯覚することも容易だった。そう錯覚したいのかもしれない。希望というやつは、子供みたいに突然泣きだすものだ。

「どう見たって、そんな年齢には見えないよねぇ」僕は言う。「そうか、もしかして、デボウ・スホみたいに、低温度睡眠を繰り返しているのかもね」

「公的には禁止されているが、もちろん個人で使うことは自由だ」

「そう、なんでも自由なんだ」

「死を選ぶことも自由だ」ロイディが言う。

「自分だけはね」僕は軽く応えた。

口にしてから、自分の言葉の意味を考える。

自殺することは、本人の自由だ。しかし、他者を殺すことは自由ではない。その権利は認められていない。自由にできるのは自分の命だけのはず。

なにか変な気がした。どこかに矛盾の匂いがする。

自由という言葉を使っているから、いけないのか。

権利？　それとも、単なる選択肢？

自分の命なんていらない、と考えている人間に対して、こんなルールがどれほど有効だろう？　死ぬ気になっている人間の破壊的な行動を、どんな理屈で抑制できるだろうか？

ずっと人類が悩み続けてきた課題だ。

たぶん、答はない。

ぼく自身、自分の命なんてどうだって良いと考えている。

それなのに……、どうしてこんなに、他人に気を遣って生きているのだろう？　好き勝手にしないのは何故なんだろう？

否、好き勝手にしている。そう、これが好き勝手にしている状態なのだ、きっと……。

僕は、人を殺したいとは思わない。

自分を殺したいとも、思わない。

僕が人を殺したり、自殺したりしない理由は、ただそれだけのことだ。自由とか権利とか選択肢の問題ではなくて、単にその欲求がないだけのこと。

問題は、その欲求を抱えている人たちなのだ。

そうした欲求自体が間違っている、という考え方が主流だけれど、間違った考え方とは何だ？　考えることの自由は、現代では完璧に保障されているのだから。

「こんなことを考えるのは……」僕は言葉にして呟いた。「デボウのことを思い出しているからなんだね。うん、きっと」

僕はそっとロイディを見た。なんでも良いから、話してほしかった。

「ミチルは、デボウ・スホに会いたいか？」ロイディがきいた。

「うん」僕は素直に頷く。蹴《け》られるのを待っている石ころみたいに、呆《あき》れかえるほど素直だった。

「では、また会いにいこう」ロイディは言った。

会いにいくことは簡単だ。けれど、会いにいっても、なんの解決にもならない。ロイディには理解できないかもしれない。だけど、僕にはそれがよくわかる。

会いたいのではない。
愛されたいのだ。
きっと、そうだ。
恥ずかしくて、とてもロイディには言えなかった。

7

少し寒くなったので、宿屋へ戻ることにした。大通りを下っていく途中、扉が両側に開け放たれた倉庫のような建物があった。明るい黄色っぽい光と、甲高い金属音が中から漏れている。近づくと、戸口の近くで若い男が赤く光るものをハンマで打ちつけていた。

僕は足を止め、しばらくその様子を眺めていた。工具なのか、農具なのか、原始的なツールを作ろうとしている。こんな手作業は図鑑でしか見たことがなかった。

赤い鉄は、次第に暗くなり、黒っぽい普通の色になった。男はそれを木の桶《おけ》に蓄えられた水の中に入れる。音を立てて蒸気が上った。

男はようやく立ち上がって僕たちの方を見た。片手にハンマを持ったままだった。僕よりもずっと躰が大きい。年齢はわからない。若そうではある。

「珍しいか？」彼がさきに口をきいた。

「とても」僕は答える。「初めて見た」

「それは良かった」男は、外に出てくる。そして、空を見上げて深呼吸をすると、煙草《たばこ》を取り出して火をつけた。この街では、まだ煙草は許可されているようだ。

「何を作っているんです？」僕は質問した。

「何とかいったな……、今日来たばかりだろう？」

「ええ、サエバです」

「サエバか。変な名だ。どこから来た？」

「アジア」

「遠いな」

「あなたは？」僕は尋ねる。

「何が？」

「どこから来たんですか？」なんとなく、シビの住人らしくない風貌《ふうぼう》だったので、当てずっぽうできいてみた。

「ずっと北からだ」男はそう言いながら、指を差そうとして、空を見た。「つまり、普通にいう北のことだが」

「ああ、ええ、あっちです」僕は指差した。

「俺はケンだ」

「ケン」僕は繰り返す。「じゃあ、僕はミチル」

「ミチル。うん、そっちの方が良い名だ」

「何を作っていたの？」

「あれか……、荷車の部品だ。どうってことない」ケンは煙を吐き出しながらロイディに目をやった。ロイディは数メートル離れたところに立っていた。不気味な立ち方が得意なのだ。「あいつは、何をしている？」

「なにも」僕は答える。「僕がケンと話し終わるのを、待っている」

「じゃあ、もう終わろう」

「仕事が忙しい？」

「いや、もう終わりだ」

「それじゃあ、もう少し話を……」

「イザベルのところに泊まっているんだろう？」

「そうだよ」僕は頷く。

「ワインを飲んだか？」

「いえ、僕は飲まないんで」

「なんだ」ケンは残念そうな顔をした。

「ここへ来て、どれくらい？」

「俺は、子供のときからだ。親父《おやじ》と一緒にきた。もう死んじまったが」

「あ、じゃあ、もしかして、ここが海になったときのことを覚えている？」

「もちろん」男は頷いた。「そうか、それが聞きたくて、調べにきたのか？」

「いえ、そういうわけでも……」

「朝、起きてみたら、びっくりだ」

「本当に？」

「ああ、本当だ。ここの者みんなが見ている。まえの日までは、海はずっと遠かった。ここは森の中だった。よく出かけていったもんだ。それが、一日で」

「消えてしまった？」

「すっかりね」

「工事をしていたのでは？」

「何の工事を？」

「たとえば……、どこかでダムを造っていて……」話しながら僕は笑ってしまった。

「面白いことを言うな、お前」ケンも微笑む。「なるほど。堰《せ》き止《と》めていた水を、一気に放流したって言いたいんだな」

「そんな可能性しか、思いつかないから」

「水を流し込んだだけなら、海面に木が沢山頭を出しているはずだろう？　この辺りはずっと浅瀬なんだ」

「そういうことは、なかった？」

「いや」ケンは首をふった。「ないね」

「そんなことって、ありえるかなぁ」

「いいよ、信じないなら、信じないで。お前の勝手だ。どっちだっていい」

「自分で見たら、信じると思うよ」

「誰だってそうだ」彼は後ろを一度振り返る。「もういいだろう？」

「ありがとう」僕は片手を上げ、ケンと別れた。

ここへ来て、一番フランクに会話ができる相手だった。同年輩のためだろうか、それとも、時刻のせいだろうか。

「やはり記録は残っていない」横を歩いていたロイディが言った。これはゴーグルのイヤフォンを通じての会話だった。

「突貫工事でもしたんじゃないかな」僕は冗談っぽく言う。

「技術的に不可能ではない」それがロイディの評価だった。

# 8

宿屋に戻ってからは、ロイディと二人で、今日見てきた映像を再生しながら復習した。ところどころに簡単なコメントをつけておく。時間が経《た》つと忘れてしまうからだ。

モン・ロゼの広間で、クラウド・ライツが描いていた砂の絵は、曼陀羅《まんだら》と呼ばれる宗教画の一種らしい。曼陀羅については知っていたけれど、僕のイメージでは、抽象画は含まれなかったのだ。ロイディがそれについて五分近く解説してくれた。描く行為自体が修行の一つと認識されている。あんな静かな生活も良いな、と僕は思った。余計なことを考えないで、落ち着けるかもしれない。否、逆に、描いているうちに、いろいろ思い出してしまいそうな気もする。きっと、途中で嫌になって、自分の描いた絵を壊してしまうだろう。僕だったら、たぶんそうなる。壊してしまって、泣くだろう。誰かに来てもらいたいんだ。だから、子供みたいに声を上げて泣き叫ぶ。

そんなふうに冷静に分析していることが、少し可笑しかった。

今の僕は、本当にそんな人間だろうか？

よくわからない。

それを確かめるためにも、実際に砂の絵を描いてみる価値はあるかもしれないし、それを確かめること自体が、つまりは修行、つまりは宗教の目的かもしれない。間違っているだろうか？　ベッドの上でそんなことをあれこれ考えた。

ロイディはバスルームで充電をしている。

部屋はまだ照明を消していなかったので、天井が眩しい。明るいままにして眠ることが僕はよくある。暗くすると眠れないという意味ではなくて、さあ寝ようというタイミングが、自分でよくわからないだけだ。自分の躰を充分にコントロールできていない、ということだろう。

明日のスケジュールは決まっていない。モン・ロゼを辞去するとき、クラウド・ライツにそのアポイントメントを取ろうとしたところ、「当方からご連絡を差し上げます」という返答だった。王に会えるか、と尋ねたが、それもわからないとのこと。不確定なことが多い。友好的なのか、それともやはり排他的なのか。

ドアが小さくノックされた。

「はい」僕は返事をする。

ベッドから下りて、上着を羽織った。時刻は二十三時。

ドアを開けると、通路に立っていたのはイザベルだった。

「お休みでしたか？」エプロンの前で手を合わせ、大きく目を見開いた神妙な顔で、彼女はきいた。

「あ、いえ、大丈夫」

「実は、モン・ロゼから、たった今、連絡がありまして、その、サエバ様にご足労をお願いしたい、とシャルル・ドリィ様からのご伝言です」

「ああ、それは光栄です。何時頃に伺えば良いでしょうか？」

「いえ、今からです」

「え？　明日の話ではなくて？」

「そうです。これからすぐ、私がご案内いたします」

「こんな時刻にですか？」僕は驚いた。しかし、文句が言える立場ではない。「わかりました。ちょっと待って下さい。五分で支度をします」

「では、ロビィでお待ちしています」

ドアを閉める。僕は服を着替えながら部屋を歩き、奥のバスルームのドアを開けた。

「ロイディ、出かけるぞ」

「了解」洗面台の前にロイディは突っ立っていた。コンセントから電気を取っているのだ。

「充電は？」

「八十五パーセントほど」

ジャケットを着て、ゴーグルを摑む。ロイディがバスルームから出てきた。

「外気温は六度だ」彼は言う。「少し冷えているから、ヒータをつけていった方が良い」

「世話焼き」

「私の仕事だ」

「ねえ、銃はどうしよう?」僕はベッドの枕の下に置いてあった銃を取り出した。

「持っていった方が良いと思う?」

「私には判断できない。携帯は許されている」

「じゃあ、持っていこう」

最後にゴーグルをかけて、僕は部屋を出た。

「それにしても、ちょっと非常識な時間帯じゃないかな」

「統計的にはそうだ」

「どういった理由が考えられる?」

「わからない」

「王様は、夜型なんだ」

「夜型とは?」

「明るいうちは寝ていて、暗くなると起きているってこと」

「ああ、では、普通は昼型か？」

「そうそう」

「不眠症の場合は、終日型か？」

「いいから、気にしないで」螺旋階段を下りながら、僕はロイディに言う。

ロビィのカウンタの前でイザベルが待っていた。エプロンを外し、それに髪をほどいていたので、少し違った印象だった。

「王様は、夜型？」僕は彼女に尋ねる。

イザベルは首を傾げ、やがて軽く首をふった。言葉が通じなかったみたいだ。

ロイディが螺旋階段を下りてくるのを待って、僕たちは表通りに出た。

空に月を探した。高いところにある。鍾乳洞《しょうにゅうどう》の中みたいに空気はすっかり冷え切っていて、動かない。歩くだけで顔が冷たくなった。僕はヒータをつけてから、ロイディの顔を見た。自分は寒くないのに、人のことを気にする奴なのだ。

通りの商店はどこも閉まっている。ところどころの窓に明かりが灯っていて、石畳にぼんやりとした光を落としていた。しばらく行くと、ケンの鍛冶屋の前を通りかかる。もちろん、戸が閉まっていた。真っ暗だ。

「ここのケンという人と話したよ」僕は歩きながらイザベルに言った。「彼も、ここの生まれではないそうだね」

「そうです」ちらりと僕の方を見て、イザベルは頷く。

「どれくらいいるのかな？　シビの生まれではなくて、外部からここへ来て住み着いた人は」

「四人です」

「あれ、そんなに少ないの？」僕は驚いた。「それじゃあ、もうその半分の人に、僕は会ったことになるね」

「いいえ、三人です」イザベルは僕の方へ顔を向ける。「サエバ様は、ジャンネにお会いになりましたでしょう？」

「うん……、え、彼女も？」

イザベルは頷く。

「あれ、だけど……」僕は思い出す。「ジャンネは、あの家の娘では？　妹がいるし……」

「私にも妹はいます」イザベルは言った。

「え？」彼女の返答が不思議だった。会話の流れが見えない。「妹さんが？」

「サエバ様の夕食のオムレツを焼いたのは、私の妹です」

もっと言葉が出てくると期待したけれど、彼女はそこで話をやめて黙ってしまった。大通りは行き止まりになり、ドアを開けて抜け道のようなトンネルに入った。小さな照明が灯り、肉眼でも、どうにか歩ける照度は保たれている。僕はゴーグルをかけているので、そのまえから赤外線映像に切り換えていた。

イザベルの言った意味がよくわからなかった。僕がキッチンにいるのは家族か、ときいたとき、彼女はそれを否定した。彼女は三年まえにこのシビの街へやってきて、就職してここに住み着いた、と話した。それから、このシビの街への移住者は四人しかいない、とも言った。そのうち三人は、ケン、ジャンネ、そして当然ながらイザベル自身だ。さらに、彼女の妹がいるという。妹も一緒に、この地へ移住したのだろうか？　そうならば、四人の移住者のもう一人は、イザベルの妹ということになる。しかし、そうなると、ジャンネの妹はどうなるのか？　ジャンネの妹は、ここで生まれたのか。しかしそうだとすると、ジャンネの両親がここにいることになる。そんなことを考えている間にも、階段を上ったり、トンネルを抜けたり、ドアを開けたり、次々に角を曲がった。モン・ロゼに近づいている。

最後にドアを開けて、別の通りに出た。宮殿の正面の広場が右手に見えた。ライトアップされ、しんと静まりかえった空気が標本みたいに張りつめていた。

イザベルが立ち止まって、僕を見る。

「帰りは、なんとかなるよね？　ロイディ」僕は振り返ってパートナにきく。

「道順のことならば、大丈夫」彼は答える。

「そういうわけだから、待っている必要はないよ」僕はイザベルに言った。「もう、遅いし、それに寒いし。ロビィの鍵だけ開けておいてもらえれば、大丈夫」

イザベルは無言で頭を下げた。

僕とロイディはゲートへ近づく。扉が開き、中に男が立っていた。まえと同じ彼だった。

「こんばんは」僕は挨拶をする。

「お待ちしておりました。どうぞ、こちらへ」男は表情を変えずに言った。愛想がまるでない。

「あなたは、名前は何といいますか？」僕は尋ねた。

「名乗るほどの者ではありません」歩きながら、男は僕の顔を見て答えた。

「名前がないのですか？」少し微笑んで冗談っぽく言ってみた。

「ヨハン・ゴールと申します」

「ありがとう。僕はサエバ・ミチル。それに、彼はロイディ」僕は言う。無駄かもしれないが、礼儀は尽くすべきだと思う。

「存じています」

「こんな時刻に謁見《えっけん》とは、少し驚きました。こちらでは、よくあることですか？」

「存じません」

どうやら、あまり僕とは話をしたくないみたいだった。しかたがないので、黙って歩くことにする。

王様に会うというのに、僕はそれほど緊張していなかった。どういうわけか、こういった度胸がある。それなのに、女王様が一緒かもしれない、と考えるだけで、少し鼓動が速くなった。いずれにしても、王は、メグツシュカ女王の息子なのだ。どんな人物だろう。

建物の中に入ると、今度は階段を下りていく。昼間に案内をしてもらった場所は、すべて入口よりも高いフロアだったから、その逆になる。平坦な土地に建っているのではないので、どこからが地下なのかは難しい。

カーブした階段を下りて、広い真っ直ぐの通路を進んだ。照明が床に近い位置から天井へ向けられていた。両側の壁には絵が描かれている。武器を持った人、翼の生えている人、裸の人、若者、老人、子供。突き当たりのドアの前には、ちょっとした空間があった。その中央に、女が一人立っていた。白い布を頭や躰に巻きつけている同じファッションだ。

ヨハン・ゴールは立ち止まり、彼女に軽く会釈をした。女は僕に頭を下げ、奥へ片手を差し出す。

「ようこそいらっしゃいました。シャルル・ドリィ様がお待ちでございます」

女は奥の通路へと歩きだす。僕とロイディはそれに従った。ヨハンは、ついてこない。しばらくして振り返ってみると、もう彼の姿はなかった。

一度角を曲がり、数十メートル進むと行き止まりで、両開きの大きなドアがあった。それが、ゆっくりと開く。

大量の光が一斉に流出した。

高い天井、そして、光を反射する金属的な床。

壁も床も、黒と白の大きな市松模様で、まるでチェス盤のようだった。

部屋は十メートル四方ほどで、特に広くはない。

奥に一段高い位置があり、そこに巨大な背の椅子が二つ。その手前に小さな椅子が二つ置かれている。

「どうぞ」女の手招きに従い、僕は部屋の中に足を踏み入れた。「そちらで、お掛けになってお待ち下さい」

ステップを上がると、椅子の周辺だけに絨毯が敷かれ、中央の床には四角い昇降テーブルが収まっていた。

僕は手前の小さな椅子に腰掛ける。ロイディは立ったままだ。彼は椅子を使わない。

正面の大きな二つの椅子を僕は眺めた。

入ってきたドアが閉まる音。

女もいなくなった。僕たちだけだ。

「どんな感じ？」僕はロイディに尋ねた。

「質問の意味がわからない」彼は答える。彼の返答はいつも僕をリラックスさせてくれる。

部屋の右手にもう一つドアがあった。そこから王様が現れるのだろうか。椅子が二つあるということは、女王様も一緒だろうか。そんな想像をする。

時計を見ると、時刻は二十三時三十分。深夜である。

三分ほど待っただろうか。もしかしたら、もう少し長かったかもしれない。

僕たちはそこで、このイル・サン・ジャックのリーダに会ったのだ。

# 第2章
# 僧侶はいかにして殺されたか

首のない死体があって、
大河《たいが》のように、
目の醒めるほど赤い血が
枕をひたし流れ出し、
旱天《かんてん》の牧場のように
シーツ奴《め》も嬉しく飲んだ。

# 1

僕はじっと奥のドアを見つめていた。しかし、結局そこではなく、僕たちが入ってきたのと同じ、後方のドアが開き、一人の男が足早に入ってきた。

「お待たせした」男は、ステップを軽く駆け上がり、僕の前に立った。

「あの、どうも……」僕は慌《あわ》てて立ち上がる。「えっと……」

男は痩《や》せた長身でまだ若い。ラフな服装で、どこにでもある普通の若者のファッションだった。

「シャルル・ドリィです。よろしく」片手を僕の方に差し出す。

「お招きいただき、大変光栄です」僕は頭を下げた。「サエバ・ミチルです。どうかよろしくお願いいたします」

とにかく、差し出された手を握らなくてはならない。ちゃんとしたお辞儀をすることもできなかった。

シャルル・ドリィは身を翻すように椅子に座り、素早く脚を組んだ。動きが速い。軽業師のような身のこなしだった。

「ミチル、座って下さい」彼は早口で言う。「どうか楽にして。何が良いですか？お酒？　それともコーヒー？」

「いえ、どうか、おかまいなく」

「こんな夜分に呼び出して、申し訳ない」シャルル・ドリィは言った。「そちらの方は、お座りにならない？」

「あ、すみません。彼は僕のパートナで……」

「ウォーカロン？」

「そうです」

「変わったタイプだ」シャルルは目を細めてロイディを見た。「メイ。コーヒーを二つ」今度は僕の背後に声をかける。「コーヒーで良いですか？」また僕に視線を移す。

「はい」僕は頷いた。

戸口にさきほどの女が立っていて、頭を下げてから出ていった。メイというのは彼女の名前のようだ。

「お客様は珍しい。とても久しぶりです」シャルル・ドリィは嬉しそうに微笑む。「そう、お袋が、メグツシュカが、君に会ったそうですね」

「はい」僕は頷く。

「びっくりしたでしょう?」シャルル・ドリィは悪戯っ子のように微笑んだ。

「はい、多少」

「あの人はね、人を驚かすのが好きなのです。ところで、どうして、彼女が、君をここへ呼んだのか、ご存じですか? もう聞かれました?」

「いいえ」僕は椅子に座り直した。「あの、どうしてでしょうか? 是非それを伺いたいと思っていました」

「やっぱりね」彼は口に拳《こぶし》を当ててくすっと吹き出した。「人が悪いな」

「どうして、呼ばれたのか、とても不思議なんです」

「今だって不思議でしょう? どうして、こんな真夜中にって、思いませんでしたか?」

「思いました」僕は正直に答える。

シャルル・ドリィはとても頭の回転が速い、ということがまずわかった。こちらが話そうとすることを先回りして言われてしまう。

「まず、一つ」彼は指を一本立てる。「彼女の名を知っていますか?」

「メグツシュカ様」僕は答える。

「姓は？」

「姓？　ドリィでは？」

「違う。彼女の名は、メグツシュカ・スホ」

「え？」僕は息を止めた。

「ああ、じゃあ、本当に知らなかったんですね、サエバ・ミチル。驚いた？」

「それでは、あのスホ家の？」

「そう」

「ルナティック・シティの？」

「そうです」

「デボウ・スホとの関係は？」

「デボウは、メグツシュカの娘。つまり、私の義理の姉になります」

僕は、なにも言えなくなってしまった。しばらく呼吸を止めていた。苦しくなって、深呼吸をする。

デボウの母親？

それが、メグツシュカなのか。

だが、デボウはたしか、母親は五十年もまえに死んだと僕に話した。否、死んだとは言わない。彼女の国では、死という概念がないためだ。永い眠りについた。そう、そう言ったはず。

デボウが治めているルナティック・シティで、かつては、メグツシュカが女王だったのか。

「どうして、今はここにいるのか、ときたいのでしょう?」シャルル・ドリィが片手を顔の横で広げる。「ようは、気まぐれなんだ、メグツシュカって人はね。そう、きっと、ルナティック・シティには厭《あ》きてしまった。うん、そんなところだと思います」

「それで、こちらへ?」僕は息を吸う。天井を見て、思考を集中させる。「ちょっと待って下さい。ルナティック・シティで、メグツシュカ様は女王だった。それが、こちらでも、また女王になった?」

「そういうこと」シャルル・ドリィは面白そうに笑う。「二度目の結婚だ、と言いたいんでしょう?」

「あ、いえ……」僕は首をふる。

後方でドアが開いて、トレィを持った女が入ってきた。

ルナティック・シティで、メグツシュカはデボウを産んだ。そのときの父親は、このイル・サン・ジャックの先王、ルウ・ドリィとは別人だ。つまり、彼女は、ルナテイック・シティを去り、ここへやってきて、ルウ・ドリィと結婚して、シャルルを産んだことになる。デボウとシャルルは父親が違う。特に不思議でも、不自然でも、不道徳でもない。ごく常識的な話だ。ただ、そういった歴史ともいえる長い年月の経過に比べて、僕が昼間に会ったメグツシュカ女王の美しさが、輝きが、あまりにも際立っていた。それは圧倒的、そして奇跡的でさえあった。

デボウ・スホが生後五十年を経ても、まだ二十代の若さを持っていたのは、彼女が人生の半分以上を低温度睡眠によって過ごしていたからだ。デボウの母であるメグツシュカも、おそらくは同様の生活をしているのだろう。そうでなければ、とても現実として受け止められない。

椅子の前の床が下から持ち上がってテーブルになった。女はそこにコーヒーカップを置く。シャルル・ドリィはにこやかな表情で、それを僕にすすめ、自分もカップを手に取った。ロイディは黙って立ったままだ。女は一礼して静かに立ち去った。

「結局のところ、メグツシュカが君をここへ呼んだ理由は、それです」彼はカップに口をつける。

「どういうことか、わかりません」

「デボウから、君のことを聞いたのでしょう」

「デボウは、母親は死んだと言いました」僕は話す。「少なくとも、そう信じているように、僕には見えましたけれど」

「君がどう見たかは問題ではない。また、デボウがメグツシュカを死んだと考えていても、まったく問題はない」

「しかし、それでは、話が……」

「母親としてではなく、別の人間として接触しているかもしれない」

「ああ……、なるほど」僕は頷いた。シャルル・ドリィが言っていることは喩え話なのか、それともそのままの真実なのか、判断がつかなかった。

「これが一点」シャルル・ドリィはカップをテーブルに戻し、その片手を翻すように振った。「すなわち、君がここへ来ることができた理由。納得しましたか?」

「はい、なんとか」僕は小さく溜息をつく。「つまり、僕を見たかった、というような意味ですね」

「では、二点め」シャルル・ドリィは白い歯を見せて微笑んだ。「取材をしたいのは君の方だし、私には関心がない。今まで、マスコミをここへ入れなかったのは、メグツシュカの意向です。私にはなんの権限もない。ここはすべて彼女のものです。もちろん、君が来ていることの報告は受けていた。明日くらいには、私のところへやってくるだろう、と思っていた。外部の人間に会うことは、私は嫌いじゃない。刺激的だといって良い。だから、多少ではあるけれど、そう、楽しみにしていました。それなのに、急に、今夜こんな時刻に、私が君を呼び出すことになってしまった、その理由は……」

彼はそこで言葉を切り、僕を見据えた。

「ええ、是非教えて下さい」僕はまだカップを手にしていなかった。「明日までは待てない理由があったのですね？」

「そう」彼は頷くと、またカップを口へ運ぶ。今まで早口で捲《まく》し立てたのとは打って変わり、急にゆったりとした仕草に切り替わった。これまでのすべてが演技だった、そんな変貌ぶりだった。

しばらく沈黙が続く。

僕は、待ちきれなくなり、まずカップに手を伸ばす。一度持ち上げ、その液体の香りがわかるほど近づけた。しかし、どうしても落ち着かなかった。カップをまた戻し、僕はシャルル・ドリィを見る。

「説明するのは、とても難しい」彼はようやく口をきいた。もう笑っていなかった。どちらかというと深刻な表情といえる。これも演技なのだろうか。

僕は彼が話すのを待った。

「サエバ・ミチル」シャルル・ドリィは静かな口調で語った。「実は、私も君を見たかったのだ。お願いがある。ゴーグルを外してもらえないか」

「説明してもらえるのなら」

「もちろん」彼は頷く。

僕はゴーグルを取った。

シャルル・ドリィは目を細め、数秒間僕を見つめていた。そして、しだいに彼の口もとに笑みが浮かんだ。

「説明を」僕は要求する。

「明日会うことになる異国の人間のことを、私は調べてみた。暇だったので、退屈凌《しの》ぎにね。話のネタくらいにはなるだろうと。君のデータに特別な問題はない。目立つことといえば、一度、事故で大怪我をしている程度のこと。そう、そこまではなんということもない。だが、君がここへやってきたときの映像を見て、私はびっくりした。わかるかね？」

「いいえ」

「君の、今の、その姿だ」

「僕の、姿？」

「君は、本当に、サエバ・ミチルか？」シャルル・ドリィは前屈《まえかが》みに身を乗り出した。「私に会うのは、初めて？」

「どういうことですか？」僕はきき返す。

シャルル・ドリィは椅子から立ち上がり、テーブルを回って僕の前まで来た。なにかのセンサが感知して、二人分のコーヒーカップをのせたままテーブルはゆっくりと床のレベルまで下がった。

彼は前屈みになって、僕に顔を近づける。

僕の後頭部は、椅子の背もたれに当たった。

肘掛けの上の僕の右手に、彼の左手が。

僕の左手に、彼の右手が。

「あの……」なにか言わなければ、と思った。

「君は、クジ・アキラだろう？」シャルル・ドリィは言う。

「違う」僕は首をふった。

「覚えているはずだ、私のことを」

「ちょっと待って。シャルル・ドリィ」

「会いたかったよ」さらに彼の顔が近づいた。「まちがいない。絶対だ。私が間違えるはずがない。君は、私に会うために、私と再会するために、ここへ来たんだね？」

「違います」

「生きていたんだ」

手を動かそうと思っても、体重をかけた彼の手が重かった。僕は躰を捻《ひね》って横を向く。

「アキラ……」

「クジ・アキラは死んだ」僕は言った。「僕は、彼女の代わりに生き残ったんです」

シャルル・ドリィは動かなくなった。ブルーの瞳で、僕をじっと見つめている。

「本当です。調べて下さい。アキラは、強盗に銃で撃たれて、殺された。即死だった。僕も一緒で、僕の方がさきに撃たれた。どうすることも、できなかったんです。大怪我だったけれど、僕は生き残った」

「では、どうして、彼女の顔を?」彼は視線を下げ、僕の躰をスキャンした。「これは、彼女の躰では?」

「だけど、クジ・アキラではない」僕は言う。「僕はサエバ・ミチルです」

「本当に?」

「本当です」

「何故?」

「どいてもらえませんか?」僕は言った。「でないと、僕はあなたを蹴飛ばして、銃で撃つかもしれない」

シャルル・ドリィは一瞬だけ目を見開いた。しかし、小さく二、三度頷くと、躰をゆっくりと起こし、僕の手を解放した。後ろに下がったとき、彼の足が床のコーヒーカップに当たり、茶色の液体がこぼれた。斜めに三本、飛び散ったコーヒーを、じっと見ていたのはロイディだけだった。

「悪かった……、その、申し訳ない」シャルル・ドリィは僕の前に立って、申し訳程度に頭を下げた。それから、天井を見上げて長い溜息をついた。「まったく、どうしてこんなことに……」

僕も音を立てないように、深呼吸をした。

「質問をしても良いですか？」

「なんでも」自分の椅子に戻って、シャルル・ドリィはぶっきらぼうな口調で応えた。

「今夜、腹を立てているのは明らかだった。下を向き、僕の顔を見ていない。

「今夜、僕を呼んだ理由は？」

「あまり、話したくない」

「説明すると、約束しました」

「わかった。理由は簡単だ。メグツシュカが眠っているうちに、君に、会おうと思った。それだけだ」額に手を当てて彼は答える。「なんてことだ……、アキラではない？」

「ええ、違います」

「彼女は……、本当に死んだのか？」シャルル・ドリィは顔を上げる。

「もし生きていたら、僕と結婚するはずだった」

「え？　そんなはずは……」彼はまた目を見開く。「いや、そうか……」短い溜息をつき、彼は床に視線を落とした。「そう、もちろん、そうかもしれない。失礼した」

「アキラがまだ若い頃に、こちらへ来たことは、僕も知っています」

「そうだ、若かった。私も、若かった」彼は椅子にもたれかかり、片目を指で押さえていた。「しかし、こうして見ていると、不思議だ。なんというのか……、その、昔のままだ。君は、全然変わっていない」

「見えるものが、すべてではありません」

「そう、そのとおりだ」彼は目を瞑った。「目に見えても、触れられるものと、触れられないものがある」

「アキラは、ここへ何をしにきたのですか？」

「取材だった。彼女はメグツシュカに会いにきた」

「会えたのですか？」

「いや」シャルル・ドリィは首をふった。「可哀想だったので、私が代わりに会ってやった。それが間違いだった。今にして思えば、単に彼女は、私に取り入ろうとしただけだったろう。そう、そのあとも、ずっと私はそれで悩んだ。確かめることができなかった。二度と彼女に会えなかったからだ。なにか、私のことを彼女から聞いていないか？」

「いいえ」僕は首をふる。「僕が彼女とつき合い始めたのは、それよりもあとのことです」

軽いベルの音が鳴ったあと、ドアが開いた。

「片づけなくてもいい」シャルル・ドリィは片手を広げる。「メイ、悪いがあとにしてくれ」

入ってきたのは、さきほどの女だった。床にこぼれたコーヒーの始末にきたのだ、と僕も思った。

「大変申し訳ありません。シャルル・ドリィ様」メイは早口でそう言いながら、近づいてくる。

「何だ？」

「早急に、お耳に入れたいことが」段の手前に立ち、彼女はシャルル・ドリィを窺った。

彼が頷くと、女は段を上がり、彼の椅子の横まで来て片膝をついて屈み込んだ。小声で耳打ちをする。僕には聞こえなかった。ロイディが検知しているはずだ。僕はロイディを見る。

ゴーグルをかけていなかったので、ロイディと内緒話ができない。

シャルル・ドリィの顔色が変わった。

「わかった」真剣な表情で彼は頷いた。「すぐに行く」彼は身軽に立ち上がった。「サエバ・ミチル。すまないが、今夜は急用ができてしまった。失礼する」

「明日、またお伺いしてもよろしいですか？」

「もちろんだ」彼は既に戸口の方へ向かっていた。

ドアが開き、シャルル・ドリィが出ていく。その後をついて、女も走り去るように消えた。

僕は、床に転がっていたコーヒーカップを皿に戻しておいた。こぼれたコーヒーはどうしようもない。

部屋には僕とロイディの二人だけになった。誰かが迎えにきてくれるのか、と思って待ったが、誰も来ない。僕は椅子の上に落ちていたゴーグルをかけた。

「何があったの？」ロイディに尋ねる。

「大変です。クラウド・ライツ様がお亡《な》くなりになりました」女のひそひそ話が雑音混じりでイヤフォンから流れた。ロイディが僕のために再生してくれた音声だ。処理をしても、この程度ということは、解読度はぎりぎりだっただろう。

「死んだ？」シャルル・ドリィの声。「どうして？」

「曼陀羅の中で、首を切られて」女が話す。声が震えているのがわかった。

「首を？」

「恐ろしいことです」

「わかった。すぐに行く」この声は今までとは発声が違う。僕にも聞こえた音声だ。

ロイディの録音はそこまでだった。

「曼陀羅って、昼間に見た、あの砂の絵のことだね」僕はロイディに話す。

「断定はできない」

「行ってみよう」僕は歩き始める。

「どこへ」ロイディがきいた。

「曼陀羅の部屋へだよ」

「どうして？」

2

僕とロイディはまず建物の入口まで戻った。途中で誰にも会わなかった。がらんとした建物の通路はとても沢山の分かれ道があり、また、ときどき広間らしい場所や、木製のドアなどもある。どこかには人間がいるはずなのに、ほとんどその気配が感じられなかった。生活の匂いはまったくないといって良い。

「まるで廃墟っていうか、そう閉館後の博物館みたいだね」

「博物館は閉館しない」ロイディが言った。

「映画で見た昔の博物館だよ。ほら、建物の名称としての」

昼間にヨハン・ゴールに案内された道順を思い出し、建物の上の階へ向かった。二回ほど道に迷いそうになったけれど、遅れて上がってきたロイディが覚えていた。

「ミチル、あまりすすめられない」ロイディが小声で言う。

「充電が足りない？」

「違う、もう帰った方が良いのではないか、という意味だ。これは、強制ではない、単なる私の提案だ」

「どうして、そう思う？」

「立ち聞きすることはマナーに反している」

「立ち聞きしたのはロイディだ。僕じゃない」

「その認識は一般には通用しない。シャルル・ドリィ氏は、我々に聞こえないように小声で話した。つまり、我々に知られたくない情報だったということだ。この場合、知らないことにする方が賢明と思われる」

「それじゃあ、帰る道に迷ったことにしよう。誰も送ってくれなかったんだ、放っておいた向こうにも責任がある。僕たち、こういうの駄目なんだよね。方向音痴ってやつ？　それで、偶然にも、こんなところへ、来てしまった」

「僕たち、ではない。私は方向音痴ではない」

「故障していることにしよう」

「気がすすまない」

「しぶしぶってことだね」

「了解」ロイディは頷いた。プライドの高いウォーカロンを納得させるには骨が折れる。

人の声が聞こえてきた。

最初に、通路に立っている子供の姿が見えた。まだ小さい。男の子らしい。彼は、広間の中をじっと見つめていた。僕たちがやってきても、見向きもしなかった。

その広間にまちがいなかった。昼間に来た場所だ。通路と同様にそこも充分な明るさとはいえなかった。部屋の周囲に立つ柱の半分ほどの高さに小さな電球が光っているだけだ。天井は真っ暗だった。

「サエバ様」一人が振り返って僕たちに気がついた。

白い布を纏《まと》っている。あの無愛想なヨハン・ゴールだ。彼の他に、男女が二人立っていた。シャルル・ドリィと、やはり白い布を纏ったメイという名の女のようだ。

僕は広間に足を踏み入れ、ゆっくりと彼らのいる方へ近づいていった。道に迷った末、偶然ここまで来てしまった、という説明をする心の準備をしながら。けれど、誰も僕が来た理由など問わなかった。

　砂の絵の中に、誰か倒れている。

　仰向けだった。

　薄暗くて、よく見えない。

　もう一人いた。やはり絵の中で、倒れている者の傍らに、男が一人屈み込んでいた。彼の蔭になって、仰向けの人物の顔が見えなかった。

「何があったのですか？」僕は尋ねた。

　もちろん、クラウド・ライツが死んだ、という情報は知っていたが、この質問は最低限のマナーかと思われた。

「見てのとおり」シャルル・ドリィがドライな口調で答える。「アキラ、いや、ミチル」彼は僕の方へ歩み寄った。「君は見ない方が良い」

「なにかの事故ですか？」僕は尋ねる。「大丈夫。こういったことには、仕事柄慣れていますから」それは嘘だった。

　シャルルが小さく肩を竦める。

　屈み込んでいた人物が立ち上がり、こちらを向いた。大柄な男だった。服装は古風で、顎鬚《あごひげ》が長い。顔の皺《しわ》からも、相当な年齢に見えた。

「どうですか？　先生」シャルルがきいた。

「こういったものを見るのは、私も久しぶりのことだ」その老人は低い声で話した。「いや、戦場でも、こんなのは滅多に見られるものではない」

彼が移動したため、僕は、そこに倒れている人物の全身を見ることができた。

それは、クラウド・ライツの躰だった。

砂の曼陀羅は、周辺ではほとんど乱れていない。だが、彼が倒れている中央部だけは局所的に歪《ひず》んでいた。ライツの躰は両脚を伸ばし、両手を伸ばし、腹を上にして大の字に横たわっている。着ているものは、オレンジ色の布で、昼間に会ったときと同じもののようだった。しかし、胸の辺りから上にかけて、その布は赤黒く血に染まっていた。

首がない。

首から上の顔、頭、すべてが、そこになかった。

首を切られた、という意味は、こういうことだったのだ。僕もそこまでは予測していなかったので、この倒れたライツの躰を見て驚いた。でも、一瞬息を止めただけだ。

ライツの手は、砂の絵を描くための棒状の道具、例の金色のスプーンを握っていた。昼間に見たときには、その中に黄色い砂が入っていた。今も、スプーンの近辺に僅かに黄色い砂が残っている。大部分は飛び散ってしまったのだろう。彼は、ここで曼陀羅を描く仕事をしていたのだろうか。そこを誰かに襲われた。しかし、それにしては、曼陀羅のほぼ中央に倒れている点が不自然だった。そこまでジャンプして入ったように見える。よく観察してみると、砂の曼陀羅には、中央まで人が歩いた形跡が残っていた。しかし、それは今、クラウド・ライツを診察している男がつけたもののようだ。

周囲に目を向ける。死体の周辺には大量の血が流れていた。砂がそれを吸って色を失い、黒ずんで見えた。それ以外にも、かなり遠くまで血が飛び散った痕が残っている。一方にそれが集中しているのは、首を切られて、倒れたときの方向のためだろう。首がそちらへ転がったのかもしれない。

「頭部は近くにはない」ロイディの声がイヤフォンから聞こえた。僕の気持ちが伝わったようだ。ときどき、言葉にしなくても、彼には直接、僕の思考が届く。

そう、肝心の首、ライツの首は、見当たらなかった。

僕は少し移動して、周囲の柱の蔭にも注意を払う。もしあったら、みんなの視線がそちらへ向かないはずはない。

少なくとも、この広間には首はないようだ。

もう一度、曼陀羅の中に倒れている首なし死体を観察した。砂の絵は、昼間に見たものとほとんど同じだったけれど、僅かに、周辺に違いが見出せた。一カ所だけ、アウトラインの白い砂が置かれ、その内側に砂がない部分があった。描きかけの部分、ちょうど手がけていた箇所だろう。その部分の隅を掠《かす》るように、蹴散らした痕跡があった。クラウド・ライツは、ここから踏み込んだのだろうか。しかし、それにしては距離がやや遠い。彼が倒れている曼陀羅の中央付近までは三メートルほどもある。

「心拍は停止している」ロイディが僕だけに報告した。「皮膚表面の体温の低下速度から、死亡後まだ数十分と推定される」

「誰がこんなことを？」僕は口にする。

シャルルが僕を見た。彼は一瞬で判断をしたようだ。

「ヨハン」シャルルが言った。「警戒および監視のモードをレベル3に」

「はい」ヨハンが右腕のバンドからなにかを入力する。

「ミチル」シャルルは僕の方へまた近づいてきた。「どうか、このことは、しばらく内密にしてほしい。セキュリティの問題からだ」

「ええ、あの、警察は？」

「警備は、すべて機械化されているが、もちろん、警察を呼ぶことになるだろう」

「この島の警察？」

「そうだ」シャルルは頷いた。「とにかく、君はもう帰った方が良いだろう。調査をして、明日にはすべてが明らかになると思う」

「なにか心当たりが？」

「いや、そういったものはない」彼は首をふった。「とても驚いている。理由がまったくわからない。想像もできないよ」

「良かったら、力になる」僕は言った。

「ありがとう。しかし、これは、私たちの問題だ」

「わかった」

僕は一礼して、その場を退出することにした。曼陀羅の中央から、鬚の老人が慎重な足取りで戻ってきて、シャルルと話を始めた。あとから知ったことだが、その老人は医師で、名前をレオン・ドゥヌブという。

僕は広間から出た。通路にまださきほどの少年が立っていた。

「君は？」僕は彼に尋ねる。

「クラウド・ライツは死んだの？」少年は僕にきいた。

「うん」僕は頷く。「ここで何をしている？」

「僕は、クラウド・ライツの弟子です」高い声で彼は応えた。しっかりとした発声だった。

「ウィル」広間の中からシャルル・ドリィが呼んだ。

少年は駆け出して、広間の中へ入っていく。

「いや、来なくて良い」シャルルが片手を広げて止めた。「クラウド・ライツは亡くなった。残念だが、これは元には戻らない。君は部屋に戻って、彼のために祈りなさい」

少年は立ちつくし、動かない。

「行きなさい」シャルルが言った。

「はい」少年は頷き、また通路に戻ってきた。項垂《うなだ》れ、僕を見なかった。そのまま通路へ歩いていく。

帰る方向と同じだったので、僕は少年を追った。

「ねえ、ちょっと待って」

少年は立ち止まり、振り返った。表情は固く、視線を僕に一瞬だけ合わせ、すぐにまた逸らす。

「ウィルっていうんだね？」僕は少年に近づいた。彼が下を向いているので、僕は彼の顔を覗き込んだ。「僕は、ミチルだ。サエバ・ミチル」

「はじめまして」彼はにこりともしないで言った。

「いくつ？」

「八歳になります」少年は、僕の後方から近づいてきたロイディを見た。「彼は？」

「僕の友達でロイディ」

「友達？」

「そう……」僕は頷く。「クラウド・ライツ氏の弟子だと言ったね。弟子って、何をするの？」

「修行」

「どんな修行？」

「いろいろです。パンを焼いたり、洗濯物を干したり」

「なるほど。ねえ、どうして、ここへ来たの？」

「え？」少年は首を捻った。

「あれを、見た？」僕は尋ねる。

「あれって？」

「クラウド・ライツさんが倒れているところを、君は見た？」

「見ました」

「大丈夫？」

「彼はもう死んだのでしょう？　大丈夫じゃありません」

「違う、君は大丈夫かってきいたんだよ」

「僕は死んでいませんから、大丈夫です」

「そう」僕は頷き、そして微笑んだ。「そのとおりだ」

僕はウィルの前で膝を折った。彼は、ようやく僕を真っ直ぐに見る。今にも泣きだしそうな顔だった。けれど、涙は一滴も流れていない。どうやってそれを止めているのだろう。まるで魔法だ、と僕は思う。

「人は、いつか死ぬんだよ」僕は言う。自分の方が泣きだしそうになったので、慌てて感情をコントロールした。反動で、僕は笑いそうになる。

「首を切られていました」少年は話した。「誰があんな罪深いことをしたのですか？」

「知らない。シャルル・ドリィが犯人を捜してくれる」

「犯人？」ウィルは首を傾げた。「その人は、何故、クラウド・ライツの首を切ったのですか？」

「わからない」僕はウィルの肩に触れる。「ウィル、どうして、あそこへ来たの？　いつからあそこに？」

「僕が見つけたんです」

「何を？」

「曼陀羅の中で、クラウド・ライツが倒れていたのを」

「ああ、そうなんだ」僕は自分の唇を一度噛《か》んだ。「そのとき、君は一人だった？」

「はい」

「何をしに、あそこへ来た？」同じ質問を僕はする。

「曼陀羅を見に」

「いつも、こんな時刻に、あれを見にくるの？」

「見てこいと言われました」

「誰に？」

「神様に」ウィルはその答と同時に、瞳だけを上へ向けた。

僕は思わず振り返って、自分の後ろを見た。

暗い通路。

高い天井。

静まりかえった、宇宙のような空間。

広がる闇。

手応えのない、動かない、存在。

誰もいなかった。

少なくとも、なにも見えなかった。

## 3

建物の外に出ると、白い布を纏った若い男が二人立っていた。僕に頭を下げ、「お気をつけて」と言った。ゲートまで送ってくれるふうでもない。なにかの役目のために、その場所にいるのだろうか。

ロイディと二人でゲートまで歩いていくと、そこにもまた一人、白い布の男が待っていて、僕たちのために、黙って扉を開けてくれた。

ゲートの外に出る。

「今の彼、ウォーカロン？」僕はロイディに小声できいた。

「そうだ」ゴーグルからの声でロイディが答える。「正面玄関の外にいた二人も同型と思われる」

正式に登録されているウォーカロンであれば、このように簡単に検知ができる。識別のための信号を発しているからだ。人間も認識信号を発信する装置を取り付けるべきかどうかで、既に三十年以上も議論になっている。生まれたとき、全員に強制的に内蔵すれば、たしかに犯罪の抑制には絶大な効果があるだろう。しかし、今度は、これを悪用したり、あるいはそれを外す、改造する、入れ替えるといった手術で金を稼ぐ者も現れるにちがいない。たとえば既に、ウォーカロンの識別信号を悪用して非人間を装った事例が報告されている。

僕たちが広場の中央まで進んだとき、通りの建物の蔭、暗闇の中からイザベルが現れた。

「ずっと待っていたの？」僕はきいた。

「はい」無表情でイザベルは頷く。しかし、緊張したような、落ち着かない表情だった。視線は下方へ向き、石畳を見つめている。

「どうかした？」僕は尋ねた。

彼女は上目遣いにちらりと僕を見る。

ロイディが近づいてきた。

「ミチル、左正面の建物の屋根に猫がいる」ロイディの声がイヤフォンから聞こえた。「ウォーカロンだ」

僕は首をなるべく動かさずに、そちらへ目をやった。赤外線のレベルを上げ、次にズームする。しかし、気づかれたようだ。猫はすぐに走り去った。

「誰かのペットかな」僕は呟く。

「え？」イザベルが顔を上げる。

「いや……」僕は微笑んだ。「猫がいたんだ」

「猫？」イザベルは視線を上げ、屋根を見た。

「僕たちが、モン・ロゼに入っていってから、ずっと、ここにいた？」

「はい」

「誰か、出入りをしなかった？　入っていった人か、それとも、出てきた人を見なかった？」

「いいえ、どちらも」彼女は首をふった。

話すべきか、黙っているべきか、僕は迷った。

クラウド・ライツの首なし死体のこと、それを話すには、シャルル・ドリィの許可が必要だと思えた。強制力はないけれど、それがマナーだろう、と感じた。

そのまま、僕たちは黙って歩いた。来た道と同じ経路で宿屋まで戻った。イザベルはドアに鍵をかけ、ロビィで僕たちに素っ気ない挨拶をすると、奥へ消えてしまった。

僕とロイディは階段を上り、部屋に入った。窓の外に猫がいるような気がしたので、照明を灯したあと、窓際まで行き、外を眺めた。真っ暗でなにも見えない。僕はカーテンを引いた。

「警察、来たかな」僕はゴーグルを外し、ジャケットを脱ぐ。

「確認できない」ロイディは答える。「ここではクルマが使われていない。その種の通信も受け取れない」

「明日になれば、街中のニュースになるね」

「既になっているかもしれない」

「ああ、そうか」僕は頷く。「もしかして、イザベルも知っていたのかな」

「不確定だ」

ローカルのネットワーク端末を街の住人が持ち歩いているとしても、あの状況で情報発信があったとはちょっと考えられない。少なくとも、モン・ロゼの中の雰囲気はそうだった。そんな余裕があるようには見えなかった。ただ、ウォーカロンの門番も出動していたし、それなりの警戒態勢はとっていたようだ。

「帰ってきちゃって、本当に良かったのかなぁ」僕は呟く。「警察に呼び出されるかもしれないね。面倒なことにならなければ良いけれど」

「ミチルには機会がない」

「そうそう」僕は頷く。「ロイディとずっと一緒だったものね」

「そういう意味ではない。この地方の法律では、ウォーカロンの記録は改竄《かいざん》が可能なので、証拠能力はない。参考資料の域を出ないものとして、基本的に重視されていない」

「そんなこと、僕に愚痴ったってしかたがないよ」

「愚痴っているのではない」

「人間の記憶だって、改竄できるよね」

「不確定だ」ロイディは首をふった。「ただ、改竄の可能不可能の問題ではなく、改竄の跡が残るかどうかが重要となる」

「ねえ、でもさ……」僕はベッドで横になって、腕に頭をのせた。「首を切るって、つまり、何のため？」

「死体を切断するケースの多くは、隠蔽《いんぺい》あるいは、運搬が目的だ」

「あれは、運搬のためじゃないよ。死体が置きっ放しだった。あそこで、殺されたんだよね？」

「血液の飛散状況から判断して、その可能性が極めて高い」

「何故、首なんか持ち去ったんだろう？」

「不確定だ」

「いろいろ理由が考えられるよ」僕は目を瞑って話す。「そう、たとえば、頭の部分になんらかの価値があって、それが必要だった。あるいは、その価値を相手に渡したくない。他には、そうだね、殺された人間が誰なのか、わからなくしたい。うーん、あとは、首を切ることが、人間を徹底的に殺してしまう一つのシンボルだから。これくらいかな」

「最後の、徹底的に殺す、という表現は理解できない」

「うん。そうね」僕も頷いた。「つまり、絶対に生き返らないように、蘇生の可能性を限りなくゼロにする、というくらいの意味かな」

「首を持ち去る必要はない」

「そうかな?」僕は目を開ける。「頭部が残っていれば、生き返らせる可能性はかなり残っているんじゃない?」

「あの経過時間ではほとんど無理だ」

「なんか、ちょっと……、気分が悪くなってきちゃった」

「やめよう、この話は」ロイディが近づいてくる。「ミチル、手を」彼は片手を僕に伸ばす。

僕は片腕を彼に差し出した。ゴーグルを外していたから、こうして直接、僕の脈をとろうというのだ。五秒ほど、ロイディは僕の手首を軽く握っていた。

「ドクタ、どう?」僕は笑いながら尋ねる。「僕はまだ生きられますか?」

「異常はない。しかし、疲れているようだ」ロイディは手を離した。

「そう。ぐったり」

「もう眠った方が良い」

「うん……」僕はまた目を瞑る。

ゼリィをストローで搔き混ぜているみたいな僕の頭の中だった。抵抗があって、ストローが折れ曲がりそうだ。どうしてこんなに急いで搔き混ぜなければならないのか、わからない。透明な粘性のある液体の中に、赤や青のシロップ、細かい色とりどりのトッピング、丸いフルーツ、輪切りの木の実、すべてがゆっくりと動いていた。

変な街だ、ここは。

今日会った人たちを、一人ずつ思い出す。

ジャンネ、イザベル、ケン。

モン・ロゼの、クラウド・ライツはもういない。

ヨハン・ゴールは少し苦手だ。

それから、メイの顔はよく思い出せなかった。

圧倒的に印象が強かったのは、シャルル・ドリィ。

その次が、ウィルかな。

僕の頭は、もう眠ろうとしている。

もう眠っているのかもしれない。

生まれたときから、ずっと眠っているような気もする。

朦朧《もうろう》とした、霧のような空間。

広場だ、と思ったものが、

草原になり、
花畑に、なった。
風だ。
髪が、靡《なび》いた。
僕の前に立っているのは、
デボウ・スホ？
彼女ではない。
メグツシュカ・スホだった。
僕の方へ両手を差し出している。
僕は草を掻き分けて進む。
黄色の細かい花々が、波のように揺れている。
メグツシュカは白いドレスで。
アキラも、彼女を見ただろうか？
もしかしてこれは残像？
アキラの目に焼きついていた映像？
僕はメグツシュカに近づいていく。
両手を伸ばす。

彼女の手が、僕の手に触れ、僕の手は、そのまま彼女の頰に触れた。その瞬間に、メグツシュカの顔が、無数のパーツに分裂し、とても小さな薄片と化して、音もなく飛び散った。

きらきらと光った、銀紙みたいに。

銀紙が舞っている。

辺りはしばらく細かい光で包まれ。

それらが、だんだん消えて、

やがて暗闇が残った。

僕だけが一人、暗い空間に立っている。

周囲にはなにもない。

上にも、下にも、なにも存在しない。

僕は目を開けようとした。

そう、目を瞑っていたのだ。

自分の手も、見えない。

自分の躰が、ない。

ここは、どこだろう？

僕は、どこにいるのだろう？

僕は……、本当に、いるのだろうか？

僕は、誰なんだろう？

「ミチル」誰かが僕を呼んだ。

ロイディ？

いや、彼の声ではなかった。

もっと優しい声。

もっと懐かしい声だった。

4

翌朝、僕は窓の眩しさで目を覚ました。光で目覚めることは、とても原始的でそして幸せなことだと僕たちは教わった。きっとそのとおりなのだろう。不思議に、明るいところには、正しいもの、心地良いもの、朗らかなものが付随するイメージがある。そう信じられることが、幸せにはちがいない。

「ロイディ、何時？」寝坊をしたのではないか、と一瞬感じたので、僕はベッドから飛び起きた。

「七時五分まえ」ロイディが答える。彼は部屋の隅に立っていた。「おはよう、ミチル」

「なんだ、そんなに早いのぉ」僕は溜息をついた。「もう一度寝直そうかな」

「眩しいならば、カーテンを閉めるが」ロイディが言う。

「ううん、明るい方が良いね」僕は答える。何度かロイディにそう教えたことがある。だから、朝になると、ロイディがカーテンを開けてくれるのだった。

「あ、そうかわかった」僕はもう一度ベッドに横になった。「昨日の午後、この窓は西を向いていたよね。夕焼けが見えたもの。それが今は、東を向いている。ずっと太陽がある方に向いているんだ。それで、なんだかお昼みたいな光だなって、思っちゃったってわけ」

「それは勘違いだ」

「そうだよ」僕は頷く。口を尖らせる。「そういうロイディだって、昨日は勘違いをしたじゃないか」

「確率的な予測が、結果的に外れていたにすぎない」

「同じ同じ同じ」僕は言う。

「了解。定義を修正しよう」

「ねえ、なにか変わったことは？」

「特にない」

「警察とかが、ここの前を通ったりしなかった？」

「確認できない」

「猫は？」

「確認できない」

「この街の、ローカルネットの存在は？」

「同じく未確認だ」

僕は欠伸《あくび》をする。喉が渇いていた。空気が乾燥しているせいだろうか。枕に頭をのせて天井を見つめていた。薄い色彩だったが、幾何学的な繰り返しの模様が塗り分けられている。

「曼陀羅だ」僕は呟いた。

ロイディも天井を見上げた。

「曼陀羅というのは、何？」

「ミチルは、それを知っているはずだ」

「うん、いや……」僕は目を細めて考える。「どうして、同じ模様を繰り返して、広げていくんだろう？」

「人間の脳の構造に似ている、という説がある」

「へえ、どんな？」

「そもそも、合同、相似、そして移動、回転、といったパターンを繰り返すことで空間を埋めていくことが、人間の頭脳の傾向といえる」

「ふうん、そうなの？」

「私の推測ではない。その説によれば、人間は自分の頭脳で考えたものだけで空間を埋め尽くそうとする。そういうものを純粋で理想的なものと認識する傾向にある。曼陀羅は、すなわち、その種の脳の欲望をシンボライズしたものだ」

「よく意味がわからないなぁ。頭脳で考えたものだけで埋め尽くすって、たとえば？」

「数学」ロイディが答える。「あるいは、哲学。いずれも、自然界に存在したものではない。逆に、自然の曖昧さを排除するものだ」

「うーん、難しいことを言うね」

「私の推論ではない。このテーマでミチルと議論をするのは、久しぶりだ」

「え、そんなことがあった？　忘れちゃったよ」

「二年ほどまえになる。ミチルは、人間が自然を排除した理由として、理想的なものは、必ず自分たちが作ったものだ、という思想があるためだと言った」

「うーん、言ったかなぁ」

「自分たちが作らなかったものは、曖昧で、形が悪く、したがって取り扱いが難しい。自然が排除された理由は、こういったハンドリングの悪さだと言った」

「なるほどねぇ」僕は頷いた。「そうそう、それはあると思うよ」

「これは、ミチルの理論だ。忘れたのか？」

「だけど、誰でもやっぱり自然が恋しいし、どういうわけか知らないけれど、美しいと思うんだ。遠ざけたから恋しくなった、というわけでもないよね？」

「私には判断できない。考えが変わった、ということか？」

「考えなんか、しょっちゅう変わるから」

「ミチルは、特にその傾向が強い」

「まあいいや」僕は寝転がったまま膝を立て、脚を組んだ。「あの、殺人現場にあった曼陀羅だけどさ。ロイディ、なにか気づかなかった？」

「特になにも」

「クラウド・ライツは、細いスプーンの中に、黄色い砂を持っていた。黄色い砂で曼陀羅を描いている途中だった」僕は説明する。ゴーグルを外していたので、映像を再生しているわけではなかったけれど、昨夜の情景ははっきりと思い出すことができた。「彼は曼陀羅の端で作業をしていた。そこへ何者かが現れて、一撃で彼を倒した。首は切られて、おそらく、少し離れたところに落ちた。躰は、衝撃で曼陀羅の中まで飛び込んで倒れた。殺人者は床に転がった首だけを持ち去った」僕は淡々と話す。映画のようにその映像が頭に浮かんでいた。「首を切られたのに、ライツは持っていた砂のスプーンを手放さなかった。そういうことってあるだろうか？　そもそも三メートルも躰が飛ぶかな？　もしそんな勢いで絵の中央に倒れ込んだりしたら、もっと砂の上を滑って、曼陀羅が乱れると思うんだ。あれは、まるで、真上から落ちてきたみたいだったよ。そう、絵が乱れていない」

「情報が不足しているので、私には判断できない」

「たとえば、どんな情報？」

「砂が固定されている可能性もある」

「それはないよ」

「上から落ちることも、実際には難しい」

「曼陀羅の端っこの、あの場所、あそこだけが、まだ絵柄が未完成で、作業中だったよね。白い砂でアウトラインが描かれていて、その内側には、まだ着色がされていなかった。これは、どう考えたら良いかな？　白の作業が終わって、今から黄色の砂を使おうとしたときに、殺されたんだろうか？」

「順当だと思われる」

「そうかな。倒れたあとに、あのスプーンを持たせたのかもしれない。でも、それだと、砂を踏んで中央まで行く必要があるけれど」

「どうして、死体に道具を持たせる必要がある？」

「それはね、あの場所で襲われたことにしたかったからだよ」僕は答えた。「だいたいさ、首を切り落とそうと思ったら、それ相応の武器を持ってくる必要がある。あの広間は、通路側から入って、ずっと見通しが良い。とても静かだし、誰かが近づいてきたら、絶対に途中で気づくと思う。近づいてくる奴が、そんな危なそうなものを持っていたら、少しは警戒するだろう？　逃げまどう人間の首を切り落とすなんて、とても簡単にはできないと思うな。ということは、殺人者が、クラウド・ライツの知り合いで、そいつが近くへやってきても、彼は全然身の危険を感じなかった。武器も隠し持っていた。そこで、突然彼を襲って、たとえば、頭を殴るか、首を絞めるかして、気絶させる。次に、動かなくなった彼の首を切断した。まだ生きていたから、血が飛び散った。うん、だいたい、こういうことだったと思うんだけれど、でもそれだと、あの砂のスプーンを手に持っていたことが説明できない。気絶したら、手放してしまうはずだよね。つまり、あれは殺人者が彼の死体に握らせたものってことになる。どうしてそんなことをする必要がある？」

「わからない」ロイディは首をふった。既に彼の理解を越えていることは明らかだ。

「つまりね、あれは、あの場所で襲われた、という偽装なんじゃないかな。本当は、クラウド・ライツは他の場所で襲われて、あそこまで運ばれてきた。首だけを、あの場所で切断したんだと思う。そうじゃなかったら、血液を持ってきて、飛び散らさないといけない。あ、でも……、あれは本当に血液だった？」

「人間の血液だ。それは確認できた」

「どうして、運ぶ必要があったのか、というと、そう、たとえば、襲われた場所がわかると、殺人者が特定されてしまうからだ」僕は指摘する。「だから、死体を運び出して、さらに、なにかの証拠を消すために、首を切って持ち去った。うーん、こんなところじゃないかな」

ドアがノックされた。

「あれ？」僕は躰を起こす。「ロイディ、出て」

ドアのすぐそばに立っていた彼が、それを開ける。

「おはようございます。サエバ・ミチルさんに、お会いしたいのですが」低い男の声が聞こえる。僕の位置からは見えなかった。「私は、シビ警察の者です」

ロイディが僕の方を振り向いた。

「どうぞ」僕は応える。

ロイディが一歩後ろに下がった。部屋に入ってきたのは、もの凄い大男だった。しかも、顔も躰も真っ黒で、頭からすっぽりと仮面を被っている。顔はまったく見えなかった。躰も鎧《よろい》のような硬質なもので覆われていて、かなりクラシカルな出立《いでた》ち。どこかの国の兵隊か、あるいは、もっと昔の宇宙飛行士を連想させる。とにかく異様で重苦しいファッションだった。

僕はベッドから下りて、彼のまえに立った。

「はじめまして、私は、カイリスと申します」黒い怪物が話した。どこから声が出ているのかさえわからない。

「こんにちは、サエバ・ミチルです」僕は微笑もうとして、ちょっと表情がひきつってしまった。

こんな大男が室内を歩いて良いのか、床が抜けてしまうのではないか、と心配になったけれど、とにかく奥へ招き入れる。

「早朝からお邪魔をして、申し訳ありません」カイリスは頭を下げる。仮面の目の部分は、光を反射するグラスになっているため、どこを見ているのかも全然わからなかった。

「クラウド・ライツさんの事件ですね?」僕はきいた。「なにか、わかりましたか?」

「捜査はまだこれからです」カイリスは答える。ロイディが浴室の方へ移動したのを、彼は目で追っているように見えた。「昨夜、モン・ロゼにいらっしゃったそうですね」

「ええ」

「どうして、あんな真夜中に？」

「呼び出されたからです。シャルル・ドリィに」僕は一度肩を竦めた。「どうして、あんな時刻だったのかは、僕もわかりません」

「彼と？」カイリスは片手でロイディを示す。

「ええ、一緒です」

「どうして？」

「パートナだから」

「ボディガードにはなりそうにない」カイリスは言った。少し笑っているような口調だった。

僕はロイディを見る。もちろん、ロイディは黙っていた。気を悪くしたかもしれないけれど、たしかに、彼はボディガードに最適とはいえないので、カイリスの評価は間違いではない。

「イザベルが案内したそうですね」カイリスは言った。下で聞いてきたのだろう。

「モン・ロゼでは、すぐにシャルル・ドリィに会いましたか？」

「部屋へ案内されて、しばらく待ちました。でも、ええ、ほんの数分です」

「事件に気づいたのは、いつ？」

「ちょうど、シャルル・ドリィと話をしているときです。えっと、メイという名の女性が、知らせにきました」

「それで？　みんなであそこへ見にいった？」

「いいえ、メイと一緒に、シャルル・ドリィが出ていって、彼らとはそこで一度別れました」

「すると、どうして、クラウド・ライツのところへあなたは行ったのですか？　あの部屋は、帰るときの途中というわけでもないでしょう？」

「ええ」僕は頷いた。「その、ちょっと心配になったので、勝手に見にいきました。僕の個人的な判断です」

「何故、あの場所が、わかったのですか？　シャルル・ドリィがあなたに話しましたか？」

「いいえ」僕は首をふる。「そうではなくて、その……、メイが彼に話すのが聞こえたんです。ライツが曼陀羅の中で殺されているって」

「なるほど」カイリスは頷いた。「しかし、それにしてもどうして、見にいこうと思ったのですか？　死んでいると聞いたのであれば、行ってもしかたがないはずだ」あなたにできることはない。クラウド・ライツとあなたは親しい関係でもない。あなたに
「そう、単なる興味ですね」僕は素直に答えた。「見たい、と思うのが、そんなに不自然なことですか？」

「いや、人それぞれ、いろいろな嗜好《しこう》があります」カイリスは軽く頷いた。「首のない人間の死体を見てみたい。それは、特に変わった欲求ではないでしょう。ただ、その目的で人を殺すのでなければね」

「僕は、仕事柄、過去にさまざまな事件の現場に出向きました。殺された人間も、何人か見ています。ですから、なにか、捜査に協力できれば、と思って足を運んだのです」

「ああ、それは、どうも……、失礼しました」カイリスはオーバに片手を動かす。

「で、あそこで、お気づきの点がありましたか？」

「いいえ」

少し沈黙があった。カイリスはじっと僕を観察している。彼の視線が見えないので、僕としては、その視線を受け止めることもできない。マジックミラーの向こう側から見られているような気分だ。

「わかりました。また、お話を伺うことがあるかもしれません。ご協力をお願いいたします」カイリスは片手を僕へ差し出した。

僕は彼の手を握る。固い手袋の手だ。このままの状態では食事もできないだろう。

カイリスは戸口へ戻る。

「ところで、ここでは、その……、こういった事件は久しぶりのことでしょうね」僕はきいた。

「ここは？」彼はドアノブを摑んで振り返る。

「イル・サン・ジャックでは」

「初めてです」

「殺人事件が？」

「そうです」カイリスは答える。「少なくとも、私が警官になってから一度もない」

「では、大事件ですね」

「まあ、そうですね」彼は小さく頷いた。「窃盗事件、傷害事件さえ、滅多にありません。ここは平和な街です」

「警官は、この街に、どれくらいいるのですか？」

「私一人です」

「え？」

「ウォーカロンを数人使っていますが、人間は私一人です」

「そりゃあ……、なんとも、平和ですね」

「そうです」カイリスはドアを開ける。「では、失礼します。ご協力に感謝します」

ドアが閉まり、重い足音が遠ざかっていった。

僕はゴーグルをかける。

「重装備だったね。あれは、戦闘用の防具かな？」

「詳細は不明」ロイディが答えた。「形態としては一種の鎧と思われる」

「ロイディよりも重そうだった」

「その推定はおそらく正しい」

「鎧か……」僕は映画で見たシーンを思い出す。中世ヨーロッパのものだった。昔は金属で作られた防具で躰を守った。衝撃を受け止めることに変わりはないのに。「さて……、やっぱり目が覚めちゃったね。食事をしようか、それとも散歩？」

「ミチルが決めることだ」ロイディはにこりともせずに言った。

## 5

散歩に出ようとロビィに下りたところで、イザベルに呼び止められ、食堂でお茶を飲むことになった。イザベルは、昨夜の事件を既に知っていた。

「ここでは、どうやってニュースが流れるの？」僕はそれとなくきいてみた。

「いえ、朝、刑事さんから聞きました」彼女はポットを傾け僕のカップに液体を注《そそ》ぐ。「とてもびっくりしました」

「クラウド・ライツ氏を知っているの？」

「この街では、誰もが、誰もを知っています」

「その……、こんな話、嫌かもしれないけれど……」僕はイザベルの表情を窺いながら尋ねる。「どんなふうだったかってこと……、その話は聞いた？」

「首のことですね？」

「そう」

「ええ、伺いました」

「どう思った？」

「よくわかりません」イザベルは首をふった。「恐ろしいことです」

イザベルはキッチンの中へ消えてしまった。僕は窓の外を眺めながら、お茶を飲んだ。あまり経験したことのない不思議な香りのする飲みものだった。こういうのをロイディに説明することは不可能なので、黙っていた。

食堂には僕たちしかいない。他のテーブルには、なにものっていなかった。ロイディが僕の後ろの壁際に突っ立っている。

「さて、ちょっと出かけようか」僕は小声で話す。「街の人の誰かに、話を聞いてみたいね。できれば、昔の話を。ここにずっと住んでいる人がいい」

椅子から立ち上がり、僕はキッチンの中を覗いてみた。奥でイザベルが食器を棚に戻しているところだった。

「あの……」僕は声をかける。

イザベルはびっくりした様子で振り返った。皿を落とすんじゃないかと思ったほどだ。

「ごめん、驚かして」

「いえ……」

「シビで一番のお年寄りは誰？　べつに、一番じゃなくても良いけれど、できれば昔の話が聞ける人に会いたいんだ」

「はい」彼女はエプロンで手を拭いて頷いた。「ご案内いたします」

「あ、いいよ。教えてくれたら、探しながら行くから」

「私の仕事ですから」

そういうわけで、また、イザベルについて僕たちは通りを歩くことになった。

朝である。しかし、太陽の位置は昨日の夕方とほぼ同じだった。この街では、太陽は常に同じ方角にあって、高さだけが変化する。

緩やかな坂道の両側、幾つかの店先で、人々が準備を始めていた。初めて、シビの街の人間を明るいところではっきりと僕は見た。向こうもこちらを眺めている。誰も笑っていない。とても不機嫌そうな表情ばかりだ。しかし、ここではそれが普通の顔なのかもしれない。楽しそうにおしゃべりをしている人は見当たらない。遊び回っている子供たちもいなかった。

静かな街だ。

何だろう、この静けさは。

でも、それは僕がいるから、僕がここへやってきたから、なのかもしれない。彼らにとってみれば、僕は異物だ。僕が来たことで、もうここはいつものとおりではない。それとも、彼らはもともと、なにかを恐れていたのだろうか。だから、僕を警戒しているのか。

建物の間の細い小径に入り、石積みのアーチの下を抜けた。小さな庭園に出る。周囲は白壁の建物。日蔭に樽が幾つか並んでいる。ここでは、影は長くなり短くなるだけで、左右には移動しない。正午に日蔭の場所は、一日中、日が当たらないことになる。

そんな永遠の日蔭に、一人の老人が座っていた。

建物の壁が交わるコーナの近くだ。彼の後ろには、屋根から雨樋《あまどい》が下りていた。足許には、鉄の格子があって、排水溝のようだ。老人は小さな椅子に腰掛け、じっと動かない。顔も手も表面は皺でできている。その片手がパイプを握っていた。煙は見えない。火がついているのだろうか。もうずっと、そのパイプを握ったままのような形の手だった。

「オスカさんです」イザベルは僕に老人を紹介した。

「こんにちは、サエバ・ミチルといいます」僕は頭を下げる。それから、後ろにいるロイディを紹介した。

「では、私はこれで」イザベルは軽く頭を下げる。

「あ、どうもありがとう」

彼女は立ち去った。この場所は、イザベルの宿屋の裏手になる。遠くない。道順も比較的簡単だ。きっと戻ってこられる、ということだろう。

「そこの椅子を持ってきなさい」オスカはパイプを持った手を僅かに持ち上げる。声は意外にしっかりとしていた。「そう、そのベンチだよ。それをこちらへ持ってきて、うん、二人で座りなさい」

樽の向こうに古い木製ベンチがあった。僕とロイディはそれを運んだ。老人の前で僕はベンチに腰掛ける。ロイディは立ったままだ。

「彼は、座らないんです」僕は説明した。「ずっと立っているって、決めたんですよ」

「まあ、いいさ」オスカはパイプを口にくわえ、それを吸い込んでから煙を細く吐き出した。「ああ、若いな」

「僕のことですか？」

「うん、見ているだけで元気が出るよ」

「オスカさん、失礼ですが、お歳はいくつになられますか？」

「おお」彼は喉を鳴らして笑う。「そうそう、もうとうに百は超えている」

「とてもお元気そうです」

「なんもせんからな……。で、何が知りたいんだね？」

「えっと、いろいろありますけれど、まず、そうですね、クラウド・ライツさんの事件のことは、もうご存じですか？」

「ああ、そう、聞いたよ。酷いことをしたもんだ」オスカはまた煙を吐いた。表情は少しも変わらなかった。「人殺しというのは、わしの知るかぎりでは、ここでは初めてのことだ」

「ええ、そうそうあるものじゃありません」

「ここじゃあな、自殺する者もいない。ずっとずっと豊かで、平和な街だった。小さな争いさえもなかった。そういうものを取り除いてきたんだよ」

「取り除いてきた？」

「そうだ、濾《こ》したんだ」

「こした？」

「濾過《ろか》したんだな。ああほら、お茶を出すときのようにな」

「ああ……」僕は頷いた。でも意味はよくわからない。「そう、このイル・サン・ジャックは、昔は周囲が海だったそうですね。それが、一度陸地になり、今度は一夜にしてまた海になった。そう聞きましたけれど、これは本当のことですか？」

「本当のこと、というのが、どんなもんか知らんが、まあ、いいさ、だいたいはそんなところだよ」

「どうして、一夜でそんなことに？」

「うん、わしらもな、それは不思議だった。皆、不思議に思っただろう。しかし、そのときは、疫病で街の大勢が死んだんだ。それで、神の浄化が行われ、残った人々が救われた。その浄化で周囲はまた海になった。ここはな、そういう運命にある街なんだ。ずっと昔からそうだったよ。一度や二度のことではない。海に囲まれたり、森に囲まれたり、周囲はさまざまに変化する。その代わり、イル・サン・ジャックの中だけはなにも変わりない。変化するのは常に外側だけ、それも、自分の周囲の、ほんの僅かな範囲のことだ。そう、うん、人間だってそうだろう？」

「人間が？」

「中身には全然変わりはない。周りばかりが歳をとる」オスカはそういうと、微笑んでパイプをくわえた。

「ルウ・ドリィ先王は、どんな人でしたか？」なんとなく思いついた質問だった。

「わしと同じ歳だった」オスカはすぐに答える。反応は機敏で、その点は若々しい。

「立派な人物だったよ。実に聡明で、うん、魅力的でな」

「お后様は？」

「ああ、メグツシュカ様は、なんというか、さらに輪をかけて、立派な方だ」

「昨日、お会いしました」

「ほう、それはまた、幸運な。滅多にあることではない」

「ええ」

「お綺麗な方だろう？」

「そうですね」僕は頷く。「とても、その、お歳をめされているようには見えません」

「そう、彼女は変わらない。つまり、内側なんだな」

「内側？」

「変化するのは、いつも外側だ」

「なるほど」僕は相槌を打った。それから、空を見上げる。太陽は見えないが、澄み切って青く眩しかった。「たとえば、自分たちを、その変化に合わせていけば、太陽だって止められる、というわけですね？」

オスカも空へ目をやった。パイプをくわえ、深呼吸するように息を吸い込む。

「まあ……」煙と一緒に言葉を吐き出した。「見かけだけのことだが、そういった対処も、ときには必要となろう」

「島を回すようになったのは、つい最近のことだそうですね？」

「つい最近のことだ」

「どうして、回転させているのですか？」

「さあな、わしは知らない」オスカはゆっくりと首をふった。「誰も知らないだろう。何故、地球が回転しているのか、知っている者がいるかな？」

老人の背後で壁の小窓が手前に開いた。そこに若い女が顔を出す。

「オスカ、朝食だよ」彼女はそう言うと、またすぐに窓を閉めた。

振り向いてそちらを見た老人は、再び僕の方へ顔を向けて微笑んだ。

「愛想がない」彼は可笑しそうに言った。

「お孫さんですか？」

「いや」答えながら老人はゆっくりと椅子から立ち上がる。

手を貸そうと思ったが、そんな必要はまったくなかった。彼は皺だらけの顔を僕の方へ近づけようとする。僕は彼に耳を向けた。

「あれは、わしの女房だよ」

僕は顔を離して、もう一度オスカを見る。にやにやと笑っている皺だらけの顔。

「じゃあ、またな、ああ、サエバ……、なんだったかな？」

「ミチルです」

「うん、覚えられるかな。どうも、最近、新しいものが頭に入らんのだよ」

「お若い奥様ですね」僕はそんな言葉しか思いつかなかった。

オスカは壁の窪《くぼ》みの奥にある木戸を開け、その中へ消えた。

しばらく、僕はそこに立っていたが、声も音も、なにも聞こえなかった。振り返ってロイディを見る。彼は日向《ひなた》に立っていたので、顔が真っ白に見えた。

「感想は？」僕は小声できく。

「感想はない」ロイディのいつもの返事だった。

## 6

宿屋へ戻る途中、大通りに出たところで、逆方向へ上っていくことにした。

「ミチル、反対だ」ロイディが後ろから言った。

「わかってる、それくらい」僕は振り返って、彼を待った。

「どれくらいミチルがわかっているのか、私には判断できない。したがって、安全のために、ときどき確認を行う必要がある」

「わかってるって」

「どこへ行く？」

「鍛冶屋」

「了解」

ケンの店は戸が開け放たれていた。戸口でハンマを持って作業をしていた彼が、僕とロイディを見つけて白い歯を見せる。

「やあ、おはよう。二人仲良く散歩か？」

「そんなところ」僕はゴーグルを外す。「昨日の続きみたいだね」

「ずっと続きだ」ケンはハンマを置いて立ち上がり、近くの机にあった煙草の箱を手に取った。

「事件の話は、もう聞いた？」

「みんな知ってるさ」煙草をくわえて、彼は床にあったバーナの火をつけた。青白い一瞬の炎が飛び出し、彼がくわえている煙草の先を赤く焼いた。非常に危険な行為に思えたけれど、彼の表情はまったく平静で、それが日常的な手法だとわかる。

「どう思う？」僕は質問する。

「何が？」ケンは最初の煙を吐いた。

「クラウド・ライツが殺されたって聞いて、どう思った？」

「うーん、特になにも思わない」ケンは目を細める。煙が目に入ったからではないだろう。「ありゃなんていうか、へえ、そんなことをする奴がここにいるんだなって……、まあ、正直驚いたね」

「平和な街なのに？」

「うん、まあそうだ」ケンは頷き、深呼吸するように煙を吸い込み、顔を横に向けてそれを吐き出した。「砂の曼陀羅の中に倒れていたそうだ」

「そうだった」僕は頷く。

「見たのか？」

「昨夜、たまたまモン・ロゼにいたから」

「俺も、何度か、あれを見たことがある」

「曼陀羅のこと？」

「そう。頼まれた道具を作って、持っていったり、あとは、取り付けをしたり」

「取り付け？」

「そうだ、滑車とか」ケンは表通りへ視線を向ける。僕もつられて振り返った。通行人がこちらを見ていた。余所者の僕を気にしているのだろう。「いろいろ、細かい道具なんかで、注文が多かった。だが、あの人は立派な人物だった」

「そう、天井の梁に滑車があったね」僕もそれを思い出した。「あれって、何に使っているもの？」

「絵の修正」ケンは答える。「滅多にないことだとは聞いたが、あの砂の曼陀羅の中の、手の届かないところに修正が必要になることがあるから、そのときは、上から躰を吊って、ぶら下がって作業をするんだよ」

「クラウド・ライツが？」

「誰かにやらせるのかもしれんが」

「ふうん」僕は頷く。

修正はできないものだと考えていた。既に置いた砂を取り除き、代わりに新しい砂で描き直す、という作業だ。それを宙ぶらりんの状態でやるのだろうか。考えただけでも、目眩がした。

ここで、ようやく僕はあることに気づいた。

曼陀羅の中央部に倒れていた首なし死体は、もしかしたら、ロープと滑車を使って、あの位置にそっと置かれたものかもしれない。

しかし、血の飛び方はどうだろう？

辻褄《つじつま》が合うかどうか、もっとよく観察してから検討してみたい、そんな衝動に駆られた。

「何を調べるために、ここへ？」ケンがきいてきた。

「いや、特別になにかを、というつもりで来たんじゃないけれど」僕は答える。「今は、とにかく、クラウド・ライツのことで頭がいっぱい」

「そっち方面が仕事なのか?」

「ちょっと違う」僕は溜息をつく。自分がここへやってきた理由は、自分でも明確に説明できない。「そうそう、今まで、モン・ロゼがマスコミを入れなかった理由を知りたい。それに、どうして僕だけが許可されたのかってのもね……。だけど、それは、昨夜シャルル・ドリィに会って、うん、だいたいは見当がついた」

「どんな理由だ?」ケンは煙を吐く。

「メグツシュカ女王が許可したって」

「ああ……」

「え?」僕はケンを見据える。思い当たることが彼にあるのか、と思った。「なにか?」

「いや、なにも」彼は微笑みながら首をふった。「気まぐれだからな」

「女王様が?」

「そうだ」彼は鼻から息をもらした。「昨日、あのあと、モン・ロゼへ?」

「そう。タイミング悪く、ライツ氏の事件……」僕は続ける。「殺人事件なんて、この街では、ずっとなかったって聞いたけれど」

「ああ、そうだろうな」

「しかも、殺し方が、普通じゃない」僕は自分の首に片手を当てる。「あぁあ……」

溜息が出た。「島は回転してるし」指を立てて手首を僕はぐるぐると回した。「まったく、いったいどうしたら良い？　僕は……」

「ワインでも飲んだらどうだ？」

「アルコールは駄目なんだ」

「どうして？」

「機能が低下する」

「ウォーカロンみたいなことを言うな」

「そうかも」僕は横に立っているロイディを見た。「人間よりも、つき合いが長いからね」

「深入りしないうちに帰った方が良い、という考え方もある」ケンは言った。

彼のその言葉は、今までとまったく変わらない口調だった。けれど、何故か僕には違うトーンで響いた。おそらく、その警告を自分自身に対しても無意識に発していたせいだろう。

わからない。

どうして、帰った方が良いなんて感じたのか。

けれど、
そう……、メグツシュカに会ったときに、僕は既に最初の後退をしていた。あのときから、自分はもうここにいてはいけない、と本能的に感じていたのだ。

理由はわからない。

むしろ、意識は逆だ。

自分が何を怖がっているのか、それを僕は確かめたい。

こんな非論理的な悩み、ロイディに相談したところで埒《らち》があかないだろう。自分が
自分にどうしてほしいのか、わからない状態なのだから。

だいたいいつも、普段から、僕は自分のことがよくわからないのだ。

自分がどうしたいのか。

何を望んでいるのか。

笑いたいのか、それとも泣きたいのか。

生きたいのか、それとも死にたいのか。

全然わかっていない。

一番凄いのは、そんなふうなのに、こうして普通に生きていられるということだ。

昔、まだ人間が演じていたサーカスみたいだと思う。生死をかけた演技を、アイスクリームを嘗《な》めながら眺めていられる。人間って、それくらい残酷なのだ。自分に対してだって、いくらでも残酷になれる。

「そうだ」ケンは短くなった煙草を机の上の灰皿で消して、部屋の奥へ入っていっ

た。「ちょっと待っててくれ」

　僕は戸口から一歩室内に入った場所に立っていた。ロイディは外だ。通りをたまに人が歩いていく。無言でじろじろと僕たちを見ていった。少し行き過ぎたところで、必ず振り返るのだ。

　ケンが戻ってきた。

「これをやるよ」片手を僕に差し出す。

　ケンの手は大きく、そして油で黒ずんでいた。開けたその手のひらに、細い鎖、そして十字架があった。

「クロス？　どうして僕に？」僕は顔を上げて尋ねる。

「いや、べつに理由はない」

「うん、でも……」

「これは鉄でできた試作品だ。このあと、銀で同じものを作って、それを納めた。だから、もういらないものだ。捨ててしまってもいい」

「あ、じゃあ、もらっておこうかな」僕はそれを手に取る。「誰かがケンに依頼したんだね？」

「それは内緒」

「わかった」

「俺は、どんな金属よりも、鉄が好きだ。一番柔軟性があって、一番強い。熱と灰で、もっと強くなる」

「ありがとう」

僕はケンと別れ、通りをのんびりと下っていった。ゆっくりと歩いたのは、ロイディに合わせてやるのと、ゴーグルをかけて街のあちらこちらを観察するという目的のためだった。途中で、手に握っていた小さな十字架を首にかけ、それをジャケットの中に入れた。肌に触れた鉄は冷たかったけれど、それは束の間《つかま》のことだった。

宿屋の手前の店先で、ジャンネらしい女性の後ろ姿を見つける。近づいていくと彼女は振り返る。思った通り、ジャンネだった。

「おはようございます。サエバ・ミチル」

「昨日は、どうもありがとう」僕は微笑む。「買いもの？」

その店はパン屋のようだ。懐かしい良い匂いがした。本当に、ここで焼いているのかもしれない。もしそうだとしたら、食べてみたい、と僕は思う。

「今、ケンと話をしてきたところ」僕は言う。彼女は軽く頷いた。「ケンも、ここの人間じゃない。余所から来た。君もだし、それに、イザベルもそうだってね」

「ええ、そうです」

「ちょっといいかな……」僕は彼女にきいた。

「はい」不思議そうな表情で、ジャンネは頷く。

通りの反対側へ行き、建物の間の小径に少し入った。両側が漆喰《しっくい》の壁で、高いところに窓があった。上から覗かれていないことを僕は確かめた。

「外部からこの街へやってきたのは、たったの四人だって、イザベルから聞いたんだけれど」

「そうです」

「昨日、君の妹に僕は会った。それから、イザベルにも妹がいるらしい。僕のオムレツを焼いてくれたそうだ」

ジャンネは黙って頷く。俯き加減の顔。大きな瞳は僕を映して揺れている。

「ケンもそうだし……」僕は言う。「どういうことかな？」

「何がでしょうか？」

「人数が合わないよね」僕は指を立てる。「四人のうち、ケン、イザベル、それに君。これでもう三人だよ。あと一人は、誰？」

「もちろん、メグツシュカ様です」

「え？」僕はびっくりする。

しかし、考えてみたら、それは当たり前のことだった。彼女は王家に嫁いできた。もともとは、遠く離れたルナティック・シティの女王だったのだ。

「サエバさんが、五人目です」

「いや、ちょっと待って、だってさ、それじゃあ、君の妹と、イザベルの妹はどうなるの？　どちらも、ここで生まれたってことになる」

「そうです」ジャンネは当然だという顔で頷く。

自信が少しなくなった。僕は勘違いをしているのだろうか。

「えっと、ここで生まれたということは、ご両親もこちらへ来ているっていうことだよね？　もし、そうならば、ご両親は、シビの出身だったの？」

「いいえ」ジャンネは首をふった。「私もイザベルも、両親はこちらにはいません」

「だけど、妹さんは……」

「妹は、私の両親から生まれたのではありません」

「ああ、なるほど。うん、失礼を覚悟できくけれど、もしそうだとすると、どうして、君の妹になったの？」

「私のクローンだからです」

「クローン？」僕はまた驚く。「え、本当に？　母胎は？」

「人工です」

「でも、完全な人工クローンは……、その、つまり、確率は低いけれど、脳機能に障害が出ることが報告されていて……。僕の認識では、まだ完全には解決されていない、というよりも、ほとんど前世紀の前半で諦められている」

「人を増やす必要がなくなりましたから」

「そう」僕は頷く。ジャンネの言葉に今までになかったインテリジェンスが感じられた。

「それなのに、どうして、またクローンを？」

「新しい技術には危険がつきものですが、技術的な試行を継続することで人間は必ず活路を見出してきました。諦めれば、進歩は止まってしまいます」

彼女からそういった言葉を聞くとは予想していなかった。

「君は……、いったい」僕は思わず呟いた。

「あの、これで失礼します」ジャンネは頭を下げ、くるりと背中を向ける。

「待って」僕は呼び止めた。

ジャンネは振り返る。

「どこで？」僕はきいた。「君の妹が、生まれた場所は？」

ジャンネは答えなかった。

「そんな研究を、いったいどこで、誰がしているの？　イル・サン・ジャックに、そんな大規模な研究施設があると？」

ジャンネは僕から視線を逸らし、僕の背後を見上げた。その視線を追って、僕は振り向く。
小径の両側には壁が迫っている。
突き当たりには木戸があった。
その向こうは、木立《こだち》。
ところどころに民家の屋根も。
それらの屋根の上には、さらに樹木。
そして、そのまた向こうに、
遠く、モン・ロゼの塔が見えた。

## 第3章
# 王はいかにして君臨したか

大地、かび臭き土牢と化し、
「希望」は蝙蝠に似て、
内気なる翼に、壁さぐり、
朽ち果し天井に突き当り、
ふためきて、のがれ去る時

# 1

宿屋に戻ると、モン・ロゼからのメッセージが届いていた。本日の午後なら時間がとれる、改めてお招きしたい、というシャルル・ドリィからのものだった。了解したという返信をイザベルに頼み、僕は一度部屋に戻って、少し休んだ。

ロイディは街の地図を手に入れてくる、といって出かけていった。もちろん、彼は遠くへは行かない。僕から五百メートル以上離れるようなことはけっしてない。プリントされたプリミティヴな地図が見つからなければ、既成のデータを拡大し、彼がこれまでに記録したものを、そこへ入れ込んで作るつもりだろう。ロイディの最も得意な作業だ。それは、もともとは僕が大金をはたいて購入したチップを彼が装備しているためなのだが、最近ではもう全然珍しいものではなくなってしまった。彼のやり方も含めて、すべてが古い、といわれてもしかたがない。けれど、新しいものさえ知らなければ、なにも古くなったりはしない。ルナティック・シティを訪れて以来、僕はそう考えるようになっていた。

ベッドで横になって、少しうとうとした。僕の躰は体力がないので、休養は常に最優先なのだ。

相変わらず、太陽の位置は同じ。どんどん高度が上がっている。床に落ちた白い光がだいぶ短くなっていた。

大きな足音が近づき、ロイディが戻ってきた。驚いたことに、彼はパンを抱えている。

「どうしたの？　それ」ベッドから僕はきく。「まさか、地図じゃないよね」

「これは、パン」ロイディは真面目に答える。「そこの店で買ってきた」

「へえ……、どうして？」

「ミチルが食べたいと思った」

「思った？」僕はきき返す。「僕、パンが食べたいなんて、言ったっけ？」

「いや」彼は首をふる。

「どうして、確認しなかったの？」

「申し訳ないことをした。謝ります」ロイディは頭を下げた。

「ちょっと待って」僕はそこで吹き出してしまった。

起きあがって、床に足を下ろす。スリッパは反対側だったので、裸足《はだし》だ。

「べつに、怒っているわけじゃないって」僕は言う。「本当のことを言うとね、パンが食べたいって思ってた。だから、ロイディが買ってきてくれて、うん、とても嬉しいよ。だけどさ、そういう推論っていうのは、見込み違いのことがあるかもしれないでしょう？　その危険性を自覚している？」

「パンの料金はとても安い。危険性は極めて少ないと評価した」

「ふうん」僕は顎を上げる。「たしかにね……。いつから、そんなに賢くなったわけ？」

「賢くはなっていない。単にデータが蓄積された結果だ。データが膨大なため、評価は多岐にわたり、判断に必要な時間は長くなっている。この点に関しては、いずれ問題になる可能性がある」

「新しいチップを入れろって？」

「そんな要求はしていない。その権利は私にはない」

「まあ、いいや。パンを食べよう。コーヒーが飲みたいね」

「ロビィでイザベルに頼んできた。もうすぐ届くはずだ」

廊下で小さな足音が聞こえ、ドアがノックされる。

「はあい」僕は応える。

「ミチル、服を着なさい」ロイディが言った。

「そんな命令口調で言わなくても」僕は立ち上がって、言われたとおり服を大急ぎで着た。

それを見届けてから、ロイディがドアを開けた。

「コーヒーをお持ちいたしました」イザベルがトレィを両手に持って戸口に立っていた。

「どうもありがとう」僕は彼女に言った。

ロイディがイザベルからトレィを受け取る。彼女は軽くお辞儀をして、ドアを閉めようとした。

「あ、ちょっとききたいことがあるんだけれど」僕はシャツのボタンをかけながら出ていった。

「何でしょうか？」

「ジャンネって、仕事は何をしているの？」それが僕の質問だった。

「看護師です」

「ああ、なるほど」僕は頷く。「それでか……」

「どうか、なさいましたか？」

「そちら方面に詳しそうだった。でも、彼女の家は医院じゃないよね。どこの病院に勤めているの?」

「この街には、病院はありません」

「え、ない? ないって、一つも?」

「ありません。その代わり、医師も看護師も何人かが、常に待機しています」

「自宅で?」

「はい」

「でもさ、なにかあったときには、どこで治療をするの? 施設がないと困るものがあると思うけれど……」

「モン・ロゼにあります」

「ああ、そうなんだ」

「教育と研究に関する施設も、すべてモン・ロゼに」

「教育? え、じゃあ、学校も?」

「そうです。必要なときは」

「必要なとき? 普段は、学校が必要ない?」

「はい、子供たちは皆、自宅で学習します」

「先生は? オンラインで?」

「いえ、教師が自宅へやってきます」イザベルは答える。「子供の数はそんなに多くありませんので」

「先生って、もしかして、ウォーカロン？」

「そうです」

そこで僕は黙った。

話が終わったと判断したのだろう、イザベルは頭を下げて、ドアを閉めた。

国際的に見ると、ウォーカロンを教師として採用することは、多くの国で否定されている。単独での起用にいたっては、世界中で全面的に禁止されている。ウォーカロンの知識やデモンストレーション能力は、あくまでも補助的に用いるべきだという議論が前世紀の中頃にあったためだ。最近では、ウォーカロンはますます多機能、高性能になっているが、教育現場で、これを蒸し返すような事態にはまだ至っていない。僕も個人的には、ウォーカロンの先生には反対だ。ウォーカロンと上手くつき合うには、大人になる必要があると思うからだ。

相手が人間の形をしていない、たとえば、単なるコンピュータであれば、こうした弊害はそれほど顕在化しなかっただろう。人間の形をしている、人間のように動く、という細《ささ》やかな機能が、ウォーカロンの最大の特徴であり、そのことだけで、ウォーカロンは人々にかなり誤解される存在となる。人間としての経験が少ない子供は、何が人間で、何が機械か、という見極めがつかない。人類が抱え込んだ、新しい悩みの一つを、子供に直面させるなんて、上手いやり方とはいえない。

ただし、教育に関しては、地域の独立性が完全に保障されている。現代において、子供をどう育てるかは、基本的に、個人あるいは地域社会の自由だ。他者が口出しすることではない。

いろいろと話を聞いて回るうちに、このイル・サン・ジャックという小社会の仕組みがしだいに見えてきた。明らかに、現代の平均的な社会とは異なっている。変わっているのは、少しだけではない。かなり特異といって良いだろう。

その印象は、一言でいうと、クラシカル。まるで百年もまえに存在した、文明が未発達の田舎街のようだ。閉鎖されているわけではないのに、閉鎖的に感じられるのは、土地柄のせいもあるだろうか。

何故、人々が皆大人しくここに住んでいるのかが不思議だ。世界には、もっと自由で、もっと便利で、もっと刺激的で、楽しい暮らしができる場所がいくらでもあるのに。どうして、出ていこうとしないのだろう。出ていけば、戻ってくる者がいて、結果的に、内外の格差が減少するはずだ。人の行き来は、気圧によって吹き込む隙間風のようなもので、つまりは、内外の気圧を均質化する働きがある。

パンを一口齧ってみると、それは、まさにここの象徴的な味だった。なんとなく懐かしい香りはしたけれど、食べてみるとけっして美味しくはない。

「僕だったら、この街に、よくいて一カ月かな」

「何故？」ロイディが尋ねる。

「厭きてしまうと思う」僕は答える。「こんな狭い場所に、ずっといられるなんて信じられない」

「しかし、それぞれの個人がバーチャルな空間を持っているのかもしれない」

「まあね」僕は頷く。

ロイディの意見はもっともだ。どうも、街の印象からして、そんな最先端の娯楽があるようには思えなかったのだ。僕の思い過ごしかもしれない。

パンは三口くらいで諦め、コーヒーを飲んだ。

「何時？」

「もうすぐ十一時」

「地図は手に入った？」

「だいたいは」

「あ、じゃあ作ったんだね」

「作った」

「時間があるから、島の周辺を調べてこよう」僕はテーブルにカップを置いて言った。

「周辺とは？」

「えっと……、つまり、街の外」

「外は海だ」

「海岸は？」

「絶壁なので、近づけない」

「あ、じゃあさ。船を貸してもらって、ぐるりと一周してこよう。うん、その映像は欲しいな」

「了解」ロイディは頷いた。「気が進まないが、しかたがない」

「珍しいことを言うね」

「最近の私は珍しい」

ロイディの強烈なジョークに僕は目眩がした。

## 2

通りを下って、ゲートから街の外へ出た。駐車場に使えるくらいのちょっとした平地がある。二百メートルほど離れたところに僕のクルマが見えた。しかし、その外側は海だ。陸地は正面には見えなかった。昨日ここへ来たときには、こちらが陸地側で、堤防の道から橋を渡ってこの駐車場に入った。その橋は、今はない。それがあったはずの場所まで行くと、五メートルほどの絶壁の下に海面が見えた。ガードレールも手摺《てすり》もない。どこからでも海へ飛び込める状況だ。波が忙《せわ》しく打ち寄せ、白い模様がアメーバみたいに動いていた。岩場のようなものは近くにはない。かなり水深のありそうな色だ。有機的な匂いの風が顔に当たる。

「なんか、どきどきしてきた」僕は呟く。

「どうして?」ロイディがきいた。

「ボートに乗るなんて、久しぶりだから」

「私もどきどきしてきた」ロイディが言う。僕を笑わせるための冗談のつもりだ。

イザベルに船の話をしたところ、ゲートを出て左手へ四百メートルほど行くとボートハウスがある、勝手に乗っても良い、と教えてくれた。いつもならば、私が案内しますと言う彼女が、今回はあっさりと道順を教えてくれた。街の外側だから迷う心配がない、という判断だろうか。

平たい砂地を歩く。緩やかに左へカーブしていた。島が円形のためだ。右は絶壁の下に海面。左は、古い城壁があり、その上に建物の屋根が見える。ときどき、壁の手前に樹木が生い茂っているところもあった。先へ行くにしたがい、だんだん左右の幅が狭くなってきた。今は三メートルほどしかない。前方ではもっと狭くなっている。ここをクルマで通るのは無理そうだ。

さらにしばらく歩くと、最後には幅が一メートルほどになって、ようやく右側に手摺が現れた。左手の壁は迫り、見上げるほどの高さになる。もう上を見ても、壁と空以外はなにも見えない。海の上に沢山の鳥が飛んでいるのに気づいた。

道の最後は、コンクリートの階段だった。そこを二メートルくらい下りたところに、小さな四角い建物があった。これがボートハウスだ。僕がさきに階段を下りる。ロイディが足を踏み外すんじゃないかと心配になって、振り返った。

この一帯だけ、入り江のように窪んでいた。周囲は傾斜したコンクリートの壁。ボートハウスは、海側だけに壁がない。中はほぼ半分に床があって、残りの半分は海の水が入っている。そこに小さな船が浮かんでいた。長さは三メートルほどだろうか。オープンタイプでボンネットもデッキもない。後部に船外動力装置が取り付けられていた。

「良かった。モータボートだ」

僕は動力に近づいて調べた。コードがつながれている。ソーラでチャージしているようだ。小さなランプがレディの状態を示していた。

そのコードをプラグのところで外してから、僕はボートに飛び乗った。

躰を乗り出し、床の端にあった取っ手を力一杯引いて、ボートをなるべく近づけた。

「ロイディ、いいよ。気をつけて」

「スリル満点だ」

彼は一度床に腰を下ろし、足をボートの中に伸ばした。僕は彼を引っ張ってやる。ボートはかなり揺れた。

「じゃあ、そこに座って」

ロイディが前方で、後ろ向きに座る。僕は、もう一度コンクリートの床へ飛び移り、ボートをつなぎ止めていたロープを解いた。ゆらゆらと揺れながら、船はゆっくりと離れる。僕はジャンプして、船の中に戻った。

「ミチルは体重が軽いから、こういう作業には適している」

「ありがとう」

後部に腰掛け、動力のスイッチを入れた。レバーが飛び出していて、その先にスロットルのリモートがある。そのレバー自体が舵《かじ》のようだ。

軽い唸《うな》りを上げて、ゆっくりとボートは前進し始める。ボートハウスを出て、そのまま真っ直ぐに進み、コンクリートの壁から離れた。すぐに日向に出る。太陽は既にかなり高い位置にあった。

「これは、何？　どうやって駆動しているの？」

「スクリューだ」

「ああ、プロペラみたいなの？」

「そう」

「古いね」

「もっと昔は、オールと呼ばれる棒を使った」ロイディが教えてくれる。

もちろん、そういった情報は、図鑑などで見て僕も知っている。飛行機も船も、昔は回転翼で前進する効率の低いシステムを採用していたのだ。まるで、人間が二本足で歩くように。

光に混ざって、湿った海風が躰中を擽《くすぐ》るような感覚。

ロイディがきょろきょろと辺りを見回している。なんだか、落ち着かない様子だ。

「怖い？」僕は無意味な質問をした。

「怖くはない」ロイディは答える。髪が風に靡《なび》いていた。「しかし、転覆したら、死んでしまう」

「ロイディが？　それとも、僕が？」

「ミチルが」ロイディは答える。

なんとなく、痩せ我慢しているような、強がりを言っているような、そんなふうにも見えた。そう見えてしまうのが、もう僕だけに構築されたフィルタのせいだろう。

針路を左へとって、島の外周に沿ってボートを走らせる。島からの距離は二十メートルほど。今はまだコンクリートの壁、その上の石積みの城壁、さらに建物の屋根くらいしか見えなかった。ちょうどシビの街の端になるはずだ。

しばらく進むと、島の端はコンクリート壁ではなく、自然の岩肌になった。その上には樹木が生い茂り、ときどきなだらかな地面が見えた。島の南側に近づいている。すなわち、常に日向になっている方角だ。

果樹園や段々になった畑が広がっている。人が何人か働いているのが見えた。その上にモン・ロゼの建物が現れる。ずいぶん高いところにあることがわかった。城壁の内側には、複雑に入り組んだ壁と屋根、スリット状の細長い窓、そして後方には、そびえ立つ塔。そこがイル・サン・ジャックの最も高い位置だ。ようやく、島の全体が見える場所まで来た。こちら側は南、つまり、常に太陽の方角を向いている。明るい間は、陸地からは見られないことになる。

「南側は、農業地帯ってことだね」僕は話す。「ここで作られるもので、食べものは自給しているってことかな」

「処理工場があれば可能だ」ロイディは答える。

「工場があれば、畑なんていらないよ」

「エナジィを節約する観点からは、太陽光を利用するのは良い選択だ。かってはこのシステムが主流だった」

ボートは快調に進む。スピードはどれくらいだろう。軽く走っている程度か。それでも、みるみる角度が変わって、イル・サン・ジャックの別の面が現れる。

畑や果樹園の代わりに、傾斜した草原になった。鮮やかな緑がとても綺麗で、白い馬が何頭か放されている。

「本ものの馬?」僕はロイディに尋ねる。僕のゴーグルにもアップにして表面温度を測定する機能はあるけれど、ボートの運転をしているので、余計なことをしたくなかった。

「本ものだ」ロイディが答える。「もちろん、推定だが。表面上の形態を温度に至るまで真似ることは、技術的に可能なので、断定はできない」

ペットとして、その類の高級品が出回っている、という話も聞いたことがあった。もちろん、馬や動物だけでなく、人間だって可能だ。きっとあるだろう。

草原の上にも、やはりモン・ロゼの建物が見えた。さきほどとは違う角度だ。古風なアーチ状の模様が整列した壁は、やはり複雑な角度でそれぞれ交わっていた。増築を繰り返したのか、それとも最初からそんな設計だったのだろうか。外から見ると、どこが例の砂の曼陀羅の広間なのか見当もつかなかった。

島の東側に回ってきた。草原はすっかりなくなり、森林になる。また、集落が幾つかあった。煙突から煙を出しているところも見える。こちらはシビの街の外れになるのだろう。

前方に陸地が見えてきた。堤防がずっと続いている。昨日、僕がそこを通ってきたときには、島へ架けられた小さな橋を渡ったが、今はそれが堤防の先端で跳ね上がっていた。島側に上陸する余地があるときだけ、それを下ろすのだろう。

ボートの速度を少し落として、跳ね上がった橋に近づき、堤防と島の間を慎重に通り抜けた。

右手の遠方に陸地が見える。浅瀬がずっと二キロほど続いているはず。かつては、この一帯がすべて森林だったという話を僕は思い出す。あれは本当だろうか。

再び海が広がる。ボートを少し島から離して走らせた。その方が全体がよく見えるからだ。

しばらく、島の様子には大きな変化がない。この近辺は、普通の小さな島の風景で、人家が多い。

さらに行くと、島の駐車場が近づいてくる。僕のクルマも見えてきた。

そこを通り過ぎ、コンクリートの壁に沿って走る。もうすぐ一周。ボートハウスが見えてくる。どれくらいかかっただろう。十分程度か。

こうしてみると、島が回転していることは、まったく認識できない。海の中に潜れば、それらの構造が見えるのかもしれないが、島の周囲を海面上から見たかぎりでは、そういったメカニズムを確認することはできなかった。

コンクリートの上の小径を、少年が走っているのが見えた。いつからだろう、ボートと同じ方向へ、追いかけるように走っていた。僕は速度を落とし、手を振ってやった。

少年も手を振る。

「ウィルだ」ロイディが言った。

3

ボートハウスの前で、動力を逆転させ、減速した。そのままバックして船着き場へボートを入れる。

ロイディを船から下ろすのが一番大変だったけれど、なんとか無事に上陸したところへ、ウィルがやってきた。

「こんにちは」コンクリートの階段を少年は下りてくる。

「やあ」僕は答える。「乗せてほしかった？」

「いいえ、そうじゃありません。でも、ボートが走っているのが見えたから、下りてきました」

モン・ロゼから駆けてきたのだろう、少年は肩を上下させて早い呼吸を繰り返している。僕は彼が話すのを待った。

「昨日……」彼は言った。「昨日の、夜のことです」

もちろん、その話だろう。僕はウィルの目を見つめて、黙っていた。小さな動物が穴から出てくるのを待つときのように、黙ってじっとしている方が賢明だ。

「もう寝る時間だったので、一度はベッドに入りました」ウィルは睨みつけるような表情だった。思い詰めているような、それとも、なにかを固く決意したような、そんな眼差しを僕に向けている。「そうしたら、声が聞こえた。僕の名を呼んでいる声が。クラウド・ライツの声でした。それで、ベッドから出て、クラウド・ライツのところへ行きました。あの曼陀羅の、その、砂の曼陀羅の中に、クラウド・ライツは座っていました」

「えっと、ウィル」僕は片手を広げて、彼の話にゆっくりと割り込んだ。「悪いね……。君が寝ている部屋は、曼陀羅の広間のそばなんだね？」

「いいえ」ウィルは首をふった。「棟が違います。僕の部屋は、もっと海側の果樹園の方の建物にあります」

「遠い？」

「はい。クラウド・ライツの広間まで行くには、長い通路を二つ、それに階段を三回上ります」

「すると、クラウド・ライツが、君の部屋の近くまで来ていたってことかな？　声が聞こえたというのは」

「でも、曼陀羅の真ん中に座っていました」

「君よりも早く、そこに戻ったわけだね」

「そうだと思います」

「それとも、誰か他の人の声だったかもしれない」僕は言う。「そう、たとえば、夢だったかもしれない。昨日は、ウィル、神様に呼ばれたって言ったよ」

「クラウド・ライツは、神様の一人です」

「ああ、なるほど……、そういうことか」僕は微笑む。「で、君が曼陀羅のところへ見にいったら、クラウド・ライツは絵の中に座っていたんだね。どんなふうだった？　砂の上にどんなふうに座っていた？」

「はい、えっと、東洋の仏像の座り方です」

「ああ、胡座《あぐら》をかいていたんだ。そういうことは、これまでにも、よくあったの？」

「いいえ、一度も」ウィルは首をふった。

「そう……。どう思った？」

「曼陀羅の中に座っているなんて、おかしいと思いました」

「せっかくの絵が壊れてしまうから？」

「そうです」

「それで？」

「何をしているのですか？と僕はききました」少年は瞳を僅かに逸らせる。まるで過去の映像を、網膜に再生しているような視線だった。「すると、クラウド・ライツは、僕にこう言いました。そこにある木の棒を拾いなさい」

「木の棒？」

「はい、足許を見たら、それが落ちていました。僕はそれを拾い上げました。とても重かった」

「木の棒って、どれくらいの大きさのもの？」

「ちょうど握れるくらい。長さは、僕の背くらい」

「重いって言ったね。どうして？　木だったら、そんなに重くはないだろう？　木ではなかったんじゃない？」

「いいえ、それは、握ったからわかります。重かったのは、棒の両端のところに、重りがぶら下がっていたからです」

「重り？　何がぶら下がっていたの？」

「僕が持ったとき、えっと、右は……」彼は両手を握って差し上げ、右の方へ顔を向けた。「鉄の船が、それから、左には」今度は左を向く。「仮面がぶら下がっていました」

「鉄の船と、仮面？」僕はもう、ウィルの話にはついていけなくなっていた。彼は夢の話をしているにちがいない、そう思えた。

「とても重かったので、僕はその棒を肩に担《かつ》ぎました。クラウド・ライツは、それを海の中へ投げ込むように、と僕に言いました」

「海に？　どうして？」

「わかりません」少年は大きく首をふる。「でも、きっと大事なことだという気がしたので、僕は、それを担いで、部屋を出ました。階段を下りて、僕の部屋のある棟の方へ行き、そこから外へ出ました」

「途中で誰かに会った？」

「いいえ」ウィルは答える。「昼間なら、馬がいますけれど、夜だったので、もう誰もいませんでした。とても恐かった。でも、振り返ったら、モン・ロゼの鐘塔の横に月が出ていました。その明かりで、外はそれほど暗くはなかった。僕は、草の中を歩いていって、島の端の絶壁まで行きました。そこから、棒と船と仮面を全部一緒に、海の中へ投げ入れました」

「海に落ちて、沈んでいった？」

「わかりません。海面はずっと下だし、それに、崖の蔭になって暗かったから、見えません。落ちたときの音しか聞こえませんでした」

「それから、どうしたの？」

「えっと、一度、自分の部屋に戻って、手を洗って……」

「どうして、手を洗ったの？」

「木の棒が、その、なんだかぬるぬるとしていました。油だと思います。だから、少し気持ちが悪かったので、手を洗いました」

「なるほど」僕は頷く。

「そして、もう一度、クラウド・ライツのところへ戻りました。先生はまだ、曼陀羅の中に座っているのかな、と僕は思いました。だけど、行ってみたら、そこに倒れていました。もう……、生きていなかった」

「びっくりしただろう？」

「はい」ウィルは上目遣いに頷く。「それで、誰か、大人を呼びにいかなくては、と思って、今度は中央棟の方へ、えっと、つまり、シャルル・ドリィ様や、みんながいる建物の方へ、行こうとしたら、ちょうどそこへ、ヨハン・ゴールがやってきました。ヨハンのことは知っていますか？」

「うん、知ってるよ。彼も、クラウド・ライツの弟子なの？」

「いいえ。弟子は僕一人だけです。ヨハン・ゴールは、クラウド・ライツと同じです。僧侶です。僕はまだ僧侶にはなれません。子供は僧侶にはなれないのです」

「それで、また戻った？」

「そうです」

「じゃあ、ヨハン・ゴールも、死体を見たんだね？」

「そうです。そのあとは、彼が、みんなに知らせにいって、メイ・ジェルマンが次にやってきて、えっと、今度はメイが、シャルル・ドリィ様を呼びにいって、すぐに連れてきました」

「メグツシュカは？」

「メグツシュカ様は、いらっしゃっていません。お休みだったのだと思います。どんなことがあっても、起こしてはいけないって、クラウド・ライツがまえにそう話していました」

ウィルは僕をじっと見たまま、そこで黙った。話がすべて終わったようだ。頭の良い少年だ、と僕は思った。

「ウィル。だいたい、わかった」僕は何度も頷いてみせた。「話してくれてどうもありがとう。ところで、今の話は、警察にもしたのかな？」

「いいえ」彼は首をふる。眉を寄せて、困ったという顔になった。「えっと、警察に話したのは、手を洗ったあとのところからです」

「え？　それじゃあ、その棒を、海へ捨てにいったっていうところは？」

「話していません」

「どうして？」

「クラウド・ライツが、それは話してはいけない、と言ったんです」

「いつ？」

「捨ててくるようにって言ったときに」

「えっと、でも、僕には話してくれた。これは何故？」

「はい」唇を一度嚙み、彼は大きく息を吸った。「イル・サン・ジャックの誰にも話してはいけない、と言われたんです。サエバ・ミチルは、イル・サン・ジャックの人じゃありません」

「ああ……」僕は一応頷いたけれど、まったく納得できなかった。「そういうことか……。うん、でもね、それは、隠しておくのは良くないと思うな」

「では、サエバ・ミチルが、警察に話して下さい」

「うん、ああ、そういうのは良いわけだね？」

「僕にはできません、約束をしましたから」

## 4

ウィルに案内されて、僕とロイディはモン・ロゼへ行くことにした。ところが、ボートハウスから宿屋の方へ向かう、さきほど来た道ではなく、反対の方角だった。ボートハウスが建っている窪んだ小さな入り江で、この道は行き止まりだと思っていたのだが、実はそうではなかった。

コンクリートの階段を上がり、入り江を迂回する細い道をコの字の形に歩く。ロイディが心配だった。それから、さらに人が通れるぎりぎりの幅を進むと、傾斜した壁面に丸い穴が開いていた。ボートハウスからは見えない位置だ。一見、排水のための施設といった感じである。背後は高さ五メートルほどの絶壁で、下は海。前は、その穴以外のところは急斜面で、もう少し上がったところからは、ほとんど垂直の岩肌が数メートルも立ち上がっている。その上には鬱蒼《うっそう》とした樹木の枝葉がはみ出しているのが見えた。上っていくことはまず無理だろう。少なくともロイディには絶望的だ。

その丸いトンネルの中へ入っていった。僕とウィルは大丈夫だったけれど、ロイディは少し屈まなければならない。奥へ行くほど暗くなり、途中で右に直角に曲がって、さらにその先で今度は左へ曲がった。先に光が見えたので、ほっとする。遊園地ならば良いアトラクションかもしれないが、たとえ恋人と二人きりでも、長く楽しめる道ではなさそうだ。

穴を抜けると、林の中に出た。傾斜地に高い樹が真っ直ぐに立ち並んでいる。左右に小径が延びていたが、曲がっているので先は見えない。古い落ち葉にすっかり覆われた大地が、片方は高く、片方は低い。小径を右へ進み、しばらく行くと、小川に小さな橋が架かっていた。鳥の声が上方から聞こえ、光は雪のように粉々になって届く。この環境は、もちろん作られたものかもしれない。鳥だって本ものかどうかわからない。ただ、本ものでも偽ものでも、どちらでも機能は同じ、つまり価値も同じだ。こういった環境を多くの人間が共通して望んでいることは、不思議な傾向といえるが、事実にはちがいない。きっと、ずっと昔に人類にかけられた魔法なのでは、と僕は疑っている。

ウィルは黙って歩いた。僕の顔をときどき確かめるように覗き見た。この少年は、ずっとこんな田舎に住んでいたのだ。都会を知らないかもしれない。

林を抜けると草原が斜めに広がっていた。斜めに、というのは、左が高く、右が低い、つまり、島の中心から海へ向かって傾斜しているからだ。景色が広がり、鮮やかな緑が半分、残りは青い空。右には、海が眩しく見下ろせる。左には、モン・ロゼの建物が横に長く翼を広げていて、オレンジ色に近い色彩に見えた。傾斜地に立って眺めているためか、建物の方が傾いているように錯覚される。

風がまた僕の髪を揺らした。僕はゴーグルを持ち上げて、自分の目にその風を当てた。とても眩しい。長くは見ていられないほど……。子供のときに、こういう経験をしたような気がする。とても気持ちが良いのに、長く続けていられないこと、それが何だったのか、思い出せなかった。

果樹園が遠くに見える。野菜だろうか、背の低い植物の畑もあった。そちらへは近づかずに、ウィルは草原を上り始める。ロイディが遅れ気味だった。草地は足許がよく見えないから、慎重な彼には悪路といえる。

石を積み上げた塀が半分、草地に埋まるように蛇行して続いていた。石段を下り、アーチ型の入口から入ると、ようやく地面が平らになった。アスファルトだろうか、最近補修した跡がところどころに黒く目立っている。モン・ロゼの建物の一部が既に間近に迫っていて、石の灰色に、金属の錆《さび》や鳥の糞《ふん》による黄色や褐色がサイケデリックにちりばめられ、とても綺麗だ。

通路を進み、階段を上り、ゲートをくぐる。本当に迷路のようで、ウィルがいなかったら、絶対に迷ってしまうだろう。

沢山の柱が立ち並ぶピロティに入り、大きな木製のドアが開いているところから建物の中へ入った。回廊が奥までずっと続いている。ときどき上階への階段がある。やがて右手の壁が低くなり、海が遠くまで見渡せる場所に出た。空には雲もなく、フラットな青さは、海の比ではなかった。近づいて覗き込むように眺めると、鮮やかな緑に両側を挟まれて、果樹園と畑が真下に見える。こうして眺めると、それほど広くない。これだけの農園で島の人口が養えるとは思えなかった。

階段を少し下りると、別の方向へ延びる回廊だった。一度は屋根がなくなり屋外となる。袖壁《そでかべ》のスリットから覗き見ると下に水が流れていた。橋の上にいるらしい。反対側はモン・ロゼの建物が岩のようにそそり立っている。どうやら、建物の下を川が流れているようだ。

長い階段を上っていく。また見晴らしの良いところに出た。草原が見下ろせ、白い馬が何頭か小さく見える。その下には、青黒い海。島の円形のアウトラインが、くっきりと緑と青を分けていた。その牧草地へ下りていく階段もあった。

「ここを下りていったの？」僕はウィルに尋ねた。

「はい」彼は立ち止まって頷く。僕の質問の意味がすぐにわかったようだ。勘の良い少年だと思う。彼は通路の反対側へ振り返り、上方の建物に向かって腕を伸ばした。

「あちらが、僕の部屋です。あそこの角から二つ目の窓です」

どれのことかわからなかった。窓は沢山ある。

「曼陀羅の広間は？」別の質問をしてみた。

「ここからは見えません。あの緑の大屋根の向こう側になります」ウィルは説明しようとした。しかし、大屋根というのがどれのことなのか僕には判別できなかった。下から見上げているので、屋根の色など、エッジの部分でしかわからない。だいいち、屋根は沢山ある。

「どちらへ行きたいですか？」ウィルがきいた。

「うん、そうだね……、それじゃあ、曼陀羅の広間へ」僕は答える。

勝手に行って良いものかどうかわからない。きかれたので、試しに言ってみた。しかし、ウィルは簡単に頷いて、また歩き始める。

シャルル・ドリィとの約束には、まだ一時間ほど余裕があった。そのときまでに、表の広場へ出るか、あるいは、正面のロビィへ行けば良いだろう。こんなに開放的な場所なのに、どうして今までマスコミがシャッタアウトされていたのか不思議だ。

渡り廊下から別の建物に入り、静かな通路を歩いた。ロイディの足音が一番大きかった。

「ウィルは、僧侶になるんだね？」横を歩いている少年に僕は尋ねる。

「はい」こちらを向き、彼は頷いた。

「僧侶というのは、どういう仕事？」

「仕事ではありません」ウィルは首をふった。「奉仕です」

「誰に対して奉仕をするの？」

「人々に対して、そして神に対して」

「たとえば、具体的にどんなことをするの？」

「いろいろあります。仕事もします。畑を耕したり、作物を穫ったり、服を直したり、薬を作ったりもします。でも、一番大切なことは、自分を静かに保つことです」

「静かに保つ？」

「そうです。心が動かないように、揺れないように」

「クラウド・ライツが描いていた曼陀羅は？　あれは、仕事？　それとも、奉仕？」

「わかりません」ウィルは首をふった。「わからなかったので、一度クラウド・ライツに質問したことがあります。でも、先生は教えてくれませんでした」

「どうして教えてくれなかったんだろう？」

「きっと、教えないことに価値があるからです」ウィルは答える。それが、用意されている返答のようだった。おそらく、彼もそう言われたことがあるのだろう。「いつか、自分で考えて、それがわかったとき、僕も曼陀羅を描こうと思います。あれをするには、心がとても静かでないとできません」

「ああ、それはそうだろうね。僕なんかには、とてもできないって感じ」

「なにか、悩みがあるのですか?」ウィルは僕を見上げてきいた。

「いや……」僕は一瞬微笑んだ。「あ、でも、悩みのない人間なんていないと思うよ」

「いえ、修行をすれば、悩みは消えると思います」

悩みもなく、心静かな状態、それはつまり、死んでいる状態ではないだろうか、と僕は考えた。しかし、そんな意地悪な屁理屈を少年にぶつけることはできない。

どういうメカニズムで、こんな優しさが人間の中に芽生えるのか、そちらの方が僕には興味深く感じられる。破壊的な衝動を、人はどうやって抑えているのか。一時的に忘れているだけなのか。遠ざけているだけだろうか。必ずしも、そればかりではない。あるときには、優しさが危険回避に優先することさえある。それは、何故だろう?

神の存在なんて僕は信じない。道徳なんてものも興味はない。僕は、自分が好ましい状態ならば、それで満足だ。個人的な、自己中心的な生き方しかできない。それなのに、ときどき、他人のためになにかをしてやりたくなる。どうしてだろう?

小さな生命が身近にあれば、それが自分とは関わりがないものであっても、守ってやりたくなるときが、たしかにある。どうして、そんな明らかな面倒を買って出るのだろうか?

不思議だ。

それが素直なこと、それが人間的なこと、といった解釈には、同意できない。そんな単純な思考で、ギロチンの刃を落としたくはない。

思うに、僕はもっと複雑で、そして、人間は本来もっと複雑なのだ。複雑さを認めようとしない、認めたくないのは、単なる回避、つまり、それこそが危険回避なのだ。

自殺することと、自殺なんてしないと決めることは、どちらも危険回避という点で同値だし、同じ結論だ、と僕には思える。僕が自殺しない理由は、ここにある。あんなことがあったのに、僕が生きていられる理由は、つまり、死ぬことができない理由は、そういうことだ。死を選ぶなんて結論は、僕には単純すぎる。我慢できないほど、単純すぎる。

「ミチル、猫だ」ロイディが教えてくれた。ゴーグル経由の声だから、ウィルには聞こえない。

ロイディの視点に切り替えると、天井近くの梁の上に、光る目が二つ。その映像がアップになる。ロイディの後方のようだった。

「ウォーカロンと推定される」ロイディは言う。

おそらく、赤外線で検知される表面温度、あるいは排気に基づいた推定だろう。ウォーカロンとは、通常は自律系の人工生体全般を示すが、もちろん、誰かがコントロールしている可能性もある。子供のおもちゃ程度の機能のものから、かなり高精度のものまで幅は広い。とにかく、今のところ実害がないので、放っておくことにした。これくらいの監視を受けることは珍しくない。普通の状態といえる。わかりやすい分、むしろ好意的と考えた方が良い。

音楽が聞こえてきた。オルガンの音だろうか。ゆっくりとした単調なメロディだ。そちらへ近づく方向だった。

ウィルが大きな扉を開けようとしたので、手伝ってやる。オルガンの音が急に大きくなった。中は広い空間で、高い天井の周囲に明かり採りの窓が整列している。ガラスに濃い色がついているためか、室内は暗く、最初は何があるのかよく見えなかった。

木製の小さなベンチが整列している。正面の奥に、白い人物の後ろ姿。その向こう側には、直立に延びる柱と、ダクト配管のように沢山のパイプ。音はそこから出ているようだ。

「メグツシュカ様だ」ウィルが小声で呟いた。

# 5

白い人物は背を向けていたし、頭からすっぽりと布を被っていたので、誰なのかはわからなかったが、ウィルの言うとおり、女王であろう。

聞こえるはずもないウィルの声に反応するかのように、彼女はおもむろに振り返った。それとともに、音楽が静かになり、音が消えた。僕たち三人は中央の通路を進んで、女王が立っている祭壇の方へ近づいた。他には誰もいない。両側に整列した無人のベンチ。イル・サン・ジャックの人々は、この礼拝堂に集まることがあるのだろうか。全員は収容できないにしても、半分くらいは座れるだろう。否、もっと大きな礼拝堂が別のところにあるのかもしれない。建物の規模からすれば大いにありえる。

僕はインテリアを眺めつつ歩いた。造形はクラシカルで、あらゆる装飾は色褪せ、シャープさを失い、その代わりに得た滑らかさで自然と同化しようとしているみたいだった。僕たちの足音だけが、そして、僕たちが押しのける空気だけが、動いている。

「メグツシュカ様」ウィルは祭壇の手前で立ち止まって言った。「サエバ・ミチルを案内しています」

「何故、ボートハウスまで迎えにいったのですか？」メグツシュカの声が響く。クリアな発音は、まるで楽器のように洗練されていた。暗く沈んだ周辺の空気が突然立ち上がったかのようで、思わず寒気がした。声だけで人を緊張させる力があった。

「サエバ・ミチルがボートに乗っているのが、僕の部屋から見えました。だから、迎えにいきました」

「何故、迎えにいったのか、という質問です」メグツシュカがきいた。優しいトーンなのに、突き刺さるような鋭さがある。

「いえ、べつに……」ウィルは口籠《くちご》もる。

「ウィルは、ボートに乗りたかったのです」僕は、少年の代わりに答えてやった。

「わかりました。ウィル、下がりなさい」女王は言う。「サエバ・ミチル、こちらへ」

ウィルは横目で僕を一瞥してから、ぺこんとお辞儀をすると、両手を伸ばした姿勢でドアまで歩き、部屋から出ていった。彼が開けたドアが音を立てて閉まる。

僕は祭壇のすぐ下まで行った。メグツシュカはこちらへやってきて、階段を二段だけ下り、そこに座った。スカートから白い脚が露出して、僕の前でそれが組まれた。

青い瞳が僕を数秒間捉え、その下の赤い唇が僅かに変形して、微笑を浮かべる。片手が持ち上がり、頭を覆っていた布を後ろへ取り去った。

「ウィルを庇《かば》うために嘘をつきましたね」メグツシュカは言った。「機転の利く、俊敏な頭脳。けれど、それ故に自分の感情を見失い、ときどき制御できなくなる。人に支配されることが嫌いなのに、なんとか自分を支配しようとしている。その矛盾を知っている？」

「はい」僕は頷く。「もちろんです」

「面白い」メグツシュカは白い歯を見せて笑った。

「何が、面白いのですか？」

「あなたが面白い。稀有《けう》の存在といえるかもしれない。何だろう？　何故、そんなに肉体を諦めている？　生きることと、思考することを、切り離そうとしているのは、どうしてだ？　あなたの躰と、あなたの視線は、まるで統制がとれていない」

「落ち着かない、という意味でしょうか？」

「いいえ、その話はもう終わり。昨夜の話がしたいのでしょう？　私はさきほど聞いたばかり。サエバ・ミチル、あなたは、クラウド・ライツの死体を見たのですね？」

「はい、見ました」

「私にも見せて」メグツシュカは片手を出した。「ゴーグル？　それとも、そちらの、ロイディ、お前が見せてくれる？」

「ロイディ、女王様に、昨夜の映像を」僕は振り返って指示した。

ロイディが一歩前に進み出る。彼は祭壇の横の白い平面を見つけて、そこに二次元映像を出力した。砂の曼陀羅の中に倒れている首なし死体だ。

細かい砂の模様と、布を纏った死体。

赤い、否、赤かった、血。

途中から僕は、メグツシュカの横顔を眺めていた。

彼女はそれに気づいて、僕の方へ視線を向ける。

青い瞳。輝かしい。

黒い髪。滑らかな。

白い頬の曲線は、セラミクスのようだった。

これは、人間だろうか、という疑問が僕の中で膨らんだ。人だろうか？

「うん」彼女は再び映像を見てから、小さく頷いた。「ありがとう。クラウド・ライツの首は、今どこに？」

「ここの近くにはなかった。探しているはずです。その後のことは僕は知りません。もう見つかったかもしれない」

「この話はもう終わり」メグツシュカは視線を上へ向ける。一瞬にしてなにかを切り換えた様子だった。「シャルルに会ったのね？」

「昨夜」僕は頷く。

「あなたを、クジ・アキラと間違えた」

「ええ」

「彼は、アキラのことが忘れられないの。可哀想に」

「どうして？」

「忘れられないことが」彼女は即答する。「不便」

「不便？」

「ミチル、あなたも、アキラのことが忘れられない？」

「逆です」僕は首をふった。

「逆？」

「忘れたくないけれど、どんどん忘れてしまう。彼女に関する記憶は、僕の中で少しずつ色を失っています」僕はなんとなく話したくなった。「もう、あまり鮮明には思い出せない。ときどき、夢を見るけれど、そのときは悲しいけれど、でも、悲しくてもいいから、僕は少しでも思い出したい。ずっと覚えていたいのに、そうはいかないんです。僕の頭は、そんなふうにできていないみたいで……」

「素直だな」メグツシュカは低い声で呟くように言った。目を少し細めて、僕をじっと見据える。「珍しい」

「こんな話をして、すみません」

「聞きたい」彼女は微笑む。「そういう話が一番聞きたい」

「僕は、デボウ・スホのことが聞きたいです。彼女を産んだのですか？」

「私が？」少しだけ顎を上げ、メグツシュカは一度瞬く。「そう、産んだと言っても良いかしら。彼女は胎外で育ったのよ」

「ああ、いえ、違います。そういう話ではなくて……、あの、申し訳ありません」

もちろん、いろいろなレベルがあるだろう。立ち入った話はプライベートなことになるので、失礼だと僕は判断した。

「デボウのことに、何故興味がある？」

「わかりません」

「ますます、アキラを忘れてしまうことになるのでは？」

「もしかしたら、僕はもう、アキラから逃れたいのかもしれない」

「うん、鋭い洞察です」メグツシュカは頷いた。「できるかしら？」

「わかりません」

「そろそろ、私は部屋へ戻ります。他に質問は？」

「お優しいですね、女王様は」

「え？」目を見開き、メグツシュカは驚いた顔をした。「ああ、あなたは、自分で思っているよりも、いいえ、周囲が認識しているよりも、もっと大きな可能性を持っている。できれば、大事にすることね」

「何をですか？」

「質問は？」

「あ、えっと……」僕は息を飲み込んで必死に考える。「あの、イル・サン・ジャックが太陽の動きに合わせて、いえ、違うな、地球の自転に合わせて、回転しているのは、何故ですか？」

「理由はあります。でも、あまり言いたくないわ」

「すみません。では、違う質問を」僕は話を切り換える。「僕が聞いた範囲では、ここは、かつては周辺が森林だったそうです。それが一夜にして海になってしまった。そういったことが本当に起こったのでしょうか？」

「本当に、というのは、どういう意味かしら？」メグツシュカは微笑んだまままき返す。

「うーん、たとえば、女王様も、それを目撃しましたか？」

「いいえ」彼女は首をふった。「ただ、皆がそう話しているのは聞きましたけれど」

「わかりました。それでけっこうです」僕も無理に笑ってみた。「では、別の質問を」

「あなたのインタヴュー、テーマがばらばらなのね」

「あ、ええ、よくそう言われます。もともと、僕自身がばらばらなんだと思います」

「そう」彼女は簡単に頷く。「質問は？」

「えっと、クラウド・ライツの砂の曼陀羅をご覧になったことはありますか？」

「何度も」

「どうして、彼は、あの曼陀羅の中で殺されていたのでしょうか？」

「知りません。なにか意味があると？」

「人の首を切る、という行為をどう思いますか？」

「特になにも」彼女は首をふった。

「では、誰があんなことをしたと思いますか？」

「知りません」

「しかし、モン・ロゼの中で起こった事件です。この建物の住人の誰かが殺人者だという可能性も高い、と僕は考えていますが」

「その可能性が高くても、私には影響しません」

「外部の人間が入り込むこともできますからね」

「あなたがここへ来たように」メグツシュカは口もとを緩め、小首を傾げた。まるで午後のティータイムに世間話をしているようなあどけなさ、あるいは、宇宙旅行から帰ってきた政治家のインタヴューのような作りものの仕草に見えた。

「猫はお好きですか？」

「いいえ」

「ここで猫を飼っていませんか？」

「いいえ」微笑んだまま、彼女は首をふった。

## 6

メグツシュカと別れ、僕はロイディと二人で建物の中を歩いた。ロイディが「あちらだ」と言った方向を目指した。時刻はまもなく正午になろうとしている。

通路と階段を歩いている間、しばらく誰にも会わなかったが、玄関のロビィにかなり近づいたと思えた頃、通路を反対側から人が歩いてきた。逆光線だったので最初顔がよく見えなかった。白い布を頭にすっぽり被っていたからだ。

「サエバ・ミチル、どこから入ったのですか？」その声には聞き覚えがあった。ヨハン・ゴールだ。

「こんにちは」僕は頭を下げた。「ウィルと一緒に、海の方から上がってきたんです」

「そうですか」彼は頷いた。「まだ子供なので、規則というものを理解していないのです。大変失礼をいたしました」

「なにも失礼は受けていません」僕は微笑む。「シャルル・ドリィ様にお会いするには、少し時間が早いと思いますけれど」

「ええ、そうですね。どこかで、お待ちいただくことになりますが……」

「もし良ければ、砂の曼陀羅をもう一度拝見できませんか？」

ヨハン・ゴールは一瞬黙った。僕の言葉の意味を考えているのか、僕を数秒間じっと見て、次に後ろのロイディへ視線を送った。

「問題がありますか？」僕はきく。

「いえ、特に、問題はないと思います」彼は、息を吸ってから小さく頷いて、答えた。「ご案内いたしましょう」

ヨハン・ゴールは、片手を軽く持ち上げてから歩き始めた。

「お仕事中だったのでは？」僕は尋ねる。

「いいえ」

階段を上った。踊り場にある縦長の窓から鮮明な光が差し込んで、階段にジグザグのストライプを作っていた。気をつけないと、踏み外しそうだ。

「警察の捜査は、どんな具合でしょうか？」

「私にはわかりません」

「今日も、警察が来ているのですか？」

「いえ、朝方に警察は引き上げました」

「カイリス刑事ですね？」

「そうです」

「彼、僕のところへ来ましたよ。ここを引き上げたあとだったのかな」

「そうだと思います」

「イル・サン・ジャックには、警官は彼一人だと聞きましたけれど」

「はい」

「しかし、昨夜は、何人か来たのでしょう？　その、捜査をする人員が」

「ええ、カイリス刑事と、あとはウォーカロンの助手が一人」

「その二人ですか？」

「私の知るかぎりでは」

回廊を進み、問題の場所が近づいてきた。昨日の夕方にも僕はここへ来ている。今は、そのときの印象とほとんど同じだった。太陽の位置が変わらないためだ。むしろ、そのときよりも少し暗かった。太陽が高くなり、窓から入る光が短くなったせいだろう。

広間はひっそりと静まり返り、気のせいか、霧か煙みたいに空気が白っぽく見えた。

誰もいない。

ヨハン・ゴールが立ち止まった。

「入っても良い？」僕は尋ねる。

「特に、制限はされていません」彼は事務的に答える。

僕は広間の中へ足を踏み入れた。

砂の曼陀羅の真ん中に倒れていたクラウド・ライツの躯は、既にない。当然ながら運び出されたのだ。曼陀羅は、昨夜見たときよりも、さらに乱れていた。擦《こす》ったような痕が無数にあり、とても痛々しい。周辺にも砂が飛び散っていた。明るくなったから、そう見えるのか、それとも、死体を運び出すときに大勢がここへ足を踏み入れたためなのか。

もしかして、クラウド・ライツは、自分の描いた曼陀羅の中央にずっといたかったのかもしれない。彼が作った結界は、しかし現実にはなんの効力もなかった。きっと、無口で手際の良いウォーカロンたちが、彼の躯を運び出しただろう。

死んでしまった躯には、もう意志はない。

壊れてしまった砂の曼陀羅と同じだ。

恐る恐る、僕はその曼陀羅を踏んで、昨夜は入れなかった領域へ近づいた。クラウド・ライツが倒れていた場所を、もっと近くで観察しようと思ったのだ。

今でも、彼の影が、残っているような気がした。

僕は、膝を曲げて、床を、砂を、そして、それらに染みついた血を、見つめた。どれくらいの血液が流れたのか、想像もできない。砂の下へ、たちまち染み込んだだろう。床は木製だから、その隙間から、さらに下へ入っていったにちがいない。

ファイバを流れる光のように、血は人間の情報を持っている。人間の成立ちを覚えている。ただ、その意志だけは、流れが止まると、綺麗に消えてしまう。もうどこにもない。それだけは取り戻せないのだ。

僕と、僕のアキラを襲ったのも、人間だった。

僕を撃ち、そして、アキラを撃った。

僕は動けなくなり、ただ……、

倒れて消えていくアキラの……、

彼女の最後の意志を、見届けた。

彼女の眼球は破裂し、その穴から、赤い血が流れていた。

もう、僕にはそれが赤いとは認識できなかった。

すぐ目の前のことなのに、手も伸ばせない。

ああ……、彼女は死んでいく、

僕も死んでいく、

同じところへ行くのだろうか、

それならば……、
どんなに幸せだろう、
早く、
痛いとか、寒いとか、気持ちが悪いとか、苦しいとか、
そんな今の状況から逃れたい、
彼女の可哀想なその瞳を、
見たくない、
見たくない、
目を瞑ってしまいたい、
なのに、僕の目はもう動かない、
動かない……。
見たくない、
見たくないのに……。
「ミチル」ロイディが呼んだ。
僕は深呼吸をして、慎重に立ち上がる。少しだけ、躰がふらついた。
「大丈夫か？」ゴーグルからロイディの声。
「最高」僕は小声で答えて、片手を少しだけ持ち上げた。

お節介なロイディ。僕は大丈夫。
これくらいのことは慣れっこだ。
何度も何度も、その場面のリプレィを見てきたのだ。
その中で育ったといっても良い。
僕という人格は、あの凄惨な殺人現場から生まれたのだ。
そして……、
僕は、その遠い理由の一つを突き止めて、
僕とアキラを撃った人間を、殺した。
この手で……、
そう、この手だ。
このアキラの手で、
僕は彼女のために、
あいつを殺した。
復讐なんて単純なものでは、きっとなかった。
取り戻せるものが、あるなんて思えなかった。
それでも、僕は、引き金を引いたのだ。
この手で、

人を殺したのだ。
許されるとか、許されないとか、
そういった次元の話ではない。
断じてない!
生きるとか、死ぬとか、
そういった判断はなかった。
どこにも、なかった。
単に、ものが落ちるように、
呼吸をするように、
光が当たって影が現れるように、
僕は、撃った。
死ねば良い、と思った。
あいつでも、僕でも……。どっちでも。
撃つ瞬間には、そいつを救えるとさえ錯覚した。
神が見せた、せいぜいの幻覚だろう。
可笑しい。
僕は微笑んでいる。

思い出すと、最後には笑えてくる。

何が何なのか、さっぱりわからない。

わからないのだ。

僕は、どうすれば良いのか、あの瞬間には、わかっていた。

それなのに、
今は、したいことは、なにもない。

どうにでも、なれば良い。

それなのに、
こうして普通に生きている。

いったいどうなってしまったのだろうか。

遠い異国のこの街で、知らない人間の死体を見て、その人間の血が染み込んだ部屋に立っている。窓からは、いつもと同じ日が差し込み、少し離れたところに、僕のロイディが心配そうな顔で立っている。

誰が、クラウド・ライツの首を切ったか知らないが、
そいつと、是非、話がしてみたい、と僕は思った。

きっと、
僕を安心させてくれる言葉が、

そいつの口から聞けるだろう。

安心したい？

違う。

安心なんかしたくない。不安のままの方が、僕には似合っている。もっと不安が沢山になって、どうか自殺に踏み切れますように、と神様に祈りたかった。神様がもしいるならば……。

砂の中でなにかが光った。

もう一度、僕は屈み込む。

曼陀羅の絵の中で、僅かに輝く光を、僕の目が捉えた。

角度を変え、それを確かめる。ある場所に来ると光った。

ゆっくりと顔を近づけると、砂の中に、なにかが埋まっている。

黄色い砂の下だった。

僕は手を伸ばし、指先で、軽く砂をどけてみた。

指で少し押してみると、それは軽く動く。

さらに砂をどけて、その小片を取り出した。

ガラス。

割れたガラスの欠片《かけら》だった。

緑がかった色がついている。大きさは二センチもない。粉々に割れたガラスの一片か。

「ロイディ」僕は彼を呼んだ。

広間の入口のところで、ヨハン・ゴールと並んで立っていたロイディが近づいてくる。彼は砂の曼陀羅を踏むことなく、その手前で立ち止まった。

僕は立ち上がって、彼のところへ行き、そのガラスの破片を手渡した。ロイディはそれを指で摑み、角度を変えて観察し始める。

「いつ、割れたもの？」僕はきいた。

「割れてまだ、十数時間しか経過していない」ロイディは答える。「ガラス自体が作られたのは、数年まえのことだ」

割れた断面から酸化が始まる、ロイディはその進行具合から割れた時間を推定しているのだ。

「それじゃあ、昨日の夜ってことだね」僕は言う。

「これは、どこにあった？」ロイディが質問した。

「曼陀羅の真ん中の、黄色い砂の下」

僕たちの会話を聞きつけて、ヨハン・ゴールが近づいてきた。

「昨日の夜、どこかでガラスが割れましたか？」僕は尋ねる。

「ええ、そう……」彼は頷いた。「水差しが、そのテーブルから落ちて、割れてしまいました。ウィルが落としたのです」

「何時頃ですか？」

「さあ、どうでしょう。七時か、八時頃だったかと思います。私は、クラウド・ライツに呼ばれて、それの片づけをしました。小さな破片が、曼陀羅の中へ飛んだのではありませんか？」

僕は頷いて、その破片をポケットに仕舞った。

通路から足音が聞こえ、そこにシャルル・ドリィが現れた。

「サエバ・ミチル」彼は微笑みながら広間に入ってくる。「ここで、何を？」

「昨夜の事件は、どうなりましたか？」僕はきき返す。「なにかわかりましたか？」

「何故、そんなことに興味がある？」僕の前に立ち、シャルルは首を傾げた。「記事にするつもりか？」

「あ、いえ、そうではありません。もちろん、僕が書くものについては、そちらでチェックをしてもらいます。公表したくないことは、すべて削除できます」

「うん」彼は軽く頷き、それからヨハン・ゴールに目で合図をする。ゴールはお辞儀をして広間から出ていった。「たしかに、名誉なこととは言い難い。スキャンダルというのかな、こういったものを」

「そんな古い言い回しは、あまり……」僕は微笑んだ。

「食事をしないか？」

「え？」

「用意してある」見えないボールを持ち上げるように、シャルル・ドリィはゆっくりと片手を上げた。

「いえ、僕は……」

「私は食べる。君と一緒ならば、とても嬉しい」

7

シャルルについて、僕とロイディはまたモン・ロゼの中を歩いた。階段を幾度か上がった。明らかに、今まで入ったことのないエリアだった。モン・ロゼの中でも最も高い場所に近いはずだ。絨毯の敷かれた明るい部屋、張り出した窓の近くに丸いテーブルと椅子が二つ、用意されていた。

ロイディは部屋の隅に、コート掛けのように立った。僕とシャルルが椅子に腰掛けると、メイ・ジェルマンがまず、お茶を運んできた。今日の彼女のファッションは、普通のレストランで見かけるものに近かった。シャルルの方は相変わらず、まったく普通。どことなく貴族的な優雅さはあるものの、こんなクラシカルな建物に住んでいる王様には、とても見えないカジュアルさだった。

お茶を飲んだ。良い香りだ。

「好きなものは？」シャルルは僕にきいた。

「食べものですか？」

「そう」

「いえ、特には」

「アキラは、フルーツが好きだった」

「そう、ええ」僕は頷く。「でも、もうその話はあまりしたくありません」

「すまない」

「事件の捜査は大丈夫ですか？　イル・サン・ジャックには警官は一人しかいないと聞きました。あの、カイリスという刑事さんだけだそうですね」

「ウォーカロンがいる」

「殺人者をちゃんと突き止めて、逮捕することができると思いますか？」

「さあ」シャルルはお茶を飲みながら微笑んだ。

メイ・ジェルマンが皿を運んでくる。フルーツと野菜と魚のチップらしきものだった。

「口に合うと良いが……」

「おもてなしに感謝します」

僕は、フォークを手にして、料理を一口食べた。冷たくて、少し酸味があって、それから海の香りがした。

「どう？」

「美味しいです」

「アルコールは？」

「飲みません。あの、なにもいりません」

「メイ、私には、いつものワインを」

戸口に立っていたメイ・ジェルマンが、頭を下げて部屋から出ていく。

「捜査は、カイリスに任せておけば良いだろう。死んでしまった人間に多くの興味を向けることが前向きだとは思わない」

「しかし、あれは、普通の死に方ではありません。誰かが首を切って、しかもそれを持ち去ったのです」

「臆病者のすることだ」シャルルは口もとを緩めた。「なにかを恐れている。恐れているからこそ、隠そうとする」

「だからといって……」

「明るい未来の展望を求めた結果ではない」

「放っておけば良いと？」

「罰する必要はある」シャルルは即答する。「しかし、その罪は、おそらく本人が一番よく認識しているだろう。そういった兆候が見える」

「どこにですか？」僕は尋ねた。

「公明正大な行いではない。どこかで今頃、謝罪の機会を求めているかもしれない。びくびくと震えているだろう」

「よくわかりません。いったい何故、クラウド・ライツは殺されたのでしょう？」

「想像するしかないが、ありえるとすれば、ある種の抗議だろう」

「抗議？　誰に対する？」

「対象はわからない。人は、自分以外の者すべてに対して、ときとして訴えたくなるものだ。特に、若いうちにはな。しかし、自分以外の者、というのは、すなわち、自分一人の裏返しだ。そうやってしか、自分に向けてメッセージが送れない、ということもあるだろう」

「首を切ったのが、メッセージだと？」

「わかりやすく言えば、見せしめ」

「抗議と見せしめ？　矛盾していませんか？」

「矛盾のない意志であれば、あのような真似はしない。こういった想像をすることは、それほど楽しいことではないな」

「楽しいとは思っていません。ただ、僕は知りたいだけです」

「何故知りたい？」シャルル・ドリィの切り返しは素早かった。

僕は答えられない。

その疑問はとっくに自問したものだ。そして、自分でも、その答は出せない、と認識していた。どうして、僕は知りたいのだろう。人の気持ちなんか知って、どうするつもりだろう。自分の気持ちと比較して、なにかの安心を得ようというのか。人が自分と同じだと安心？　それとも、自分は殺人者とは異なっているから安心？　否、安心に何の価値があるだろう。安心を求めることが、知りたいことと同値だとはとうてい思えない。

気がつくと、シャルルは黙って僕を見つめていた。

視線を彼から逸らして、テーブルの上のカップを見る。その液体の表面に、また、彼の瞳が写って見えた。僕からの光は直進して彼に届き、彼からの光は反射して僕に届く。

僕は、アキラのことがもっと知りたくて、ここへ来た。けれど、アキラのことをどんなに知っても、アキラが戻ってくるわけではない。それどころか、僕はどんどん袋小路へ追い込まれるだろう。それくらいわかる。

僕は、デボウ・スホのことをもっと知りたい。メグツシュカのことをもっと知りたい。このイル・サン・ジャックのことをもっと知りたい。それらは、安心したいからじゃない。そして、知ったところで、情報が多くなったところで、なにも変わりはないのだ。

そう……、
知ってしまったあとに満足できるとは思えない。知りたい、と今思っている、この状態が、なにかを忘れさせてくれる。知りたい知りたい、と遠くどこかへ向かっていれば、身近な周囲に視線を向けなくても済む。後ろを振り返らなくても良い。それが、僕を生かしてくれている。

風には向きがある。波だって同じ方向へ寄せる。同じところをぐるぐると回ったりはしない。

どこかへ行きたい。

知ることによって、ここではない、どこかへ行ける。

そんな予感がする。

きっと、単なる予感。

気のせいだ、と思うけれど。

「クラウド・ライツがいなくなって、誰かが得をしましたか？」僕は質問をした。

しかし、メイ・ジェルマンが部屋に入ってきたので、答はすぐにはもらえなかった。彼女は、グラスを二つテーブルに置き、シャルルのグラスにだけオレンジ色のワインを注いだ。彼女が部屋から出ていくと、シャルルはグラスを手に取り、それを揺らし、口につけた。

「カイリスが同じ質問をした」グラスをテーブルに戻しながら、シャルルは言った。「答は、イエスだ。ライツは、僧侶長だった。彼がいなくなれば、次の者がリーダとなる。その下の者も位が上がる。出世がしたいと願っている者ならば、それは得をしたことになるだろう。古典的な動機だな」

「僧侶は、何人ですか？」

「七人」

「ウィルも入れて？」

「彼は子供だ」

「次の僧侶長は誰ですか？」

「君の知らない男だ。どうして、そんなことが知りたい？」

「ヨハン・ゴールは？」

「彼は七番目。一番下だよ」

「僧侶の他に……、誰かが、クラウド・ライツを抹殺したいと考える可能性は？」

「可能性はいくらでもあるが、私は知らない。街の者にも慕われていた。堅実で、控えめな男だった。反感を買うようなことは考えられない」

「たとえば、一つのものを巡って、二人で取り合いになった、というようなことは……」

「もの、というのは、人を含んでいるのか？」

「そうです」

「クラウド・ライツに限って、そんな事態は考えられない」

「彼が考えていなくても、殺した人間がそう考えてしまえば、充分な動機になります」

「具体的に話してくれないか」

「たとえば、ある一人の女性を巡って、二人の男性が憎み合うとか」

「面白い」シャルルは鼻で笑った。「実に古典的だ。シェイクスピアじゃないか」

「あるいは……」僕は考えながら話す。「知ってはいけないことを、知ってしまった。そのために、殺さざるをえなくなる」

「なるほど」シャルルは頷いた。「しかし、その場合は、首を切る理由がないのでは？」

「殺されたあと、極めて短い時間内であれば、人間の脳細胞を解析することができます。頭部を持ち去った理由は、それを恐れたからでは？」

「ここに、そんな設備があると？」シャルルはにっこりと微笑んで僕を見据えた。

「ありませんか？」僕はきき返す。

通路からワゴンを押して、メイ・ジェルマンが入ってきたので、僕たちの会話はそこで中断された。大きな皿が僕の前に置かれた。魚の料理だとはわかったが、もちろん、魚の種類は専門外だ。白いソースにオレンジ色の粒が散っていた。一瞬、首を切られて飛散した血を想像したけれど、それくらいで食欲は消えない。こういう方面では、僕は案外安定しているようだ、と我ながら感心した。

「食事中の会話に相応しいかもしれないな」シャルル・ドリィは少しおどけた口調で言った。「おそらく、食事中に話す最も相応しい話題は、殺した獲物たちについてだったはずだ。いったい、いつ頃から、殺すことがそんなに恐ろしい行為になってしまったのだろうね」

「一度でも殺されたことがあれば、わかると思います」僕は答える。そして、フォークの先の魚の肉を口の中に入れた。

「君と話していると、退屈しない」彼はくすっと笑い、肩を持ち上げる仕草。「久しぶりに楽しい時間だ。感謝するよ」

昨夜、同じ建物で人が殺されたのに、楽しい時間、という表現は多少抵抗を感じた。しかし、シャルル・ドリィの言葉は、彼の素直な気持ちを表しているように思える。事実、彼は本当に楽しそうだった。

## 8

食事の最後は透明なゼリィ。そのあと、コーヒーを飲んだ。

「サエバ・ミチル、私のコレクションを見てもらえないかな」シャルル・ドリィが言った。

「何のコレクションですか？」

「人形だ」

「へえ……。是非」

シャルルはグラスのワインを飲み干すと、ナプキンで口を拭いた。

「ほとんどは父のコレクションだったものだ。私は、単に補填しているだけだよ」

シャルルが立ち上がったので、僕も席を立った。食事は適度な量だった。全般的に、この上なく上品で奥ゆかしい味だったと評価できる。

シャルル・ドリィと並んで通路を歩いた。僕たちの後ろからロイディがついてくる。階段を上がった。この建物にはまだ上があるようだ。正面玄関のロビィを基準にすれば、もう五階か六階に相当するのではないだろうか。そろそろ最上階に近いのでは、と思えた。この建物は、島の傾斜地に建てられている。山の高低差を利用し、建物の中心部ほど高くなっている。イル・サン・ジャックの中心部は、今ではそのほとんどが建物や回廊、庭園などの人工構造物で覆われているが、もともとは小高い岩山だったはずだ。

階段を上ったところは、天窓のあるロビィで、その突き当たりにドアが一つだけあった。両側に彫像が立っていた。どちらも、背中から翼を広げた少年で、金属の鎧を着ている。シャルル・ドリィが電子キーでドアのロックを解除した。

奥行きが二十メートルほどの細長い部屋。両側の壁の高いところに小さな窓が並んでいる。高過ぎて外を見ることはできない。窓の下、壁沿いにずらりと、古めかしい木製の棚が整列していた。前面はガラス戸で、その中に、背丈が三十センチほどの人形たちが密集して並んでいる。

「あまり、人に見せたことはないんだ」シャルルは振り返って言った。「どうもね、自分でも、これが上品な趣味とは思えなくて」

「そんなことはないと思います」僕は言った。正直な気持ちだった。

右の棚から見ていく。立っている人形が多かったが、中には座っているものもある。いずれも頭が大きく、子供のプロポーションだ。見るからに古そうなもので、着ている洋服などはほとんど色を失っている。顔や手にも傷があったり、欠け落ちた跡も多い。

左へ歩いていくと、少しずつ人形が新しくなっていくようだった。大きさもさまざまで、一番大きなものは人間の子供くらいある。部屋の奥まで行き着くと、そのコーナには、本ものの人間と見間違えるくらいリアルな人形が椅子に座っていた。止まって動かないから人形だと判断できる。動いていたら、気づかないかもしれない。十代の少女で、古風なファッションだった。

「それは百年ほどまえに作られたものだ」シャルル・ドリィが説明してくれた。彼は僕のすぐ後ろに立っていた。「背中から細いパイプが沢山、飛び出ている。そこから空気圧で動かすようにできていたみたいだ。残念ながら、今はもう動かない」

急に、僕は目眩に襲われた。

倒れそうになった僕を、シャルル・ドリィが支えてくれた。

「すみません」僕は謝る。

何だろう？

脈動する血流を感じる。

ずいぶん昔に、アルコールで酔ったとき、これに似た状態になったことを思い出した。シャルルが飲んだワインの香りのせいだったかもしれない。つまり、彼の匂いだ。

左の棚へ行くと、今度は現代的な人形が並んでいた。

「ここからが、私のコレクション」シャルル・ドリィが言った。「といっても、このあたりのものは、私が子供のときに買ってもらったものだから、私が選んだわけじゃない」

人間の形をそのまま縮尺したモデルで、おそらく初期のタイプのウォーカロンも含まれているだろう。妖精や天使のファッションのものが多かった。あるいは、映画の主人公をモデルにしたものだろうか、小道具を持っていたり、派手な乗りものに乗っているものもあった。実物の五分の一くらいのスケールなので、かなり大きい。

「どれか、動かしてみようか」シャルルは、棚の戸を開けて、上段に立っていた一体を摑み出した。長い髪の女性の人形だった。

彼は人形の背中に指を当てる。スイッチを入れたのだろう。それを床に立たせた。

「こんにちは、ようこそいらっしゃいました」滑らかな発音で人形がしゃべり始める。僕を見上げて、二三歩近づく。「私にできることがあれば、おっしゃって下さい」

あまり面白いとは思わなかったが、きっと、コレクションに相応しい由緒のあるモデルなのだろう。せっかくなので、なにか社交辞令でも、と僕は思った。

けれど、また立ち眩みがした。

今度は一瞬だけ、意識を失い、その僅かな空白の間に、躰のバランスが崩れた。

膝を折り、床に、片手をつく。

人形は僕を避けて後退した。

「衝撃には耐えられません。手荒なことをなさらないようにお願いいたします」人形がしゃべっている。

「ミチル？」ロイディの声がゴーグルから聞こえた。「どうした？　大丈夫か？」

深呼吸をする。

躰が痺れているような感覚。否、そう思えば、そう感じるだけのことで、もっと、無に近い、空白に近い、平坦な、静かな、ぼんやりとした重さが、僕の躰を取り巻いていた。

眠い、という感じに、近い。

立ち上がれない。

呼吸をする。

ゆっくりと。

どんどん、ゆっくりになっていく。

考えることも、だんだん、スローテンポに、なる。
どんどん。
これは……、
どうしたことだろう。
心臓の鼓動が、
やけに、
ゆっくりと、
聞こえるような……。
だんだん。
「ミチル」
気持ちが良い。
そう、
気持ちは、とても、良い。
どんどん。
このまま、眠りたい。
もし、
これが、

死ぬ、ということなら、
悪くない。
だんだん。
死んでもいい。
気持ちが良い。
消えてしまいたい。
どんどん。
呼吸。
息。
鼓動。
だんだん。
床と、僕の膝。
僕の髪が、
垂れ下がって、
揺れていた。
両手を、床につく。
呼吸。

「ミチル」

僕は床に倒れた。

横を向く。

人形の女が、笑顔を、向けている。

ロイディが、部屋の隅に、立っているのが、見えた。

ロイディも、ここのコレクションに、なるのだろうか。

ああ……、そうか、

僕も……。

## 9

軟らかいクッションの上に横たわり、

カーテンの隙間から差し込む光に目を細めて、

高い音と、低い音を、同時に聞くことができるのは、

赤い光と、青い光を、同時に見ることができるのは、

何故かな、と僕は考えていた。

それから、何を間違えたのか、僕は、自分の姿を見た。

僕の全身、顔も頭も、背中も、腕も、脚も、すべてを見ることができた。
同時に見ることができた。
そんなことができるなんて、変だなと思う。
つまり、これは僕じゃない。
僕の躰じゃない。
現に、ほら、手を握ろうとしても、動かない。
光が当たっている半分は、白く、
その反対側の半分は、黒い。
コントロールできる半分は、明るく、
コントロールできない半分は、暗い。
考えてみたら、今までずっとそうだった。
僕が、僕の全部を動かすなんて、どだい無理な話。
動いていたのは、つまり、僕の半分。
残りの半分は、ずっと眠っていたのだ。
それが、ここだろうか。
この明るい部屋。

白っぽいカーテンが揺れている部屋。
綺麗な花がベッドサイドに置かれている。
病院みたいだ。
病院かもしれない。
僕は、生きているのだろうか。
なにも感じない。
暑くもない、寒くもない。
どこも痒《かゆ》くない。
どこも、まるで存在しないみたいに、軽い。
手も足も、そして躰も。
空気みたいだ。
そうか……、
躰なんてものがあるから、あんなに重かったのだ。
なにをしても、すぐに疲れてしまった。
ようやく重力から解放された。
もともと、その部分は、余分だったのだ。
そう、単なる入れもの。

単なる器。
それがないと、自分が存在できないと、錯覚していた。
不自由であることが、存在の証だと、誤解していた。
そもそも、存在って何だ?
存在することの価値って、何だろう?
自分が存在することで、その位置を、その場所を、占有する、
他者を排除する、それが何だというのか?
意識があれば良い?
意識さえなくても良い。
なければ、考えなくても良いのだから。
考えなくても良い。
考えたくない。
考えるな。
ミチル。
考えるな。
ミチル。
僕の名だ。

誰だ？　僕を呼ぶのは。
躰のない、もう意識しかない僕を、誰が呼ぶ？
僕を認識できるのは、僕だけ。
だから、僕以外に、僕を呼ばない。
誰が、僕を、認識できるだろうか？
ただの信号なのに。
思考なんて、単なる配列。
プラスとマイナスの切り換え。
考えるな。
オンとオフの繰り返し。
考えるな。
アキラ。
その唇。
その瞳。
どうして、失われてしまった？
何故、躰とともに、意識が消えていく？
何故、道連れになるのか。

死んでいく。
道連れになって、死んでいく。
躰の機能停止の巻き添えになって、意志が閉じ込められる。
永遠の虚無の中に。
無と、無と、無の間に。
太古の宇宙に戻る。
帰ってこない。
二度と。
アキラ。
残される。
一人だけ。
会えない。
もう……。
二度と。
アキラ。
不思議だ。
存在を否定しているのに、存在と存在の遭遇を望んでいる。

奇跡を望んでいる。
彼女のどんな言葉も、思い出せない。
彼女の声すら、僕はもう忘れてしまいそうだ。
最後の映像が、あまりに鮮明に焼きついて。
音もない、色もない、不連続な、断続的な、映像が。
ひび割れ、途切れ、ずれて、ぶれて、擦り切れて、
擦れ、千切れ、引き裂かれて、
泡のように、花のように、口から血が溢れ出て、
破裂した眼球の、中へ中へ、
透明のねっとりとした、液へ液へ、
血は逆流する。
言葉？
それとも、泡？
助けを求めてはいない。
もう、助けられない。
ミチル。
誰だ？

凍りついた瞼が、僕の前で、ゆっくりと上がる。
ミチル。
あなたが望んでいるのは、どちら？
生きること？
それとも、
眠ってしまうこと？
デボウ？
どちらかだろう。
どちらかしか、選べないの？
選べること自体が、生きていることなのでは？
そう、眠ってしまった者は、なにも選択できない。
選択できることが、自由だろうか。
自由が欲しいのか、僕は。
僕は、どうして自由が欲しいのだろう。
それは、どんなに素晴らしいものなのだろう。
デボウ、目を開けて。
僕の手を握って。

冷たい彼女の躰を、僕は何故、抱きたいのか。

わからない。

わからないという血が、僕を駆け巡る。

生きたくもない、死にたくもない血が、僕を流れている。

愛したい、愛されたくない。

愛したくない、愛されたい。

どちらなのだろう？

わからない。

無数のわからないで、僕が浮かんでいる。

「面白い」

メグツシュカが、僕の前に立って笑っていた。

「あなたは、とても、面白い」

「飽きないね」

シャルル・ドリィの声だ。

「アキラ」

人形。

最初から、僕は、人形だった。

ずっと、人間の振りをしてきた。
だけど、人間になんか、なりたくなかったから、
だから、生きることもなく、死ぬこともなく。
そう、
そういうことです。
急に、僕は悲しくなって。
どうしてか、わからない。
考えが、どこかに行き着くと、悲しくなるのかもしれない。
涙が流れているような気がして。
悲しいのは、躰ではない。
単なる信号。
悲しいのは、意識。
泣いている。
僕は、泣いています。
僕は、泣く人形だろうか。
声を出したりはしない。
ただ、静かに涙を流して。

それがわかった。

どうして、わかったのか、わからないけれど。

10

「アキラ」シャルル・ドリィはグラスを片手で支え、優しく微笑んだ。「私がどのようにしてこのイル・サン・ジャックの王になったのか、この歴史あるモン・ロゼの主《あるじ》になるために、私が何をしたか、君に話しておきたい」

白い壁紙に細かく絡《から》まる植物の模様が。

オーロラみたいなレースのカーテンが。

シャルル・ドリィは白いシャツを。

彼の後ろの壁に肖像画が。

「あのとき、君が疑ったとおり、実は、私は先王の子ではない。メグツシュカが私を産んだというのも、事実ではない。私は彼女に拾われただけだ。ただの乞食《こじき》の子だった」

シャルル・ドリィは笑ったが。

グラスが揺れてオレンジ色のワインが床に。

緻密な文様の刺繍が施された絨毯が。

「私の本当の母は、その場で殺された」

シャルル・ドリィはグラスを傾け。

目を細めて後ろの壁を振り返って。

額に片手を当て髪を掻き上げるように。

「私は、それを見ていたのだよ。自分の母が殺されるところをね。父はいない。私は知らない。母を殺したのが、誰だったか覚えていない。橋の下だった。母は川に流されていった。メグツシュカではない。僧侶だったように思う。もしかしたら、クラウド・ライツだっただろうか。もうそんなことなど、どうでも良いのだ。私は誰も恨んではいない。ただ、川を流れていく母のことをときどき思い出すだけだ」

シャルル・ドリィの斜めになった口が。

彼の目は笑おうとしているのに。

その笑顔を誰かに見せようとしているけれど。

「先王ルウ・ドリィは、メグツシュカの言葉を最初は信じた。しかし、私が成長するにしたがって、彼の小さな疑心もしだいに大きくなった。ついには、それを彼の内側に仕舞っておけなくなってしまったんだ。無理もない。彼も歳をとって、それだけ弱くなっていたからだと思う。もう遅かった。そんなことを今さら言いだしたところで、なにも得られはしない。後戻りはできないんだ。メグツシュカは笑っていたよ。どうなるものでもないってね。だが、私は先王が可哀想だと同情した。父として慕っていたわけではない。ただ、彼は道徳者で、街の皆からも大いに信頼されていた。そういった振りをすることは容易いが、心から自然にわき上がる慈悲とは、持って生まれた人の資質。これは運命なのだ。私にはそいつがない。持って生まれた王としての資質がない。彼の遺伝子を、私はこれっぽっちも持っていないからだ」

シャルル・ドリィの言葉は歌のように。

芝居がかったその表情が、そして空を摑もうとする素振りが。

斜め上へ視線を送り、そこに見つけた奇跡を笑う口もとを。

誰が観ているのか、誰が観ていると意識しているのか。

「唯一、私の中にあった慈悲。そう、間違いなく慈悲だ。それが、悩める先王を殺すことだった。安らかな死をプレゼントすることだった。生きることの地獄。疑い恨んでも、あるのは苦しみだけだ。私はそんな苦悩から彼を解放してやりたかった。そして……、そう、その決断は、メグツシュカに委《ゆだ》ねた。私は、彼女の子ではない。しかし、私の母を殺させて、私を拾ったのは彼女。私は彼女に育てられた。それに、私が殺そうとしている相手は、彼女の夫なのだ。メグツシュカに話して、彼女の許可を得ることが筋だと思った。先王の疑心も、彼女に無関係ではないのだから」

声が途絶えても、シャルル・ドリィの口は震えて。

思い留まった残りの言葉が、息を乱し、渦のように。

笑おうとしている仮面と、崩れつつある仮面が。

目は湿度を集め、髪が額に。

手は応えを求め、瞼は鈍く。

哀れさを拒んだ。

叫びを殺した。

流れ、舞い、崩れ、乾き、
揺れ、震え、縮み、乱れ、
殺せ、裁け、散れ、砕け、
沈み、薄れ、消え、眠る。

「殺した。私が、この手で殺した。私が殺さなければ、方々に歪《ひず》みが残る。簡単だった。あっという間だった。あっさりと、彼は死んでしまった。あとのことは、メグツシュカと、クラウド・ライツに任せたのだ。モン・ロゼが、マスコミを一切シャッタアウトしたのも、このためだった。二人とも、私を慰めてくれた。私が犯した罪を、義のためにやったことだと理解してくれた。私も、そう信じている。私欲のためにやったのではない。そんな欲など、最初から私にはなかったのだ。私には失うものがない。誰も悲しまない。先王も、きっと悲しんではいないはずだ。そういうわけなんだよ」

シャルル・ドリィは微笑もうと。

口の形を歪《ゆが》め。

腕を伸ばし、求めるものを。

笑っているのか、泣いているのか。

指を開き、求めるものを。

空を摑むしかない。

攪乱《かくらん》する息が。

彷徨《さまよ》う視線が。

可哀想だった。

愚かだった。

「アキラ。君には是非話しておきたかった。君は、もしかしたら、私のことを疑っていたかもしれない。いや、勘の良い君のことだから、すっかりお見通しだったんじゃないかな。それならばよけいに、私は自分の罪を、こうして正直に告白して、そして、私に正気があることを示す必要がある。これは懺悔《ざんげ》ではない。私は、自分が間違っているとは考えていない。ただし、君との間に、認識の溝があるならば、それを埋めたいと思うだけだ」

ベッドの横に跪《ひざまず》いたシャルル・ドリィが。

祈るような。

眠るような。

誘うような。

拒むような。

唇。

瞳。

涙。

頬。

「私は独りだ。誰もいない。誰も私を愛さない。私は、何のために、ここの王になった？　え？　何のために、私は拾われたのだ？　どれも皆、同じことだ。誰も知らない。いったい何のために、皆はここにいる？　何のために生まれたのだ？　神は、この私に、いったいどうしろというのだろう？　私に何ができただろう？　頼むから教えてほしい。もう終わったのか、それともこれからなのか。間違っているのか、正しいのか。なんでも良いから、私の耳もとで囁いてほしい。シャルルよ、お前は大馬鹿者だ、とそれだけでも良いのだ。何故、神は黙っている？　なにも語らないのは、どういった了見だろう？　導きがないのは、私だけなのか？　教えてほしい。アキラ、君だけだ。私に、ちゃんと意見をしたのは、君だけだった。君は私に質《ただ》した。私を導こうとした。神もしなかったことを、君はしてくれた」

指が。

胸に。

喉へ。

「お願いだから、なにか話しておくれ。私になにか語っておくれ。大切な人。私の神。美しい神。どうか、優しい言葉をかけてほしい。それだけで、私は充分なのだ。それだけで、生きていけるだろう。アキラ、愛している。その瞳を私に……。その唇を私に……。許してくれ。お願いだから、どうか許してくれ……」

# 第4章
# 封印はいかにして解かれたか

かくてわれ、君に与えん、愛人よ、
月のごと冷たき接吻と、
墓穴のふちにうごめく
蛇《くちなわ》の愛撫とを。

# 1

暗い部屋だった。

小さな窓には、格子が三本。

光はそこにしかない。それに、色彩がなかった。

ここはどこなのか、部屋の中の他のものを見ようと思ったが、躰が動かない。視野を変えることができない。

ようやく視線が移ったとき、自分の脚が見えた。前に脚を投げ出しているようだ。色が見えない。変だ。

また、窓を見上げる。

音が聞こえたように感じた。それとも微振動か。

窓が動く。それは扉の窓だった。その扉が手前に開き、辺りが一瞬で明るくなった。

シルエットの人物が目の前に立つ。

「充電が必要か？」女性の声だ。少し歪《ひず》んでいる。聞き取りにくかった。

「必要です」ロイディが答えた。

ロイディ？　どこにいるのだろう。

「立てるか？」

「立てます」

「よろしい、来なさい」彼女はそう言って、ドアから出ていった。

視線が激しく動く。床を見て、前を向く。左に傾き、右に戻る。高い位置に上がった。

ロイディが立ち上がったのだ。

そうか……。

これはロイディが見ている映像だ、ということに、ようやく僕は気がついた。ただし、ゴーグルを通しての通信ではない。以前にも一度あった混信によるもの。だから、解像度が低い。色彩が失われるのはそのためだ。あの混信以来、このバイパスを利用して、音声のやり取りは日常的に可能になったけれど、映像はどうしてもうまくいかなかったのだ。

ロイディがドアの外へ出ていく。通路の両側を確認して、右手の先に彼女の後ろ姿を捉える。白っぽいドレスだった。ロイディはそちらへ歩き始める。通路が直角に曲がっているところで、前を歩くのがメグツシュカだとわかった。一瞬、彼女の横顔が見えたからだ。しかし、一度もこちらを振り返らない。

自動ドアが開き、小さな部屋に彼女は入った。エレベータだ。ロイディも乗り込む。メグツシュカに接近した。彼女のすぐ後ろにロイディが立っている。斜め後ろから、彼女の横顔を間近に見た。メグツシュカの方は、ロイディを見ようともしない。澄ました顔は真っ直ぐに奥を向いている。入ってきたドアとは反対側の壁のドアが開いた。メグツシュカが出ていく。ロイディも遅れて従った。

僕は、黙っていた。

様子を見よう。

ロイディと話ができるか確かめたかったけれど、今はそのタイミングではない。静かに機会を待った方が良い、と思えたのだ。

どうして、僕はこんな状態なのか、それがわからない。

僕の躰は、どうなってしまったのだろう。

状況が明らかになるまで、慎重に行動した方が良い。

否、行動は事実上できないわけで、つまり、軽率な判断をしないように気をつけよう、と考えただけだ。

もう一度、エレベータに乗った。モン・ロゼにエレベータがあっただろうか。それに、さきほどから見ている通路の風景は、どこもとても近代的だった。床も壁も天井も、金属かセラミクスの凹凸のない平面だ。左の壁が透明になり、部屋の中が見える。工場の施設か、あるいは、実験室だろうか。もっと確かめたかったけれど、ロイディがすぐに視線を逸らせてしまった。

突き当たりのドアが開き、その中へメグツシュカが入っていく。ロイディもそれに続いた。

天井の高い部屋で、壁はすべて棚になっている。何が入っているのか、細長い箱状のものがずらりと並べられていた。部屋の中央には、ディスプレイが十台ほど、いろいろな角度を向いて置かれている。

「そこで、充電をしなさい」メグツシュカが立ち止まってロイディに言った。「少しだけ私の質問に答えてくれるかしら?」

「はい」ロイディは返事をした。

ロイディは中央の柱のそばに立ち、ディスプレイを操作し、コネクタを接続しようとしている。

「サエバ・ミチルはどこに？」メグツシュカが質問した。

「わかりません。私もそれが知りたい」コネクタを差し入れながら、ロイディが答える。

「それに関して、情報、あるいは推論は？」

「私の想像ですが、シャルル・ドリィ氏がご存じだと思います」

「シャルルにはききました。彼は、サエバ・ミチルは帰ったと話している」

「ミチルが帰ったのであれば、私がここにはいません」

「そう、だから変だと思って、尋ねたのです」メグツシュカは椅子に腰掛けて脚を組んだ。彼女はディスプレィの一つを自分の方へ向け、デスクの上で指を動かした。なにかを調べようとしているようだ。「何故、シャルルが私に嘘を？」

「私にはわかりません」ロイディが答える。

メグツシュカは、こちらを向いて、ロイディを見据える。

「変なことを言うウォーカロンだ。ミチルに教わったの？」

「私は、すべてをミチルから学びました」

「うん」彼女は頷いた。「シャルルが、ミチルに興味を持っている理由は？」

「ミチルのプライベートな情報に関わるので、許可なく話すことはできません」

「ミチルの生死に関わる緊急事態という認識は？」

「認識しました。シャルル・ドリィ氏は、以前にイル・サン・ジャックを訪れたクジ・アキラ氏のことを覚えていました。彼女は、ミチルのかってのパートナ、婚約者です」

「そう……」メグツシュカはすぐに頷いた。「お前はいろいろとよく知っているね。シャルルはその日本人の女性に興味を持っていた。私はまったく本気にしていなかった。すると、シャルルは、ミチルをアキラだと信じてしまった、ということか？」

「それは不確定です」

「それほどまで執着を持つなんて、予想外だ。そんなものか、人間なんて……。それで、お前は、どこでミチルと別れたの？」

「シャルル・ドリィ氏とミチルは、二人で昼食をとり、そのあと、シャルル・ドリィ氏のコレクションを見にいきました」

「人形を見せたの？」メグツシュカは少し驚いた表情だった。「そう、ということは……」

「そこで、ミチルは突然気分が悪くなり、意識がなくなりました。私は抗議をしましたが、ミチルは別の部屋へ連れていかれました。私は、どうしたものか、判断がつかず、そこで待っていました。そのうち、ウォーカロンが二人やってきて、私を地下の部屋へ連れていき、その部屋から私は出られなくなりました」

「エナジィは？」

「エナジィを節約するため、ほとんどの機能を停止して、最優先のものだけを維持しました。幸い、ほぼ満充電の状態だったことと、あの部屋の電磁波レベルが高かったことが幸いして、最悪の事態は避けられました」

「最悪の事態ね……」メグツシュカはくすっと微笑む。「電磁波合成をしていたのか？」

「そうです」

「完全なスリープモードであれば、そこまでの必要はないだろう？」

「完全なスリープモードではありません」

「何故？」

「お答えできません」

ロイディの答に、メグツシュカはまた微笑んだ。

電磁波合成をしてまで微少なエナジィが必要だったのは、つまり、僕のためだ。

「質問をしてもよろしいでしょうか？」ロイディがきいた。

「何だ？」

「私を助けてくれたのですか？」

「まあ、結果的には、そうだね。ウォーカロンが最悪の事態になるなんて、気持ちの良いものじゃないわ」

「どうして、私があそこに閉じ込められていると、わかったのですか？」

「私の猫が教えてくれたの」

「了解しました」ロイディは頷いた。「もう一つだけ質問があります」

「どうぞ」メグツシュカは微笑む。

「人形の部屋をシャルル・ドリィ氏が見せた、ということは、どういった意味を持つのでしょうか。さきほど、話が途切れたので、もう一度お願いします」

「優秀だな。良い育ち方をしている」メグツシュカはにっこりと微笑んだ。「AIをなかなかここまで育てるのは難しい。それほど長期でもないはずなのに、いったいどうやったのかしら。ミチルに聞いてみたい」

「ミチルは、とても親切で、ウォーカロンのことを人間のように扱ってくれます」

「そんなことくらい誰だってする」

「失礼しました」

「とにかく、ミチルを捜さなくては」彼女は真剣な表情に変わった。

「心当たりがありますか？」ロイディが尋ねた。

「ないわけではない。しかし、シャルルのエリアは不可侵なのです。私でも入ることのできない場所があります。おそらく、そこにミチルはいる。生きていれば、ですけれどね」

「生きていると思います」ロイディは言った。

「その推論の根拠は？」

「ありません」

「根拠のない推論を、何故？」

「私の希望です」ロイディは答えた。

「希望？」

「はい」

「何だ？　希望とは。希望の実態とは、何だ？」

「わかりません」ロイディは首をふる。「おそらく、それを言葉として口にすることが、未来に影響するという認識を人間が持っているためと考えられます」

「お前は、持っているのか？」

「いいえ。私は人間ではありません」

「矛盾しているぞ」メグツシュカは微笑んだ。

「はい、矛盾しています」ロイディは頷く。

## 2

　メグツシュカが部屋から出ていった。充電のため、ロイディだけが残っている。

「ロイディ！」僕は彼を呼んだ。

　もちろん、僕には躰がない。したがって声は出ない。呼んだというのは、呼んだときと同じような感じに振る舞う、という意味で、イメージだけのことだ。なかなか上手くいかない。神経を集中させて、もう一度やってみる。

「ロイディ！」

「ミチル、どこにいる？」ロイディは視線を動かした。でも、僕の姿を見つけることはできない。

「聞こえる？」

「良好」ロイディは答える。「ミチルは大丈夫か？」

「まあね」と答えたものの、大丈夫かどうか、本当のところはまったくわからない。大丈夫という状態がどういう定義かによる。「とにかく、僕は自分の躰が認識できない。自分がどこにいるのかもわからないし、生きているのか死んでいるのかもわからない」

「今まで、どうしていた？　何故、すぐに連絡してくれなかった？」

「それも、よく覚えていないんだ。ちょっとまえに意識が戻ったところで、ずっと、眠っていたみたいな気がする。夢を沢山見たような気もする。あ、だけど、眠っているというのは、まだ僕の躰が生存してる証拠じゃないかな……」

「不確定だ」ロイディは答える。「エナジィを節約していて良かった」

「そういうこと」

「どうすれば良い？　これから、私は何をすれば良いか、ミチルの考えを聞かせてほしい」

「なにも考えてないよ。とにかく、僕の躰を見つけることが先決かなぁ。あ、ところでさ、事件はどうなったの？　クラウド・ライツ殺し、なんか進展があった？」

「私は聞いていない。なんらかの進展はあったものと思うが」

「そうか、ロイディも寝ていたんだものね」

「寝ていたのではないが、結果的には状況は近い」

「なんだか、こうやって話をするの、久しぶりみたいな気がするね」

「私もだ」

ロイディの視線が動き、部屋のドアを捉《とら》える。メグツシュカが戻ってきた。

「ロイディ、いいかい。僕と話ができることは、彼女には内緒にするんだ。ただ、僕がする質問を、そのままじゃなくて、自分の言葉に直して、彼女に話す、できる？」

「了解。簡単だ」ロイディの声。

メグツシュカは、ディスプレィの前のシートに座り、片手に持っていた小さな板をスリットの中へ差し入れた。

「ミチルを探したいって言うんだ。協力してほしいって」

「サエバ・ミチルを探したいのですが、協力してもらえませんか」ロイディがしゃべった。

「え？」メグツシュカが振り返った。一瞬だけ彼女は動きを止め、ロイディを見つめる。「不思議。どこか故障しているんじゃない、お前」

「故障していません」

「確認できない故障もある」彼女は微笑んだ。「サエバ・ミチルを探したいのは、私も同じだ。お前は、彼を捜して、どうするつもり？」

「帰りたいって言うんだ」

「帰ろうと思います」

「イル・サン・ジャックを出たりしたら、彼はたちまち逮捕されてしまうでしょう」

「え？　どうして？」

「何故ですか？」

「そうか、知らないのか」メグツシュカは頷く。「サエバ・ミチルは、クラウド・ライツを殺した殺人犯として指名手配されている。お前を捨てて、ここを立ち去ったものと、世間では考えられている。外に駐車されていた彼のクルマがなかったからだ」

「それはありえません。ミチルは、私から離れることはありません」

「どうして？」メグツシュカが首を捻った。

「余計なことを言うな」

「単なる推論です」ロイディが答える。

「本当に変なウォーカロンだ。メモリを解析してみたい」

「申し訳ありませんが、それは違法です」

「助けてやったんだ。それくらいさせてくれても、良いだろう？」

「私のメモリは、サエバ・ミチルのプライベートな情報を大量に含んでいます。ミチルの許可が必要です」

「わかったわかった」彼女は頷いた。

「さきほど、ミチルがシャルル・ドリィ氏のエリアにいるという可能性を指摘されましたが、その根拠は何ですか？」ロイディが勝手に話した。

「だから、お前の話を聞いて、そう思ったのだ。シャルルが、ミチル欲しさに、彼を眠らせて、自分のところに監禁している。人形たちと同じようにね。その可能性が極めて高い。というのも、ミチルが殺人犯であり、そのために逃亡した、と主張をしたのがシャルル自身だったからだ。カイリスはそれに従って、都合の良い証拠を集めたかもしれない」

「どんな証拠ですか？」僕は思わずきいた。

「待って。私は忙しい」メグツシュカは立ち上がった。「お前の話、とても面白いけれど、そんな時間は私にはない。パトリシアに相手をさせるから、情報は彼女から得なさい。お前に協力するように言っておく。ああ、言葉で伝達するって、なんて億劫なんだろう」

メグツシュカはまた部屋から出ていってしまった。

「パトリシアって、誰？」僕はきいた。

「知らない」ロイディが答える。「シャルル・ドリィがミチルを眠らせたという話は、本当だろうか？」

「たぶんね」

「どうして、ミチルが殺人犯になったのだろうか。その機会がなかったことは明確だ」

「だって、あのとき僕は、シャルル・ドリィと二人だったんだよ。彼がそう証言してくれなければ、アリバイはない」

「どうして、シャルル・ドリィはそんな嘘をつく？　彼になんのメリットがある？」

「僕を殺人犯に仕立て上げれば、急に僕の姿が消えても、誰も不思議に思わない。あるいは……、もう一つメリットが生じる可能性があるね」

「どんな可能性？」

「シャルル自身が、殺人犯だった場合さ」僕は答える。「捜査の目が自分以外へ向くことは、すなわち彼の安全になる」

「ミチルを眠らせて、ミチルを人形と同じようにする、というのは具体的にどういう意味だ？」

「知らないよ、そんなこと」

「どうして、事前にミチルに相談をしなかったのだろう？」

「僕がうんって言うわけないもの」

「どうして？」

「いいの、そんな話は！」

「何故、怒っている？」

「怒ってなんかいないよ」

「怒っていることは明らかだ。私には理由がわからない」

「わからなくてもいいの」

「そうか。秘密なんだな」

「まったく……」僕は舌打ちをしたけれど、生憎、舌がないので音はならない。「お節介なんだから」

ロイディの視線が動き、部屋のドアを捉える。そこが開いて、女性が入ってきた。イル・サン・ジャックでは一度も見なかった現代的なファッションだ。黄緑のストレートヘアに、コスチュームは銀色。手袋とブーツもメタリックだった。

「こんにちは、ロイディ」彼女はロイディの前に立った。「私はパトリシア。メグツシュカ様に命令されて、ここへ来た。質問を受けよう。私が知っている範囲のことは答える」

「ウォーカロンだ」僕は言った。

「認識信号は確認できない」僕だけに対するロイディの答。

「こんにちは、パトリシア」ほぼ同時に、ロイディは発声してしゃべった。「充電中なので動きが制限される。申し訳ない。まず、最初の質問は、クラウド・ライツの事件で、殺人犯としてサエバ・ミチルが指名手配されている理由だ。知っていることがあれば話してほしい」

「クラウド・ライツの首は見つかっていないが、彼の首を切断したと思われる凶器が発見された。海中からだ。サエバ・ミチルは、事件の翌日の午前に、ボートに乗っているところを目撃されている。そのときに、凶器を捨てたのではないか、との見方が有力だ」

「単なる状況証拠では？」

「そうそう。しかも、言い掛かりだ」僕は呟く。「凶器は何？」

「凶器とはどんなものだった？」ロイディが発言した。

「その情報は公開されていない。もし、サエバ・ミチルがそれを知っていれば、彼が殺人犯だと立証できる。その場合のために、具体的な情報が伏せられているものと思われる」

「そもそも、僕が、彼を殺さなくちゃいけない理由は？」

「動機は何だと？」ロイディが質問する。

「サエバ・ミチルの婚約者だったクジ・アキラが、かつて、このイル・サン・ジャックを訪れている。そのとき、彼女はクラウド・ライツに会っている。あの夜、モン・ロゼを訪れたサエバ・ミチルを、クラウド・ライツはクジ・アキラだと勘違いした。サエバ・ミチルとクジ・アキラは容姿がよく似ているらしい。これは、シャルル・ドリィの証言によるもので、確認できていない。過去の個人情報は最近アクセス制限が厳しいためだ。とにかく、クラウド・ライツとサエバ・ミチルの間に、あの夜、なんらかのトラブルが発生した、との見方が強い」

「もっと具体的に言え」僕は言ってやった。

「説明が抽象的過ぎて、よくわからない」

「ウォーカロンには興味のない情報だ」パトリシアは澄ました顔で答えた。「単純な想像をすれば、たとえば、身の危険を感じたミチルが、クラウド・ライツを逆に殺した、といった解釈などが可能だろう」

「どうして、首を切った？」僕はきいた。

「ミチルが、何故、クラウド・ライツの首を切断する必要がある？」

「それについては、不明だ。しかし、理由はいくらでも考えられる。たとえば、サエバ・ミチルがクラウド・ライツの顔に噛みついた。その歯形が残った。あるいは、ミチルの体液がライツの頭部に残った、そういった致命的な証拠を隠滅するために、彼は首を切断して持ち去った、と解釈されている」

「正当防衛で殺したのなら、そんなことしなくても、罪は軽いはずだ。馬鹿馬鹿しい」僕は言う。

ほぼ同じ台詞をロイディが話した。

「他の誰かに罪をなすりつけようとした、という考え方もある。ミチルは、クジ・アキラのことで、シャルル・ドリィに復讐をしようと企んでいたかもしれない」

「どうして?」僕は叫ぶ。

「そのために、クラウド・ライツ殺しを、シャルル・ドリィの仕業に見せかけようという意図が、彼にあった、という疑いもある。首を切断することは、ある意味で、宗教的な動機を連想させるものだ」

「しないしない」僕は言う。「誰の説なんだ、そんな幼稚な論理は……」

「それは、誰が言いだしたことだ?」ロイディが質問した。

「シャルル・ドリィは、クジ・アキラとの関係を警察に告白している。したがって、すべては彼の憶測だ」

「僕が、まだ、シャルルのところにいるという可能性は?」

「ミチルが、モン・ロゼから出ていないという可能性については検討されたのか?」ロイディが質問する。

「もちろん捜索は行われた」パトリシアは答える。「しかし、発見されていない。彼のクルマもなかった。したがって、逃亡したものと考える方が妥当だ」

「モン・ロゼから出ていったら、街の誰かがミチルを目撃するだろう。彼は注目されていたはずだ。目撃者がいたのか?」ロイディが尋ねる。

「確認されていない」パトリシアは首をふった。「シビの街を通らず、ボートハウスの方から回る道を通れば、誰にも見られずにクルマまで辿り着ける」

「シャルル・ドリィがどこかに隠しているんだ」僕は言う。

「シャルル・ドリィ氏が、ミチルを匿《かくま》っている可能性はないか？」

「シャルル・ドリィがサエバ・ミチルを匿う理由は？　彼は、ミチルが殺人犯だと指摘したのだ。匿うのであれば、事件のことで彼を摘発などしないだろう」

「匿っているんじゃないよ。僕の躰を隠し持っているんだ」

「ミチル、それは言葉にすると同じだ」ロイディが僕だけに返答した。

「違うって！　もぉう、わかってないなぁ」

「ミチルの説明が不足している。理解できない理由は情報不足にある。さっき、何故、私にちゃんと説明してくれなかった？」

「質問はもう終わりか？」パトリシアが小首を傾げてきいた。

「君はウォーカロンか？」ロイディがきく。案外、単刀直入に質問するんだな、と僕は感心した。人間だったら、こんな美人を前にしたら、多少は遠慮するものだ。

「私はウォーカロンだ。それが何か？」

「どうして、ウォーカロンの認識信号を出していない？」

「私は量産型の製品ではない。メグッシュカ・スホのために特別に作られた。プライベートな範囲でしか行動しない。具体的には、このモン・ロゼから一歩も外に出ない。このような場合は、法的にも認められている」

「了解。失礼した」

「失礼ではない」パトリシアは微笑む。「あなたは、変わったウォーカロンだとメグツシュカから聞いた。しかし、どこが変わっているのか、私にはわからない」

「私にもわからない」真面目にロイディは答える。こういうときは少しくらい笑った方が良い、と教えてやりたくなった。

「メグツシュカも、シャルルが、僕の躰を隠しているかも知れないって、そんなようなことを言っただろう?」僕は話す。「えっと、シャルルのエリアには私も入れない、とかなんとか……」

「だから?」ロイディが素っ気ない返答。

「なんだよ、その言い方は?」僕は怒る。

「ミチル、手短に用件を言え」

「ロイディ、私はもう戻っても良いか?」パトリシアがきいた。

「パトリシア。悪いが、ちょっと待ってくれないか」

「何を待つ?」

「少し考えさせてほしいのだ」

「ウォーカロンが、いったい何を考えるのだ?」

「とにかく、ちょっと待ってくれ」

「たしかに、変わっているな」パトリシアが目を丸くして言った。

「ミチル、どうする？」ロイディは僕にきいた。「頼むから、怒らないでくれ」

「シャルル・ドリィしか入れないエリアってのは、どこなのかきくんだ」

「モン・ロゼの建物全域の配置図を見たい」ロイディはパトリシアに言った。

「それには、メグツシュカ・スホの許可が必要だ」彼女は答える。

「では、許可をとってくれ。私が願い出たと伝えてほしい」

「わかった」パトリシアは目を瞑った。主人と通信しているようだ。

「何故、イル・サン・ジャックが回転しているのか、きいてみて」僕は頼んだ。

「イル・サン・ジャックを一日に一回転させている理由を教えてくれないか」ロイディが尋ねる。

「メグツシュカ・スホが天体観測をするためだ」目を瞑ったままでパトリシアが答える。「この島自体が、電磁波望遠鏡として機能している」

「へえ……、それだけのために？」僕は呟く。「まったく、お金持ちのやることって、気が知れないな」

「それはとても興味深い」ロイディが言った。

「こら、全然違うこと言ってる」僕は指摘する。

「私も、メグツシュカの観測の手伝いをするのが、とても楽しい」パトリシアは優しい表情を見せた。「純粋な知識というものに触れることは、我々には最高に貴重な体験だ」

「純粋な知識というのは、生活や仕事には直接的に役には立たない情報、という意味で言ったのか？」ロイディが尋ねる。

「そのとおりだ」パトリシアが頷く。

「私の主人も、役に立たない知識が豊富だ」ロイディが言った。

「悪かったな、役に立たなくて」

「見つかると良いな」彼女は目を細める。「生憎、メグツシュカ・スホは現在、瞑想中のため通信を拒否された。しかし、あらかじめ用意されたメモを受け取った。それによると、ロイディはモン・ロゼの配置図を見たいと言うはずだから、それに協力せよ、とある」

「ほらぁ、お見通しってこと」僕は呟く。

「ありがとう。ひとまず、私一人で、ミチルを捜してみる」

「質問は終わりか？」

「今のところは、これで充分だ」

「了解。なにかあったら、私に知らせてもらえれば、力になる。チャンネルは、ここだ」パトリシアが指を差し出して言う。

ロイディが片手を出して、彼女の指の前で軽く広げる。二人の間でパケットの送受信があったようだ。もちろん、僕にはなにも見えないし、なにも聞こえない。

「ありがとう」ロイディが頷く。

「また会おう」パトリシアはそう言うと、くるりと向きを変え、優雅な歩き方で立ち去った。ドアから出ていくまで、ロイディはずっと彼女の後ろ姿を見ていた。

「気に入った？」僕はきいてやった。

「何が？」

「彼女がさ」

「親切だった」

「気に入ったかってきいてるの」

「質問の意味がわからない」

しょうがない奴……。

しかし、今はロイディしか頼りになる者はいない。

「充電はどう？」僕はきいた。

「そちらは、大いに気に入っている」

## 3

モン・ロゼの回廊を歩いた。僕が歩いているわけではない。ロイディが一人で歩いている。周辺は暗い。つまり夜だ。いったい、今何時なのだろう。

「ロイディ、今、何時？」

「午前三時」

「真夜中だね」

「真夜中だ」

ロイディは、なるべく足音を立てないよう静かに歩いているつもりだけれど、しっかり音が聞こえてくる。それ以外に何一つ聞こえないくらいだ。

現在位置を配置図上に示して、ロイディが見せてくれた。パトリシアからもらったマップは、平面データで、昔のものだ。今どきの建築図面で二次元データなどもうないだろう。したがって、階段を通って別のフロアへ出ると、切り換えて別の図面を参照しなければならない。まどろっこしいし、不便だ。

シャルル・ドリィの居室は、モン・ロゼの最も高いエリアになる。それよりも高いのは、塔の上くらいしかない。塔の屋根の上には、天使の彫像がのっている。その映像は、このモン・ロゼのシンボルとして、あちらこちらで紹介されている有名なものだ。でも、僕は残念ながら、実物を一度も見ていない。建物内部にいるかぎり見ることはできないし、イル・サン・ジャックのどの位置に立っても、それは見えないかもしれない。つまり、上空から撮影されたものだ。マスコミが流した映像ということで、ここがずっと閉ざされていたことの象徴ともいえる。

なんだか、そのとき、ぼんやりと、変な連想があった。

マスコミを閉め出していた理由を、僕は知っているような気がした。そう、シャルル・ドリィが重大な秘密を持っていて、それを隠すために……。

その話を、どこかで聞いたような気がする。

変だ。

そんな記憶はないのに。

夢でも見たのだろうか。

階段を上り、暗い通路を歩いた。細い柱が立ち並んでいる。途中で左手の壁が途切れ、外に出られる場所があった。きっと、外気が感じられるだろう、風が吹いているかもしれない、と僕は想像する。けれど、今の僕には、それは感じられない。ロイディの視覚と聴覚が、解像度を落としてどうにか伝わってくるだけだ。色も見えないし、音はホワイトノイズ混じりで、聞き取りにくい。

「ロイディ、ちょっと外に出てみて」僕は提案した。

ロイディは進行方向を変える。柱の間から外に出た。そこは五メートル四方ほどの広さのベランダで、周囲には低い壁が立ち上がっていた。

「ここから、上部の建物が見えないかな？」

ロイディはベランダの先まで進んで振り返った。見上げると、上にまだ何層か建物がある。その一番高いところに、塔の屋根と尖ったオーナメントが見えた。例の天使の彫像のシルエットも、なんとか確認できる。

「あの辺りかな」僕は言う。

ロイディは配置図を参照して、今見ている映像と配置図の関係を示してくれた。目的地はやはりそこらしい。

「あの塔の手前にある屋根の下、あそこの、窓がある部屋が怪しいね」僕は言った。

「怪しいとは、そこにミチルがいるかもしれない、という意味か？」

「そう。隠すならあそこか、それとも、ここじゃない、まったく別の場所か……。でも、絶対に近くに置いているはずだよ」

「どうして？」

「どうしても」

配置図から見て、そんな気がした。共有の通路から最も遠く、周囲もシャルル・ドリィの領域だったからだ。それら個々の部屋がどんなふうに使われているのかまでは、配置図にある情報だけではわからない。

「これは、方角はどちら側になる？」

ロイディは空を見上げる。星座を見せてくれた。

「こちらが東だ」ロイディは後ろを振り返って言った。

そのとき、
ベランダの袖壁《そでかべ》越しに、イル・サン・ジャックの周辺の景色が僕の目に飛び込んできた。否、正確には、ロイディの目に飛び込んできたものを、僕が認識したのだけれど。

「ロイディ、ちょっと」僕は慌てる。「もっと見せて」

「何を？」

「海だよ」

「海？」

ロイディはベランダの端まで行き、袖壁の上から遠くを眺めた。

手前のすぐ下には、モン・ロゼの複雑な屋根が多数重なっていた。樹木がある庭園の外側に、城壁のような壁が連なっている。常夜灯が灯っていたし、それにロイディの目が高感度の設定にされているせいもあって、夜でも鮮明に見渡せる。

モン・ロゼの外側には、シビの街の外れになるのだろう、点在する建物の屋根が幾つか見えた。工場らしきもの、それに民家、家畜のための建物、道路はほとんど見えない。さらにそれらの外側には、イル・サン・ジャックのアウトラインが円形にくっきりと識別できる。その範囲内に、すべての建物、そして草や樹が収まっていたからだ。

そして、その外側。

見渡せる風景のほとんどの部分。

遠方までずっと。

そこに見えるのは、白く輝く起伏のある土地。

最初は、海に光が反射しているのだろうと思った。

しかし、ところどころに動かない影が見える。海ならば、波が動いているはず。

「アップにして」僕は頼んだ。

その遠景を拡大して見ることができた。

「海じゃない」僕は呟く。

「海じゃない」ロイディもそれを認める。「あれは、砂だ」

「砂？　砂漠？」

「砂漠か、あるいは、砂浜か」ロイディはいつもながらの冷静な口調だった。

「ちょっと、もっとあちこち見せて」

ロイディはベランダから見える範囲を、ゆっくりと見渡した。ときどき映像を拡大してくれる。見える範囲のどこにも、海は見えない。砂浜というには、不適切だろう。

「どうして？」僕は素直な疑問を言葉にする。

「わからない。海が砂漠になったようだ」

「どうして？」もう一度同じことを、僕は呟く。

もちろん、イル・サン・ジャックの有名な伝説が、僕の頭の中で鮮明なイメージになって展開していた。ここは、かつては山だった。それが一夜にして海に囲まれてしまった。その後、周囲が森になったけれど、また一夜にして、それが海になった。最初の話は伝説だ。でも、二つ目は、シビの街の人たち何人かから直接聞いた。一日で、周囲の森林が消え失せて、海になったと。

今度は、砂漠か？

いったい、これは現実なのか？

僕はまだ、夢を見ているのだろうか。

ひょっとして、僕はもう死んでいるのではないか。意識だけが媒体に取り残されて、残像のように疑似信号を発しているのか。エコーみたいな反射波の残留か。

すべては幻覚では？

「何故、海が消えて、砂地になったのか、それを調べるか？　それとも、ミチルを探し出すことが優先か？」ロイディが尋ねた。

「ああ、そうだね」僕は気を取り直した。こういうときには、感情のない友人は頼りになるものだ。

軽い目眩がした。

酸素が不足している気がしたけれど、深呼吸もできない。

あまり考えない方が良さそうだ。

「僕の躰を探そう。海は、そのあと」僕は判断する。

「了解」ロイディは頷き、海から視線を逸らす。Uターンをして、部屋の中へ戻った。

再び暗い回廊を進む。幅の狭い階段があったので、それを上った。通路はさらに狭くなり、プライベートな場所に近づいた、という雰囲気だった。

しかし、配置図の情報どおり、その先にあるドアはすべて開かなかった。結局、通路は行き止まりだ。もう一つ経路がありそうなので、階段を一度下りて、そちらへ回ってみた。しかし、結果は同じ。ドアは開かない。触れようとすると、パスワードを入れろ、という警告を受けてしまった。

「内部に訪問を伝えますか？」と尋ねられた。

「いえ、その必要はありません」ロイディが丁寧に答える。「道に迷いました」

「通路を戻り、階段を下りなさい」ドアの声が言った。

ロイディはそのとおり、通路を戻る。さきほどの砂漠が見えたベランダまで戻ってきてしまった。

「どうする？　ミチル」ロイディがきいた。

「四つある」僕はすぐに答える。「一、パトリシアに鍵のパスワードを尋ねる。二、部屋の中の人に事情を話して入れてもらう。三、通路以外の道を探してアプローチする。四、諦める」

「一は簡単だ」ロイディが言う。

「だけど、望み薄だね」

「二は不確定だ」

「いや、全然、望み薄」僕は評価する。「シャルル・ドリィに、ロイディが探り回っていることを知られるだけだ。いっそう警戒されて、悪くすると、ロイディまで捕まってしまう。停止させられたら、どうする？」

「恐ろしい」

「となると、三か」

「四は？」

「駄目、別の経路を探そう」

「別の経路はない。配置図から、それは明らかだ」

「配置図にはない経路があるかもしれない」

「通路を隠せるようなスペースはない。無理な話だ」

「違うよ。通路があるって言ってるんじゃなくて、うーん、たとえばさ、このベランダから、樋に摑まって壁を上っていく、屋根の上を伝って、上階のどこかの窓から入る、とか」

ロイディが視線を上げて、建物の様子を観察し始めた。配置図の上階も参照して、検討しているようだ。

「無理だ」ロイディが結論を出す。

「何、あっさり言うじゃない」

「梯子もない。ミチルの場合は、ロープを使えば可能かもしれないが、私には、樋を上ることも、傾斜の強い屋根を歩くことも、極めて困難だ」

「そうだよね……」僕は頷く。「僕なら簡単なんだけれど、僕はここにいないんだよね。困ったなぁ。なんか良い方法はない？」

「これ以上、考えても無駄だ」

「冷たいな」

「判断に温度は関係ない。しかし、以前にミチルは、湿度で私を評価したことがある」

「ドライだって言ったこと？」

「そうだ」

「ちょっと待って、よけいな話をしないでくれる？　考えてるんだから」

「考えても無駄だ。それよりも、一か二の方法の可能性を探る方が現実的だろう」

「ちょっと待って……」

## 4

突然、視覚の圧力を感じた。

目を開けた、のではない。

目は、既に開いていたかもしれない。

急に目が、見えるようになった。

僕の前に、市松模様の平面が。

まるで、チェス盤みたいな。

赤と白。

色だ。

色が見える。

映像は鮮明。

今までとは、まったく違う。

どれくらいの大きさなのか、一瞬わからなかった。タイルかもしれない。自分がどれくらいの大きさなのかを、把握していない。上か下か、前か後ろか、自分は、どちらを向いている?

次に、動かなかった目が動いた。

違うものを見ることができる。

瞬きをした。

音楽だ。

聞こえる。

クラシカルなメロディが流れている。

横を向く。首が、動いた。首筋が、少し痛む。

すぐ近くに、透き通ったネットみたいなもの。

何だろう?

カーテンだろうか。

その向こうも、少しだけ見える。そちらは暗い。

口の中の味がする。

頬に、なにかが触れる感覚。

手。

手を握る。

その反力が、感じられた。

同時に、じんじんとした不思議な反応が。

痺れているようだ。

赤と白の市松模様は、天井？

とても狭い部屋の中にいる。

反対側を向く。そちらの方が明るかった。

音楽も、その方向から聞こえてくる。

動くものが見えた。人がいるようだ。

ようやく、自分がどこにいるのかわかった。

狭い部屋ではなく、ベッドの上に寝ている。ベッドに天井があって、その裏が市松模様なのだ。趣味の悪いベッド。周囲には白いカーテンが掛かっている。

明るい方へ顔を向ける。

外にいるのは、誰だろう。

スタンドライトがあって、その前に一人立っている。また少し動いた。

そっと、少しだけ頭を起こして、自分の躰を見る。

手を持ち上げて、確かめた。

膝を少し折ってみる。

僕の躰だ。

戻ったのだ。

おそらく、ロイディがここへ近づいたからだろう。ロイディと僕の躰の情報交換が復旧した。

「ロイディ、聞こえるか？」

「ミチル、まだ考えているのか？」

「違う、躰が戻ったんだよ。僕の躰に、僕が戻った。大丈夫、生きている」

「それは良かった」

「ロイディ、その場所にしばらくいるんだ。そこなら電波が届く」

「了解。そちらの場所はどこだ？」

「わからない。窓が一つある。部屋の形はほぼ正方形で、十メートル四方くらい」

「了解。それで、ほぼ確定できる。そこから出られるか?」

「すぐ近くにシャルル・ドリィがいる」僕は答えた。「たぶん、彼だと思う」

「危険か?」

「わからない」僕は唇を噛んだ。「なんとかしてみるよ」

「ミチル。無理をしない方が良い。意識が戻ったことを、相手に知られない方が賢明だ。その方が状況に変化がない。今までどおりの安全が維持できる可能性が高い」

「僕もそう思う。だけど、我慢できるかな……」

シャルル・ドリィがこちらへ来る。僕は顔を上に向けて目を瞑った。寝ている振りをした方が良い。

カーテンを開ける微かな音のあと、ベッドが揺れた。すぐ近くに彼が座ったようだ。

しばらくなにも起こらなかった。

目を開けたくなったけれど、我慢をする。

僕の額になにかが触れた。

もう少しで躰が震えるところだった。

薄目を開けて見る。彼の手だ。僕の髪に触っている。

「アキラ」シャルル・ドリィの声がすぐ耳もとで聞こえた。「私はどうすれば良い?

ずっとこのままなのか？　ああ、いや、ずっとこのままならば、それも良いだろう。そう、むしろ、その方が良い。だが、このままずっと、君の手当てをしないでいることを、私はあとあと悔やむことにならないだろうか。レオン・ドゥヌブは病院へ入れた方が良いと言っている。あいつは、自分の責任にしたくないのだ。いっそのこと、専門医を連れてきて、ここに設備を整えさせる手もある。まさか、あの薬で君がこんなことになるなんて、考えもしなかった。レオン・ドゥヌブは、絶対に安全だと言ったのだ。あいつの言葉を信じた私が悪かった。なんと謝ったら良いだろう、本当に、目を覚ましてくれたら、君には謝りたいことばかりだ」

彼の手が、僕の髪を撫でる。

息が近い。

僕は、目を少し開ける。

彼の顔が近づいてくる。

僕の頬に触れるほど。

「だがしかし、もしも、君を失うようなことになってはと、それだけが心配で、ここまで決断もできず、手も打てず、ずるずると来てしまった。なにもできずに、なにもしてやれずに……」

彼の唇が、僕の頬に触れる。

僕は手を握った。力いっぱい。

既に、目を開けている。

彼を睨みつけた。

「アキラ」シャルル・ドリィが僕を見つめる。「目を開けてくれるだけかい？　いつも、なにも言ってくれない」

「僕はアキラじゃない」僕は言った。

声が変だった。

久しぶりに使った声帯だからだろうか。

乾燥した喉を、空気が通り抜けた、といった感じだった。

「アキラ？」シャルルが目を見開いた。

彼の顔が離れる。

僕はゆっくりと視線をそちらへ向けた。

「見えるのか？　私が見えるか？」

「見える」僕は答える。「僕は、サエバ・ミチルだ」

「おお……」シャルルが立ち上がる。彼の顔は驚喜に満ちて、口を開け、なにかを言おうとして唇を震わせた。

僕はゆっくりと躰を起こす。

なんとか起き上がることができた。まるで、久しぶりに慣れないスポーツをしたみたいだった。頭が重い。躰の中、方々でいろいろな感覚が同時に立ち上がった。脚をベッドサイドの方へ向ける。

「アキラ、無理をするな」シャルル・ドリィが両手を広げる。「君は病人なんだ。大丈夫、今、レオンを呼んできてやる。とにかく、寝ていなさい」

「何度言ったらわかる？」僕は彼を睨みつける。

両手をベッドについて、躰を支え、腰を前に移動させる。カーテンは、シャルル・ドリィが引いたままだったので、そこから僕は脚を下ろす。

床が見えた。ベッドはかなり高い位置にあった。

ゆっくりと腰を滑らせ、足の先が床に届くように伸ばす。体重を腕で支え、背中を反らせる。爪先に反力を感じ、僕の躰は止まった。踵《かかと》が床に着く。少しずつ、脚に体重をかけた。久しぶりの応力を筋肉が感じる。

「大丈夫か？」心配そうな顔でシャルル・ドリィがきいた。

「大丈夫」僕は答える。

脚の感覚がようやく戻った。左右のバランスを取る。まだ後ろでベッドに手をつき、躰を支えていたけれど、とにかく、僕は床に立った。

それから、一歩前に出るまでが少し大変だった。片足をどうやって持ち上げれば良いのか、思い出せなかった。しかし、体重が前に移動したとき、自然に足が前に出た。簡単だ。大丈夫。

シャルル・ドリィは後退した。両手を前に出して、広げたまま。僕が倒れないようにと心配しているのか、それとも、僕に止まるように訴えているのだろう。

「僕の服は？　ゴーグルは？」僕はきいた。「どこにある？　すぐに返せ」

「アキラ、いや、ミチル、ちょっと待ってくれ。事情を説明したいんだ」

「聞きたくない」僕は首を横にふった。「服とゴーグルは、どこにある？」自分の着ているものを引っ張った。「これは、返すから」

僕は今、薄い布を躰に纏っていた。立ってみて、ようやくどんなものかわかった。こんなファッションじゃあ、恥ずかしくてとても帰れない。

「とにかく、ちょっと話を聞いてくれないか」広げた両手をさらに高くして、シャルル・ドリィは困惑した表情で言った。「お願いだ。どうか、落ち着いて。君の意識が戻って、とても嬉しい。こんなに嬉しいことはない」

僕は一歩前に出た。シャルル・ドリィのすぐ前に立って、彼を見上げてやる。

「僕も嬉しいよ」口もとを緩めて、微笑みかける。「誰のせいで、こんな目に遭った？　薬を使ったって言った。これは、犯罪だ。許されることじゃない。それに……」

クラウド・ライツの事件の濡れ衣を着せられていることを話そうと思った。しかし、こちらの持ち駒《ごま》を使うのは、もっとあとだ、と思い直す。僕は彼を睨みつけたまま、片足を上げて、床を激しく蹴った。

シャルル・ドリィは咄嗟に後ろに飛び退く。

「早く、僕の服とゴーグルを返せ！」

「わかった」彼は後退しながら言った。片手を広げて、小刻みにそれを押す仕草を何度も繰り返す。「落ち着くんだ。君は、気が立っている」

「立っているよ」僕は叫ぶ。「いい加減にしろ！ 僕に何をした？ 好き勝手にしておいて、ただで済むと思っているのか」

「今、君の服を持ってくる」シャルル・ドリィは言った。

部屋のドアを開けて、彼はこちらを振り向いた。

「ちょっと、待っていてくれ。どこに仕舞ったか、探さなくてはならない。そうだ、なにか飲みたいものはないか？ 持ってこさせよう」

「なにもいらない」僕は断った。また、薬を飲まされるんじゃないか、と思ったからだ。

ドアが勢い良く閉まった。遅れて、僅かな金属音が聞こえた。

僕は、ドアへ駆け寄る。

途中で躓《つまず》いて、派手に倒れた。

「痛てて……」

「ミチル、大丈夫か？」ロイディの声だ。

「ちょっと転んだだけ」僕はすぐに立ち上がった。

ドアの取手を摑んで回してみる。回らない。ロックされている。

「ちくしょう！」僕は叫んで、ドアを蹴った。「こら！　開けろ！　シャルル・ドリィ、聞こえるか？　ここを開けろ！」

部屋の中央に戻って、椅子を持ち上げようと思った。それをドアにぶつけてやるつもりだった。しかし、とても重くて、僕の力では持ち上がらなかった。

「くそう……」気が収まらない。ますます腹が立ってきた。

「ミチル、落ち着いてくれ」ロイディの声だ。

「これが落ち着いていられるか」僕は答える。「部屋に閉じ込められた。鍵をかけたみたいだ。人権無視も甚だしい。最低だ！　一発殴ってやるんだった」

「躰に異常はないか？」

「え？」僕は自分の躰を見る。「うん、特に、どこも。五体満足。痛いところもないし。どっちかっていうと、躰が軽い感じ。さっきまで、あちこち痺れていたけれど、もう大丈夫。走り回れるよ」

「それでは、その部屋の窓から外へ出て、屋根を伝って、雨樋で下の屋根に下りるんだ。そのあとの指示はまた出そう」

「ちょっとちょっと」僕は急に冷静になった。「ロイディ、何を言っている?」

「ミチルならば可能だ」

「よく言うよな」僕は窓まで歩み寄り、それを開ける。冷たい風が室内に吹き込んだ。「うわぁ……」

とても高い。

すぐ下に、急な斜面の屋根が見えた。その下の屋根は見えない。その角度の遠方には、小さく光っている照明があった。常夜灯なのか、それともどこかの部屋の窓だろうか。

周辺にはなにもない。

まるで、雲の上に突き出た塔みたいだ。

「高いし……、それに寒いよ」

「両者は無関係だ。相乗効果はない。大丈夫だ」

「それって、励ましてる?」

「ミチル、がんばれ」

「わざとらしいなぁ」

「わざとだ」

「まったくもう……」僕は舌打ちをする。今度はちゃんと音が鳴った。

もう一度、ドアへ行き、外の様子を窺った。なにも聞こえない。しかし、シャルル・ドリィがなんらかの手を打ってくるのは目に見えている。きっと、部下のウォーカロンを呼びにいったのだろう。それとも武器を持って戻ってくるつもりかもしれない。

そう、武器といえば、僕の銃は？

「ロイディ、僕の銃はどこにある？」

「私が持っている」

そういえば、ロイディに預けたままだった。

窓を見て考える。

どうせ死んだと思っていたのだ。

今度捕まったら、もう逃げられないだろう。

あいつの人形になるくらいなら、死んだ方がましだ。

そう、ずっとまし。

死ぬことが楽しみなくらい。

「よし」僕は声を上げる。「ロイディ、待ってろ！」

「私は既に待っている」

笑って、一瞬気が抜けてしまった。

窓に足をかけ、両手で窓枠を摑む。

躰を持ち上げて、窓の上に乗った。

風が僕を支えてくれる。

脚を伸ばしたけれど、屋根には届かない。後ろ向きになり、窓枠にぶら下がって、屋根の上にどうにか足をつける。手を離したら、もうこれっきり、という予感がした。

この急勾配で、留まれるだろうか。

滑らないだろうか。

深呼吸。

僕は手を離して、躰を低くする。

手で屋根の突起をすぐに摑む。足が数十センチ後ろへ滑った。

大丈夫。

雨樋がどこにあるのか、見えなかった。もう少し下がってみる。後ろ向きだから、見にくい。腕の下から、脇の下から覗いている格好だ。膝が屋根材に直接当たって冷たい。いや、痛い。しかし、ズボンを穿いていたら、滑っていたかもしれない。手も足も露出しているから、摩擦係数が高いことは幸いだった。

「ミチル、左へ移動しろ」

「そっちから見える？」

「見える。左下のコーナから、雨樋が下へ伸びている」

「こっち？」少し横に動いてみた。

「そう、そっちだ」

立場が反対じゃないかと思う。人間の僕がこんな危険な思いをしているのに、ウォーカロンがそれに指示を出すなんて。でも、そんな愚痴を言っても始まらない。

「寒いよう。冷たくて、手の感覚がなくなりそうだよ」

「気温は現在摂氏三度だ」

「ありがとう。まったく励みになるよ」

少しずつ屋根の端へ移動。二つの屋根が交わるところまで来た。傾斜の違う屋根がつながっている。その尾根の部分を少しずつ下へ移動する。ようやく、下に雨樋が見えてきた。思ったよりも太い。とても手で握ることはできない。金属製で錆びついている。強度は大丈夫だろうか。

顔を出して下を覗くと、壁のコーナに沿って、垂直の樋が下りている。

そこへ躰を下ろす。両手は、屋根の端にある水平の樋のエッジを掴んで躰を支えた。この樋は上が皿状に開いているから、まだ摑みやすい。両脚で垂直の樋を挟むようにして、纏いついた。こちらの樋は断面が円形だ。直径は十五センチほどもある。腕を伸ばして、躰を下へスライドさせる。

周囲の見事な展望は、今回はあえて意識しないようにした。

しかし、目を瞑るわけにはいかない。

幸い、夜なので、それほど周囲は見えなかった。

見えないことにする。

上の樋から手を離すときがきた。垂直の樋に手を回して、抱きかかえる。しかし、摩擦だけなので、躰は下へずるずると滑る。手も足も、冷たくて、痛い。

「もう少しだ。ミチル。もう少しで足が屋根に届く」

「最低！」

「何が最低なんだ？」

「全部」

「そんなことはない。状況は比較的良好だ」

「痛いよう」

「どこが？」

上で音がした。そちらを見ても、屋根と星空があるだけ。

「アキラ！」シャルル・ドリィの声だ。あの部屋に戻ってきたようだ。しかし、もう屋根に隠れて窓は見えない。向こうからも、僕は死角になるはず。

「窓から出たらしい。下を捜せ」シャルル・ドリィが、誰かに指示をしている。返事は聞こえなかったが、おそらくウォーカロンだろう。

「見つかった。下へ来るよ」

「了解」

「どうする気？」

「わからない」

「パトリシアを呼ぶんだ」

「了解」

手が滑って、一気に下がった。

屋根に足が届き、すぐに膝を曲げて姿勢を低くする。今度の屋根は比較的傾斜が緩い。壁には窓はなく、建物の中へ入ることはできなかった。屋根の上は鳥の糞で斑《まだら》模様になっている。白っぽい色だった。

「どっち？」

「そのほとんど真下だ」

滑らないことを確かめてから、腰を低くして、数メートル進む。屋根の端まで来て、下を覗いた。さらに下にもう一つ屋根があった。ロイディが立っているベランダがその下に見える。暗くてはっきりとはわからない。つい目を凝らしてズームで見ようとしてしまったけれど、ゴーグルがないので、肉眼ではこれ以上は無理だ。

「そこの雨樋だ」

同じ手順なので、今度は早かった。下の屋根が大きいことも安心できる。雨樋をあっという間に滑り下りた。

「調子が良い」ロイディが褒めてくれる。

大きな屋根の上に立って、また端へ移動する。

「ミチル、そっちじゃない、反対だ」

「こっち？」

「そうだ」

突然、壁の窓が開く。僕から三メートルほどのところだった。

「危険だから、戻りなさい」綺麗な発音のウォーカロンだ。もう二、三人後ろに立っている。

その横の別の窓が開く。

「ミチル」シャルル・ドリィが身を乗り出す。「無駄なことはやめろ。私を信じるんだ。悪いようにはしない」

「わかった」表情を変えずに、僕は、シャルル・ドリィの方へ一歩近づく。「なにもしない？」

「なにもしない、約束する。君を助けたいだけだ」

「わかった」僕は頷いた。「もう、いいや……。やってられないよ、寒くて寒くて……」

僕はくしゃみをする。それから、自分の躰を点検して、手足についた汚れを払おうとした。でも、無理だった。手も足も、それに膝も、黒く汚れていた。

5

「ロイディ、建物の中を通ることにするよ。誘導して」

「それは、危険だ」

「じゃあ、今までは危険じゃなかったの？」思わず声を上げるところだった。どういう感覚をしているのだろう、まったく。

「了解した」僕の気持ちを察したのか、ロイディが答える。「通路を右へ行くと、左手に階段がある」

ロイディとの内緒のやりとりを顔に出さないようにして、僕は窓へ近づいた。

シャルル・ドリィが手を伸ばす。僕が窓から入るのを手助けしようというのだ。彼の手を握るのが嫌だったから、僕は自分で窓枠を摑み、軽くジャンプして、通路に降り立った。あれだけのエクササイズのあとだから、躰が軽い。絶好調だ。

「ごめん、頭に血が上っていた」僕はシャルルの前に立って言った。

「いや、気持ちはわかるよ。きっと、びっくりしただろう。無理もないことだ」彼はにこやかに頷いた。相変わらず、身振りもオーバだ。

シャルル・ドリィの後ろに、ウォーカロンたちがいる。武器を持っているわけではなさそうだ。しかし、ゴーグルをかけていないので、相手の装備はわからない。パラライザ・ネット、あるいはニードル、それくらいのものは、警備用のウォーカロンならば標準装備だ。それにひきかえ、僕はまったくの無防備。布切れ一枚。身軽なのは良いけれど、この場合、逃げる以外の戦略はどう見たってありえない。

「とにかく、とてもびっくりした」僕は微笑んでやる。「それに、とても寒かった。今は、暖かいシャワーを浴びたい」

「それが良い」シャルルが言った。

僕は彼の方へ一歩近づき、左肩を後ろへ引いた。

そして、腰の回転を利かせて、僕の左腕を突き出す。

彼はすんでのところで防御した。

でも、遅い。

僕のパンチが彼の鼻先に当たる。

手応えは充分。

シャルル・ドリィは後方へ吹っ飛んだ。

僕は即座に後ろへ駆け出す。全速力で走った。

なにかが飛んでくる風切り音。ウォーカロンが放ったネットだろう。

コーナを曲がって階段へ飛び込んだ。

「追え！　捕まえろ！」というシャルル・ドリィの叫び声が後ろから追ってくる。

二歩で踊り場へ着地。壁に手をついて、反動をとり、今度は三歩で下のフロアの通路に降り立った。

階段を駆け下りてくるウォーカロンの足音。ロイディと違って、最近のタイプは階段も平気みたいだ。

通路を真っ直ぐに走り抜ける。

「次のコーナを左だ」ロイディが誘導してくれる。

角を曲がり、また加速する。

「右に階段がある」

吹き抜けの広い空間に出た。下階のロビィが見渡せる。装飾的な照明器具が天井から鎖でぶら下がっていた。後ろを振り返る。ちょうど、ウォーカロンたちが通路の角にさしかかったところだった。

僕は階段を駆け下り、途中で手摺を飛び越え、数メートル下の床へ飛び降りた。着地で膝をつく。

上を向くと、ネットが目の前に広がりつつあった。

即座に横に飛び退く。

すぐに立ち上がって、ダッシュ。

暗い通路の中へ突入。

「そこを右へ」ロイディの声。

その指示のとおり、躊躇なく右手に飛び込む。

「突き当たりのドアを開けて」

ドアへ行き、そこを開ける。

「窓の外へ出る」

「どの窓？」

「どれでもいい」

窓を上へ押し開け、上部の枠を摑んで、足から外へ飛び出す。

細いベランダだった。

「右だ」ロイディの声。「頭を下げて。見つからないように」

僕は姿勢を低くして、そちらへ急ぐ。

「行き止まりだよ」

「そこを飛び越えて」

そっと頭を上げて、覗いてみる。

ロイディのいるベランダが下に見えた。高さの差は三メートルくらいだから、大したことはない。しかし、水平距離は五メートルはある。下はなにもない。暗くてよく見えないが、近くに地面はなさそうだった。

「無理だよ」

「大丈夫、計算した」

後ろを振り返る。追っ手は来ない。僕を見失って、通路を真っ直ぐに行ったのか。しかし、すぐに戻ってくるだろう。

「他の経路を教えて」

「ない」

「ロイディ」

「ミチルの跳躍力はデータにある。八十パーセントの出力で充分だ。安全率は〇・二五。風向きもＯＫだ」

「たとえ飛べたとしても、足の骨が折れる」

「大丈夫だ。躰は軽量だ」

「人ごとだと思って……」

「計算には、その影響はない」

後ろで音が聞こえた。

窓からウォーカロンが覗いていた。

「こっちだ」シャルル・ドリィの声も聞こえる。

僕は決心して、ベランダを戻る。ウォーカロンは窓から出るのに手こずっていた。

助走距離は五メートルもない。

駄目だったら、駄目だったときさ。

ロイディの馬鹿。

息を止めて、走った。

手前でジャンプして、手摺の上に飛びつく。あまり勢いはつかなかった。無理かもしれない、と一瞬思ったけれど、その勢いのまま、前方へ飛び出した。

滞空。

ベランダが近づいてくる。

なんとか届きそう。

ベランダの中へ、僕の躰は飛び込む。

衝撃。

足から着地して、前方へ転がった。

ようやく停止。

顔を上げると、そこにロイディが立っていた。

「ナイス・ジャンプ」

「馬鹿野郎！」僕は立ち上がる。「やってみろ！」

「私には真似はできない」

「痛てて、膝をすりむいた」

「ミチル、変わった服を着ている」

「そう」僕は頷いた。「酷い格好だ」

「ギリシャ神話のようだ」

「何だって？」

後ろを振り返った。見上げると、僕が飛んだベランダに、シャルル・ドリィが立っていた。

「ミチル、大丈夫か？」彼は言う。「なんという、危ない真似を。死ぬ気かと思った」

「死んだ方がましだよ」僕は言ってやる。「僕を捕まえようとしたら、本当に死んでやるからな」

「なんという……」シャルルが顔をしかめる。「君は病気だ。頭がおかしい」

「そう、ずっとおかしいんだ」僕は笑った。

「ミチル」ロイディが僕の腕を摑んだ。「彼は時間を稼いでいる。ウォーカロンがこちらへ向かっているものと推定される」

僕は慌てて、通路の方へ走った。

「ロイディ、早く来い！」

通路の奥で人影が動く。ウォーカロンたちが下りてきたのだ。

ロイディも通路に立った。

「銃を」僕は彼に手を出す。

ロイディが背中に手を回して、ポケットから銃を取り出そうとする。

「早く！」

もう逃げられない。

ウォーカロンは十メートルほどのところまで来て、走るのをやめた。横に並び、体勢を整える。ネットを放つつもりだろう。

ロイディが背中から僕に銃を手渡した。

久しぶりに持つ重い感覚。

「ロイディ、下がれ！」

中央のウォーカロンがネットを放った。僕は逆に前進する。

ネットは僕の頭の上で広がった。

その下をくぐり抜け、彼らの足許へ足から滑り込む。

床に座り込んだままの姿勢で、銃をウォーカロンに向ける。

中央の奴の耳を狙って撃った。

銃声。

彼らは一斉に後退する。

「動くな！」僕は立ち上がる。「今のは威嚇だ。今度はぶち込むぞ」

「撃つな」中央のウォーカロンが言った。両手を軽く上げている。「我々は、平和的な対処を希望している」

「何が平和的だ」

後方の角を回って、シャルル・ドリィが現れたが、状況を察して、すぐにまた壁に躰を隠した。

「ミチル」顔を覗かせて、シャルルが叫ぶ。「出ていくが、撃たないでくれ」

「撃つかもしれないから、出てくるな」僕は大声で言った。「見たらわかるだろうけど、気が立っているんだ。ウォーカロンを一人壊してもいいか？」

「待て、悪かった。もう、追わない。約束する。モン・ロゼから出ていっても良い」

「当たり前だろう？　許可なんかしてもらわなくても、出ていくさ」

「みんな、下がれ」シャルルが言う。

両手を上げたまま、ウォーカロンたちが通路を奥へ戻る。

僕も後ろに下がった。

シャルル・ドリィとの距離はどんどん広がる。

ロイディがいるところまで戻った。シャルルたちは動かない。

「まだ、こちらを見ている？」僕はロイディにきいた。

「いや、確認できない。諦めたようだ」

僕たちは、通路を急ぎ、階段を下りた。もっとも、走れないロイディの最高速につき合ってやったので、むしろ、ゆっくりと形容した方が近い。

ときどき、後方を確認したけれど、もう誰も追ってこなかった。

## 6

ロイディの案内に従って、モン・ロゼの正面玄関へ急いだ。とにかく、この建物から出た方が安全だと思えたからだ。しかし、二階から最後の階段を下りていこうとしたとき、下のロビィに黒い大男が立っているのが見えた。ゴーグルがないから、はっきりとはわからない。

僕は咄嗟に身を隠して、手摺の蔭に座り込んだ。ロイディは、まだ上の通路だった。

「止まれ、ロイディ。下に誰かいる」僕はロイディに囁いた。

「了解」

「見てみて」

ロイディがそっと壁から顔を出して、そちらを覗き込む。

「カイリス刑事だ」

「やっぱり」僕は頷いた。

あんな大男は滅多にいない。警察が相手じゃ、銃を振り回すわけにいかない。僕は殺人犯として指名手配されているのだ。

困ったことになった。

もしかして、シャルル・ドリィがカイリスを呼んだのかもしれない。あっさり引き下がったのが変だとは思ったのだ。

「他の出口へ回ろう」僕は提案する。

「私の予測だが」ロイディが冷静な口調で言った。「おそらく、カイリスの部下がそちらを固めているだろう」

そのとおりだ。頭に来るほど、的確な洞察。

とにかく後退。その場を離れ、二階の通路まで戻り、ひとまずロビィからは遠ざかる。

メグツシュカがオルガンを弾いていた礼拝堂の方へ向かった。特に当てがあったわけではない。どこかに隠れるのが先決だろう、と考えたのだ。

「パトリシアが来た」ロイディが言った。

「どこ？」

入ろうとしていた礼拝堂のドアが開いて、彼女が出てきた。

「はじめまして、サエバ・ミチル様」彼女は上品な仕草でお辞儀をする。

僕としては初めてではなかったが、彼女は僕の躰を初めて見たのだ。パトリシアは僕よりも背が高かった。

「すまない」パトリシアはロイディを見て、口調を変える。「メグツシュカ・スホのお世話をしていた。そちらが優先だったので、すぐに来られなかった」

三人は、礼拝堂の中に入る。パトリシアがドアに光学ロックをかけた。

「ここにいれば安全です」彼女は僕に言う。

「ずっとここにいるわけにはいかない。なんとか、モン・ロゼから出たい」

「モン・ロゼを出て、どこへ行くのですか？」パトリシアは小首を傾げる。「シビの街に隠れるおつもりですか？」

「イル・サン・ジャックから出ていく」僕は答える。本当のところは、まだそこまで考えていなかった。とにかくモン・ロゼから出たい、シャルル・ドリィから少しでも離れたい、という欲求しかなかったといえる。

「どのようにして？」彼女はきく。

「そうだった。僕のクルマ……、なくなっているんだね」

「サエバ・ミチル様のクルマは、最初に駐車されていた場所には既にありません。どこへ行ったのか、不明です。私には、それを推定するだけのデータがありません」

「でも、誰が、どうやって動かしたんだろう？　パスワードが必要なはず」

「私の想像だが……」ロイディが言う。「クルマにミチルが乗れば、パスワードは要求されない」

「あぁ……、そうか」僕は頷いた。「シャルル・ドリィだ」

眠っている僕の躰を乗せれば、クルマは動く。

「では、おそらく、モン・ロゼの園内、東門の近辺でしょう」パトリシアが言った。

「どこかに隠されているものと思われます」

「じゃあ、そちらへ案内して」僕は言う。

「クルマで、どちらへ？」彼女はまた首を傾げる。

「だから、イル・サン・ジャックから……」

そこで、また僕は気づいた。

ベランダから見た砂漠の風景が蘇る。

「そうだ、海がなくなっていた」僕は呟くように言う。自信を持ってはとても言えない。不条理な現象。しかし、錯覚とは思えない。「堤防の道はあるの？」

「堤防の道は存在しますが、今の時刻は、そちらへは出られません」

「ああ、良かった。あの道までなくなったかと思ったよ。どうして、海が消えてしまったの？」

「海が消えたのではなく、海の水が引いたのです」

「どうして？」

「私には、データがありません」

「不思議だと思わない？」

「どうして不思議だとおっしゃるのか、私には不思議です」パトリシアは澄ました表情で言った。

「まあ、いいや」僕は肩を竦める。「えっと、まず、何をすべきかな？」

「ミチルは疲れている。休んだ方が良い」ロイディが言った。

「誰が、こんなに酷使した？」僕は彼を睨みつける。

「パトリシア、ミチルは現在の洋服では外気温に耐えられない。彼のサイズに合う防寒具はないか？」

「探してみよう」彼女は頷いて、僕の全身をじっと観察した。躰のサイズを測ったようだ。

「シャワーはない？」僕はきいた。

「ございます」彼女は僕に微笑んだ。「どうぞ、こちらへ」

二重人格のパトリシアの案内で、僕とロイディは祭壇に上がり、その奥でまた下りた。小さなドアがあって、彼女がそれを開けた。中はエレベータだった。

三人が乗り込むと、エレベータは降下する。どこにも表示がないので、どれくらい下がったのかわからない。次にドアが開くと、そこは明るい場所だった。

出てみると、とても広い。上にあった礼拝堂と同じくらいの面積だ。しかし、近代的なインテリアで、周囲は透明なパーティションで区切られている。外側に回廊が通り、まだその隣にも部屋が見えた。そちらは液晶ガラスがブラインドしている。

部屋の端にはデスクが幾つかあって、パトリシアとよく似た女性たち四人がディスプレィに向かって仕事をしていた。当然、ウォーカロンだろう。誰も、僕たちを見なかったからだ。

「シャワーはあちらです」パトリシアは指を差す。パーティションの反対側のドアだ。「出て、右手に行った突き当たりに」

「勝手に使って良いの?」一応きいてみる。

「けっこうです」

ロイディはパトリシアと楽しい立ち話をしたいみたいだった。あんなお高くとまった女のどこが良いのか気が知れない。

ドアを出て、右へ歩く。何のための施設かよくわからないが、オフィスのような雰囲気だ。メグツシュカのエリアなのだろうか。しかし彼女の姿はどこにもない。

途中に通路が交叉するところがあった。左右を見ると、まだまだ広大な範囲に、このフロアが続いていることがわかった。モン・ロゼの地下になるはずだが、上層の建物よりあとに作られたことは明らかだ。

その交差点を直進した突き当たりのドアを少しだけ開けて中を覗いてみた。通路がまだ続いていて、突き当たりの付近の左右に幾つかドアが並んでいる。ロッカルームだろうか。

最初のドアを開けて見る。小部屋の壁際にテーブルと椅子があった。鏡もある。奥には磨《す》りガラスのドア。僕の知らないスペルだったけれど、なんとなくバスルームっぽい。

　中に入って、奥のドアの中を覗いたら、思ったとおり、シャワーとバスタブがあった。

　最新式の超音波シャワーもあったけれど、この際だから、温水を使って頭から濡れることにする。僕の髪はファイバで作られた人工のものだから、洗ってもあまり変わりはないけれど。

　途中でお風呂に入りたくなって、バスタブにお湯を溜めた。こんな贅沢は本当に久しぶりのことだ。

　温水の中に躰を沈めると、水圧が感じられる。胸が少し苦しくなった。心臓の鼓動が大きく打つ。けれど、気持ちが良い。

　なにか考えなければならないことがあったはず。

　でも、それは少しあとにしよう、と思う。

　自分の躰を点検した。

　特に大きな故障はない。

　小さな怪我は、両膝と、それから踵。裸足で走り回ったのだから、無理もない。痛めたのは、屋根の上を歩いたときだろうか。雨樋を下りたときだろうか。それとも、最後のジャンプか。

打ち身らしき痣が右腕と、それから……、左の腿。

どうも手首が少し気になるので、手を捻ってみると、右の手首に細い痣があった。同じ跡が左にも。

足を上げて、水面上に出す。足首にも痣がある。

縛られていたのだ。

「くそぅ！」思わず水面を叩く。

用心のために縛ったのだ。僕の意識が戻って、暴れないように。しかし、痣は治りかけている。だいぶ以前のようだ。それに、ベッドで意識が戻ったときには、縛られていなかった。かなり、長い間、僕は眠っていたのか……。

ロイディからの電磁波が途絶えると、この躰は眠ってしまう。ベーシックな生命活動以外、なにもしなくなる。目を開けても見ない。言葉を聞いても反応しない。でも、痛ければ、顔をしかめるだろう。きっと、痛かったにちがいない。

「可哀想に……」

どういうわけか、僕は急に悲しくなった。

怒りがすっかり消えて。

涙が出る。

僕の目の片方は、人工眼だけれど、涙は本ものだ。

僕は泣いた。
何がこんなに悲しいのか、よくわからなかった。
けれど、しばらく、そのままじっとしていることにする。
泣くのも、久し振りのことだった。
「あぁ……」声を出してみる。少し震えていた。
なんか、生きているみたいだ。
そう思う。
泣いたり、息が震えたり。
僕の躰が泣いているのだろうか。
僕の精神が泣いているのだろうか。
それを考えているのも、僕？
顔をお湯の中に沈める。
こうやっていたら死ねるかな、と思った。
苦しくなって顔を上げる。
どうして、苦しいのだろう。
死ねば苦しまなくても良いはずなのに。
苦しいって、何だろう？

どんな信号なのか。

死にたいと望んでいるのに、躰が抵抗するのは何故だろう?

つまり、死にたいといくら精神が考えても、
躰は死にたいとは思わない、ということか。

その躰が暖まった。

そろそろ泣くのはやめよう。

大きく溜息をついた。

「ミチル」ロイディの声だ。

内緒の回線ではない。

ドアの外にいるようだ。

「何?」僕は声を出す。「開けてもいいよ」

ドアを開けてロイディの顔が覗く。バスルームは湯気が充満していた。

「パトリシアから服をもらった。ここへ置いておく」

「ありがとう」

「大丈夫か?」

「気持ち良いよ。ロイディも入れたら良いのにね」

「故障の確率が高くなる」ロイディは顔を少ししかめた。新しい技だ。「では、もう

戻る」

「待って、もう少し、そこにいて」

「了解」

僕は立ち上がって、バスタブから出る。ドアから外に出て、ロイディに抱きついた。

「ミチル、躰が濡れている。除水しなさい」

「除水？　言わないよ、それ」

「表面を乾燥させた方が良い」

「ロイディ、ありがとう」僕は彼に言った。

「それは、私の何に対する評価か？」

「ありがとう……」

7

パトリシアが用意してくれた服は、上も下も真っ白だった。

「恥ずかしいなぁ、こんなの。まえのよりは数段ましだけどね。何なんだろう？　これが、この島のファッション・センス？」

「天使のようだ」ロイディが言う。

「え？」僕は耳を疑った。「何だって？」

「間違えた」

「天使って言わなかった？」

「間違えた」

「どうして、これが天使なわけ？　どうかしてるよ」

「どうかしている」

きっと湯気で回路がショートしたのだろう。

バスルームから出て、通路を戻った。最初の広いオフィスへ入ると、中央にメグツシュカとパトリシアが待っていた。メグツシュカは、一人掛けの大きな椅子に腰掛けている。電動キャスタ付きの椅子だから、これに座ったまま、どこかから来たのかもしれない。

「サエバ・ミチル」メグツシュカは座ったままで片手を伸ばした。「お久しぶり。元気そうだ」

「おかげさまで」僕は彼女の手を取って、片膝を床について挨拶した。「ロイディがお世話になりました」

「そう、ロイディに関して、私はとても興味がある」彼女は僕の後ろのロイディを一瞥する。「良いパートナを持ちましたね」

「はい」

「事情は、すべてパトリシアから聞いています。シャルル・ドリィのことは、許してくれとは言いません。しかし、彼には、あなたが想像するほどの悪意はなかったものと思います」

「わかっています。でも……」

「実は、今も彼から、私に対して、サエバ・ミチルを引き渡すように、という通告が来ています」

「では、僕がここにいることを、彼は知っているのですね」

「当然、状況から考えて行き着く結論です。彼は、私に対するマナーとして、一応の遠慮をしていますが、この状況が長く続くとは思えません。シャルル・ドリィは、ここモン・ロゼの主なのです。たとえ私の息子であっても、彼をコントロールする権限は私にはありません」

「どうしたら、ここから逃げ出せるでしょうか？」僕は尋ねた。

「何故、逃げるの？」メグツシュカはきき返す。

「だって……」僕は言葉に詰まった。

「シャルル・ドリィから離れるため？　それとも、カイリス刑事に捕まらないように?」

「僕を捕まえる権利は、誰にもありません」僕は言った。「僕は殺人犯じゃない。自由でいる権利がある」

「そのようにカイリスを説得すれば良いのでは?」メグツシュカは簡単に言った。

「そう」僕は頷く。「でも、どうせ信じてもらえない」

「シャルル・ドリィは、あなたから暴力を受けた、と訴えています」

「何だって?」思わず声が大きくなってしまった。

「彼のウォーカロンたちが目撃しています。傷害行為は確実に立証できる」

「そう、たしかに殴ってやった。だけど……」僕は思い出して、少し微笑む。「全然後悔なんかしていない。暴力を受けたのは、僕の方なんです。彼は僕を監禁していた」

「意識がなくなったミチルを治療していた。保護していた。おそらく、彼はそう主張するでしょう」

「殺人犯なのに、匿っていたというのですか? 矛盾している」

「理由はいくらでもつけられる。人道的な行為とは、一般に、合理的な行動と一致しない」

「まいったなあ……」僕は額に片手を当てる。

「そこに座って」メグツシュカはソファを指さした。

ロイディとパトリシアは立ったままだ。僕は大きなソファの真ん中に腰掛けた。

「それにしても、シャルルがそれほどまでに、あなたに、いえ、あなたの躰に、執着しているとはね……。期待していないデータだわ。まったくくだらない」

「いい迷惑です」

「そう」メグツシュカは頷いた。「面白い話でもないわね。知りたくもない」

「あの、ここで……」僕は周囲を見回す。「何をしているのですか？」

今も、壁際のデスクでは四人の女性ウォーカロンが熱心に仕事を続けている。

「調査」メグツシュカは、僕から視線を逸らさずに即答した。

「何の調査ですか？」

「いろいろ」彼女は微笑んだ。「調査というよりも、観測といった方が正しいかもしれません」

「ああ、そう、天体観測をしているんですね？」僕は言う。

「誰から聞いた？」メグツシュカは、パトリシアを睨んだ。

「申し訳ございません。私がロイディに話しました。サエバ・ミチル様は、ロイディから聞かれたのですね？」

「そうだよ」僕は頷いた。

「おしゃべりウォーカロンが二人もいる」メグツシュカはくすっと吹き出した。「珍しい。とても珍しい。パトリシア、何故話そうと思った？」

「私は、天体観測が楽しい、ということを、ロイディに伝えたかったのです」

「楽しい？」メグツシュカが僅かに身を乗り出した。

「はい」パトリシアは頷く。

「私がお前に、一度でもそれが楽しいと言った？」メグツシュカは問い質す。

「いいえ。申し訳ありません。お許し下さい、メグツシュカ様。すべて、私の勝手な……」

「怒っているのではない」メグツシュカは目を瞑り、椅子の背にもたれかかる。「そうか、あの回路か……。面白い、そういうことだったのか」

「どうしたのですか？」僕は尋ねた。

「いいえ、気にしないで」彼女は目を開けて、微笑んだ。

もの凄く気になったけれど、僕は自重した。

「さて、では、どうしますか？」メグツシュカは僕にきいた。「ここにいても、警察が正式な手続きをすれば、いずれ踏み込まれてしまうでしょう」

「ご迷惑はかけられません。出ていきます」

「どこへ？」

「まず、クルマを探して……」

「そこに、警察は注意を集中させていますよ」

「ですよね……」僕は考える。「だとしたら、どこか他のところへ引きつけて……」

「逃げてどうするの？　どこまで逃げるつもり？」

「僕は逃げる必要なんかないんです」

「そう」メグツシュカは頷いた。「どうすれば、それが警察に伝わるかしら？」

「クラウド・ライツを殺した犯人を捕まえれば良い」

「捕まえる必要などない」彼女は吹き出した。「誰が犯人か、それを警察に納得のいく形で提示すれば、それで充分。それだけです。私もできるだけのことは協力しましょう」

「ありがとうございます、女王様」僕は頭を下げる。

「なにか必要なものは？」

「武器を」

「銃を持っているのに？」

「音がしないものがほしいのです」

「たとえば？」

「ナイフ」

「そんな古典的なものが、ここにあったか?」メグツシュカはパトリシアを見た。

「ございます。ただ今、持ってまいります」

「あ、あと、ゴーグルがなくて不自由しています。でも、これは無理ですね」

「ゴーグル?」

「ヴィーブです」目の横に片手を上げる。ヴィジュアル・ブースタのことだ。「シャルル・ドリィのところにあるはず、僕の防御服も全部」

「それならば、カイリスが持っていったと聞きました。証拠品のつもりでしょう」メグツシュカは言った。「あなたのデータが欲しかったはずです」

「街の警察署に、まだあるでしょうか?」

「おそらく。しかし……」

「取り返しにいきます」

「待ちなさい。それは、リスクに見合わない価値です」

「それに、宿屋に荷物がある」僕は言った。「今夜のうちに、いろいろ手を打った方が良い。警察も、今夜はモン・ロゼに集中しているはずですから」

「それは、そうだが……」

「出られる場所は?」

「すべて見張りがいるでしょう」

「塀を飛び越えます」

「あなた、一人で？」

僕は後ろを一度振り返った。

「ロイディは、正門から出ていけば良い。警察はロイディにはなにもできないはずだ」

「それは無理ね」メグツシュカは首をふった。「ロイディはここへ置いていきなさい」

「駄目なんです。僕たちはいつも近くにいないと」

「何故？」メグツシュカが目を細めた。

## 8

強行突破することになった。

作戦は簡単だ。僕が警察のウォーカロンたちを引きつけているうちに、ロイディはゲートから外へ出る。僕はまた建物の中に逃げ込んだ、と相手には思わせる。

「ＯＫ？」ロビィを見下ろせる場所まで来て、僕はロイディに決意を尋ねた。

「楽観的に言えば、大丈夫だ」ロイディは無表情で答える。

僕は二階のベランダに出て、そこから玄関前のピロティに飛び降りた。

「発見しました」という冷静な声がゲートの方から聞こえた。

空気を噴出する小さな音が反対側から届いたので、僕は走りだす。ネットが僕の後ろで広がった。

まず、庭の方へ走って、人工植物の中へ飛び込んだ。これはクッションにはもってこいだからだ。

葉の下から覗くと、ゲートの方から二人、建物の中から三人が出てきた。

五人だ。しかし、すぐに倍になるだろう。

「銃を所持しているから、気をつけろ」一人が言う。

今頃そんなことを言われても、困るじゃないか、と僕はよけいな心配をした。銃は僕の腿のポケットにある。五人も撃ち倒したら、エナジィ切れになるかもしれない。

地面の小石を拾って、高いコースで建物の方へ投げる。

壁に当たって音がする。ウォーカロンたちは立ち止まって、そちらを向いた。

僕は後方へ下がる。

「ロイディ、用意はいいか？」神経を集中させて、内緒の回線で尋ねた。

「ＯＫだ」彼は答える。

頭を下げたまま、僕は走りだす。

「あそこだ！」冷静な声が聞こえる。

ネットが発射された。樹があるから、届かないだろう。

僕は庭木の間を走り抜ける。

「向こう側へ回れ！」

一人のウォーカロンが転んだようだ。派手な音がした。

大きな樹を見つけて、その影に身を隠す。

後ろを覗き見ると、追いかけてくるのは三人だった。少し遅れてもう一人。あと一人はどこへ行った？

「ロイディ、今だ」僕は指示を出す。

驚いたことに、その近辺の庭木は本ものだった。

樹に上って隠れることも考えたが、見つかった場合に逃げ道がない。奥へ走ると、小さな池があって、橋が架かっていた。

再び、暗い場所を見つけて滑り込む。

息を殺して、後ろを窺う。

追っ手の姿は見えない。

音も聞こえない。

どこだ？

相手も、インテリジェントだ。足音を忍ばせる戦法に出たらしい。こうなると、赤外線のセンサが恐い。僕にはゴーグルがないから、このハンディは大きい。

「ロイディ？」

「ミチル、成功だ。今、外に出た」

「街の方へ行って、どこかに隠れているんだ。すぐに行くからね」

「了解」

建物の中へ逃げ込んだと思わせなければ……。外に出たと思わせない方が得策なのだ。今いるところからは、モン・ロゼの建物はまったく見えなかった。

後ろに気配を感じる。

振り返ると、人影。

大男だ。

ネットが一度に二つ広がった。

僕は躰を回転させて、飛び退く。

素早く立ち上がって池の方へ走った。

ところが、急に地面に激突。

足になにかが絡《から》みついたのだ。

寝転がって、それを取ろうと手を伸ばす。

「サエバ・ミチル、無駄な抵抗はやめろ」カイリスの低い声だった。

空気音とともに、ネットがまた広がる。
両足が不自由なまま、僕は池の中へ飛び込んだ。
真っ暗だ。
冷たい。
泡。
上が明るい。
サーチライトが動いていた。
僕は底の近くまで沈み、暗い方へ移動する。
橋の下だろうか。
上がって、そっと顔を出してみた。
ライトが光っているのが見える。
それがこちらへ向こうとしたので、また水の中へ沈んだ。
今度はずっと潜水したまま、泳いだ。
もう、息が続かないというところで、慎重に水面に顔を出す。
ライトは遠くなっていた。
両足がまだ離れない。粘着ロープが絡まっている。
腕のポケットからナイフを取り出し、水の中、手探りでロープを切った。完全に取り去るのは大変なので、そのままにしておく。

顔を出したまま泳ぐ。池は建物の中へ続いていた。

大きな足音が近づいてきた。僕の頭の上に金網の床がある。そこを誰かが駆け抜けていった。

「こちらだ！　センサを持ってこい」カイリスの声だ。

僕は暗い水の中を移動して、中庭へ出た。

常夜灯が真ん中で光っている。

周囲の建物の窓に、それが映っていた。

建物の入口を見つけて、僕は水から上がった。

シャワーを浴びたばかりなのに、このざまだ。

水を滴《したた》らせたまま、そっと入口から中を覗く。両側とも回廊が真っ直ぐに続いている。少し離れたところに階段が見えた。

「ロイディ、聞こえる？」

「良好。大丈夫か？」

「泳いだよ」

「意味がわからない」

「そのままの意味さ」

回廊へ上がろうとしたとき、突然全身に衝撃が走った。

僕はそのまま倒れる。

床に頬がついた。

何が起こったのか、しばらくわからなかった。

「発見しました！」

「こちらだ！」

声が聞こえる。

躰が痺れている。

頭を持ち上げた。

目の焦点が合わない。

「ミチル、大丈夫か？」

「全然大丈夫なんだけど、躰が動かない」

「パラライザか？」

「そうみたい」

少し目が見えるようになった。

回廊のずっと向こうに、動くものが見える。

なんとか躰を起こす。

庭から廊下へ入るところに、なにか仕掛けられていたようだ。電気だろうか。まだ頭がくらくらする。

中庭に数名が走り込んできた。

その後ろに大男カイリス。

僕は深呼吸をする。

飛び上がるようにして立ち上がった。

背中へ手を回し、拳銃を引き抜いた。

回廊の窓から躰を乗り出す。

カイリスの少し上を狙って、引き金を引いた。

銃声。

全員がその場に伏せる。

カイリスだけが、突っ立ったままだった。彼は防弾服を着ているからだ。そのまま、こちらへ一人で近づいてくる。

通路内を近づこうとしているウォーカロンの方へも、僕は銃口を向ける。彼らは姿勢を低くして停止した。距離はまだ三十メートルほどある。ネットはぎりぎり届かないだろう。

「カイリス、話がある」僕は大声で言った。

「それはこちらの台詞だ。いい加減に観念しろ。たとえここから逃げられても、イル・サン・ジャックからは出られない。諦めるんだ、サエバ・ミチル」

「クラウド・ライツを殺したのは、僕じゃない」

「それは、警察も断定はしていない。とにかく、君から事情を聞きたいだけだ」

「逮捕はしないか？」

「逮捕ではない」

「それにしては、手下が多いな」

「この島の警官全員だ」カイリスは言う。僕から五メートルほどのところまで来て、こちらを見上げている。「サエバ・ミチル、君は、シャルル・ドリィ氏に怪我をさせた。それから、警察に対して妨害行為を働いた。不法に銃を使用した。これらは事実だ。これだけで、君を拘束する充分な理由になる。しかし、話し合いに応じる用意はある。正しい情報を提供してくれるならば、君の当面の自由は保障しよう」

「すべて自己防衛だよ」僕は言う。「僕を監禁していたシャルル・ドリィを、何故逮捕しない？」

「監禁ではない。彼は君を治療していた。感謝すべきじゃないのかね？　なあ、よく考えるんだ、時間は充分にある。待ってやるから、頭を冷やしてくれ」

「クラウド・ライツの事件はどうなった？　僕を捜すこと以外、なにもしなかったのか？」

「そんなことはない、ちゃんと調査はした。しかし……」カイリスは首を一度だけ横にふった。「残念ながら、なにもわかっていない。この島に、彼を殺したい人間など存在しない。何故首を切ったのかも、まったくわからない。我々の理解を越えている。誰も想像できない」

「凶器が見つかったと聞いたけれど」

「ああ、海の中に沈んでいた」

「どうやって探した？」

「金属探知器だ」

「しかし、海に落ちていると、何故わかった？」

「君がボートに乗っているところを目撃した者は多い。それで、周辺の海を探すことになった。凶器は大きな鎌《かま》だ。これは沈んだところから移動しなかったので見つかった。ライツの首は、潮に流されてしまったのだろう」

まだ、海があったときの話のようだ。

「僕が沈めたわけじゃない」

「もちろん、単なる状況証拠にすぎない」

「ウィルは、なにか話していないか？」

「ウィル？」カイリスは首を僅かに捻った。「どんな話だ？」

「僕がボートに乗っているところを見た、と証言したのは、ウィルでは？」

「いや、違う。ウィルからはなにも聞いていない」

ウィルは殺人現場から、木の棒を運び出したと僕に話した。片方には船が、もう片方には仮面がぶら下がっていたという。

「凶器の鎌は、柄は木製だった？」僕はきいた。

「よく知っているな」カイリスの自信に満ちた声。

「柄は普通木製だ」僕は言い返す。「どれくらいの太さだった？」

「そんなことが言えると思うか？　君がそれを知っているかどうか……、それが決め手となる可能性が高い。わかるな？　重要な証拠になるんだ」

「とにかく、僕はなにもしてない。クラウド・ライツを殺す理由もない。だいいち、殺すとしても、あんな面倒なことはしない。銃でやった方がずっと簡単だ」

「宗教的な意味合いがあるのではないか、君の国では」

「ないない」僕は首をふった。「今の発言は問題だぞ」

「失礼した」

「凶器に指紋は？」

「指紋は採取されていない。長時間海中に沈んでいたので、不鮮明になっても不思議ではない」

「死体の検査結果は？」僕は質問する。「死因は何だった？」

「どうして、そんなことが知りたい？」

「真犯人を突き止めれば、僕の疑いが晴れるからね」

「という振りをしている、だけにも見えるが？」

「ねぇ、悪いけれどさ、今夜だけ、見逃してもらえないかな」

「そうはいかない。ここまで我々を振り回しておいて、見逃してくれ？　虫が良すぎないか？」

「そうなんだ、僕の虫は最高だから」

僕は通路の反対側に走りだす。

階段を駆け上がった。

後方で、ウォーカロンたちの足音が聞こえる。

二階の通路を駆け抜け、また階段を上った。

もう、めちゃくちゃ走ってやろう、と思った。

息が続くかぎり、全速力で。

ウォーカロンはそんなに早くは走れない。カイリスだって同じだ。重装備で躰が重いはず。それに比べて、僕はいつもの防御服さえ着ていない。普段よりも五分の一は身軽といって良い。

講堂のような部屋を横断し、今度は階段を駆け下りた。途中の踊り場で小さな窓を開けて、外に出る。すぐに窓を閉めて、躰を寝そべらせる。庇《ひさし》の上だった。

少しして、階段を上から下へ、走っていく足音が聞こえた。やり過ごすことができたようだ。

庇の下を覗くと、庭の人工樹が真下にある。飛び降りても良いけれど、こんなのばかりだから、気が進まなかった。

庇の端まで腹這いで移動。

二メートルほど下にまた庇が見えた。地上までは五メートルくらいの高さだった。

起きあがって、勢いをつけてジャンプ。

庇の上に着地。

そのまま走って、もう一度ジャンプ。

隣の庇に着地。

雨樋を片手に回転し、コーナをクリア。

先へ進むと、渡り廊下に出られそうだった。

左右を確かめて、通路へ飛び降りる。

すぐに階段があった。

音を立てないように注意して、下りていく。

下はピロティで、周囲に柱が立ち並んでいた。

中央部には、モニュメントのような彫像。

思い切って、そこを走り抜ける。

隣の棟の建物に飛び込み、通路を横断。

ドアを開けて反対側の庭に出た。

ゆっくりと、ドアを閉める。

近くに常夜灯が光っていたので、すぐに移動。

人工樹の下に躰を滑り込ませる。

「ロイディ?」

「聞こえる」

「もう少し待って」

「無理をするな。呼吸が苦しそうだ」

かなり息が早くなっていた。汗もかいている。

「えっとね、方角がわからなくなった」

「空を見ろ」

僕は空を見上げる。一部しか見えない。星の配置を説明しようとして、言葉を探す。

「えっと……」

「わかった。今、ミチルが見たのが南南東だ」

僕が見た映像が、どうしてロイディに伝わったのだろう。しかし、言葉が通じるのだから、それくらい伝わっても不思議ではない。静かに深呼吸をして、僕は目を瞑った。

突然、頭に配置図が浮かんだ。

慌てて目を開けると、真っ暗な庭木の隙間から光が届く。

もう一度目を瞑る。やはり地図が見えた。

「これ、ロイディが？」

「配置図が見えるのか？」

「見える。どうして？」

「ミチルの躰が眠っているときは、私の視覚の一部を共有できていた。そのときと条件は変わっていない。ミチルの躰からの情報が増えているだけだ」

「そうか……。これじゃあ、おちおち眠れやしない」

「眠っている場合ではない」

冗談の通じない奴。

僕は目を瞑って、配置図に集中する。現在位置が確認できた。このまま真っ直ぐいったところで、塀を越えれば、シビの街の裏手に出られるはずだ。

耳を澄ませて、しばらくじっとしていたが、変化はなかった。呼吸もすっかり落ち着いてきた。

僕は周囲に注意を払い、静かに立ち上がった。樹々の間をゆっくりと進んでいく。

9

その後は、ピクニックみたいに平和だった。

庭園の端には高さが三メートルくらいある石積みの壁が連なっている。ここがモン・ロゼの境界だ。

どこかに上れる場所はないか、と探して歩くと、壁の近くに樹が立っているところがあった。僕はすぐにその樹に上る。それほど大きな樹ではない。しかし、高さは充分で、枝は壁の外へも伸びていた。

幹を上り、樹の上に立つと、庭園の遠くまで見渡せた。モン・ロゼの建物の近くに警官らしきウォーカロンが二人歩いているのが見えた。ライトを持っている。全然、こちらへ来る気配はなかった。

空は、片方がもう白くなっている。

朝が近い。

僕の体重で撓《しな》る枝の上を慎重に移動して、塀の上まで来る。かなり安定が悪かったけれど、なんとかバランスを取って、壁の頂部に足をかけた。外は空地のようだ。背の高い草が生い茂っている。近くに道があって、その向こう側には農家らしき家屋が数軒建っている。家畜を飼うための施設だろうか、質素な木の柵も見えた。

壁の上から飛び降りて、草の中に落下する。尻餅をついたが、幸い大きな音はしなかった。

道に出て、両側を眺める。人影はなかった。

ロイディがいるシビの街中の方へ向かうことにする。

道はモン・ロゼから離れ、農家の間を抜けて、起伏のある丘を下っていく。ときどき振り返って歩いた。追っ手は来ない。遊び過ぎて遅くなってしまった帰り道、そんな子供の頃の記憶が急に蘇って、僕はずいぶん楽しくなった。

街が近づくほど、道は複雑になって、階段を上がったり、石橋を渡ったりしなければならなかった。ようやくロイディのところへ辿り着く。もちろん、地図や彼の誘導がなかったら、とても無理だっただろう。

僕たちは、まず、宿屋へ行くことにした。この道はロイディが記憶していた。メインストリートの店は、まだどこも開いていない。僅かに、明かりが灯る窓が幾つかあるだけだった。

入口のドアは閉まっていた。僕は、呼び鈴のボタンを押して待った。

やがて、玄関に明かりが灯る。

ガラス越しに、イザベルが外を覗いた。

僕の姿を見て、彼女は目を見開く。

ロックを外して、ドアが内側に開いた。

「サエバ・ミチル？」

「ただいま」僕は中へ入った。「ちょっと変わった格好で戻ってきたよ。お願いだから、笑わないでね」

イザベルは寝間着の上に毛糸で編んだショールを羽織っていた。それが彼女の肩から少しだけ下がったとき、イザベルの髪が見えた。

僕は驚いた。

イザベルの髪がとても長かったのだ。

以前よりもずっと長い。もちろん、ファッションで付けた人工の髪なのだろう。けれど、この時刻に、そんなものをつけるだろうか。

「どうしたの、その髪？」僕はきいた。

「え？」イザベルは、ますます目を丸くする。

しばらく沈黙。

彼女は、じっと僕を見据えたまま、動かない。

「えっと、こんな時刻に起こして、悪かった。部屋へ行って良いかな」僕は微笑んだ。

「部屋？」

「僕の部屋……」

「あ、ええ」彼女はそのままの表情で小さく頷く。「でも……」

「あ、もしかして、鍵がかかっている？」

「はい、もちろん」

「じゃあ、鍵を」

「何をするの？」彼女はきいた。

「何をって……。えっと、僕の荷物が残っていたはずだから」

「ああ、はい……、それならば、こちらに」

イザベルはカウンタを回って、奥へ入り、しばらくすると、プラスティックのトレイを引きずって戻ってきた。

「これで全部だと思います」彼女はそれをカウンタの横から引っ張り出す。

どこに仕舞ってあったのだろう、埃を被っていた。深いトレィの中に、僕のトランクがあった。

僕はトランクを開ける。

服、それにいろいろな道具、すべて揃っているようだ。

「もしかして、警察がこれを調べにきた？」顔を上げて、イザベルに尋ねた。

「ええ」彼女は頷く。「でも、なにかを持ち出したということは、なかったかと思います」

パスやライセンスの類もチェックした。なくなっているものはなかった。

「持っていかれるの？」イザベルがきく。

「ううん。もう少し、預かっていてもらいたい」僕は話した。「あ、そうだ、服だけは着替えよう」僕は立ち上がって自分の躰を見た。「ちょっと酷いでしょう？」

すっかり汚くなっていた。池に飛び込んだり、地面を転がったりしたのだから、しかたがない。トランクの中に、自分の着替えがある。残念ながら防御服はなかったけれど、どれも今よりはずっとましだ。

「ちょっと、そこで着替えさせてもらうよ」

「ええ、どうぞ」

僕はカウンタの奥の小部屋に入る。事務室に使われている小さな部屋だった。デスクが一つ。あとはキャビネットが一つ。

「ロイディ、今日は何日？」僕は服を脱ぎながらきいた。ロビィにいるロイディに届く声だから、当然イザベルにも聞こえたはずだ。

「四月の二十一日」

「そうか、一週間も、経《た》っているんだ」僕は呟く。

足音が聞こえ、ロイディが部屋を覗いた。

「こら」僕は笑いながら、彼を睨みつけてやった。

ロイディは表情を変えず、部屋へ入ってきて、僕の躰をじろじろと見た。

「ミチル、怪我をしている」ロイディが僕の右足を指さした。

臑《すね》の外側に切り傷があった。全然気づかなかった。

「どうってことないよ。血も止まっている」

「消毒した方が良い」

「大丈夫だってば」

ロイディはさらに僕に近づく。キスをされるのかと思ったくらいだ。

「ミチル」ロイディは真面目な顔で言った。「一週間ではない」

「え？　何が？」

「今年は二一一五年だ」

「二一……五年？　えっと、どういうこと？」

「ミチルが、イル・サン・ジャックへ来たのは、二一一四年の四月十三日だった」

僕はその数字を頭の中で数秒間、転がしていた。

「え？　それから……」

「一年と八日になる」

「一年？」

「そうだ」

「一年も……、ずっと？」

# 第5章
# 時はいかにして忘却されたか

吹く玉の、一つ一つに、
髑髏の声の、嘆願す、
《この、むごき、この、愚かしき、
遊技《あそび》はも、何時《いつ》の日はつる？
殺人の悪鬼よ、
無惨なるおん身が口の
中ぞらに、吹き散《さん》ずるは、
わが脳漿よ、血よ、肉よ！》

# 1

イザベルは部屋の鍵を開けてくれた。僕はベッドに座って頭を抱える。ロイディが僕のすぐ横に立っていた。窓の外はもうすっかり明るい。もちろん、僕は眠くなかった。当然だ、一年以上も眠っていたのだから。

ドアがノックされる。僕は返事をしなかった。ロイディがドアを開け、イザベルがポットとカップをトレイにのせて部屋に入ってきた。

「温かいお茶をお持ちしました。サエバ・ミチル」

「ありがとう」僕は顔を上げる。微笑もうと思った。でも、上手くいかない。

イザベルは服を着替えていた。エプロンをしている。まえと同じだ。髪が長くなっている以外は。

「僕は、殺人犯として追われているんだ」僕は話す。「もちろん、知っているよね」

「お飲みになりますか？」イザベルはきいた。僕が頷くのを見て、彼女はサイドテーブルの上で、カップにお茶を注ぎ入れる。「どこにいらっしゃったのですか？」

「モン・ロゼ」僕は答える。カップを両手に持った。良い香りがした。「シャルル・ドリィの部屋に閉じ込められていた」

「本当に？」イザベルの目が大きくなる。彼女は視線を窓の外へ向ける。「ずっと？一年も」

「うん」僕は頷く。

「逃げてきたの？」

「警察がここへ来るかもしれない。今は、僕がまだモン・ロゼにいると思って、宮殿の中を探している。君に迷惑はかけられない。お茶を飲んだら、すぐに、裏口から出ていくよ」

「街の者は、あなたがクラウド・ライツを殺したと話しています。でも、私には、とても信じられませんでした。それは、ケンも同じ、ジャンネも同じです。二人とも、あなたに会っている。あなたと一度でも話せば、そんな恐ろしいことができる人でないとわかります」

「カイリスだって、本当のところは信じていないふうだった」僕は話す。「人の首を切るなんて、そんなに簡単なことじゃない。普通の人間には、できっこないよ」

「あれから、私もずいぶん考えました」イザベルは言う。彼女の目は、以前とはだいぶ印象が違っていた。どことなく、積極的な印象を受ける。もっと、暗く、沈みがちな女性だったのに。「考えるようになったのです。サエバ・ミチル、あなたに会ってから、あなたがいなくなってから、なんだか、とても不思議なのですが、私、いろいろと考えるようになりました。ええ、今までが、すべて夢だったみたいな気がします。ぼんやりと、夢の中で生活していたみたいなんです。それで、この頃は、周囲のことをよく観察するようになって、それから、そう、ケンと、そしてジャンネと、話をするようになりました。自然に、集まったの。他には、そういう仲間はいません。どうしてなのか、とにかく、話したいと思える相手が、シビの街には一人もいない。ジャンネとケンは、シビの人じゃないから……」

　こんなに、一人で話をするのも、イザベルらしくない。僕が知っているイザベルとはまるで別人だった。一年の間に、彼女は変わったようだ。

「髪が長くなったね」僕は微笑んだ。

「ええ、ありがとう。そう、これも、伸ばしてみようと思ったの。こんなことは今まで思いもしなかったことです。髪は伸びたら切るものだと思っていた。変化を嫌っていたの。どうしてかしら？」

「そう……」お茶を飲みながら、カップの水面を見つめていて思い出した。「海はどうしたの？　イル・サン・ジャックの周囲が砂漠になっている。この一年で、何があったの？」

「ああ、はい」イザベルは頷いた。「実は、私が、こんなふうに変わったのも、それがあったからなんです。昨年の夏でしたけれど、そう、あなたがいなくなって二カ月くらいあとでしょうか。突然、気がついたら、周りの海がなくなっていました。街のみんなは大騒ぎしました。外に出て、砂の上を私も歩いてきました。海が、本当に、全部砂になってしまったの。どうしたのかって、みんなと話しました。でも、もともと、このイル・サン・ジャックは、過去にもそういった異変が起こっている。ご存じですよね？」

「もちろん」僕は頷く。「森が一夜にして海になったり」

「ええ」イザベルは頷いた。「それで、みんなは納得してしまったの。そう、一週間もしないうちに、誰もこの話をしなくなりました。でも、それって、変でしょう？　私は納得がいかなかった。どうして、みんな、これを受け入れることができるんだろうって、思ったわ。そうしたら、なんだか、急にいろいろなことが気になり始めて、だんだん頭がすっきりしてきたんです。ずっと、躰が重かった。それが、少しずつ軽くなって、これまでしなかった散歩にいきたくなったり、ええ、歌をうたったり、とにかく、自分でも信じられないくらい変わったんです。海が砂漠になったのだから、私がこれくらい変わっても、不思議ではないでしょう?」

## 2

イザベルの宿屋を裏口から出て、僕とロイディはジャンネの家に向かった。一年まえに一度だけ通った複雑な道筋を逆に辿るなんて芸当は人間にはできない。つまり、ロイディしかできない技だ。

「大丈夫。ジャンネはあなたが行けば喜ぶわ。ネットで連絡をしてあげたいけれど、警察に探知される危険があります」イザベルが別れ際にそう言った。「あの子も変わったの、ええ、ジャンネです、本当にすっかり」彼女は白い歯を見せて笑った。そんな笑顔も初めて見た。「カイリスか警官がここへ来ても、知らないって言います。任せておいて下さい」

日が昇り始めていたけれど、幸い、誰にも会わずに、ジャンネの家の前までできた。街の風景は全然変わっていない。

僕は彼女の家の前を通り過ぎて、街の入口のゲートの方へ歩いた。

「ミチル、どこへ?」ロイディが後ろから尋ねた。

「外の砂漠を見てこよう」

ロイディも一緒にゲートをくぐり、イル・サン・ジャックの外周部に近づいた。駐車場だった場所だ。僕のクルマは今はない。方角としては、時間からして、陸地とは反対を向いているので、堤防の道も橋も見えない。しかし、海はもうそこにはなかった。周囲は、すべて陸地になってしまったのだ。

一見すると、海に見える。色が青くないだけだ。白っぽい。少し黄色く、多少緑がかっている。

一面の砂漠。

モン・ロゼのベランダから眺めたときよりも、平たく見えた。あのときは、砂の色の違いが、起伏の蔭に見えたのかもしれない。

端まで行って、下を覗いてみた。

砂の地面は、島よりもずっと低い。飛び降りると、怪我をするくらい高さに差があった。

「これは、砂が押し寄せてきたというよりは、やっぱり、海水が引いた感じだね」

「遠くへ行くほど、低くなっているようだ」ロイディが周囲を眺めながら言った。

「ミチルの言うとおりかもしれない。海の底に溜まっていた砂か……」

「水がなくなったのは、どうして？」

「考えられる可能性としては、堰《せ》き止めた」

「そうか。この付近は、もともと河口だからね。砂が堆積する場所なんだ。どこかに堤防を造って、水を堰き止める。内側を排水すれば、こうなる。だけど、一夜でできるかな？」

「排水ポンプの性能と機数によるが、不可能ではないだろう」

「どれくらい先まで水がない？」

「この位置からは確認は難しい、数キロ程度の視界しかない。ミチル、もう戻った方が良い。明るくなったから、誰かに見られる可能性が高い」

僕たちはゲートの方へ戻った。そして、ジャンネの家のドアをノックした。しばらく待つと、窓から誰かがこちらを覗き見た。

ドアが開く。

「サエバ・ミチル！」ジャンネが目を見開いて立っていた。

僕は口に人差し指を当てて、微笑んだ。

ジャンネはすぐに察して、僕たちを黙って家の中に招き入れ、ドアをすぐに閉めた。

「どういうこと？　戻ってきたの？　今、橋は反対側でしょう？　いつこちらへ？

でも良かった、無事だったのね」

「おはよう、ジャンネ」僕は頭を下げる。「僕もロイディも元気だよ。それから、僕はどこへも行っていない、ずっと、このイル・サン・ジャックにいたんだ」

「え、だって……、どこに？」

イザベルに聞かせた話を、もう一度ジャンネにする。

イザベルと同様に、ジャンネも人が変わっていた。やはり、とても活発な印象だ。彼女の場合、髪型は変わっていなかったけれど、逆に、顔つきがかなり違って見えた。

「そう、シャルル・ドリィ様のところに……」ジャンネは頷いた。「変だと思ったの。私、そのときはなんとも思わなかったんですけれど、あとになって、よく考えてみたら、あれは変だって……。あの、外に駐《と》めてあったあなたのクルマのことです」

「僕のクルマ？」

「ええ、ゲートの外にありましたよね。それが、あの事件のあった日の翌々日だったか、消えていました。でも、そのまえの夜にクルマが走る音を、私、聞いたんです。音がして、この家の裏を通り過ぎるのを……。この島には、クルマはありませんから」

「やっぱり、つまり、モン・ロゼの方へ行ったんだね？　堤防の道へ出ていくには、橋が架かる時刻が限定されるから」

「そうです」ジャンネは頷く。「クルマは、裏の道を上っていきました」

「警察にそれを証言した？」

「いいえ」ジャンネは顔をしかめて首をふった。

「僕は、クルマでイル・サン・ジャックから逃走したことになっているんだ」

「私、あの頃はまだ、ぼうっとしていて、そんなことまで頭が回らなかったんです。全然考えていなかった。自分で判断をしていなかった。あるとき、ふと気づいて……。イザベルとも話しましたけれど、きっとあなたに会ったおかげだって」

「裏の道っていうのは、上へ行くと、どこへ通じているの？」

「はい、モン・ロゼの庭園に。それから、畑の方へも続いている道があって、昔はトラックで作物を運んだのです」

「昔はって、じゃあ、今は？」

「今は……」ジャンネは首をふった。「そういえば、トラックはもうありません。どうしたのかしら」

「何を使って運んでいるんだろう？」

「荷車かしら」

「うん、まあ、それくらいで充分かもね。この島、食料は自給自足をしているんだよね?」

「そうです」

「モン・ロゼの庭園の畑だけで、充分なのかかな? 海がなくなってしまったから、海産物はもう駄目でしょう?」

「さあ、どうなんでしょう。少なくとも、生活に変化はありません。私はもともと魚は食べませんので」

「どうして、海がなくなったのか、ジャンネは、どう考えているの?」

「それは、ええ、本当に不思議です。よく三人で、あの、つまり、ケンとイザベルと私で、そのことを話し合います。海が消えてしまった頃は、私たちは、なんだか夢を見ていたようなんです。あなたが来たときも、そうでした。記憶には残っているのですが、鮮明ではない。詳しいことを思い出せない、というよりも、詳しいことを見なかった、気にしなかった、という感じです。海のことだって、それが消えてしまったときに、もっと、いろいろ調べるべきだったと、今になって思います」

「街の人は、みんな無関心なんだ」

「そうなんです。そのことが、一番不思議なんです。どうして、みんな、そんな重大なことを棚に上げて、普通の生活ができるのでしょう?」

「だけど……」僕は天井を見上げて、考えていることを頭の中でまとめた。「そもそも、人間の歴史を考えてみたらさ、ずっと昔には、不思議なことばかりだったんじゃないかな。太陽や月が空に浮かんでいたり、満ちたり欠けたり、形を変えたり。地上のものだって、花が咲いたり、葉っぱの色が変わったり、どうしてなのだろう、どういう意味があるのだろうって、当然考えたはずだよね。だけれど、そんなことに関わってばかりはいられない。ずっと悩んでいたり、議論をしている暇なんてなくて、食べものを探したり、獲物を捕ったり、とにかく生きていくための労働が沢山あったはずなんだ。そうでしょう？　そうなると、不思議を不思議のままにして、全部、神様のせいにしたり、精霊のせいにしたり、とにかく手っ取り早い納得のし方を考案して、みんな考えることから離脱しようとしたんだ。生きていくために、それは必要なことだった」

「だから、シビの街の人たちが、そういうことに無関心でも、それが自然だというの？」ジャンネが首を傾げる。「私には、それは変だと思えます」彼女は首をふった。「しかたなく納得はしても、全員が全員、興味を失ってしまうなんて、ありえるでしょうか？　現に、こんな話ができるのは、ここでは、私たち三人だけなんです」

「そういえば、外からやってきた人間は四人しかいない。一人はメグツシュカ・スホだから、このシビの街には三人……」

「そうです」

「どうしてだろう？」

「何がですか？」

「いや、今、ジャンネが言ったことは、僕もまったく同感だ。人間という生きものは、そうそう簡単には納得しない。そういうふうにできている。古代文明を発掘すると、昔の人たちは、とんでもない作りものを崇拝し、信じていた、というふうに見えるけれど、そんなことはない、絶対に疑っていたはずだ。この二十二世紀になっても、クリスマスは存在するし、サンタクロースはいるんだ。誰も信じていないけれど、いることになっている。今の情報が未来まで残って伝わったら、二十二世紀には、まだ世界中でこんな宗教的なものを信じていたんだって未来人は思うだろうね。それと同じことだよ。むしろ、古代においては、人々には科学的知識がなくて、物理も化学も体系化されていない。そうなると、天体の運行にしたって、地球上の自然現象にしたって、どういった理屈でそれらがそうなっているのか、理解することがそもそも無理なんだ。だから、不思議というよりも、そういう力がどこかにある、と信じる方が道理に合っている。納得がいく。だから、もし古代の人間がイル・サン・ジャックに住んでいたら、海が消えてしまったのを見ても、驚きこそすれ、不思議には思わない。それが不思議だと思うのは、僕たちが科学的な知識を持っていて、そういったことが起こるはずがないという理屈を、自分の中に確立しているからなんだ」

「そのとおりです」ジャンネは頷いた。「ですけれど、私が今こうしてお話ができるのも、自分というものに、気づいたからなんです。知識はまえからありました。でも、それだけでは人間は考えません。生きていくだけならば、普通に生活するだけならば、考える必要なんてほとんどないんです」

「そういうふうに考えること自体が、無駄でもある」僕は言った。「うん、なるほど、僕がここへ来たとき、どうも、ここのみんなが変だな、やけによそよそしいな、と思ったのは、それだったんだね」

「私、よそよそしかったですか？」ジャンネはきいた。

「今の方がずっと魅力的」

ジャンネは笑った。少し頬が赤くなる。とても可愛らしい、と僕は思った。

「さて、面白い議論ではあるけれど、とにかく、僕はクルマを取り返しにいくよ」

「それは危険です。ここに隠れているのが、一番安全だと思います。警察は、イザベルのところへは来ても、あなたがここへ来るとは考えていません」

「ここへ入るのを、誰かに見られたかもしれないし、それに、ここに隠れていて、それで事態が自然に改善されるわけでもないし」

ジャンネは上目遣いで僕を見据える。なにか言いたそうだったけれど、言葉は出てこない。

「じゃあ、また、あとでゆっくり話そう」僕は部屋から出ていこうとする。

「ご案内します」ジャンネが僕を止める位置に立った。「もうそろそろ、表通りほどではありませんが、裏の道でも、人に会う可能性があります。その格好では目立つから、なにか、被った方が良いわ。ちょっと待ってて下さい」

ジャンネは部屋から出て、階段を駆け上がっていった。

「ミチル、クルマを取り返して、どうするつもりだ？」ロイディが小声できいた。このぼそぼそっというしゃべり方のときが、一番格好良く見える。今度それを教えてやろう。「クルマを動かせば、見つかる確率が高くなる。堤防の道へ出られるのは午後になってからだ。すぐには橋が渡れない」

「それに、逃げたって追われるだけだしね」僕は頷く。「ただ、クルマで、モン・ロゼの庭園は走れそうだった。あれで、シャルル・ドリィに一泡吹かせてやりたい」

「一泡吹かせる？」ロイディが眉を寄せる。「古典的な表現だ。クルマで何をする？」

「いろいろ壊してやるんだ」僕は言った。「このままじゃあ、僕の気が済まない。この街には、クルマはない。警察もクルマを持っていないみたいだ。けっこうな武力といえる」

「それはやめておいた方が良い」ロイディは僕の手を握ろうとした。わざとらしいジェスチャだ。デフォルトで入っていたプロシジャがまだ残っていたようだ。

僕は手を引いて、彼を睨みつける。

「わかった」ロイディは頷く。「しかし、できるだけ、破壊的にならないように、穏やかにいこう」

「もう三発くらい、殴らないと、腹の虫が治まらない」僕は言う。「古典的な表現だけれど……」

僕はくすっと吹き出した。

ロイディは笑わない。笑ったら良いのに。

3

ジャンネが貸してくれた布を頭から被り、僕たちは裏口からこっそりと外に出た。この街の人たちは、頭から布を被っていることが多い。特に女性はこのファッションが普通のようだった。僕は躰が小さいから良いけれど、ロイディは背が高い。もの凄く目立つ、と思う。

丘へ登る小径は幅が狭く、両側は住宅の壁か、石積みの塀だった。歩いている者はいない。窓から顔を出して見下ろせば、僕たちが見えるが、上からならば、ロイディだって見破られないだろう。

街外れには、廃屋のような建物が多い。かつては工場だったのだろうか。あるいは、家畜を飼うための建物かもしれない。今は使われている気配がなく、壁や屋根に穴が開いていたり、その穴の近くに黒い鳥が数羽集まっていたりする。

両側に雑草が生い茂っている斜面を上っていく。道路の片方の脇には、ときどき、丸太が地面に埋まっていて、ステップになっていた。

振り返ると、街が見下ろせる。さらに上っていくと、土地の起伏に合わせて連なっている石積みの塀が遠くに見えてきた。その向こう側がモン・ロゼの敷地のようだ。

道はその塀が途切れているところへ通じていて、そこには鉄格子のゲートがあった。五十メートルほど近づいたところで、空地の中に入って、樹木の蔭まで来た。

「ここで、もういいよ、ジャンネ、どうもありがとう」僕は言う。

ジャンネは頷き、僕を数秒間見つめてから、ロイディを一瞥し、頭を下げた。彼女は来た道を戻っていき、すぐに見えなくなった。

僕とロイディは被っていた布を取る。樹や草に隠れながらゲートに近づいた。一見したところでは、見張りはいそうにない。モン・ロゼの建物からは、かなり離れた場所だ。こちらへは警察も人手を回していないかもしれない。しかし、僕のクルマがあるとしたら、もちろん警戒しているはず。待ち伏せしていても不思議ではない。それくらいの知恵はあるだろう。

僕にはゴーグルがないので、なにもわからない。ロイディがゲートの方を調べてくれた。

「どう？」

「誰もいないようだ。赤外線やレーザの類も検出できない」

石を拾って、ゲートに向けて投げつけてみる。

軽い音がして、石は転がっていった。

変化はない。

どうやら、大丈夫のようだ。

ゲートを乗り越えるのは、ちょっと大変そうだ、と僕は思った。高さは優に四メートル以上ある。そう考えていたときだった。

悲鳴が聞こえた。

一瞬、どちらからなのか、わからなかった。

ロイディが後ろを振り返ったので、僕もそちらを見る。

短い悲鳴が一回きりだ。

「後ろ？」

「距離は、百メートルから二百メートル。ジャンネの声と思われる」ロイディが言った。

僕はそちらへ駆け出した。樹の間を抜け、草の中を走り、小径へ飛び出す。坂を下っていった。

どこだろう？

「ジャンネ！」僕は彼女を呼ぶ。

「こちら」左手から彼女の声が聞こえた。

工場のような大きな建物だ。荒れ果てている。廃墟といって良い。下半分は石積み、上は木造。しかし、相当に古いものだろう、腐って、それぞれの部材が形を失いつつある。扉は既にない。大きく口を開けた建物の中からジャンネが走り出てきた。

僕の方へ彼女は走り寄る。もう少しで躰が接触するほどの勢いだった。

「どうしたの？」

「中で、そこの中で、人が、死んでいる」ジャンネは僕の腕を摑んだ。引っ張るというよりは、縋《すが》りついたという方が近い。

ロイディがようやく追いついてきた。

僕は、ジャンネより前に進み出て、工場の中へ入っていく。

突然、目の前に黒いものが飛び出してきた。

僕は、腕を上げて、自分の顔を庇った。

耳の横を通り過ぎていく。

振り返ると、鳥が一羽、戸口から空へ上がっていった。

鴉《からす》だろうか。

再び建物の中へ進む。

数メートルほど入ったところで、それに気づいた。

右の壁際。

横たわっている、人の躰が。

手が、見えた。

仰向けなのか、俯せなのか、わからない。

顔が見えなかったからだ。

黒っぽい服を着ている。

僕は近づいた。

部屋の隅に、鴉がいる。羽を広げようとしていた。

床はコンクリートのようだが、永年の間に埃や砂が堆積して、すっかり覆われているので、土のように足跡が残った。死体の全体が見えるところまで来る。

首が、ない。

足をこちらに、頭があった方を壁に向けている。

仰向けだった。

瘦せた男のようだ。

手は皺が多く、高齢者であることがわかる。

僕の二メートルほど後ろに、ロイディがいる。さらに三メートルくらい後方にジャンネがついてきた。彼女は両手で口を押さえ、顔の半分を隠している。

「誰だか、わかる？」僕はジャンネにきいた。

彼女は首を横にふった。

「どうして、ここへ入ったの？」

「音がしたんです」ジャンネが答える。見開いた目。訴えるような表情。声は震えている。「ごそごそと……」

彼女はそこで黙ってしまった。嫌なことを思い出したのだろう。目を細め、眉を寄せた。

「それで、覗いてみたわけ？」

「ええ」ジャンネは頷いた。「鴉が何羽もいた。なんて、酷いことを……」

僕はさらに死体に近づく。迂回して壁の方から。首の切り口はあまり見たくない。

死体の周辺を見回した。少なくとも、見える範囲に、この人物の頭部はなかった。凶器らしいものも見当たらない。ただ、大量の血液が飛び散り、そして染み込んだ跡がある。この場所で首を切られたことは間違いないだろう。

「どれくらいまえ？」僕はロイディに尋ねた。

「皮膚表面に体温はほとんど残っていない。最低でも、二時間以上はまえだろう」ロイディは、まだジャンネのところに立っていた。「データが不足している。詳しいことはわからない」

上から小さなもの音が聞こえた。見上げると、屋根に穴が開いていた。鳥が入ってくるのも無理はない。天井はとても高く、梁が何本も交叉していた。ロープがぶら下がっているのが見える。この状況は、クラウド・ライツのときと似ているな、と僕は思いついた。あのときも、高い天井に梁があって、ロープや滑車があった。

もちろん、それ以前に、人間の首を切断して持ち去るという異常さ、そして共通性が圧倒的に際立っている。さらに、この狭いエリアの中で発生していることも、あまりにも鮮明な条件といえるだろう。

警察に連絡をしなければ、と思いついた瞬間、僕は自分の立場の危うさに気づいた。

ゆっくりと歩いてロイディのところへ戻る。床についた自分の足跡が気になった。

「どうする？」僕は彼に相談した。

「ミチルの判断しだいだ」

僕は舌打ちした。どうにもならない。警察を呼ぶのは、自首することに限りなく近いように思えた。ジャンネに連絡してもらっても良いが、それだと、彼女の立場も悪くなる。どうして、こんな時刻にここへ来たのか、と当然きかれるだろう。

「パトリシアに連絡が取れる？」僕はきいた。

「向こうが受信していれば」ロイディが短く答える。

「あの……」ジャンネが僕の方へ近づいてきた。「オスカさんだと思います」彼女は死体を見下ろして頷いた。「たぶん、まちがいないと思います」

「え？」僕ももう一度死体を見た。

顔がないので、どこを見れば良いのか迷う。体格も、そして首の切断面以外に唯一肌が露出している手も、たしかに彼女の言うとおり老人のものだった。

「どうして？」僕は尋ねた。

「着ているものに、見覚えが」

オスカといえば、シビで最高齢の老人だ。会って話をしたことがある。つい昨日のように思えたけれど、もう一年以上もまえなのだ。

「とにかく、誰かに知らせなければ……」ジャンネが呟いた。「私、警察に連絡します。サエバ・ミチル、どうか今のうちに、立ち去って下さい」

「そうはいかないよ。警察にどう説明するつもり？　何故ここへ来たかって問われるにきまっている」

「散歩だって言います。心配はいりません」

「散歩ね……」僕は溜息をついた。「うーん、しかたがないかなぁ」

「パトリシアと連絡がついた」ロイディが報告する。「しかし、モン・ロゼから出ることは無理だと言っている。警察が出入口を固めているらしい」

「それにしては、こっちのゲートは無警戒だったよね」僕は言う。さきほど見てきた鉄格子のゲートのことだ。「それじゃあ、僕たちは、ひとまず隠れよう。ロイディ、行こう」

僕は出口の方へ歩く。ロイディとジャンネもついてきた。

外はもう明るい。

手を翳《かざ》して太陽を見る。モン・ロゼの方角だ。真っ青の空に雲はない。頭上に鳥が三羽飛んでいる。翼を動かさないでゆっくりと旋回していた。

4

ロイディはゲートの鉄柵を乗り越えられない。僕はそれに取りつき、よじ登って、モン・ロゼの敷地内に降り立った。ゴーグルがないので、赤外線などのセンサ類を見逃すかもしれない。本当はロイディを一緒に連れていきたいところだったけれど、ゲートは手動では開けられそうもなかった。工具さえあれば、ボルトを何本か緩めて、鉄柵を開けることができたかもしれない。工具はクルマに載っている。まず、僕がクルマを見つけて工具を取ってくる。それからロイディを迎えにくれば良い。クルマが動くようだったら、ゲートまでクルマに乗ってこられる。そういったプロセスを思い描いた。

ゴーグルがないため衛星通信もできなかった。僕の認識パスをゴーグルが持っているからだ。クルマにはクルマの認識パスを持ったフォンが搭載されている。それを使えば、僕に投資したメディアへ連絡を取ることができるだろう。

一年も連絡しなかったのだから、もう何を言われるかしれたものではない。一番可能性が高いのは、担当者が既に別の部署か別の会社へ移っている、といったところか……。

そうか、もしかして、サエバ・ミチルは逃亡生活をしていると認識されている可能性もある。死んだことになっているかもしれない。

そんなことをあれこれ想像しながら、園内を奥へ歩いていった。辺りは森林のように樹が立ち並んでいる。クルマが通れそうな道が一本だけ、奥へ続いていた。他に経路はない。迷うことはなかった。

できるだけ道からは外れ、林の中を歩いた。歩きにくかったけれど、その方が人目につかないからだ。道は左右にカーブし、見通しは悪い。途中で小川に架かる小さな石橋を渡った。

さらに百メートルほど上っていくと、多少見通しの利く広い場所に出た。奥に古い小屋が建っていた。小屋といっても、住宅よりはずっと大きい。倉庫だろうか。飛行機の格納庫のようにも見える。前面には、大きな両開きのドアがあって、開けるのが大変そうだった。僕は樹の蔭を通って、その建物まで近づいた。道路はその小屋の前にも続いている。クルマを運び込むには、絶好の場所だ。

辺りの様子をじっくりと観察してから、僕は建物の横へ回って窓から中を覗いた。ガラスが曇っていて見にくいうえ、中は暗い。ほとんどわからなかった。周囲に注意を払う。なにも聞こえない。なにも動かない。

裏手へ回ると、古びたドアがあった。金具は錆びつき、もう何年も開けられたことがなさそうだ。回してみると、抵抗はあったものの、なんとか回転する。そのドアから建物の中に入った。

蜘蛛《くも》の巣と埃。

室内に届く光は白っぽく濁っている。

木製の床。

作業台のようなものが周囲に並んでいた。

対面の壁にドアが一つ。

そのドアを開けて中へ入る。

広い空間に出た。こちらが、正面の両開きのドアから入った場所になる。床は一段低くなってコンクリートのようだ。

シートを被ったものが幾つかあった。一番大きなものへ、僕は近づく。どのシートも灰色に埃が積もっていたが、それだけが比較的まだ新しかった。

シートの端を摑んで持ち上げる。

僕のクルマだった。

「ロイディ、聞こえるか？」僕は内緒の回路で彼を呼び出した。

「良好だ」

「クルマが見つかった」

「動かせそうか？」

僕はクルマの位置と周囲の関係を見る。

「エンジンさえかかればね。建物の中にあった。扉が開くかどうかはまだ試してないけれど、いざとなったら、壊して出る」

「今、動かしても、どうせイル・サン・ジャックからは出られない。しかも、この道の先の殺人現場に警察が来る。目立つことはしない方が賢明だ」

ロイディの言うとおりだ。

ドアの側に回り、シートをそこだけ捲り上げ、クルマの中に躰を滑り込ませた。運転席に座って、メインスイッチを入れる。電子音が鳴り、小さなパイロットランプが点灯した。ゴーグルがないので、パスワードを入れて、モードを切り換える。コントロールパネルに状況を表示させた。バッテリィの残量はかなり心細いけれど、なんとか許容範囲内だ。

通信装置のスイッチを入れる。

登録されているアドレスから、相手を探し出してコールしてみる。途中で時差を考えた。ほとんど地球の反対側だから、夜になる。受信不可のメッセージが返ってきた。よくあることで、珍しくない。こちらのアドレスだけ伝えるようにメッセージを残して、スイッチを切った。あとで気がつけば、驚いて向こうからかけてくるだろう。

座席の背を後方へ傾け、僕は両手を顔に当てる。

躰が疲れていることに気がついた。

考えてみたら、夜通しのハードワークだった。

眠い。

目を瞑ってみる。

しかし、頭は考え続けようとしている。

整理をして、順序立てて、理解しなければならない。

不条理なことが多過ぎる。

クラウド・ライツを殺したのは、誰だ？

いったい何のために？

それに、オスカ老人も同じだった。

同一人物の仕業にちがいない。イル・サン・ジャックにいる誰かが、あれをやった。一年ぶりに。僕の意識が戻ったからだろうか？　僕に殺人の罪を着せようとしているのか？

それは考えすぎかもしれない。

論理的な理由を持たない、まったく意味のない殺人だって存在する。むしろその方が多いだろう。単なる衝動、単なる快楽、単なる偶然。

否、しかし、首や凶器を持ち去っているのだ。

何だろう？　戦利品のようなものだろうか。

戦おうとしている？

誰に対して？

そもそも、戦うという言葉は、相手は人間。

人間を倒すこと。
人を殺して、なにかを得ようとする。
人が繰り返してきたことは、結局はそこへ行き着く。
形を変え、程度を変えているだけで、
本質は、方向は、変わっていない。
アキラの頭を撃ち抜いた弾丸は、
機械が勝手に発射したものではない。
人間が、人間を、破壊しようとしたのだ。
その明確な意志と、
その不明確な理由で、
彼女は死んだのだ。
どうして、僕は死ななかったのだろう。
こんなことを考えるために生きているのだろうか。
僕は、彼女の仇《かたき》を討った。
仕返しをした。
彼女を殺した意志を、消し去ってやった。
この手で。

この手で、人を殺した。
引き金を引く瞬間に、僕は何を考えたか？
アキラに対する愛情だったか。
それとも、人間のルールに対する忠誠だったか。
愛情か。
正義か。
そのどちらでもない。
僕は、ただ、相手を壊してやりたいと思った。
破壊。
排除。
自分も含めて、すべてを消してしまいたい、と思った。
そんな破滅的な意志が、人へ向けられる。
自分へも向けられる。
引き金を引く一瞬は、それしか考えていない。
まるで機械のように……。
考えない。

後悔？
違う。
奴を殺したことを悔いているわけではない。
それよりも、
どうして、
あのとき、
僕は死ななかったのだろう。
死んでいれば、良かった。
死んでいれば、楽だった。
そうすれば、
なにもなかった。
こんなおかしなことも、
こんなわけのわからない思いも、
なにもなかったのだ。
綺麗さっぱり、
僕は消えていたのに……。
消えてしまおうか。

今までに何度か考えたけれど。
今ここで、銃の安全装置を解除して……。
けれど、
自分の胸に向けて？
自分の頭に向けて？
どこを壊せば良い？
僕のどこを壊せば、僕は消えることができるだろう。
心臓を撃ち抜いても、死ねない。
躰は、僕のものではない。
頭ももちろん、駄目だ。
僕は、別のところにいる。
では、ロイディを撃てば良いのか。
そんなこと……、とても、僕にはできない。
できるわけがない。
ロイディは機械なのに。
駄目だ。
とても、できない。

溜息。
繰り返し。
堂々巡り。
呼吸。
瞬き。
震え。
鼓動。
背中に感じるシートの圧力。
足を動かせば、爪先に感触。
生きている。
感じられる。
アキラの躰で、僕は生きている。
ロイディの中で、僕は生きている。
中途半端な人間なのに、
人間として、たしかに存在しているのだ。
僕だけの、生命とは、とても思えない。
あぁ……。

しかたがないか。
たぶん、
しかたがない。
どうして、こんなジレンマに陥ったのか。
まるで、あの砂の曼陀羅の中に迷い込んだような、そんな、
複雑で、単純で、色とりどりの、感覚。
迷宮の中で、意識は、ずっと彷徨い歩いている。
単純で、複雑で、粉々の、連続。
途切れ、
つなぎ、
千切れ、
結び、
別々の、
一体の、
個々の統一。
そんな模様が、目を瞑ると見えてくる。
僕がいるこの場所は、いったい、どこなのだろう？

振動した。

自分の躰が揺れる。

僕は目を開けた。

音。

腕を摑まれる。

「サエバ・ミチル」低い声。

クルマのドアを開けて、真っ黒の仮面が僕の目の前にあった。片手で僕を摑み、もう片方の手には、小型のパラライザを持っていた。電磁パルス式のものだ。

「カイリス」

5

「無駄な抵抗はやめろ」カイリスは僕の手を離して、後ろに下がった。パラライザはずっと僕を狙っている。「怪我をすることになる」

僕は頷いた。

「銃は？」

「背中のポケット」

「手を挙げたまま、ゆっくりと外に出ろ」

「わかった」僕は微笑んだ。自分でも不思議なくらい落ち着いていた。「どうして、ここだとわかった？　電波を傍受した？」

「無駄な口をきくな。さあ、早く出ろ」

僕はクルマから足を出し、両手を挙げたまま立ち上がった。

「クルマの方を向いて」

カイリスは二メートルほどのところに立っている。パラライザでは一撃で倒せない。その間に銃を撃つこともできるだろう。つまり、彼は撃たれても平気な防備なのだ。

彼に背中を向ける。見たところ、カイリス以外に誰もいないようだった。カイリスが僕のポケットから銃を取り出した。

「OK、こちらを向け」

僕は向き直る。

「手を下ろしても良い？」

「ああ。言いたいことがあれば聞こう。これは、逮捕ではない。勘違いするな。君の自由を保障する。ただ、危険を避けたいだけだ」

「一人？」僕は周囲を見た。

「部下が外にいる」

「オスカの死体は見た？」

「首なし死体だよ」僕は話す。「ついさっき、そこのゲートの外の、工場跡みたいな建物で、見つけたばかり。通報が行ったと思うけれど」

「ああ、それならば、部下を向かわせている。ジャンネと一緒だったのか」

「ジャンネ？　誰、それ」僕は知らない振りをする。

「死体を見たのか？」

「遠目になら」

「首がなかったのか？」

「そうか、あの鴉が警察だったのか」僕はようやく気づいた。「もしかして、猫も警察？」

「首を切った理由は？」カイリスはパラライザを向けていた手をようやく下ろした。

「僕が切ったんじゃないから、知らないよ」

「どうして、逃げる？」

「どうして、捕まえようとする？」

「事件の重要な参考人だからだ」

「さっきは……」僕は説明する。「さっき、モン・ロゼで話したときは、僕は意識が戻ったばかりだった。クラウド・ライツの事件から一年以上も経っていたなんて思ってもいなかった。ずっと眠っていたんだ、シャルル・ドリィの部屋で」

「そうらしいな」

「シャルル・ドリィは、人形のコレクションみたいに、僕を自分だけのものにしたかった。あ、誤解しないでほしい。僕じゃなくて、僕の躰のことだからね」

「同じだろう？」

「同じじゃないよ」僕は首をふった。「誰だって、同じじゃない」

カイリスは黙って僕を見据える。

僕も睨み返してやった。

「とにかく、それで、僕を殺人犯に仕立て上げて、逃亡してしまったことにすれば、シャルル・ドリィとしては都合が良かった。僕がいなくなって、どこかから問い合わせがあっても、自分から姿を消したんだって、それが理由になる」

「まあ、それくらいは、私も思い至った」

「ありがとう」僕は小さく頷いて、そして溜息をつく。「ボートでイル・サン・ジャックを一周したのは、この島を外から見たかっただけだ。僕はここのことを記事にするために来たジャーナリストだ。ごく自然な行動だと思うけれど……。だいたい、凶器を捨てるなら、そんなみんなが見ている時間に、目立つボートになんて乗らない」

「しかし、実際に凶器は海から発見された」

「ウィルが、捨てたんだよ」

「ウィル？」

「そう……」

「何故、ウィルが凶器を捨てる？ そんな話は聞いていない」

「僕が警察に話すって約束をしたっきりだった。ウィルからその話を聞いたあと、シャルル・ドリィに薬を飲まされて……」僕は溜息をつく。「一年も眠っていたんだ。信じられない」

「ウィルが何を話した？」

「彼は、クラウド・ライツの殺人現場から、凶器と首を持ち去ったんだ」

「何だって？」

「確かなことは言えない。きっとそうだろうって、僕が思うだけのことだよ。彼は、誰かに言われてそれをやったと話してくれた。ただ、彼自身は、凶器や首だとは認識していない。木の棒を担いで海まで捨てにいった、と思っている。木の棒の片方には船、もう片方には仮面がぶら下がっていたって」

「船と……、仮面？」

「船というのは、たぶん、鎌の刃の部分のことだと思う。黒くて、船みたいな形に見えないこともない。凶器の実物を、僕は見ていない。そういう形のものだった？」

「それは答えられない」

「仮面というのはもちろん、クラウド・ライツの首だと思う」

「しかし、どうして、またウィルが？」

「神の声を聞いたとウィルは言った。いや、クラウド・ライツに言われて、それを捨てにいったと話している。夢を見ているような状態だったんだと思う。相当に重かったはずだ」

「誰かが、ウィルを操ったということか？　そんな、催眠術のようなことが実際に可能か？」

「可能な人間もいる」僕は頷いた。「特に、子供の方が適している。僕に話したあと、ウィルは不安になったと思う。僕が殺人犯だという噂も流れた。そうなると、他の誰かに、話さなくてはいけない」

「警察に話せば良いじゃないか」

「警察には話せなかったんだ」

「何故？」

「シビの街の者には、けっして話してはいけない、と命令されていたからだよ。そもそも、僕にだけ話した理由もそのためだ」

「なるほど。子供の判断だな」

「ウィルは次に、シビの生まれではない人間に、話さなければ、と考える。この街で、シビの出身ではない者が何人かいる。彼はそのうちの一人に、それを話しにいった」

「誰だ？　イザベルか？　あるいは、ジャンネ、そう、たしか、ケンもそうだったな」

「その三人のうち誰かが、警察に話しにいった？　海を探せって……」

「いや、そんな記憶はない。誰も海を探せなんて言ってこなかった。君がボートに乗っているのを目撃した、という証言だけだ」

「それだけで、海を探したの？」

「待て……」カイリスが片手を広げる。「そうだ、海を探してみてはと提案したのは、シャルル・ドリィ氏だ」

「そんなことだろうと思った」僕は頷く。

「どういう意味だ？」

「ウィルは、誰かに話さなければならないと思った。しかし、シビの者以外でなくてはいけない。彼のすぐ近くに、そんな人間がいる」

「モン・ロゼにか？」

「そう」

「ああ、メグツシュカ・スホ様か」カイリスは大きく頷いた。「しかし、いや、それはない。私は、メグツシュカ様から、そんな話は聞いていない。事件のことで、彼女はなにも話してくれなかった。興味がないようだった」

「メグツシュカじゃないよ」僕は微笑んだ。「ウィルは、彼女には話さない。怖がっているふうだった。メグツシュカは、あまり人とは会わない」

「じゃあ、誰だ？　シビの者でない……、そんな人間は、ここには他にいないはずだ」

「いる」

「誰だ？」

「シャルル・ドリィだよ」

## 6

「意味がわからない。何が言いたいんだ？」カイリスがきいた。

「ウィルは、シャルル・ドリィがシビの人間じゃない、ということを知っていた」

「シャルル・ドリィは、シビの人間だ」カイリスが言う。

「とにかく、ウィルは、そう思っていたんだ」僕は話す。

「しかし、シャルルは、先王ルウ・ドリィとメグツシュカ様の子だ。シビで生まれた」

「知らない」僕は首をふった。「真実がどうこうという話をしているんじゃない。それに、僕は、そんな真実に価値があるとも思っていない。ただ、ウィルがそう信じていた、ということ。いいかい？　では、ウィルは、何故そう信じていたのか。それは、簡単に想像がつく。彼の師であったクラウド・ライツから、その話を聞いていたからだ」

「どんな話を？」

「メグツシュカ女王は、ルウ・ドリィ王の子を産まなかった。彼女は、どこかの街で、赤子のシャルルを拾ってきたんだ。それに、クラウド・ライツ自身が関わっていた。シャルルは先王の血を引いていない。それを、クラウド・ライツは弟子のウィルに話した」

「ちょっと待て」カイリスはまた片手を広げる。顔を少し上げる。残念ながら、仮面のため、どこを見ているのかはわからなかった。「作り話が上手い」

「上手すぎるだろう？」

「もしも、それが本当のことだとしても、そんなとんでもない秘密を、子供に話したりするか？」

「自分の死が近いことを知っていれば、話すよ」僕は言った。「とんでもない秘密だからこそ、話した。子供といっても、ウィルは立派な弟子だ」

カイリスはまた黙った。なにかを考えているようだ。

「何故、自分の死を、クラウド・ライツは予測していたのだ？」彼はきいた。

「さあね」僕は首をふった。

「もし……」カイリスが僕に顔を近づける。「もしも万が一、今、君が言ったことが正しくて、その……、シャルル・ドリィが王家の血を引いていない、としよう。だが、現代において、そんなことはなんの問題でもない。彼の財産、彼の社会的地位が揺らぐことはないだろう。そんな血族の証、血縁の履歴が問題になったのは大昔の話だ」

「僕もそう思うよ」

「たとえば、そんな理由で、シャルル・ドリィが、クラウド・ライツの口を塞ぐようなことはありえない」

「そんなこと、僕は言っていない」僕は首をふる。「そのとおり、そんな些細なことで人を殺したり、首を切ったり、まったくナンセンスだ」

「では、何が言いたい？」カイリスは尋ねた。

「もう、言った」僕は即答する。「クラウド・ライツは、自分が死ぬことを、知っていたんだ」

「だから、何だ？」

「真実だよ」

「そんな説明じゃわからない」カイリスが首を横にふる。

「一緒に、オスカの死体を見にいこう」僕は提案する。

カイリスはまた一瞬黙る。迷っているようだった。

「いいだろう」彼は言う。「下手な真似をするなよ。銃はしばらく預からせてもらう」

「話のわかる警官で良かった」僕は微笑んだ。

「話がわからないのは、そっちだ」カイリスは吐き捨てるような口調だった。「いったい何を考えているんだか……、さっぱりわからない」

「シャルル・ドリィの言いなりで動いている奴かと思った」

「私がか？」

「そう」

「私は警官だ」

「見かけによらず、紳士的だ」

「見かけはしかたがない。危険な仕事だからな」カイリスが低い声で言う。「王だろうが女王だろうが、必要ならば逮捕する。私はウォーカロンじゃない。自分の判断で動いている。それに、常に紳士的に振る舞っているつもりだ」

「こちらに余裕がなかったってことかな」

「言われたから返すわけではないが、君も、見かけによらず、論理的な思考ができる人間のようだな」

「見かけによらずって、どういう意味さ？　え？　馬鹿に見えるってこと？」

「失礼した。行こう。サエバ・ミチル」カイリスは歩き始める。

建物の表の大きな扉が少しだけ開いていた。カイリスが開けたのだろうか、重そうな扉だった。人間にしては馬鹿力の部類だろう。

三人のウォーカロンが外で待っていた。もっと大勢いると思ったが、殺人現場の方へ向かったのかもしれない。

「カイリスは、この街の出身？」歩きながら僕はきいた。

「そうだ」

「それにしては、少し違う」

「このプロテクタのことか？」

「見かけのことじゃない」

「では何だ?」

「なんとなく、雰囲気が」

「その説明では、わからない」

「ロイディみたい」

「何?」

「なんでもない」

「あの、ウォーカロンは、どこに置いてきた?」

「ゲートの外で待っている」

小橋を渡り、道を下っていった。僕とカイリスよりも十メートルほど遅れて、三人のウォーカロンたちが黙ってついてくる。ロイディよりはずっと頑強なタイプで、躰が重そうだった。

「実は、シャルル・ドリィ氏からは、君に対する謝罪と、示談の申し出を受けている」カイリスは低い声で話した。「もう少し、落ち着いてから、話そうと思っていたのだが……」

「もう落ち着いてるよ」

「どうする?」

「わからない」僕は返事をした。

「彼と話し合ってみる気はあるか？」

「話し合いたくない」

「それは落ち着いていない証拠だ」

そのとおりだ、と僕も思った。どうして、こんなに彼に対して腹を立てているのか、自分でも不思議なくらいだった。僕の躰ではないからかもしれない。僕が、どうもしてやれなかったから、助けられなかったから、こんなに苛立たしく思えてしまうのではないだろうか。

溜息。

とりあえず、そのことはあまり考えないようにしよう、と思った。そのうち、本当に落ち着くかもしれない。忘れるか、麻痺するか、そうやって、傷のように治るかもしれない。

ただ、カイリスに話さなかった可能性が一つあって、僕はそれをまだ頭の片隅で考えていた。

シャルル・ドリィ自身が、殺人犯だったら、どうか……。

彼は、ウィルを操って凶器と首を運ばせたのだろうか。それだったら、ウィルが話さなくても、凶器が海に捨てられたことを知っていてもおかしくない。あの晩、僕と会見する直前に、彼はクラウド・ライツを殺してきた。そのすぐあと、僕に会ったのだ。彼の様子はどうだっただろう……。僕はそれを思い出す。一年まえのことだけれど、僕にはつい昨日のことのように鮮明に思い出せた。

ゲートが見えてきた。僕が乗り越えた鉄柵の前に、パトリシアが一人立っていた。僕たちが近づいていくと、彼女は頭を下げる。

「ここで、何を？」カイリスがきいた。

「サエバ・ミチル様に呼ばれたので、参上いたしました」パトリシアが澄ました顔で答える。

「ロイディに呼んでもらったんだ」僕は言う。「全然タイミングが遅いよ」

意味がわからず、彼女は首を傾げている。

カイリスが説明を求めるかのように僕の方へ顔を向けた。

「首なし死体を見つけてどうしようかとか、それから、クルマのありそうな場所をきこうかとか、まあ、いろいろあったから、呼んでもらったんだけれど……。女王様は？」僕は彼女に尋ねる。

「お休みになられています」

「沢山寝るんでしょう？」

「いいえ、このところは、毎日起きられます」

「一日にどれくらい起きているの？」

「多いときで、三時間ほど」

「少ないときは？」

「一週間に三時間ほど」

「僕も、そんな生活がしたいな」

カイリスが操作をして、ゲートが開いた。鉄格子が横にゆっくりとスライドする。三人が出ていくと、樹の蔭からロイディが現れた。こういうとき、何事もなかったかのように真面目くさった顔をしていられるのが、ウォーカロンの特徴だ。人間にはとても真似ができない。

「ミチル、失敗だったな」彼は内緒の回線で、僕に言葉を送ってきた。僕は彼の目を見て、軽く頷いた。

失敗だったとはいっても、最悪ではない。少なくとも、拘束されて、即座に監禁されるような事態にはならなかったのだから。

ゲートから出て、坂道を下っていくとき、僕は空を見上げた。太陽はずいぶん高くなっている。鴉はもう飛んでいない。地面には、来たときと同じ樹の影が、同じ位置でそのまま少し短くなっていた。左手に例の廃墟が見えてくる。正面の出入口の付近に何人か立っているが、ジャンネの姿はなかった。一般人の野次馬は一人もいないようだ。警官ばかり、つまりウォーカロンしかいなかった。

カイリスはそのままの歩調で中へ入っていく。僕が立ち止まると、彼は振り向いて、手首を軽くふって、ついてくるように指示した。

あまり何度も見たいものではない。

中にも警官のウォーカロンが何人かいたが、一人だけ女性が立っていた。見覚えがあった。オスカ老人の若い夫人である。固い表情で突っ立っていて、入ってきた僕たちの方を見向きもしなかった。

ウォーカロンの一人がカイリスになにかデータを送ったようだった。カイリスが頷いた。

倒れている死体は、さきほどと変わりない。

「オスカだと確認された」カイリスが教えてくれた。「彼は百五歳だった」

クラウド・ライツのときも、それは真っさきに確認されただろう。首がないからといって、個人を間違えるなんてことは現代ではありえない。

「首も凶器も付近にはなさそうだ」カイリスが呟く。「状況はほぼ同じだ」

「同じ」僕も頷く。「だとすると、今回、首と凶器を運んだのは誰だろう?」

「まえのときが、ウィルだった、というのが真実なら」カイリスは小声で話す。「今回も、殺人犯は、自分では運ばなかったかもしれない」

「たぶん」僕はオスカの夫人を見る。

カイリスが近くの部下を指で呼び寄せた。

「ミシェルを呼んだのか？」カイリスはきいた。

「いいえ」ウォーカロンが答える。「彼女は、オスカに呼ばれてここへ来たと話しています」

カイリスはそれを聞いて、夫人のところへ近づいていく。

彼女はミシェルという名らしい。呆然とした表情で、感情はまったく顔に表れていない。僕は離れていたけれど、二人のやり取りは聞こえる距離だった。

「ミシェル、大丈夫か？　外に出るかい？」

「いえ……」

「気を落とさないように」カイリスは、彼女が死体を見ないように躰でブロックした。「何故、ここへ？」

「オスカが……、彼が、呼んだ」

「呼んだ、というのは？」

「朝、起きたら、彼がベッドにいなくて、でも、声が聞こえて、ここへ、裏の工場跡へ行くようにって、彼が、そう言った」

「夢を見ていたのか？」

「わからない」ミシェルは首をふった。「でも、とにかく、ここへ来た。そしたら、この人、ここに座っていて、じっとしているんだ。で、こんなところで、あんた、何をしているんだって、きいてやったら……」

「え？」カイリスが片手を広げて、彼女の話を止めた。「ミシェル、じゃあなにかい？　君がここへ来たときには、まだ、オスカは生きていたのか？」

「もちろんさ」ミシェルは頷き、僅かに笑みを浮かべたが、それがとても不自然な、引きつった表情になった。「ここに、今と同じこの場所に、座っていた。どうして、こんな汚いところに座っているんだって、私、きいてやった。そしたら、お前にお願いがあって呼んだ、そこにある鍬《くわ》を持っていけって……」

「鍬？」

「そう。見たら、その辺だ」ミシェルは指をさす。「鍬が落ちていた。うちのものじゃない。オスカがどこから持ってきたのかは知らない。それから、瓜《うり》を一つ持っていけって……」

「瓜？」

「そう、それも袋に入っていて、そこに置いてあった。大きな瓜が一つだけだ」

「どこへ持っていけと？」

「それが変なんだ」ミシェルは目を細め、視線を彷徨わせる。今もまだ夢を見ているような茫洋とした表情だった。「この上の丘を越えたところの、橋が架かっている谷まで行って、捨ててこいって」

「鍬を？」

「そうだよ。鍬と瓜を……」

「で、行ったのか？」

「ああ」

「それで、捨ててから、どうした？」

「今、戻ってきたところだよ。そうしたら……、みんながここに集まっていて……、それに、この人が、こんなふうになって、死んじまっていて……」

7

その建物は、百年ほどまえに作られた施設で、海産物から乾物の食料品を製造する工場だったそうだ。それが五十年くらいまえに廃業、機械もすべて廃棄して、倉庫として使われるようになった。しばらくは、農耕機具や燃料の貯蔵スペースとして貸し出されていたが、それもしだいに需要がなくなり、その後荒れ放題の状態になってしまった。危険なので取り壊してほしいという要望がこの数年、街で持ち上がっていたそうだ。土地と家屋の管理者は既にいない。名義はモン・ロゼのドリィ家のものだという。外に出たところでカイリスが話してくれた。

「この島の不動産はほとんど全部がドリィ家のものだ」彼は言った。

ミシェルが話した鍬と瓜を捨てたという谷へは、カイリスの指示で四人のウォーカロンがミシェル自身を伴って捜索に向かった。

モン・ロゼからは、この島の唯一人の医師、レオン・ドゥヌブがやってきた。首なし死体を検死するためだが、これはほとんど形式的なもので、おそらく書類上必要な手続きなのだろう。彼の検死はものの五分で終了してしまった。死んだのは三時間くらいまえではないか、という程度のことしかわからない。それくらいならば、非接触推定でロイディも言い当てていた。三時間まえといえば、今朝、僕がモン・ロゼを抜け出した頃になる。イザベルのところへ向かう少しまえくらいだ。

二つの首なし死体には、現地近傍に首や凶器がなかった、という以外にも、幾つかの共通点が存在した。たとえば、二人とも、高齢者だった。クラウド・ライツは八十を超えたところ、オスカは百五歳である。現代の平均寿命からいえば、もちろん、まだまだ健康に生きられる年齢といえるけれど、このイル・サン・ジャックでは、そんな年寄りは珍しく、特にオスカより年寄りはいない、ということだ。ここには、病院やその手の施設がないため、おそらく、それ以上の高齢者は他の地へ移っていくのではないだろうか、と僕は考えた。

もう一点、際立って共通しているのは、殺された人間が、自分の身辺の者を呼びつけて、凶器と首を運ばせたこと。真偽のほどは不明だが、少なくとも、呼ばれた本人たちはそう話している。ウィルは八歳、ミシェルは三十歳だ。いずれも死者とは六十年以上歳に隔たりがある。

ウォーカロンたちが死体を運び出す準備を始めていた。カイリスは、それを見届けてから谷の方へ行くと話している。彼は不眠不休で働いているらしい。タフな男だ。

一方僕はといえば、急に疲労感が躰に広がって、立っているのも億劫になってしまった。建物の前に積まれた古い木材に腰掛け、日向でぼんやりとしている間にも、何度か短い睡魔が僕を襲った。

「サエバ・ミチル」カイリスが近づいてきた。「君はもう宿に帰ってもらってもかまわない」

「良かった」僕は彼を見上げる。

「今夜、モン・ロゼで食事をしないか？」

「え？　どういう意味？」

「君も私も、晩餐に招待されている」

「僕はされていないよ」

「いや、サエバ・ミチルも誘ってほしいと連絡があった」

「誰から？」

「シャルル・ドリィ氏からだ」

それを聞いて、僕は彼を見るのをやめて、顔を下げる。ますます疲労感が躰の中で重量を増した。

「メグツシュカ・スホ様も出席するらしい」カイリスは言った。「事件のことを話題にしたいそうだ。あまり食事に適したテーマとも思えないがね」

僕は、地面を見て黙っていた。

「断るかね？」

「どうして、直接僕に言ってこない？」

「連絡する手段がないだけだろう。そう、君の防御服とゴーグルはすぐに返却する。ただ、銃だけは、君がここを出ていくまでは預からせてくれないか」

「ありがとう。でも、それが出席の条件ってことはないよね」

「それは別の話だ」

「考えておく」僕は下を向いたまま答えた。

「十九時からだ。ゴーグルと防御服は、宿屋に届けさせる」カイリスはそう言うと立ち去った。

入れ替わりで、ロイディが近づいてきた。

「ロイディ、帰ろう」僕は片手を差し出して言う。

ロイディの手を借りて、僕は立ち上がった。僕たちは宿屋へ向かって歩く。

「具合が悪いか？」ロイディがきいた。

「疲れたよ。眠りたい」

途中で、ジャンネの家の裏まで来る。窓から見ていたのだろう、彼女が飛び出してきた。

「私の家の中を通った方が近道です」

その言葉に従って、裏口からジャンネの家に入った。

「良かった、警察に捕まらなかったのね」

「捕まったけれど、見逃してもらえた」僕は説明する。

「そうだと思ったんです、この島に、そんな悪人はいないから」

「シャルル・ドリィも含めてね」僕は力なく言う。

ジャンネが案内すると言ったけれど、僕はそれを断った。彼女の家の玄関から出て、表通りを歩いて宿屋へ向かう。道ですれ違う人がじろじろと僕たちを見た。窓にも顔がある。道の上を渡る橋にも顔があった。静かに眺めている。話し声などは聞こえなかった。

宿屋の裏口から入って、螺旋階段を下りていくと、奥からイザベルが出てきた。

「ジャンネから聞きました。大変でしたね」彼女はエプロンで手を拭いながら言った。「あの、お食事の用意が……」

「ごめん、とても食べられない」僕は首をふった。「もう、眠たくて、立っていられないくらいなんだ」

部屋に上がって、僕は即座にベッドに倒れ込んだ。服を脱ぐこともできなかった。

でも、濡れた落ち葉みたいな躰と、
煙のように掠れ薄れゆく意識の下で、
僕の頭脳はまだ考えようとしていた。

このまま、
また一年間、眠ってしまうんじゃないか。

起きたときには、別の人間になっているのでは。

別の世界で、まったく別の生活をしている人間に。

今までの自分をすべて失ってしまうかもしれない。

なにもかもが虚構で、すべてが夢の中。

同じ場所、同じ時、同じ人間に、
戻ってこられる奇跡を信じて、

人は眠りにつくのだろうか？
そんな大きな賭けをしているのに、
あっけないくらい、気持ち良く、
意識を預けてしまう。
まるで、悪魔に魂を売るように、
簡単に……。

## 8

僕は夢を見た。
シャルル・ドリィの部屋に僕はいる。
彼が椅子に座り、僕はベッドに寝ている。
彼が、先王を殺した話を、また始めるのだ。
何度も聞いた。
そう、僕はそれを聞いた。だから、覚えていた。
夢の中のことを覚えていたんだな、と考えている、
今も夢の中で。

あるいは……、
こちらが、今も現実かもしれない。
僕はシャルル・ドリィの人形で、
ときどき、一年に一度、夢を見る。
人間になって走り回り、宮殿を抜け出す、
そんな夢をみる人形かもしれない。
あるいは……、
僕は本当は、クジ・アキラで、
死んでしまったサエバ・ミチルのことを思い出している、
彼になった夢を見ているのかもしれない。
夢の中で、こんなことを考えるだろうか？
サエバ・ミチルなんて、現実には存在しないのでは？
どちらが現実で、
どちらが夢で、
そして、僕は、
そのどちらを現実にして、
そのどちらを夢にしたいのだろうか。

希望なんてない。
夢なら夢で良い。
現実なら現実でしかたがない。
宇宙のすべてが誰かの夢でもいいさ。
僕のすべてが、僕じゃない奴の夢でもいいさ。
希望なんてない。
消えることが、恐いとも思わない。
いつまでも、続くことに比べたら、
なにも恐くない。
いつかは、消える、
砂漠のように。
いつかは、存在しなくなる、
宇宙のように。
それだけが、望みではないか？
その終末を信じているからこそ、我慢ができる。
死ぬから、
いつかは死ぬから、

生きていられるんだ。
だから、
悲しいことも、苦しいことも、すべて、
待ってもらえる。
死ぬまで、待ってもらって、
全部、死んでから、泣けばいい。
それだけのこと。
希望なんてない。
夢の中にも、
現実の中にも。
ほら、
ようやく、
少し……、
眠くなってきた……。

# 第6章
# 覚醒はいかにして認識されたか

任せかし、わが心、
〈虚偽《いつわり》〉に酔いたるままに、
美しき夢みるごとき思いして、
麗しくおん目にひたり、
おんまみの睫毛のかげに、
何時までも、眠るがままに！

# 1

目が醒めたのは夕方だった。

まず、シャワーを浴びて、それから、届いていた防御服を着た。久しぶりだった。窓を開けて外を眺める。変わりのない風景だった。ゴーグルの点検をしてみる。クルマから送ったメッセージに対するリプライが返ってきていた。どこで何をしているのかは知らないが、契約については話し合う用意がある、という短い内容だった。ニュアンスとしては、最初から期待していない、つまり、僕が連絡してきたことを驚いてもくれない、そんな感じだ。

しかし、体調はとても良く、僕の機嫌は上昇中。

「あぁあ」窓を開けたまま両手を上げて深呼吸をする。「なんか、気持ち良いな。夕方なのに朝みたいだね」

「夕方と朝には類似点が多い」ロイディが言った。

「カイリスはなにか言ってこなかった？」

「カイリスはここへは来ていない。ゴーグルはイザベルが持ってきた。ミチルが眠っているときに、訪ねてきたのは、あとはパトリシアだけだ」

「へえ、どうして僕を起こさなかったの？」

「よく眠っているようなので」ロイディは僅かに首を傾げて、微妙に表情を変化させた。「それに、パトリシアが、ミチルを起こす必要はないと言った」

「二人だけで話がしたいって？」

「そのような意味のないことは言わない。彼女が来たのは、モン・ロゼの晩餐会に是非、出席してほしいと言うためだった」

「それ、僕にじゃなくて？」

「そうらしい」

「僕、行くなんてまだ決めてないよ」

「ミチルが欠席の場合は、当然、私も出席できない」

「メグツシュカが寄こしたんだね、ロイディを誘えば、僕が来るだろうって魂胆かな」

「効果的とは思えない」

「うん……」僕は早い溜息をついた。「しかし、もう腹を決めなくちゃね。お腹が空いている。モン・ロゼに行くなら我慢、行かないなら、下りていってイザベルにお願いする」

「シャルル・ドリィとは、意見を交換した方が良い」

「それ、アドバイス？」

「そうだ。弁護士に相談する必要があるようにも思える」

「そのまえに、たしかに、向こうの言い分を聞いてやっても良いかも」

「ミチルの方針は、かなり変わったと判断して良いか？」

「方針？　特に変えていないつもりだけれど」

「変わっている」

「そうかな」

まだ時間があったので、僕一人でロビィへ下りていった。食堂で声が聞こえたので、覗いてみると、テーブルにケンとイザベルが向き合っていた。

「サエバ・ミチル」ケンが立ち上がる。こちらへ歩み寄って片手を差し出した。

「お久しぶり」僕は彼の手を握った。「どうしたの？　おめかししている」

「いや……」ケンは自分の服を見た。「これが普通だ」

作業場でしか彼を見たことがなかったので、ずいぶん印象が違って見えた。

「こちらへ、どうぞ」イザベルも席を立っていて、同じテーブルにあったもう一つの椅子を引いて示す。

「お邪魔だったのでは？」

「とんでもない」ケンが笑う。「ちょうどいい、相談に乗ってほしいことがある」

「僕に？」

テーブルに着く。イザベルは僕のためにお茶を出してくれた。

「実は、ここを出ようと思っている」ケンが話し始めた。「イザベルと、今もその話をしていたんだ」

イザベルが椅子に座りながら頷いた。

「それで？　相談って、何？」僕は尋ねる。

「サエバ・ミチル、君のクルマで、荷物を引いていってほしいんだ」

「荷物って？」

「つまり、俺とイザベルと、あと……、ちょっとした荷物が少しだけ」

「そんなに乗らない」僕は微笑んだ。「クルマは小型で、人間は二人しか乗れない。僕とロイディで満席だよ」

「いや、乗せてくれと言っているんじゃない。荷車を引いていってほしいんだ」

「そんな、荷車があるの？」

「俺が作ったやつだ」ケンが言った。「どこかの街まで行ってくれれば、そこから先はなんとかするよ。お願いだ」

「良いけど……」僕は頷いた。「だけど、どこへ行くつもり？」

「ここ以外ならどこでもいい」

「ふうん」僕は頷いた。その理由はわからないでもなかった。「でも、僕は、いつ帰れるのか全然目処が立っていない」

「たぶん、すぐだ」ケンは言った。

「どうして？」

「こんな退屈な街に、君のような人間が長くいられるはずがない」

「退屈な場所が好きな人間だっているよ」僕は吹き出した。ケンがあまりにも真剣な顔だったので可笑しかったのだ。「それに、事件のこともある。退屈だなんて言っていられない。殺人事件が解決しなければ、帰れないかもしれない。僕、重要参考人なんだから」

「もう、そうでもないと聞いた。君の疑いは晴れた、という話だが」

「たぶん、僕が姿を見せたからだね」

「そう、ずっと逃げているものだと……」ケンは、イザベルの顔を見た。「彼女から聞いたよ、だいたいの事情は」

二人の顔を僕は見た。

おそらく、どこへ行くといった当てはないだろう。場所が問題でもない。また、いつ出発するのかという時間も、彼らには無関係。つまり、二人で行くことに、二人だけの時間に、意味があるのだ。

「夢から醒めて以来、ずっと考え続けてきた。なかなか思い切りがつかなかったんだ。しかし、ここにいては駄目だ。いくら自分が夢から醒めても、周りは夢の中。ぼんやりと霞んでいるみたいだ。俺たちはここを出ていく。そうしないと、せっかく夢から醒めたのに、また夢の中に取り込まれてしまいそうな気がするんだ」

「大丈夫、もうそんなことにはならないよ」

「どうしてそんなことがいえる？」

「僕の知っているかぎり、世界中どこへ行っても、ここと同じだ。いや、君たちに、出ていっても無駄だと言うつもりは全然ない。大きな戦争もなく、エナジィ問題も解決して、穏やかな平和が世界に訪れた。どこもかしこも、夢の中のように穏やかになってしまった。これが、人類が望んでいたことなんだ」

「もっと、いろいろな世界を見てみたい」ケンは言った。

「私もです、サエバ・ミチル」イザベルも頷いた。

## 2

ロイディと一緒に外に出た。ゲートから出て、駐車場の方へ歩く。ちょうど堤防の道がこちら側に回ってくる時刻で、橋がかかっていた。ただ、堤防の両側は海ではなく、一面の砂漠だ。

僕はボートハウスの方へ向かった。

途中の風景はなにも変わっていない。人間や人間が作ったものに比べて、一日の変化、一年の変化を周期と見れば、自然の変化はとてもゆっくりだ。ここのように海が消えてしまうようなことは、普段はない。

風は吹き、雨は降る。川の水はずっと流れている。安定を求めて、バランスを求めて、みんな落ち着くために流れているはずなのに、いつまでも終わらない。

生きているものは、どうしたって急いでいる。死ぬまでになにかをしようと急いでいる。だから、自然のように繰り返すことを嫌い、常に新しいものを作り、古いものを壊そうとする。ときには、自分さえも、作り替え、壊してしまいたくなるのだ。

ボートハウスはあった。ボートもあった。ただ、水がなくなり、ずっと低いところで砂の上で傾いていた。砂が船体の中に半分ほど入り、サイドのエッジは一部埋まっている。

ボートハウスへ下りていく階段に腰掛けた。

風景を眺める。

右手から斜めに、堤防の道が遠くまで続いていた。

陸地は霞んで見えない。

空は紫色とピンクのグラデーション。

目を細めて見ると、砂が水面のように錯覚できる。

「海みたいに見える」僕は言った。

ロイディは僕よりも下の段に立っていて、僕に言われて風景を見つめていた。きっと彼には、海みたいには見えなかっただろう。

「帰りたい？」無駄な質問だとは思ったけれど、きいてみる。

「どこへ？」ロイディがこちらを向く。

「帰ると言ったら、家にだよ」

「そろそろ私は点検をする時期だ。左足のアクチュエータに若干の遅れがある」

「わかった。取り替えてあげる。だから、帰りたい？」

「その質問は意味がない」

「たとえばさ、僕がここで死んでしまったら、ロイディはどうする？　一人で帰る?」

「条件が不確定だ。事前に、そうなった場合には帰るようにと、ミチルに指示されていれば、帰るだろう」

「指示されていなかったら?」

「帰らない」

「どうするわけ?」

「ミチルのそばにいる」

「でも、死んじゃったんだよ」

「ミチルの躰が死んでも、ミチルは生きている」

「そうなんだよね」僕は頷いた。「ちょっとややこしいよなぁ。そうじゃなくてさ、僕が普通の人間で、躰が死んだら全部死んじゃう普通の人間として、そういう状況で、僕が死んでしまった場合、それだったら、どうするかってこと」

「議論をしても意味がないものと思われる」

「いいから、考えて」

「ミチルが死んだら、ミチルの所持品を持って帰る」

「それから?」

「ミチルの財産が誰のものになるかによる。私はミチルの財産の一部だ。ミチルのクルマと同じだ」

「同じじゃないよ、ロイディ」僕は言った。「もっと、ちゃんと考えてごらん。いいかい、ロイディは自分で判断して、自分で行動できるんだよ」

「多くの機械が、自分で判断し自分で行動する。私には、もともと権利がない。すべては、ミチルの権利に内包されている。ミチルが存在しなければ、私のすべての行動は無意味であり、また行動する権利がない」

「それじゃあ、死んでるのと同じじゃないか」

「そのとおりだ」ロイディは頷いた。「誰かが、私を引き取って、リセットするか、あるいはこのメモリのままで使ってくれるか、そうなる以外には、死んでいる状態と等しい」

「じゃあさ、僕が意識がなかった一年間はどうだった？　ロイディも死んでいたの？」

「エナジィを節約していたので、私はなにもできなかった。ミチルを生かすために必要なことだと判断した」

「死んでいたわけ？」

「ミチルの定義に従えば、そうだ」

「そういうのって、自己犠牲って言うのかな」

「機械には、その概念はない。ウォーカロンは機械だ」

「人間だって機械だよ」

「困難な目的を達成するためには、なんらかの犠牲が必要であって、あるときには個人の権利や生命が失われることがある。しかし、私にはもともと権利も生命もないので、犠牲とはいえない」

「たとえばさ、僕がロイディを救うために怪我をしたら、これは犠牲？」

「そのとおり。しかし、それは無駄だ。賢明な行動ではない」

「だけど、そうしないと、僕はあとで絶対に自分を責めることになるんだ。放っておいたら後悔することになる。だから、結局は、そんな自分になるのが嫌だから、犠牲になる。犠牲になる方が楽だってことだよ。命を捨ててなにかをするなんてこと、昔は多かったんだ。たとえば、忠義を貫くために腹を切るとか、国のために飛行機で体当たりするとかね。ああいうのって、だけど、そうしなかったら、もっと辛《つら》いことがある、そこから逃れることの方が耐えられないからだった、と僕は思うな。そういう状況にしてしまったことに問題はあるんだけれど、とにかく、その場その場の判断としては、常に自分を救うために、人は死を選択するんだよ」

「その議論は以前にしたことがある。ミチルの意見はよく理解できるが、そういった認識はあまり一般的なものではない。そう考えることに対しては、おそらく多くの反発があるだろう。犠牲になった、という認識の方が、そうした行為で亡くなった人の魂を尊ぶことだと信じられている」

「そうそう」僕は驚いた。「凄いね、ロイディ」

「何が？」

「良い意見だと思ったよ」

「テーマから離れたことを話しても良いか？」

「何？」

「メグツシュカ・スホは、ウォーカロンに対してとても興味を持っているようだった。彼女は、私の言動がウォーカロンとしては珍しい、という意味の感想を述べている」

「そうそう、言っていたね」

「この原因を分析したが、私のデフォルトの状態に特異な点があるわけではなく、私に入力情報を与える主たる人間、すなわちミチルに、他にはない特殊な要因がある、という結論に行き着く」

「僕が変わっているってこと？」

「そうだ」ロイディは頷いた。「ミチルのウォーカロンに対する接し方は、普通の者とは明らかに違いがある」

「どう違う？」

「わからない」ロイディは首を横にふった。「不確定だ」

「だって、今、明らかにって言ったじゃないか。明らかにって言っておいて、わからない、なんて矛盾しているよ」

「矛盾している。そのとおりだ」

「何が言いたいの？」

「ミチルは、私の意見に対して評価をしてくれる。良い意見だと褒めてくれる。これは情報として、非常に価値がある。また、ミチルの態度は、常にとても曖昧で、私は、その曖昧さを許容するために、当初システムに予定されていた何倍も多くのメモリを使用しなければならない」

「それって、悪口？」

「悪口ではない。つまり、この曖昧さや、矛盾を許容するために作られたニューラルネット情報が、私の特異な資産といえる」

「特異な資産？　うーん、それは自慢？」

「自慢だ」

「ふうん」僕は吹き出した。「うん、まあ、なんとなく、わからないでもない」

「おそらく、ウォーカロンに対して、ミチルのように積極的に会話を試みるユーザは少ないだろう。しかも、その多くが、人間と機械の存在理由に関わるテーマといって良い。また、ウォーカロンは、一般にはユーザの外的環境から学ぶことしかできない。ユーザが誰かと話すところを聞いて学ぶ、ユーザの行動を見て学ぶ。しかし、ミチルの場合には、直接的に私に向けられた言葉であり、私に向けた行動という形態をとっている。この点も特異だと推察できる」

「うーん、ロイディ、賢くなったよね、最初の頃に比べると。最近、言っていることが難しくってさ、ついていけないことがあるもんね」

「そういう場合は指摘してほしい。できるかぎり平易な表現で説明しよう」

「はいはい」

## 3

モン・ロゼの晩餐の招待を受けることにした。

普通ならば、ディナ・ジャケットに着替えるところだけれど、僕は防御服のまま、つまり普段着のままで宮殿へ向かった。

正門からモン・ロゼに入るのは、これが三度目だった。出迎えてくれたのはメイ・ジェルマンで、彼女はまったく変わりなかった。パトリシアが人間になったら、彼女のような女性になるだろう、と僕は思った。

中央の幅の広い階段を上がって、長い廊下の突き当たりまで案内される。部屋はもの凄く広い。その中央に大きな長方形のテーブルが一つ。一番奥、長方形の短辺、上座の席にシャルル・ドリィが座っていた。左の長辺には、シャルルに近い方から、僕の知らない男、そしてヨハン・ゴールが椅子についている。一方の右側の席は、二つとも空いていた。

メグツシュカ・スホはいない。僕は、シャルル・ドリィから遠い方の席、つまり、ヨハン・ゴールの対面の椅子に座った。

「サエバ・ミチル、よく来てくれた」シャルル・ドリィがにこやかな表情で言った。鼻に絆創膏《ばんそうこう》を貼っていた。

僕は彼から視線を逸らせて軽く頭を下げた。代わりに、正面のヨハン・ゴールに微笑みかける。

「お久しぶりです」ヨハン・ゴールが額に指をつけて応えた。

「どうして、ここに？」僕はきいた。

「僧侶長になりました」ヨハン・ゴールは答える。「一年まえの事件のあと、他の者が全員、僧侶長を辞退したので、一番若い私が任命されたのです」

「すると、砂の曼陀羅を？」

「あ、いえ」ヨハンは首をふった。「あれは、僧侶長の仕事というわけではありません。修行にはいろいろなものがあります。個人によってさまざまです」

ヨハン・ゴールの隣の男が、僕を見ている。目が合った。向こうが軽く頷いた。僕は首を捻る。

「私だ」男が僕にいった。カイリスの声だった。

仮面をしていないカイリスを見るのは初めてだったので、多少驚いた。四十代だろうか、長いブロンドをバックにした白人だった。ロイディが歳をとったら、こんなふうになるのでは、と僕は思った。

窓からは仄かに赤い空と、黄色に反射する砂漠が見えた。部屋の反対側の入口付近にロイディが立っていて、そこへパトリシアが入ってきたところだった。

「メグツシュカ様がお越しです」彼女はそう言って頭を下げる。

メグツシュカ・スホが現れ、真っ直ぐにテーブルに近づいてきた。彼女は僕を見て、それからカイリスを見た。

「母上、ご機嫌いかがですか？」シャルル・ドリィが言う。

「お招きいただき、感謝します」メグツシュカは、王に微笑み返し、パトリシアが引いた椅子に座った。それから、僕の方へ再び顔を向ける。「サエバ・ミチル、お久しぶりですね」

彼女に会ったことは、表向きは内緒にしなければならない。

「お目にかかれて、光栄です」僕は前を向いたまま一礼した。

メイ・ジェルマンと、もう一人ウォーカロンらしい女性が料理を運んできた。静かに食事は始まった。シャルル・ドリィはシャンパンを飲み、それをカイリスにすすめる。アルコールを飲んだのは二人だけだった。

事件の話は出なかった。食事は淡々と進む。僕の隣のメグッシュカはほとんど食べなかった。どの皿も一口だけ。すぐにパトリシアに下げさせてしまう。

「あまり、お召し上がりになっていませんね」僕は不思議に思ってきいてみた。

「私は、あなたほど活動時間が長くない。運動量も少ないのです」

メインの皿が下がった頃には、窓から見える空がブルーに変わっていた。

「月は、この窓からは見えないんですね？」僕は呟く。

「夜の月は」ヨハン・ゴールが頷いた。

常に太陽を正面に見る窓だからだ。僕は、メグッシュカの方へ顔を向ける。月からの連想だった。

「ルナティック・シティの塔に、いらっしゃったんですよね」

「そうですよ」メグッシュカは微笑む。

「デボウ・スホにまた会えるでしょうか？」

「あなたが会いたいと思えば、誰にでも会えるでしょう。その人物が生きているかぎり」

メグツシュカの向こうに座っているシャルル・ドリィが僕を見据えていた。僕は彼の視線を受け止めた。目を逸らしても良かったのだが、このときは、何故かそれをしたくなかった。

「ルナティック・シティの話を聞かせてもらえないだろうか」シャルル・ドリィが僕に言った。「噂に聞いているだけで、私は行ったことがない」

「あまり思い出したくない」僕は簡単に答えた。「僕が滞在しているときに、王子が亡くなったのです」

僕はメグツシュカを見た。彼女は表情を変えない。姿勢良く座り、真っ直ぐに前を向いている。そちらには、カイリス刑事がいて、彼は黙々とパンを食べていた。

「食事中に失礼かもしれないと我慢していましたが、あの、カイリス刑事、そろそろ、事件のことを話していただけませんか？」僕は彼に言った。

彼は僕を睨み、それから、シャンパンを一口飲むと、姿勢を正した。

「シャルル・ドリィ様、それにメグツシュカ様のお許しが得られるならば」彼は視線を僕に向けたまま軽く頭を下げた。わざとらしい仕草である。

「かまわない」シャルル・ドリィがさきに言う。

「私もお聞きしたいわ」メグツシュカが答えた。

「はい、では……」カイリスは頷き、目を一度ぐるりと回した。仮面のときに比べると、多少落ち着かない男に見える。「サエバ・ミチルが、事件のこと、と言っているのは、おそらく今朝発見されたオスカの件だと思われます」

僕は頷いてみせる。何をもったいぶっているのだろう。

「シャルル・ドリィ様には、先刻ご報告申し上げたとおりですが、他の皆様のために、今一度、簡単にご説明させていただきます」

メイ・ジェルマンがデザートをワゴンで運んできた。銀のカップにのったシャーベットのようだった。

「モン・ロゼの農園側のゲートからシビの下町へ下っていく道の途中に、かつて海産物工場だった建物があります。現在はほとんど廃墟となっておりますが、そこで今朝、オスカが死んでいるのが見つかりました。発見者はジャンネです。通報があって駆けつけますと、オスカは頸部《けいぶ》を切断され、当然ながら、蘇生は不可能な状態でした。彼の首は現場から持ち去られており、また、凶器と思われるようなものも付近にはありませんでした。レオン・ドゥヌブ博士にご足労いただきましたところ、死後二時間から四時間程度と推定されました。首を切られている以外に、目立った傷などはありません。これらはいずれも、一年まえ、このモン・ロゼで起きましたあの忌まわしい事件と酷似しております。したがいまして、クラウド・ライツを殺害した犯人が、今度は、可哀想なオスカを手にかけたものと断定して、まずまちがいない、と私は考えております」

「オスカの首は見つかりましたか？」僕はきいた。

「ああ、ちょっと……、申し訳ない」カイリスは片手を広げて、苦笑いした。「サエバ・ミチル、慌てないでほしい。ものごとには順序というものがあります」

僕は黙って頷き、手のひらを返して彼にさきを促した。

「クラウド・ライツのときには、凶器は海で発見されました。今回も、実は凶器だけはすぐに見つかりました。あの道を上り、モン・ロゼのゲートの前を過ぎて、森の中へ入ると、谷間に橋が架かっています。あの橋の下、つまり渓谷の底で凶器が発見されました。残念ながら、今、それについて詳細に説明することはできません。これは、一切秘密にしなければならない情報だからです」彼は、そこでシャーベットのスプーンを手に取ったが、やはり考え直したのか、またそれを置いた。「さて、どうして、そんな離れた場所から凶器が発見されたのか、と申しますと、それを運んだ本人の情報提供によるものでした。オスカの妻、ミシェルが、殺人現場からそれを運び出して、橋の上から投げ捨てたのです」

「何故、そんなことをした？」シャルル・ドリィが口を挟んだ。頬杖をついて、難しい表情をカイリスに向けている。「まさか、彼女が犯人ということもあるまい」
「ミシェルは、オスカに頼まれて運んだ、と証言しております。つまり、生きている
オスカに頼まれて、凶器と首を運んだ……、いえ、首は発見されていませんので、も
ちろん断定はできませんが」
「ちょっと待て……」シャルル・ドリィが顔を上げる。「生きているオスカが依頼し
た？　自分の首を運べと？　ミシェルがそう言ったのか？　話が矛盾している」
「はい、承知しております。私も、彼女の証言だけならば、そんな夢のような話を信
じたりはいたしません。というのは、クラウド・ライツのときにも、これとまったく
同じことがあったのです。この点については、これまで一切ご報告をしておりません
でした。それに、確認も取れておりません。ただ、ある情報によりますと、クラウ
ド・ライツのときにも、凶器と彼の首を運んだ人物がいたのです。それは、クラウ
ド・ライツの弟子、ウィルです」
「え？　本当ですか？」これまで黙って聞いていたヨハン・ゴールが目を見開いた。
「しかし、凶器は海から……」
「クラウド・ライツの指示で、ウィルは凶器と彼の首を海まで運んで捨てたのです。
シャルル・ドリィ様は、もしかして、このことをご存じでしたか？」
「悪かった」シャルルは一度目を瞑り、溜息をついた。「そう、実はウィルから、そ

れらしい話を私は聞いていた。彼は、凶器とか首だとは言っていなかった。だが、それにしても、とんでもない話だ。とても信じられない。君に、海を探してみては、と提案はしたものの、まさか本当に見つかるとは思っていなかった。今、ミシェルの話を聞いて……、実のところ驚いている。そう、たしかに同じだな、ミシェルの場合は、どうなんだ？　凶器と首だと認識していたのか？」

「いいえ、彼女の場合も、別のものを運んだつもりでいました。鍬と袋に入った瓜です。ウィルの場合は、木の棒にぶら下がった船と仮面、という具合で、本人たちは、どちらも、運んだことは認めていても、運んだ品物については、誤認しているとしか思えません。まさか、現場にそんなものがあったとも考えられませんし……」

「首は見つからないのか？」シャルルがきいた。

「今日の捜索は、ひとまず諦めました。流されて、下流へ行ったのか、今のところ見つかっていません」

「海がなくなってから、川の水はどこへ？」僕は質問した。

「以前から、川の下流は海にはつながっていない」カイリスがこちらを向いて答える。「水はすべて島の地下にある貯水槽に蓄えられる」

「では、その貯水槽を探せば……」僕はそこまで言いかけて、隣のメグツシュカを見た。食事中に相応しくない話題だと思ったからだ。

しかし、彼女はデザートには手をつけず、黙ってお茶を飲んでいた。伏し目がちで、眠そうなふうにも見える。

「捜索は事実上不可能だ」カイリスが答える。「貯水槽は、大半は地下の洞窟を利用したもので、人工のものではない。どこへどう流れていくのかもわからないんだ」

「一つ、変な質問をしても良いですか?」僕は片手を軽く上げてカイリスを見た。彼が頷いたので、次にシャルル・ドリィを睨みながら話した。「まえの事件で、僕は重要な参考人だったはずです。その僕が、一年ぶりに意識を回復して、モン・ロゼの中で一騒動あった。その直後に、やはり一年ぶりに首切り殺人が発生した。客観的に見れば、またこの僕が疑われてもおかしくない。現場のすぐ近くにいたのです。それなのに、こうしてディナに呼ばれて、美味しい料理をいただいている。このあたりの警察の判断が、僕には大変興味があります。何故、僕は殺人犯として疑われていないのか。それとも、やっぱり疑われているのでしょうか? もしかして、ここへ招待されたこと自体が罠だとか……」

「サエバ・ミチル」シャルル・ドリィがさきに話した。「君には本当に、心から謝罪したい。君は最初の事件でも、容疑者からは除外されるべきだった。すべて、私に責任がある。どうか許してほしい」

「シャルル・ドリィ様の新しい証言が得られた」カイリスが続けて説明した。「それに、ここにいるヨハン・ゴール、あるいはメイ・ジェルマンの証言によれば、クラウド・ライツの事件があったあの晩、サエバ・ミチルは、モン・ロゼに入ったあと、謁見室に案内され、ずっとそこにいた。部屋の外にメイ・ジェルマンがいたからだ。したがって、クラウド・ライツを殺す物理的機会が君にはない」

「そのまえに、こっそり忍び込んだかもしれないよ」僕は言ってやった。

「街にやってきたばかりの君は、宿屋からモン・ロゼの正面までだって一人では来られなかっただろう」カイリスは首をふった。「君に会っている人間の証言を総合しても、とても犯行を行うような時間的余裕はない。あの晩、君が着ていた衣服は証拠品として調べさせてもらった。人間の血液は検出できなかった。また、ゴーグルにも、それらしい履歴はない」

「ちゃんと調べてるんじゃない」僕は微笑んだ。「意外に科学的な捜査をしているんだ」

「街は古くても、我々は現代人だ」カイリスは頷いた。「今朝、発見されたオスカの事件においても、君のアリバイは成立している。君がイザベルの宿屋へ向かう直前から、既に警察の監視下にあった」

「鳥？」僕は口を挟む。

「そうだ。君は、シャルル・ドリィ氏に対する傷害の疑いで追尾されていた。この件に関しては、既に示談が成立したものと、考えて良いでしょうか？」カイリスはシャルル・ドリィを見る。

「もちろん」シャルルは頷く。「ミチルが、良ければだが……」

「どうだ？」カイリスはこちらを向き直って僕を見た。

「後悔している」僕は言った。

シャルル・ドリィの顔が明るくなった。

カイリスが頷く。

「一発しか殴らなかったことを、後悔している」僕は続ける。「でも、示談には応じることにします」

「その件に関しては、まだまだ誤解があるものと考えている」シャルル・ドリィが真剣な表情で話した。「あとで説明させてほしい。どうか、私に弁明の機会を与えてほしい」

僕はシャルル・ドリィを睨んだまま、黙っていた。

「とにかく……」カイリスが口を開く。「君は、イザベルの宿屋に入り、その後、ジャンネの家へ向かった。一度ゲートから外に出て、島の外周を見にいった。それからジャンネの家に入り、今度は彼女とともに裏の道へ出た。あの工場の前を通り、モン・ロゼのゲートを不法に乗り越えて、敷地内に入った。その後、私と会った」

「助かった、ちゃんと見張られていて」

「オスカの死亡推定時刻や、宮殿内、あるいはその後の君の行動から考えて、君がオスカをあの場所で殺すことは不可能だとほぼ断定できる」

「だったら、僕はもう帰っても良いですか？」僕はカイリスに質問し、そしてシャルル・ドリィを見た。

「帰りたいのか？」シャルル・ドリィがきき返す。

「質問に無関係だ」僕は首をふった。「帰ることができるのか、その自由が僕にはあるのか、と警察に質問している」

「もちろん、自由だ」カイリスが答える。「連絡が取れるのであれば、世界中どこへ行こうが、警察は関知しない。君の勝手だ」

それならば、明日にでもここを出ていこうか、と僕は考えた。ケンとイザベルもイル・サン・ジャックを出たがっている。二人を連れて、ここを立ち去ろうか……。

しかし、一つだけ、心残りがある。

シャルル・ドリィをもう一発殴りたい、という欲求ではない。メグツシュカ・スホから、もっとルナティック・シティの話が聞きたい、という願望でもなかった。

そうではない。

僕がここへやってきて起こった二つの事件。

首を切断し、それを持ち去る、という異常な行動。
これらに対する興味が、僕をこの場所に引き留める。
少なくとも、今はそうだった。
この謎を置き去りにして、ここを出ていくことは難しい。
そして、
なんとなく、その謎に、
手が届きそうな予感がしていたのも、事実だった。

4

食事が終わって、お茶を飲んでいたとき、メグツシュカ・スホが立ち上がった。

「申し訳ありませんが、私は、これで失礼させていただきます」

「母上、おつき合いいただいて、恐縮です」シャルル・ドリィが立ち上がって言う。

「どうもありがとう」

僕も立ち上がって、メグツシュカに一礼した。

「サエバ・ミチル。またお会いしましょう」彼女は微笑みながらそう言ったが、別れの言葉のように響いて、僕はちょっと驚いた。メグツシュカが部屋から出ていくと、パトリシアもこちらに一礼して立ち去った。

「では、私もこれにて……」ヨハン・ゴールも席を立つ。

「どうも、ご苦労」シャルルは軽く頷き、視線を僕の方へ移す。「サエバ・ミチル、どうか私の話を聞いてもらえないか？」

おそらく、僕が帰ると言いだすまえに、先制したつもりだろう。

「声は聞こえています」僕はわざと微笑んでやった。

「外しましょうか？」カイリスがナプキンをテーブルに置き、シャルル・ドリィに尋ねた。

「その必要はない」僕は言う。

「うん、カイリス、かまわない、聞いていてくれ」

カイリスは頷き、姿勢を正してから、僕を一瞥した。

「君に薬を飲ませて、眠らせたことは認める。申し訳なかった。そうでもしないと、つまり、その……、このチャンスを逃すと、一生後悔するだろう、と思ったのだ」

「何のチャンスだ？」僕はシャルル・ドリィを真っ直ぐに睨む。

「どうか、待ってくれ、サエバ・ミチル」彼は片手を広げ、困惑の顔にその手を当てた。「とにかく、早まったことをした。どんな言い訳をしても、この罪は消えないだろう。ただ、私は、その、君が意識を失っているからといって、君に対して、不名誉なことをしたわけではない。断じてそれはない。それでは意味がない。人形と同じだ」

「それが、望みだったのでは？」僕は口を挟む。今にも、椅子から立ち上がって、あいつを殴りにいこう、と何度も拳に力が入った。

「違う」彼は首を横にふった。「私がしたことは、ただ、眠っている君に、話しかけただけだ。ドクタに相談したら、それが最良の治療だと言われた。君が目覚めることを願って、私は話し続けた。たしかに、その、軽く触れるようなことは、あったかもしれない。君の髪が目にかかっていれば、それを払ってやった。しかし二十四時間、君の世話をしていたのは、医療係のウォーカロンだ。そこにすべての記録が残っている。もし、必要ならばデータを提出しよう。調べてくれ」

「そもそも、僕をサエバ・ミチルだと認識していなかった。勝手にクジ・アキラだと思い込んでいた。そこがもう人権侵害だと思う」

「返す言葉もない。そのとおりだ。しかし、君はあまりにも、クジ・アキラに似ている。たとえ、それが作りものだとしても、私には、とても抵抗できないほど……、その、アキラそのままなんだ」

シャルル・ドリィは、僕が整形手術でもしたと考えているようだった。まあ、当たらずといえども遠からず。そう、彼が見ている僕の姿は、クジ・アキラなのだから、たしかにその点はしかたがないかもしれない。

「話はそれだけですか？」僕はきいた。

「私にできることならば、なんでもしよう。言ってくれ」シャルル・ドリィは言った。

「いえ、特になにもない」僕は即答する。

「私が今、願っていることは、すべてをリセットして、もう一度、サエバ・ミチルと友情を築きたい、ということだ。無理だろうか？」

「たぶん、無理でしょう」僕は席を立った。

部屋の出口でロイディが待っている。僕はそちらへ向かって、数歩だけ進んだところで、立ち止まった。思い出したことがあったからだ。

「既に、カイリス刑事に一部の情報を話してしまいましたが……」僕はシャルルに言った。「僕の記憶にあることを、僕が話すことは、僕の権利だし、自由だと認識しています」

「何の、話だ？」シャルル・ドリィは僕を見つめて眉を寄せる。

「意識が戻ってから、自分でも不思議なことがあります。聞いた覚えのない物語を、僕は記憶していた。おそらく、夢で見たことでしょう。それが事実だなんて、とうてい思えない。でも、夢だとしても、そんな発想をしてしまったのだから、しかたがありません。ある国の王子が、実は王家の血を引いていない、という、どこにでもありそうな物語です。しかも、その王子は、自分の出生の秘密が知られることを恐れて、先王を殺してしまった。これって、シェイクスピアになかったっけ？」僕は振り返ってロイディに尋ねる。

ロイディは黙っていた。場所柄をわきまえた、最高のウォーカロンだ。

僕は再びシャルル・ドリィのところへ歩み寄った。

「誰だって、人形だよ」僕は冷静な口調で言った。

シャルル・ドリィは目を開いたまま、

僕をじっと見つめたまま、

動かなかった。

そして、数秒後に、僅かに目を細め、

顎を上げ、

人間の誇りを取り戻したかのような笑みを浮かべ、

小さく、左右に首をふり、

綺麗なアクセントで、僕に答えた。

「不思議な夢を、見たな、サエバ・ミチル」

## 5

食堂を退出して、モン・ロゼの回廊を僕とロイディは歩いた。

「つまらない晩餐だったね」

「料理は美味しくなかったか？」ロイディがきいた。

「美味しかった」僕は答える。「でも、美味しいって、せいぜいがそんなもんだよ」

「どんなものだ？」

「うーん、なんていうのか、綺麗な色だなって思うのと同じ」

「一瞬の判断で、そのときだけの満足しかない、という意味か？」

「食欲っていうのがあるから、余計にややこしいんだ」僕は説明する。「美味しいと感じるためには、食べないといけなくて、どんどん食べてしまうと、どんなに美味しいものでも、見たくもなくなるくらい嫌になる」

「つまり、味だけで評価されるものではない、という意味か？」

「そうそう、だけど、よく考えたら、全部そうだよね」

「その種の基準が変移する評価については、既に多くを学んでいる。データが複雑になるだけで、基本的には変わりはない。ほぼ同じ状況であれば、同じように感じるようだ」

「うん、そうかな……」

「シャルル・ドリィのことは、もう許せたのか？」

「微妙だね」僕は首をふった。「よくわからない。良い奴なのか、悪い奴なのか、見極められない。とにかく、頭は良いな。メグツシュカと血がつながっていないにしても、選ばれた子であることは確かだね」

「その話は、私は知らない」

「帰ったらゆっくり話してあげるよ。あぁあ」僕は欠伸をした。「お腹がいっぱいになって眠くなっちゃった」

「ミチルは、昼間も寝ていた」

「そのまえは、一年も寝ていたよ。寝るっていうのは、不思議だよね。食欲のように、限度があって、もうこれ以上はしたくないって思わないもの。いつまでも寝られる」

「寝られない人もいるはずだ」

「そりゃ、お腹が減ったりとか、他の欲求が立ち上がってくるからね。あそうそう、ねえ、寝ている状態って、普通に生活しているときから比べると、死んでいるのに近いわけでしょう？　自分では意識がないし、外的なものにも反応しにくくなるわけで。なのにさ、死にたいとはあまり思わないのに、眠りたいっていう欲求は誰にでもあるよね。もう目とか開けていられなくなるくらいのときがあって、とにかく眠りたい、目を閉じたいって思うんだ。あれは、どうして？」

「睡眠を充分にとったあとの爽快な体調を期待しているからではないか」

「そうじゃないよ」僕は首をふった。「そんな、起きたときのことを予想して寝るんじゃないって。もうね、眠くて眠くて、このまま二度と起きられなくても、とにかく寝てしまいたいって、思うくらいのときがあるの、人間は」

「私には理解できない。それは、生命体の本能として矛盾しているように思えるが」

「そう、変でしょう？　寒いところで眠ってしまって、そのまま体温を失って死んでしまうことだってあるんだから」

「その例は、知っている」

「躰が眠りたいと要求するのは、どうしてなんだろう？」

「わからない」

「なんか、勘違いをしているんじゃないかな」

「躰が？」

「そう……」僕は回廊の高い天井を見上げて考える。「あ、それとも、本来は寝ている状態が、生物としてデフォルトなのかも」

「植物などは、寝ていると考えても良いのではないか」

「あ、それはなかなか卓見だね」僕はロイディを指さした。「そうか、動物が起きている状態って、もともと、とても特別な活動なんじゃない？　ずっと眠っているのが本来の姿なんだね。起きているのが異常事態で」

「ある意味では、動物の活動の多くはエマージェンシィへの対処だといえる。危険を回避するために、普段はしない特殊な活動をする」

「ものを考えたりするのも、もしかして、異常事態かもね」

「予測をして、危険を回避する、というパターンが思考の基本的な流れだという説はある」

「うん、そうか」僕は頷いた。「そうなると、異常事態を収束させたい、解決したい、という欲求が、つまり眠りたいっていう衝動になるわけだね」

玄関のロビィへ下りる階段から、下のフロアで待っているパトリシアが見えた。僕は軽く手を上げて彼女に応える。

近づいていくと、彼女は僕に一礼した。

「お疲れさまでした。サエバ・ミチル様、申し上げたいことがありまして、お待ちしていました」

「何？」

パトリシアは片手を口もとに上げて、僕に耳打ちする。

「今夜、かの方が、サエバ様のところへ伺うので、どうか驚かれませんように、とお伝えすることを仰《おお》せつかりました」

「へえ」僕は彼女を間近に見る。「どうして？　ここで会ったら良いのに……」

パトリシアは指を一本立てて自分の口に当てる。そういうジェスチャをするような女性には見えないので、アンバランスさが妙に面白かった。僕は微笑んだ。

モン・ロゼを出て、夜のシビの街を歩いて戻った。店はすべて閉まっている。ところどころに明かりが灯っている窓があったけれど、人影は見えない。歩いているものは、人間も、そして猫もいなかった。もちろん、暗い空にも、鳥もコウモリも飛んでいなかった。少なくとも僕のゴーグルの赤外線映像では動くものは何一つなかった。

イザベルに挨拶をしてから、部屋に上がる。僕はまたシャワーを浴びた。ロイディは情報の収集と整理をしているようだった。彼にしてみれば、それは日記をつけるような毎日の日課なのだ。

ベッドに横になって、しばらくロイディが出してくれる映像を見ていたけれど、やはり眠くなってしまった。

次に目が覚めたのは、ドアのノックの音を聞いたときだった。

僕は飛び起きて、ドアのところへ立つ。

メグツシュカが来ると聞いていたので、一応自分の服装と、振り返って部屋の様子を確かめた。ロイディは無表情で窓際に立っている。

ドアを開けた。

最初、僕は認識できなかった。

一瞬、電気が走ったように、躰が震えてしまった。

そこに立っていたのは、メグツシュカ・スホではなかった。

とてもよく似ているけれど、もっと若い。

僕を見て、微笑んだ。

「こんばんは、サエバ・ミチル」

どういうことだろう。

僕は言葉に詰まる。

とにかく、ドアを引き開けて、彼女を部屋の中に招き入れた。

他には誰もいない。彼女一人だけだ。

「どうして、ここへ？」僕は尋ねる。

「またお会いできましたね」彼女は滑らかに発音した。

彼女は片手を差し出す。

僕は、頭の中が真っ白。

けれど、震えないように、息を止めて、彼女の手に触れた。

「デボウ・スホ」僕は跪いた。「本当に、お目にかかれて……、どんなに嬉しいか」

「私もです」彼女はロイディを見る。「ロイディも、お久しぶりですね」

ロイディは黙って頭を下げた。まるで騎士のように。

パトリシアは、「かの方」と言っていた。僕はてっきりメグツシュカ・スホのことだと受け取ったのだが、まさか、彼女の娘、デボウ・スホが来るとは……。ルナティック・シティの現女王、その地では、絶対的な神に最も近い地位にある女性だ。

ただ、僕にとっては、それだけではない。

それ以上に、もっと特別な女性だった。

窓際に椅子が一脚ある。手招きして、彼女にそこに座ってもらい、僕とロイディは壁とベッドの間に立った。残念なことに、女王に謁見するためにこの部屋はできていない。

「どうか、説明をして下さい。何故、ここにいるのですか?」僕は尋ねる。「びっくりしました。本当にびっくりした」

「あなたは一年間も眠っていたのよ、サエバ・ミチル」微笑みを浮かべながらデボウ・スホは話した。「私は、こちらの王、シャルル・ドリィ様から、あなたがここへやってきて、ずっと滞在していると聞きました。あなたの具合が悪い、とも伺っていましたけれど、到着してみたら、なんと、一年ぶりに意識が戻って、すっかり元気になったとのこと。こうして再会できることを、とても嬉しく思います」

「いつ、こちらへいらっしゃったのですか？」

「数時間まえに」

「メグツシュカ女王に会いにきたのですね？」

「そうです。それに、あなたのお見舞いにも」

「僕は全然大丈夫です。なんともありません」

「あのときの怪我も、もう治ったのですね？」

「ああ、ええ……」僕は頷いた。「人間ですから」

デボウはくすっと笑う。「可笑しい。相変わらずですね」

「女王様も、全然変わっていない。もちろん、僕なんかよりも、ずっと時間の経過が遅いから」

「あなただって、眠っていたのでしょう？」

「いえ、眠っていたのは、意識だけで、躰は起きていました」

「どうしたの？　なにか嫌なことがありましたか？」

「いいえ、特に」僕は首をふった。これは嘘だったかもしれない。

「言いたくなければ、それも良いでしょう。自分の中で処理ができることならば」

「できます」

「外を歩きませんか？　ここは、なんだか空気が暖か過ぎる」

「外は、寒いですよ」僕は言う。

「服を着ていますから、大丈夫です」

彼女のその素直な言葉は、天文学的な説得力があると僕は感じた。

## 6

デボウは一人だったので、一応、セキュリティのためにロイディを連れていくことにした。僕たちは宿屋を出て、モン・ロゼとは反対の方向に下り、ゲートを出て、駐車場を横断した。

砂の海が月に照らされている。

とても綺麗だった。

月まで、デボウが連れてきたのではないかと思えるほど。

「お母様は五十年もまえに亡くなった、と聞きました」僕は歩きながら話した。

「亡くなったなどとは言っておりません」

「そう、そうか……」僕は思い出す。ルナティック・シティには、死ぬという言葉がないのだ。「永い眠りにつかれた」

「そう、そのとおりです」

「それが、今は、こちらで、このイル・サン・ジャックで女王として……」

「そう」デボウは頷く。「それが何か？」

「ルナティック・シティの先王、つまり、あなたのお父様と、イル・サン・ジャックの先王、ルウ・ドリィは、どんな関係だったのですか？　メグツシュカ・スホは二人と結婚をしたのですね？」

「メグツシュカのことは、私はよく知らないのです。なにも教えてもらえません。とても、不思議な人です」

島の端まできて、下の砂地を見下ろした。

高さは五メートル以上もある。

「下りてみたい」デボウは言った。少女のような笑顔だった。「飛び降りるのは、危ないかしら？」

「無理です。足の骨を折りますよ」僕は言う。「向こうに階段があります」

二人は並んで歩いた。既にロイディは僕たちから数十メートルも離れている。遅れているのではなく、気を利かせているつもりだろう。

コンクリートの階段で砂地へ下りられる場所がある。つまり、かつては、海の底へ下りるための階段だったものだ。

僕は彼女の手を引いてそこを下りた。

階段の一番下まで来ても、砂の地面よりも一メートルほど高い。そこで段が終わっていて、飛び降りる必要があった。

僕がさきに飛び降り、彼女のために両手を伸ばす。

デボウは僕に抱きつき、砂地に降り立った。

そこで二人は向き合ったまま。

階段はゆっくりと僕たちから離れていく。

島が回転しているからだ。

見上げると、ロイディが階段の上で片手を上げた。どういう意味なのかわからない。きっと意味なんてないだろう。

「これは、砂漠？」

「そう、砂漠」僕は頷く。「まえは海だった」

「水がなくなったのですね。海を近くで見てみたかった。空から見ただけでは、よくわからなかったから」

「どこにでもありますよ」

「ルナティック・シティにはないわ」

砂は乾燥しているようだった。

踏み進むと、小さな不思議な音を立てる。

どこまでも続いていた。

このまま、イル・サン・ジャックを離れて、帰りたい。

できれば、デボウと一緒に、どこかへ行きたい。

そんな思いが頭を過ぎったけれど、しかし、

それはできない。

デボウはルナティック・シティに戻らなくてはならないだろうし、僕は……、僕は、そう、ここで、あの事件の顚末だけは見届けなければならない。

僕が来たために、起きた事件かもしれないのだ。

そんな予感が、とても僅かな予感が、たしかにあった。

いつの間にか、また、僕はデボウの手を引いて歩いていた。

軽い手だ。

デボウの髪は、煙のように、動いた。

その瞳も、僕を見て、地面を見て、
そして月を見る。
いつも綺麗なものを探しているのだろうか。
そんな瞳だ。
僕の手を握る彼女の指も、
いつもなにかを探しているような、そんな指だ。
二人の足音しか聞こえないのに、静かなメロディが流れているような不思議な錯覚があって、そのリズムに合わせて、ゆっくりと足並みを揃えて、二人は歩いた。
コンクリートの階段を待ってやらないと……。
僕たちの方が速かった。
だけど、時の流れの方がずっと速くて、
僕たちを待ってはくれない。
きっと、このままだ。
このまま、時が流れて、
月が沈み、
また現れて、
満ちていく。

そして、また欠けていく。

こうして手を握っている、このときだけ、彼女はいる。僕の中では、そうなのだ。目を瞑れば消えてしまうように、彼女は遠くへ帰っていき、僕は、どこへも行かない。

きっと、このままだ。

「ミチル、何を考えているのですか？」デボウがきいた。

「今度はいつ会えるかなって、考えていた」僕は正直に答えた。恥ずかしいけれど、それが本心だった。

「今、会っているのに、もう次の心配ですか？」

「いつも、僕はそうなんです」

デボウは立ち止まって、僕を自分の方へ向かせた。

彼女の顔が僕に近づいて、

そっと唇に触れる。

「会いたかったわ」

「僕も」

「あなたに、お話しすることが一つあります。驚かないで、聞いてほしい」

「結婚してほしいって、言われたら驚きますよ」

「ごめんなさい、そういう話ではありません」デボウは首をふった。そして、一度瞬いてから僕を真っ直ぐに見据える。「あなたのかつてのパートナ、クジ・アキラが、このイル・サン・ジャックを訪れたのは、ある技術に関する取材のためでした。それは、人を作る技術。細胞を育て、人間を人工的に誕生させるテクノロジィです」

「クローンですね。それくらい、今ではどうってことありません。ルナティック・シティでは考えられない神への冒瀆かもしれませんけれど……」

「この島で、その実験が行われていました。そして、そのあと、彼女は、あなたに興味を持った……」

「え？」僕は首を捻った。

「とても残酷なことを言います。でも、これは言わなければならないこと。お願い、私を恨まないでね。何故、クジ・アキラがあなたに近づいたのか、考えたことはありますか？」

「何の話をしているの？」

「あなたは、クローンなのです」デボウは言った。

「どうして……」僕は言葉に詰まった。「どうして、そんなことを……」

どうして、そんなことを言うのか？

どうして、そんなことを知っているのか？

どうして、そんな嘘を……。

「本当のことです」デボウはゆっくりと瞬き、頷いた。

「待って……」僕は首をふった。

「それを伝えるために、私はここへ来たのです。それだけのために、初めて、ルナティック・シティの外に出ました。ミチル、落ち着いて、事実を受け止めるのです。これは、大きな問題ではありません。あなたの存在、あなたの尊厳に関わるような、問題ではけっしてない」

「本当に？」

「本当です」

「どうして、それを？」

「どうしてそれを、私が知っているか？」

「何故？」

「私も、クローンだからよ」彼女は微笑んだ。

7

話はそこで終わってしまった。
僕は、いろいろと考えた。過去のかずかずの場面がつぎつぎに思い浮かんだ。でも、考えているから、余計に言葉が出てこなかった。びっくりするような内容ではあるが、たしかに、それがどうだ、という問題ではない。僕と社会との関係に変化はあっても、僕自身にはほとんど影響しない。それに、結局のところ、デボウも僕と同じだということが、僕を安定させたといって良いだろう。最終的には、僕自身と、僕の愛する人の問題なのだ。
そう……、
このとき、僕は、自分がデボウを愛していることをはっきりと自覚した。こういうふうにしか自覚できないなんて、僕が欠陥品だからだろうか。しかし、それを自覚することは、どちらかというと、困った状態、悪い状況に陥ったみたいなものだ。
なるほど、
だから、彼女が来たのか。
他の人間の口から聞いていたら、僕は絶対に信じなかったし、もし信じたとしても、取り乱していたにちがいない。
けれど、
アキラが、そんな理由で僕に近づいたなんて、
それだけは、信じたくなかった。
たとえ、最初はそうだったとしても、
僕たちは、本当に愛し合っていたはず。
少なくとも、僕の中では、それで完結しているのだ。
僕の中で完結しているものは、それだけしかない。
その一つだけしか、僕にはなかったのだ。
それにしても、
いったい、
誰が、デボウに話すように指示したのか……。
神ではない。
それは、人間だ。
デボウを僕へ差し向けた人間。
答は、唯一。
それは、メグツシュカ・スホ以外にいない。

パトリシアが、予告したのも、そうだ。
メグツシュカ・スホがすべてを知っているのだ。
僕のことも、
クジ・アキラのことも、
デボウ・スホのことも、
すべてを彼女は知っている。
すべてを彼女が操っている。
あるいは、
シャルル・ドリィのことも、
そして、
もしかしたら、
そうだ、クラウド・ライツのことも、
オスカのことも、
ウィルのことも、
ミシェルのことも、
全部お見通しなのではないか。
空を見上げると、月が一つ。

いつもよりも近い感じがする。
いつもよりもずっと明るい。
デボウの髪が光っていた。
彼女の唇に、小さな月の光がこぼれ落ちて、一瞬だけ輝いた。
砂、風、月、
瞳、唇、指、
光は、そのサイクルを巡っている。
聡明なメグツシュカ・スホの顔が思い浮かんだ。
彼女は、いったい……。
「ミチル、危ない！」ロイディの声だった。
一瞬遅れて、僕は後方へ突き飛ばされる。
砂の上に背中から倒れた。
風を切る摩擦音が鳴った。
僕を突き飛ばしたのは、デボウ・スホだ。
彼女はそこに立ったまま。
衝撃音。
デボウが、躰を折って、そこに倒れる。

「デボウ！」僕は起き上がった。

「前方距離百二十メートルに確認。接近中。もう一弾来る！」ロイディの声を聞いて、僕は後方へ飛び退いた。

高い風切り音とともに、僕の目の前で砂が舞い上がる。

「モード切替レベル4」僕はゴーグルに命じる。「赤外線、捕捉せよ」

ロイディがいる位置よりも右手だ。

「安全装置すべて解除！」

「ミチル、応戦は無理だ。ウォーカロンか人間か不明。なおも接近中」

「一人か？」

その場を離れ、僕は走った。

次の飛び道具を恐れてのことだが、次は来ない。

どんどん相手は近づいてくる。

「確認できるのは一人」ロイディが言った。

人間に見える。

「誰だ！」僕は叫んだ。「目的は？」

相手は応答しない。

背中に手を回して銃を抜こうとして、

それがないことに気づいた。
「ロイディ、相手の武器は？」
「不明。ミチル、逃げろ！」
距離は三十メートル。
姿がはっきりと見えた。
黒っぽいプロテクト・スーツ。
手には長い武器を持っている。
おそらく、最初に二発、それを発射したのだ。
次の一発は近距離で撃つつもりだろう。
ということは、弾数は多くない。
一瞬、デボウを見る。
彼女は動かない。
一か八か、僕は突っ込んだ。
槍《やり》のような武器を僕に向けた。
さらに接近。
相手の手元で僅かな動き。
僕は左へ飛ぶ。

発射音。
砂の上に倒れ込む。
後方へ短い風切り音。
躰を回転させて、立ち上がった。
ゴーグルが目標を捕捉。
相手は次の武器を取り出そうとしている。
銃だ。
僕はそれでも突進した。
ここで死ぬなら、それも良い。
デボウとともに。
銃口。
僕は相手の腹に体当たりした。
銃声。
相手は砂の上に倒れる。
僕の躰もその横に落ちる。
奴の腕が見えた。
銃口。

僕は左足で、それを蹴る。
銃声。
右手で砂を摑んで投げつける。
右足を伸ばして、奴の喉もとを蹴る。
両脚を折り曲げ、地面を蹴った。
僕の躰は後方に回転して奴から離れる。
呼吸。
大きく息をする。僕は立ち上がった。
銃は五メートルも向こうに吹っ飛んでいた。
奴も起き上がろうとしている。
飛びついて、膝で腰を蹴る。
向こうは右手で殴ろうとした。
それをかいくぐって、右からフック。
この手応えは充分だった。
奴が怯《ひる》んだ隙に、僕は銃まで走る。
相手も追ってくる。
砂の上に落ちている銃に飛びつき回転して、振り返る。

撃とうとしたが、発射しない。
持ち主と認識されなかったようだ。
奴が突っ込んでくる。
一瞬、遅れてしまう。
捕まって、右手と胴体を拘束される。
僕は、自由な左手の銃で、奴の側頭部を殴った。
ヘルメットをしているから効かない。
ゴーグルまで、なんとか左手を持っていく。
ボタンに触れて、手動でモードを切り換える。
「右肩エアバッグ、テスト！」
ゴーグルに確認のサイン。
「ゴー！」
右耳で低い衝撃音が響く。
バルーンの圧力が、奴を一瞬引き離した。
僕は左手で、喉もとを殴りつける。
さらに脚を曲げて、相手の腰を蹴ろうとした。
その右脚を奴に掴まれる。

躰を回転させて、左脚で奴の頭部を蹴った。
砂の上に躰が落ちる。
幸い、銃は左手に持ったまま。
すぐに立ち上がった。
相手も立っている。
息。
息。
息。
酸素が足りない。
「テスト・モード解除」僕は呟く。
相手は姿勢を低くする。
突っ込んできた。
それを左へ避けて、膝で蹴る。
これはかわされる。
すぐに次のパンチが来る。
顔の右でエアバッグが開く。
ヒットは免れたものの、僕はその衝撃で左へ倒れる。

相手の躰が飛んでくる。
横に回転して逃げようとした。
一瞬遅く、背中をとられる。
「背中、エアバッグを……」
ゴーグルに、エラーが表示される。
奴が僕の顔に手を回し、僕のゴーグルをもぎ取った。
頭を後ろから押さえつけられ、砂に顔が埋まる。
駄目だ。
もう、駄目だ。
苦しい。
力一杯、動こうとしたけれど、体重を撥ね除けられない。
駄目だ。
相手の重心が左へ移動する。
僕の左手を奴が摑んだ。
背中には奴の肘が当たっている。
痛いという感覚はもうない。
呼吸が苦しい。

なにも見えない。
左手を折り曲げられる。
折れそうだった。
感覚がなくなる。
銃を持っているはず。
もう、駄目だ。
銃をもぎ取られた。
もう……。
相手は動かなくなった。
僕を撃つつもりだろう。
デボウは、どうなったのか。
奴の最初の一撃を、僕の代わりに受けたはず。
生きてはいないだろう。
もう、血を流して……、
その血が、この砂に染み込んで……、
苦しんでいるだろうか。
早く死なせてやりたい。

死んでいるだろうか。
アキラのときと、同じだ。
今度こそ、僕も、ここで死ねたら、良いのに。
その瞬間、一気に躰は軽くなった。
奴が僕から離れた。
僕は、顔を少し上げて、呼吸を取り戻した。
息。
息。
早い息をしている。
もう死のうと決めたのに、どうして躰は呼吸なんてする？
まだ生きようとしているのか？
僕は、ゆっくりと顔を横に向けて、躰を捻り、相手を見た。
そこに立っている。
銃口を僕に向けていた。
顔を見てから、殺すつもりか。
「サエバ・ミチル」奴は、顔の防具を外した。
思ったとおりだ、シャルル・ドリィ。

肩で息をしている。

僕は躰を起こして、デボウを見た。

彼女は砂の上に倒れている。

背中に銀色の棒が突き刺さっていた。

可哀想に……。

本当に、可哀想に。

早く死なせてやりたい。

苦しまないうちに。

「早く殺せ！」僕は叫んだ。

「サエバ・ミチル、私の話を聞いてくれ」

「聞きたくない！」

「いや、頼む。話を聞いてくれ」シャルル・ドリィは言った。

彼は目から涙を流していた。

「お願いだ、聞いてくれ。最後まで聞いてくれたら、この銃を君に渡す。そして、私を撃ち殺してくれ」

僕は返事ができなかった。

今すぐに、彼に襲いかかり、銃で撃たれるか、

それとも、
デボウのところへ歩み寄ろうか……。

「ミチル」ロイディの声が聞こえた。

内緒の回路だ。

「諦めるな、ミチル。今は動くな。抵抗をするな」

横目で見ると、ロイディはイル・サン・ジャックの上、コンクリートの壁の上に立っている。遠いから、表情は見えない。きっと、いつもの澄ました顔だ。

ロイディに、さようならが言いたかった。

僕は目を瞑った。

「ロイディ、ごめんよ」

「ミチル、最後まで諦めるな」

「ロイディ、大好きだ。ロイディ、本当に……」

「ミチル、大丈夫だ、落ち着いて、冷静になれ」

もう一度目を開ける。シャルルは、まだ早い息をしていた。目は血走っている。泣きじゃくった顔。もう正気ではない。

「ミチル……。私は、君に理解してもらいたいのだ。お願いだ」

僕は目を瞑って、現実を遮断した。

奴の話なんか聞くものか。

死ぬまで、ロイディと話していよう。

「ロイディ、僕の死体は頼む。ケンとイザベルにお願いするんだ。もしかしたら、なんとかなるかもしれない」

「ミチル、じっとしているんだ」

「ああ、楽しかった。こんなにエキサイティングな一日はなかったよ。ロイディ、大好きだ。僕が死んだら、抱き締めて。聞いてる？　ロイディ……」

砂の上に座っている僕と、それを見下ろしている男。

その映像を、僕は横から見ていた。

もう死んだのか、と思ったけれど、
それは、ロイディが見ている映像だった。

そこに近寄る人影がもう一人。

音。

砂が飛ぶ。

呻き声。

銃声。

僕は目を開ける。

自分の胸を見た。
開いたばかりの穴を見るだろう、と想像したけれど、見つからなかった。
前を向く。
シャルル・ドリィは、まだ立っていた。
僕を睨み、銃を握っている。
銃口は僕を逸れていた。
弾は砂に落ちたか。
彼が、ゆっくりと、僕の方へ倒れてくる。
僕は横に飛び退いた。
鈍い音を立てて、シャルルは砂の上に落ちる。
彼の背中に、銀色の棒。
「デボウ！」
彼女がそこに立っていた。
胸の辺りから下は真っ赤だった。
「サエバ・ミチル」綺麗な彼女の声。
背後の空には、月。

しかし、その最後の言葉とともに、デボウの口から真っ赤な液体が流れ出た。
髪を透過した月の光。
泡のように、弾ける血。
彼女は微笑んでいる。
僕を見つめて。
砂。
月。
髪。
血。
息。
どれも、美しい。
僕は、立てなかった。
声も、出なかった。

## 第7章

# 虚偽はいかにして眠ったか

ゆるぎなきわが恋よ、如何にして、
汝が真実をえがくべき？
わが永遠の奥所《おくが》にかおる、
姿なき、このひと片《ひら》の蘭奢待《らんじゃたい》！

# 1

砂の上に、彼女は立っていた。

月が浮かんでいる。

ルナティック・シティと同じ月が。

「サエバ・ミチル」彼女は口から血を流しながら、不鮮明な発音で話を続ける。「どうか、驚かないで下さい」

「もしかして、僕、もう死んだのかな」僕は立ち上がった。

感情はそっくり消えていた。

生きていることも、忘れていた。

「あなたは生きている。それは、確か」

「君は？」僕は尋ねる。

「さあ、どうかしら……」

デボウ・スホは首を傾げる、少女のように。

「大丈夫？　その傷で……」

「かなり血圧が下がっています」デボウは答える。顔色が悪かった。「でも、しばらくは、動けるでしょう。さあ、行きましょう」

「え、どこへ？」

「モン・ロゼ」

「でも……」僕は振り返った。

砂の上に倒れているシャルル・ドリィを見る。

顔を横に向け、動かない。

背中から胸に、銀の槍が突き刺さっているのだ。

デボウを貫いたのと同じ槍だ。

もう一度、彼女を見る。

彼女の胸の傷を見た。

大丈夫のはずがない。

「君は……、誰？」僕は彼女にきいた。

「ごめんなさい」にっこりと微笑んで、彼女は額の髪を指で優雅に払った。「私は、デボウ・スホではありません。メグッシュカ様のウォーカロンです。名前はまだありません」

「まさか……」僕は呟いた。

ウォーカロンだったら、人を殺したりはしない。

もう一度、シャルル・ドリィを見る。

「もしかして、彼も？」

デボウは頷いた。

簡単に。

とても、簡単に頷いた。

でも、それは変だ。

「もし、彼がウォーカロンなら、僕を殺せないはずだ」

「殺してないわ」デボウは答える。

いや、殺そうとした。明らかに殺そうとした。

どういうことだろう？

砂の上に落ちたゴーグルを僕は拾い上げる。

しかし、それをかけることはしなかった。

もう、こんなもの、使いたくない。

自分の目で、見たかった。

本ものの目は、片方だけれど、
自分の目で、すべてを見たい、と思ったのだ。

何が真実で、
何が嘘なのか、
それを見たい、と思った。

「さあ、サエバ・ミチル、行きましょう。メグツシュカ様がお待ちになっています」

それから、しばらく、
僕の頭は、なにも考えられなくなった。

あまりにも沢山の突飛な情報が錯綜《さくそう》して、麻痺してしまったのだろう。

シャルル・ドリィとの格闘で、躰が疲労しているはずなのに、まったくそれを感じなかった。痛いところもない。アドレナリンなのか、それとも精神的なショックのためか、むしろ足取りは軽いくらいだった。

デボウの横を僕が歩き、ロイディが後ろをついてきた。

しかし、だんだん躰が重くなる。

僕はゴーグルをロイディに渡した。それを持っているのさえ億劫になったからだ。

防御服がいつもよりも重い、と感じる。だけど、その重さのおかげで、風船のように飛んでいかないで済んでいる、ともいえる。

どうして、そんなことを考えたのか、わからない。

自分の存在なんて、風船のようなものだ。

飛ぼう飛ぼうとしているのに、なにかのつまらない重りのせいでここに留まっている。

いつも糸はぴんと張っている。

萎《しぼ》まないうちに、飛ばしてやりたい。

気がつくと、ボートハウスの中を通った。一度ウィルが案内してくれた道だ。そう、ウィルはどうしているだろう。あれから、もう一年も経ったのだ。

モン・ロゼの通路を歩いている。

ぼんやりと、天井を見上げて、猫を探していた。

猫はいない。あれも一年まえのこと。

どうして、僕は、こんなところにいるのか。

デボウを見る。

彼女の横顔。

血は、もう止まったようだ。

人間じゃなくても、彼女はまちがいなくデボウだと思った。
僕だって、人間のようで、完全な人間ではない。
人間って、何だ？
どんな状態なら、人間といえるのだろう。
人間であることと、人間でないことに、
どんな違いがあるというのか。
それは、価値なのか？
人間であることが、そんなに大切なことなのか？
何故だ？
死んでいる人間は、もう人間ではないのか？
眠っている人間は、どうだろう？
どうして、生きていないと駄目なのか……。
何故だ？
きっと……、
きっと、きっと、
きっとがどこまでも反射して、エコーが繰り返す、
そんな、きっと……、

こういう状態が、人間で、
こういう状態が、生きていて、
わからないまま、
なにも答のないままに、
ずっと……、
ずっと、ずっと、
ずっとが続くのだろう、エコーのように。
そこは礼拝堂だった。
両側の柱に小さな明かりが灯っているだけで、天井は宇宙のように暗い。窓の外の地球の夜の方がずっと明るかった。
奥の祭壇の辺りだけに、柔らかい光が集まっている。急に耳が聞こえるようになり、オルガンの音に僕は気づく。空気を振動させる低音と、物質を微動させる高音が重なり合い、擦れるように気体の摩擦で包まれていた。
メグツシュカ・スホは白いドレスで、祭壇の中央に立っている。
僕は歩調を早めて、茫洋とした空気、僕を取り巻いている粘液のような空気を、払い退けようとした。
「彼女が、デボウが、怪我をしている」僕は後ろにいるデボウ・スホを指さして訴える。「すぐに、手当てをしてあげて下さい、お願いだから」

「大丈夫」メグツシュカは優しく微笑んだ。「ミチル、優しい子」片手を差し伸べる。

「こちらへ」

「でも……」僕はもう一度デボウを見た。

デボウも笑っている。血を流したことなんて、忘れてしまったかのように。

そうか、やっぱり、デボウじゃなかったんだ……。

思い出した。

夢のように。

泡のように。

「デボウは？　彼女は、大丈夫なのですね？」僕はメグツシュカに尋ねた。

「デボウ・スホは、ここへは来ない」メグツシュカは首をふった。「あなたの前にいる彼女は、ウォーカロンです。あなたのショックを和らげるための方策でした。騙したことは謝ります。しかし、結果的には、彼女に救われましたね」

「はい」僕は頷く。「良かった。本もののデボウじゃなくて」

「何故、そう考えるのですか？」

祭壇の奥へ下りて、放射状に並んだ小部屋の一つに入った。ドアはなく、前面に壁がない。部屋というよりも、凹《へこ》んでいる部分、あるいは、建物の外へ向かって飛び出している空間。周囲には模様の入ったガラスの窓が、高い天井まで届いていた。照明はなく、薄暗い。内緒の話をするための場所だろうか。

僕はぼんやりと、その部屋の様子を見回し、それから、もう一度メグッシュカ・スホを見た。

彼女が白い手を差し伸べたので、僕は木製のベンチに腰掛けた、ゆっくりと。彼女が僕の横に座った。

いつのまにか、デボウの姿はなかった。ロイディもいない。祭壇が高いため、向こう側は見えなかった。

「えっと……、どんな、ご質問でしたっけ……」僕は女王にきき直した。

「あなたは、今、彼女が本もののデボウじゃなくて良かった、と言いました。そう思った理由は何？」

「それは……」僕は考える。

当たり前ではないだろうか。

本もののデボウだったら、あの怪我なら死んでいる。

死なないにしても、可哀想だ。

「別人だったから、良いの？　それとも、ウォーカロンなら、良いの？」

「可哀想だとは思うけれど、でも、デボウは僕の知り合いで、彼女が失われるようなことは、とても耐えられない」

「それは、どうして？」

「僕は過去に一度、アキラを失っている」

「だから？」

「二度と、同じ思いをしたくない」

「二度、同じ思いをするのは、あなたでしょう？　デボウではないわ」

メグツシュカは、僕を見据えて微笑んだ。

「そう……」僕は頷いた。「そう、僕の……。ええ、つまり、僕が嫌なんです。僕だけが耐えられない」

「わかりました」彼女は頷いた。「素直な子」

「でも、どうして……。あんなに、デボウそっくりで、その、いろいろ僕のことを、知っていたのですか？」

「私が入力しました」

「デボウから聞いたのですか？」

「聞かなくてもわかります」

「クローンの話は？」僕は思い出した。大事なことを忘れていたようだ。もしかしたら、大事ではないのかもしれない。わからなかった。「あれは……」

「本当のことです」

「そう……、ですか」

「気にすることはありません。まったく小事」

「はい」僕は頷く。「幸い、仕事の関係上、科学的な知識はありますから」

「よろしい」彼女は手を伸ばし、僕の手を取った。「良いですか？　私があなたに言えることは、ただ一つ」メグツシュカは僕に顔を近づける。「人間としての誇りを持ちなさい、ミチル」

メグツシュカの優しい笑顔を見て、僕の目から、何故か、涙が流れ始めた。

どうしてなのかわからない。

何だろう、この暖かさは。

不思議だった。

存在の根元に関わるような、そんな暖かさ。

僕という人間の、一番大事なものが、
彼女によって明らかにされたような、
そんな暖かさだった。

「生きていくのですよ」彼女は言った。「ミチル」

僕は微笑んだ。

「大丈夫です」

## 2

「どうも、変だとは思っていたのです」メグツシュカは語った。「最初に会ったとき、あなたは声を出さずに、ロイディと話ができるようでした。ちょっとした一瞬の目の動きで、それがわかりました。しかし、私の気のせいかもしれない、偶然かもしれない、そう考えていたのです。ところが、シャルル・ドリィのところで一年も眠っていた。その間、ロイディは地下の倉庫に入れられていた。私のウォーカロンがそれを見つけて、私が彼を出してやりました。すると、あなたの意識が戻った。変化したのは何か？　あるいは、ロイディとあなたの距離に関係しているかもしれない。それから、決め手になったのは、もちろん、シャルル・ドリィがあなたを襲ったときです」

「彼はウォーカロンだった？」

「そう、だから、デボウが彼を倒して、あなたを救うことができたのです。デボウもウォーカロン。ウォーカロンはウォーカロンを殺すことはできても、人間には直接危害を加えることはできません。基本的に、その安全装置が必ず根底で作動している。

もともと、私は初期段階でウォーカロンの開発に関わったことがあるので、その部分のプロテクトがいかに厳重かを熟知しています。これを破ることはまず不可能でしょう。もちろん、ここにいるウォーカロンたちも例外ではありません。シャルル・ドリィはウォーカロンだから、あなたを殺すことを常に躊躇《ためら》い、その結果、デボウに殺されたのです。シャルル・ドリィは、既にそれ以前から狂っていたようです。ソフト的に破綻をきたしていたのだと推定しています。自己矛盾というネストに陥った暴走か、あるいは、単なるファンクション継承の不良、それとも、保護回路の機能不全などのトラブルが重なった結果だったでしょう。さて、それにしても……、何故、シャルル・ドリィはあなたを襲えたのか、人間であるミチルに対して、どうして危害を加える行動がとれたのか」

「僕が人間ではないからです」

「いいえ、あなたは立派な人間です。その尊厳を、どうか捨てないで」メグツシュカは一瞬の間をおき、瞬いた。「そうではなく、シャルル・ドリィが、あなたを人間だと認識できなかっただけです」

「そうです」僕は頷いた。「でも、それは……」

「絶対に秘密にしてほしい」メグツシュカは僕の言葉を先回りして口にした。

「はい」僕は素直に頷いた。頷く以外にない。

「神に誓って、この秘密は守りましょう。あなたは、あなたの躰の中にいない。そうですね？」

「そうです」

「あなたの頭脳は、ロイディの中にいる。あなたの今のその躰は、クジ・アキラのものだった」

僕は頷く。

メグツシュカはもう知ってしまった。

もう、僕にとって、彼女は神様も同じだ。

秘密を知られてしまった。

彼女を信じるしかない。

「ミチルは、ロイディの中で生きている、そして、クジ・アキラの躰をコントロールしている」

「そうです」

僕は彼女をじっと見る。

メグツシュカの瞳に、吸いこまれてしまいそうなくらい。

彼女をじっと、見つめる。

やがて、

メグツシュカは、表情を和らげ、口もとに笑みを浮かべた。

「やはり、あなたがここへ来たのは、運命でしたね」

「どういうことですか?」

「素晴らしい」彼女は視線を上に向け、目を細めた。

「何が?」彼女の口から漏れた言葉に、僕は驚いた。

「輝かしい技術です」

「輝かしい?」

「そう……、私もそれを試しているの」

「試しているって……、何を?」

「人間の思考機能であるヘッドと、それを維持するための設備であるボディを分けるのです」

「何のために?」

「二つの理由があります。まず、人間の安全のため。つまり、万が一のアクシデントに、ヘッドを救うことができます。ボディは、頭脳を維持するための余計なエナジィを必要としない。頭脳は、思考のために最適な環境に置かれる。非常に合理的なシステムです。そして、第二に、ウォーカロンが人間に近づくためのヒントがそこにあるのです。頭脳と肉体のやりとりを明確化し、それを学習することが、ウォーカロンが人間に近づくための、最後のハードルです。この実践的な手法は、既に何年もまえから提唱されているのですが、残念ながら人道的な立場から実験は行われていません。人道的とは、すなわち原始的な、という意味ですけれどね」

「そんな……」僕は首をふった。「そんなに合理的だとは思えません。僕の場合は単に、こうしなければ、生きられなかった、お互いに、二人を一つにしなければ、生きられなかっただけなんです」

「二人が一つになったのではありません。生きているのは、ミチル、あなたです。間違えないで。人間は意志によって存在するのです」

メグツシュカの瞳を、僕は見続けられなくなった。

視線を落とし、自分の膝を見た。

そこに乗っている手を見た。

これはアキラの膝、そして、アキラの手。

僕はここにはいない。

ここには存在しない。

遠くから、アキラの躰を操っている。

これは、人形？

「違います」メグツシュカは言った。

「え?」

「その躰を操っている、と考えたでしょう?」

心を読まれたようで、僕はびっくりした。言葉も出ない。

「それは違う」彼女は首をふる。「反対です。あなたは、この躰によって生かされている。頭脳と躰が同じ場所にあるときと、まったく同じです。頭脳を生かすために躰は存在している。けっして、その逆ではありません」

「でも……」

「人の誇りを持つのです、ミチル。躰なんて小事。大したものではありません。機械で簡単に代用できる」

「頭脳だって、いつかは代用できるのでは? ウォーカロンが人間に近づくって、そう言ったじゃありませんか」

「メモリも、分解能も、処理速度も、既に技術水準はそれを達成しています。あなたの言うとおり、頭脳も機械で代用できるでしょう」

「だったら、人間の尊厳なんて……」

「そのときには、機械が人間になる。それだけのことです」

「機械が人間になる?」

「そうよ。ウォーカロンが人間になる。何がいけないの？　何故それを拒否するの？」

「僕は……」首をふっていた。僕は、横に、首をふっていた。「拒否なんて、していません」

「そう、それが正しい」

「正しい？」

「ええ、正しいわ」メグツシュカは微笑んだ。「あなたが立派な人間であるのと同じように、ウォーカロンも、人間になりうるのです」

「そんなことを、人間が受け入れられるでしょうか？　自分たちと同じものだと認識できますか？」

「できる、できないの問題ではありません。そういった感情論ではない。これは、物理的な事実なのです」

「だけど……」

礼拝堂のドアが開く音がした。

「止まりなさい！」パトリシアの叫び声。

「どけ！」男の歪《ひず》んだ叫び声が響く。

僕は立ち上がった。

メグツシュカ・スホも立ち上がった。
足音。
衝突音。
呻き声。
誰かが倒れる音。
「ミチル、危険だ」ロイディの声が聞こえる。
最初に、パトリシアが祭壇に姿を現し、僕たちの方へ駆け込んできた。
ロイディは見えない。
次に現れたのは、黒い影。暗くてよく見えない。
パトリシアが、僕とメグツシュカの前に立って、両手を広げた。
黒い影から、僕たちを守ろうとしているのだ。
「誰だ?」僕はロイディにきいた。
「さきほどの敵だ」ロイディが答える。どこかに待避したのだろう。
シャルル・ドリィが祭壇から飛び降り、こちらへやってきた。
「ここは、あなたの来る場所ではない」パトリシアが言う。
「どけ!」
シャルルは笑っている。

顎から首にかけて、血飛沫で色が変わっていた。

プロテクタは胸の部分に穴が開いている。

同じく血に染まった右手に、銀色の槍を握っていた。

今も、その先端から、赤い血が滴り落ちている。

誰の血だろう？

祭壇の向こうにいたデボウか。

デボウの人工血液だろうか。

パトリシアが身構える。

シャルル・ドリィが槍を振った。

一度目の攻撃を彼女は腕で受け止めた。

しかし、すぐに反対側から、攻撃される。

パトリシアの側頭部にヒットし、彼女は横になぎ倒された。

彼女は壁際に蹲った。

さらに槍を回して、シャルルは、僕たちの前に進み出た。

「殺してやる、ミチル」見開いた目が、僕を捉えた。「何故、私の話を聞こうとしない？　どうして、私を嫌う？　私は……」

「シャルル」メグツシュカが言った。「私が誰だかわかりますか？」

シャルルは微動し、
そして、
メグツシュカを見た。
「お前を産んだ母を、覚えておいでか？」
シャルルは僅かに首を傾げ、
そして、
メグツシュカを睨む。
「可愛い子。こちらへおいで……」
彼女は片手をそっと差し伸べ、
そして、
シャルル・ドリィに微笑んだ。
「シャルル、お前が欲しがっていた、これを、差し上げましょう」
メグツシュカは片手を胸元へ入れ、
そして、
小さな金色の筒を取り出した。
「お母様……」シャルルは表情を変える。
彼は、持っていた槍を床に置き、

そして、メグツシュカに近づいた。

「可愛い息子よ」

メグツシュカは金色の筒を握り、そして、それを振った。

低周波の音が鳴り響いた。

「ああ、綺麗だ。凄く綺麗ですね、お母様」

メグツシュカの手から、金色の筒から、オレンジ色の光が真っ直ぐに、斜め上に向かって伸びる。

天井近くまでそれは達していた。

不思議な発光。

そして、不思議な音響。

「シャルル、もうお休みなさい」

メグツシュカは言った。

そして、
金色の筒を大きく一度だけ振った。
ぶうんという低い音とともに、
オレンジ色の光が走り、
そして、
シャルル・ドリイを過ぎった。
彼の顔は、驚きのまま固着し、
躰は、一瞬の痙攣を最後に停止した。
そして、
見開いた目、
血飛沫に染まった顔、
乱れた頭髪、
そのすべてとともに、
彼の首が、ゆっくりと前に、
倒れ、落ちた。
床に当たり、
鈍く、弾み、

転がった。
躰は、立ったまま、倒れなかった。
僕の足許に、シャルル・ドリィの驚いた顔。
もう、なにも、驚くことなどないのに……。
まだ、目を見開いて……。
低周波音が消える。
暗くなった。
メグツシュカのオレンジの光が消えたのだ。
パトリシアが壁際で起き上がろうとしている。
祭壇の上から、ロイディがこちらを見ていた。
それら全部を観察してから、
シャルル・ドリィの首を僕は見た。
そして、
一歩進み出て、
彼の首のそばに、膝を折った。
手を、
彼の首に恐る恐る伸ばす。

触れなかった。
斜めに転がっている、人の首。
仮面？
瓜？
何だ？
これは、何だ？
人間の中で、いったい、これは何なのだろう？
そう……、
実に不思議な存在だ。
人を象徴するものなのに、
こんなに脆い。
こんなに危うい。
こんなに滑稽で、
こんなに不気味だ。
「そうか……」僕は呟いた。
僕は振り返って、メグツシュカを見る。
メグツシュカが、僕を見ていた。

「気がつきましたね？　サエバ・ミチル」

## 3

祭壇の礼拝堂側まで行くと、デボウが倒れていた。もう動かなかった。僕は彼女の額に触れて、彼女の髪を撫でた。

それがデボウ・スホでなくても、やはり悲しいと思う。

「大丈夫、直ります」メグツシュカ・スホが言った。「シャルルだって直ります」

僕は立ち上がった。

デボウを二人のウォーカロンが持ち上げて運んでいく。

僕はメグツシュカに従って、エレベータに乗った。ロイディとパトリシアも一緒だった。

「彼は、シャルル・ドリィは、ずっとウォーカロンだったのですか？　でも、あなたに拾われて、そのときに本当の母親を殺された、と僕に話しました。それに、先王ルウ・ドリィを殺したと、その話も……」

「すべて、彼が作った物語です」メグツシュカは首をゆっくりと一度ふった。「殺されたのは、彼の母親ではなく、彼自身でした。少年のとき、彼は殺人犯に殺されたのです。私は、彼の細胞からクローンを作りました。母親がそれを望んだのです。残念ながら、その母親は亡くなりました。シビの街に、何年か住んでいたのですが、ウィルス性の伝染病で……」

「そのときに、島の周囲が海になったのですね？」

「そう。しかし、シャルル自身も、まもなく感染して……」

「亡くなったのですか？」

「永い眠りにつきました」メグツシュカは答える。「亡くなるまえに、私の判断で冷凍したのです」

本物のシャルル・ドリィは、今もどこかで眠っているのだろう。

「クジ・アキラに会ったのは、どちらのシャルルだったのですか？」僕は尋ねた。

「ウォーカロンのシャルルです」彼女は無表情のまま話した。「ええ、でも、自分がウォーカロンだとは、自覚していなかった。私がそうプログラムしたからです」

地下のフロアに降り立った。

以前に一度来たオフィスのような場所だ。

メグツシュカは、そこを通り抜け、奥へ僕を案内した。

細い通路を抜けていくと、最後には鉄の扉があった。

彼女がドアの横で手を上げると、それがゆっくりと開く。自動的に照明が灯った。

細長い奥行きのある部屋で、その中央の細長い台に、実験器具のような設備が連なっていた。

「私の実験室です」メグツシュカは言った。「私以外の人間を入れたことは一度もありません」

ひんやりとした空気だった。

機械類が作動している細かい振動音が僅かに聞こえる。空気を送る音、泡の音、細かい電子音、さまざまな音が方々で鳴っている。

「なにか飲みますか？」部屋の中央まで来て、メグツシュカが振り返った。

「あ、ええ」僕は答える。気づかなかった。そう言われてみると、とんでもなく喉が渇いていた。

「パトリシア、悪いけれど、お茶を」

彼女が頭を下げて戻っていく。

「人払いですか？」僕は彼女を見送ってから、メグツシュカにきいた。

「面白いジョークね」メグツシュカは微笑む。「頼もしい」

「頼もしい？」僕には意味がわからなかった。

彼女は小さな椅子の一つに腰掛け、僕にも座るように片手で示す。

「さて、それでは、あなたの推理を聞こう」メグツシュカは微笑みながら言った。

目を輝かせ、とても楽しそうな表情だ。

そんなに楽しいことだろうか、と僕は不思議に思う。しかし、少なくとも、少し気が楽になった。彼女の顔を見ていると、まるで、すべてがゲームだったみたいに思えてくる。そうだったら、どんなに楽しいだろう。僕も少しだけ微笑むことができた。

「すべて、ご存じだったのですね？」

「最初は、私も気づきませんでした。いったい、何が起こったのだろう、と……。さあ、ミチル、聞かせて」

メグツシュカは本当に嬉しそうだ。躰を小さく弾ませ、生き生きとした瞳を僕に向けている。

「クラウド・ライツは自殺したのです」僕は話した。

「何故？」彼女はすぐにきいた。

「彼は、つまり、自分が何者かに気づいた」

「うん」満足そうにメグツシュカが頷いた。「正解」

「クラウド・ライツの頭脳は、彼の躰の中にはなかった。彼の躰は本ものだったのですか？」

「いいえ。人造です」

「完全なウォーカロンだった？」

「ウォーカロンではない。彼の頭脳が操っていたのですからね」

「それは、どこに？」

「ここ」メグツシュカは、そう言うと、台の上にのっている機械を片手で示した。「この中です」

セラミクス製の円筒形の容器に、細かい発光端子と幾つかのチューブが接続されたシンプルな装置だった。

それと同じものが、台の上に並んでいる。幾つあるだろう。軽く二十、いや三十はある。部屋の奥までずっと続いていた。チューブは天井へ伸び、壁際を通る太いパイプと接続されている。

「最新のシステムは、すべてをコンピュータと並行させています。それらは別の部屋。ここにあるものは、初期の段階のもので、いわば、プロトタイプです。最初に私が作ったモデル。このあと、もっとシンプルな形態を目差して、改良を重ねました。それらも別の部屋にあります」

「彼は自分自身のハードのメカニズムを知らなかった」僕は話す。「そうでなければ、自殺などしない」

「知らない方が、私は良いと考えました。それが間違っているとは思っていません」

「どうやって、本人が知らないうちに、頭脳と躰を分離するのですか？」

「あなたは、自分が知っているうちに分離されましたか?」

「いいえ」僕は首をふった。「僕は一度死んだのです。生き返ったら、こうなっていた」

「そうすることで、救われたのです」

「救われなかった方が、良かったかもしれない」

「いいえ」メグツシュカは首をふった。「あなたを救った愛を、素直に受け止めることは必要では?」

「ええ」僕は頷く。「それは、もちろん、わかっています」

「人が生きているのは、けっして自分のためばかりではないのです。自分以外に生かされ、また、自分以外を生かしている、そういう一連のシステムなのです」

「その点は、よくわかりません」僕は首をふった。

「あなたのその優しさは、どこから来るの?」

「え?」

「あなたは、気づいていないかもしれない。でも、ロイディは、あなたの優しさを知っていますよ」

僕はロイディを見た。

澄ました顔。いつもの無表情のロイディだった。

わからない。

彼女が言っていることが、僕には理解できなかった。

「この研究は、かなり以前から行ってきたものです。成功する確信がありました。しかし、むやみに人体実験をするわけにはいきません。なんとか、稀に、事故などによって、そういった機会が生じたとしても、すぐに対処する必要があります。すべてを運搬する距離が近くなければ難しい。滅多にそんな好条件はありません。それに、私は一日のほとんどを眠って過ごしている人間ですから、世の中を常に見張っているわけにもいかない。ところが、そのチャンスが来ました」

「伝染病が流行したときですね」僕は指摘する。

「あなたの頭脳にキスがしたいわ」メグツシュカは微笑んだ。「そう、彼を救うために、という名目が、偶然にも立った、ということ。もちろん、私にとって、いずれでもかまわなかった。ただ、やはり、周囲の理解はある程度は必要でしょう。たとえば、ドクタ・レオン・ドゥヌブなどがそうです。この伝染病はユーロの全域に一時期、家畜を通じて蔓延《まんえん》しました。イル・サン・ジャックの家畜は、このときすべて処分されたのです」

「紫外線の不足が主原因だという説があります」僕は言う。仕事上、そういった情報を耳にしたことがあった。

「あれは原因がとても複雑です。当初は、植物性の黴《かび》を媒体にすると考えられていた。それが五十年もまえの研究です。それに対しては、たしかに紫外線が効果が高いという報告が多くされました。イル・サン・ジャックは、農産のほとんどを島の南側で行っていたので、常に太陽光に曝《さら》されるように、島の回転を行う計画を進めました。しかし、実際には、それとは別のウィルスが原因だったのです」

「それでは、島の回転は、そのために？」

「当初はそうでした。しかし、もちろん目的は一つではありません。畜産を放棄し、その後は農業生産だけに切り換えました。太陽光を有効に受ける。また、方位が変化することで、害虫を除く効果もある。これらのメリットは大きいけれど、でも、エナジィ的にはロスが著しい。当然ながら、将来への投資として、試行する価値はある。また、電波望遠鏡、太陽発電などでも僅かな利点が存在します。しかし、最大の理由は、人々への影響だった。まだ試行段階ですけれど、人々への精神的な影響を、私は調べている。これは、無視できないものです」

「もしかして、森や海を消したのも？」

「そう」メグツシュカは微笑み、頷いた。

「大変な労力がかかったはずです」僕は言う。

「エナジィは、今の世の中では、完全に余剰なのです。この百年の間に、世界の人口は三分の一に減少しました。その一方では、エナジィ革命が起こり、莫大なエナジィを人類は手に入れた。労力なんてものの価値は、百年まえの五十分の一にもならないでしょう。もう人類は働く必要もないのです」

「どれくらい工事にかかったのですか？」

「一カ月」

「その間、シビの街の人は、眠っていたのですね」

「そうです」メグツシュカは頷いた。「その間に、病気の者を頭脳分離し、新しい形態に切り換えました。健康な者は、ただ眠っていただけです。街の空調、街の水道、すべてをコントロールしているのですから、簡単なことです。ただ、一番の困難は、彼らが覚醒したときの記憶」

「なにかの薬品を使ったのですか？」

「そう。徐々に覚醒させた。あくまでも、目的は、不治の病人を救うことで、彼らのボディを取り替えることです。そして、そのために街の全員を眠らせ、そして、彼らが目覚めたときには、海の変化に注意を集中させる。周囲が海になっている、そのことにすべての注意が向くようにコントロールしました。こういった心理的な手法が、これほど大きなもので試された例は過去にもないでしょう。ただ、技術的には、歴史を見ても古くから利用されている方法です。難しい手法ではありません。なにかに注目すれば、他のものへ気を遣わなくなる。戦争へ国民を煽った政府などは、どこの国にも存在しました。たとえ、ある期間の記憶が不鮮明になっても、そのときには病気が流行していた、そのときは周囲が海になった、という大きな事件が身近に発生することで、その他の印象を暗闇へ沈めてしまうことができるのです。一種の記号化といえるでしょう」

「では、今回の砂漠化も？」

「もちろん」メグツシュカは頷いた。「何人かを、頭脳分離しました。これも、彼らを救うためです。少なくとも、私は、正しいと信じてこれを行っています」

「僕には、正しいかどうか、わからない」

「それが普通、あなたが普通です」

「あなたは、普通ではない？」

「普通ではありません。そんな議論は無用です」彼女は片手を軽くふった。なにかを恥じらうような、不思議な身振りだった。「さて、議論を戻しましょう。クラウド・ライツが自らの首を切った、その理由と、その手法は？」

「理由については……」僕は答える。「感覚的にしか把握できません。あと回しにさせて下さい。しかし、手法は、簡単です、補助をする人間がいたのです。いうまでもなく、クラウド・ライツのときには、ウィルが、そして、オスカのときには、ミシェルが、彼らの自殺のアシストをしています。具体的には、いずれも、梁からロープを使って吊した大きな鎌を振り下ろし、ギロチンのようにして首をはねたのでしょう。被害者が殺されることに自ら協力していた、という点が、このような簡単な方法で確実に首を切断できた最大の要因です。抵抗する人間の首をあのように一撃で切り落とすことは困難だと思います」

「どうやって、ウィル、そしてミシェルに協力させた？　どうやってコントロールしたの？」彼女は微笑みを浮かべたまま首を傾げた。

「それも、簡単です」僕は頷き、メグツシュカに微笑み返す。「ウィルは、クラウド・ライツ本人だったし、ミシェルは、オスカ本人だった。僕が自殺と言った理由はそこにあります」

## 4

パトリシアが運んできたお茶を飲んだ。しばらく、僕とメグツシュカの二人だけの、静かな時間が流れた。

ときどきお互いを見る。

なにか、とても懐かしい、と僕は感じた。

しかし、それが何故なのか、まったく心当たりはない。

「ウィル、そして、ミシェルに、説明ができますか？」メグツシュカはきいた。

少し考えてから、僕は頷く。

「よろしい」メグツシュカは片手を軽く上げた。

部屋の入口のドアが開いた。僕は振り返ってそちらを見る。

入ってきたのは、ウィルとミシェルだった。

少年と女。二人は、実験台と壁の間を、僕たちの方へ歩いてくる。ウィルが前を歩き、後ろにミシェル。ウィルは真っ直ぐに僕を見て、ミシェルは、俯き気味だった。

「サエバ・ミチル、お久しぶりです」ウィルが僕の前まで来て頭を下げた。一年まえと変わりはない。

「ここにいたんだね」僕は応える。ミシェルを見ると、彼女もちらりと僕を見て、頭を下げた。

「そこに座りなさい」メグツシュカが二人に言った。

木製のベンチが壁際にあった。少年と女はそこに腰掛ける。膝に手をのせ、姿勢良く、畏《かしこ》まった様子だ。

「今から、サエバ・ミチルが、大切な話をしてくれます」メグツシュカは二人に言う。「よく聞いているのですよ」

二人は頷く。

メグツシュカは僕を見た。

どういうつもりなのか、よくわからなかった。

しかし、話さないわけにはいかなかった。

「ウィル、それから、ミシェル」僕は話しかける。「君たちを責めるつもりは全然ない。だから、どうか安心して聞いていてほしいんだ。アラビアンナイトみたいな、作りもののお話だと思えば良い。いいね？」

二人は小さく頷く。

少年の目も、女の目も、純粋な光を放っている。

なんの汚れもない、なんの疑いもない、瞳。

「ウィルは、クラウド・ライツにコントロールされて、そして、ミシェルはオスカにコントロールされて、それぞれの主人と呼ぶべき人間の首を切るのを手伝った。ライツもオスカも、自分の首を自分で切り落としたかった。何故なら、その頭部には、自分の頭脳が存在しない。躰を切り離しても、自分の存在は消えない。それを確かめたかった。あるいは、自由になりたかったんだ。それを切り離すことで、人としての呪《じゅ》縛《ばく》から解放され、本当の自分を取り戻そうとしたのかもしれない。だから、君たちに手助けをしてもらって、それを実行した。悪いことをしたわけではないんだ。それは確かだから、けっして悲観してはいけない。縛られている鎖を切ったのと、同じことなんだ。ただ、どうして、ウィルやミシェルが選ばれたのか、それはわからない。もともと、そういった体質、あるいは、なんらかの近接した関係があって、そのために、ウィルはクラウド・ライツの弟子になり、またミシェルは、オスカの妻になった、と考える方が当たっているだろうね。君たちにその自覚がなくても良いし、そんな自覚などまったく必要のないことだ」

「近接した関係とは？」メグツシュカが尋ねた。

「えっと、それはたとえば、周波数がちょうど倍数になっているとか、そういった同調現象ではありませんか？　クラウド・ライツの頭脳が彼の躰と交信するときの周波数、それが、ウィルの場合の周波数と、混信した、という意味です。もちろんこれも、そもそも、そうした混信があったからこそ、二人が近い関係になった、と見るべきかと思います」

「なるほど」メグツシュカが頷く。「面白い説だ」

「説？」僕は多少驚いた。「違うのですか？」

「非常に惜しい。けれど、残念ながら、そうではありません」メグツシュカは楽しそうな表情で首をふった。「ミチル、あなたは、固定観念に縛られている」

「固定観念？」

「そう。一人は一人、一人の人間は一つの躰、一つの個体だという固定観念です」

「え？」僕はもう一度、ウィルとミシェルを見た。

その概念が理解できたとき、僕はぞっとした。

そんなふうに感じるのは、僕の頭脳の驚きが、僕の躰にも伝播《でんぱ》しているからなのか。

「一人が、二人？」

「そうよ」メグツシュカは優しい表情で頷いた。「簡単なことでしょう？」

「え、つまり、クラウド・ライツの頭脳が、ウィルの頭脳でもある、ということ？」

メグツシュカの笑顔を見て、また、僕はウィルへ視線を戻す。

その少年の頭脳は、ここにはない。

僕の横にある機械の中で、クラウド・ライツの頭脳が溶液に浸かって浮かんでいる。その頭脳が、クラウド・ライツの躰と、そして、ウィルの躰を動かしている、というのか。

そうか、一つの頭脳で、二人を……。

単体の頭脳が、人格を複数個持つことは、珍しいことではない。

完全に独立しているものでなければ、むしろ普通だ。

これも、メグツシュカ・スホの実験の一つなのだろうか。

「つまり、クラウド・ライツは、自殺ではない？」僕は呟いた。

「そうとも言える」メグツシュカは答えた。「彼の自覚、彼の認識がどうか、それによりますが、物理的に観察した場合、クラウド・ライツは、ウィルに自分を殺すように要請したに過ぎません」

「オスカも……」僕はベンチに座っているミシェルを見つめる。「ミシェルに、お願いをした」

「しかし、ウィルも、ミシェルも、それを自覚していない」メグツシュカが説明した。「おそらくこれは、二人の防衛本能だったと考えられます。二人とも、自分を殺したこと、自分の主たるボディを破壊したことに対するショックから、その行為のすべてを記憶の奥底に隠蔽した。二人とも、外面的には、そのあとの行動しか記憶していない」

「凶器と首を運んだことですね」僕は話す。

「これもまた、一種の記号化です」メグツシュカは指を立てる。「首と凶器を運ぶことによって、首を切断した記憶を隠蔽した。また、彼らにとって、自分の首は、見たくはない、見せたくもない対象だったのでしょう。したがって、それは首ではない、別のものを運んでいる、という記憶に改竄《かいざん》されたのです」

「すると、首を現場から持ち去った理由は、それを見たくなかったから、だというのですね？」僕はきいた。

「いえ、それだけではありません。単に見たくなければ、なにかを被せれば良い、記憶を改竄するだけならば、他にも記号化の手段はいくらでもあったでしょう。わざわざ首を遠くまで運び、捨て去ってしまったのは、もちろん、他の者にそれを晒したくなかったからであり、その首の中に、実は頭脳が入っていないことを知られたくなかったからです。簡単にいえば、恥じらいの感情に近いもの、極めて、人間的な判断といえます」

「恥じらい……」僕は言葉を繰り返した。

なんという、不思議な行動だろう。

自分の首を切ったのは、自分の自由のためであり、首を持ち去ったのは、恥ずかしかったから……。

何が恥ずかしかったのか。

そこに自分が存在しないこと、
空虚の頭脳が晒されることを、恐れたというのか。

「彼らは、確信していたのでしょうか？」僕はその疑問を口にした。「自分の頭脳が、躰から遠く離れたところにあることを、確信していたのでしょうか？」

「さあ、どうだったでしょう」メグツシュカは首を傾け、目を細めた。「それは、私にも大いに興味のあるところです」

「メグツシュカ様……」ウィルが口を開いた。

僕は彼を見た。

驚いたことに、ウィルは目を閉じている。

無表情のまま、静かに座っているのだった。

ただ、彼の口だけが微動し、少年の声が漏れた。

「お久しぶりでございます。クラウド・ライツでございます。もう、こちらへは二度と参らないつもりでおりましたが、お話を伺ううちに、これは、私の最後のご奉公として、お伝えしておかねばなるまいと、かように思ったしだいでございます。サエバ・ミチル様も、どうか愚僧の話をお聞き下さい」

5

「そのようなことができるのか」メグツシュカは目を細める。「不思議なものだな、いつの間に、そんな回路を構築した?」

「いつ、と明確に申し上げることはできません。この私自身、それがいつなのか、何がどうなったのか、わからないのでございます」目を瞑ったまま、ウィルは話す。少年の口から声が出ているものの、その口調も言葉も、明らかに彼のものではなかった。「ただ、考えまするに、おそらくは砂の曼陀羅を描く毎日の行いのうちに、なにかが見えてきた、なにかが聞こえてきた、触れることのできぬものに、触れられるようになった、と思われます。まず、私が気づきましたことは、私自身が、どうやらここには存在しない……、このモン・ロゼにおいて、砂の色を分け、それをさらさらと落としている、この手は、この指は、実は私のものではない、という真実でございました。私は、それが、なんと申しますか、神が私に与えた問ではないか、と考えました。それから、私が感じましたのは、この浮遊した、どことなく近しい場所……、見えず、聞こえず、触れず、なんの感覚もなく、しかし、そここそが、私が存在しうるべき世界の感覚でした。それは、天国でしょうか？　それとも地獄でしょうか？　その不思議な感覚が、砂を落とす、そのときどきに、日々にますます強く感じられるのでございます。一度、そう気づきますと、もはや、常にその浮遊感を味わい、その自由を夢見るようになってしまうのです。私の躰は、本当に私を生かしているだろうか、という疑問が、私を取り巻く。私の存在は、この躰がなくても、必ず、ある。それは見えない、聞こえない、そして触れることもできません。しかしながら、確固として私を包み込んでいる。そう思うことで、そう感じることで、まさに、私を生かしている。そうした、活かされるべき私の存在を、感じることができたのでございます」

ウィルは目を瞑ったまま、僅かに微笑んだ。

隣に座っているミシェルは俯き、床に視線を落としていた。彼女は話を聞いているのだろうか。それとも、オスカが聞いているのだろうか。

「そういった日々を重ねるうちに、この神の問に、いつかは答えねばなるまい、それがこの私の、このモン・ロゼの僧侶長である私の使命ではないか、と考えるに至りました。あの日、私は、サエバ・ミチル様にお会いしました。その姿を拝見したとき、何を思ったか、今となっては、いかにも不思議なことで、言葉にしてどう説明することができましょう……、私は、モン・ロゼの塔の上に立つ天使を見ることができたのです。ああ、いよいよ、この私にも、お迎えが来たのかもしれない、あるいは、これがお導きだろうか、そんな印象を抱きました。いえ、勝手な思い込みでございます、サエバ・ミチル様には、なんの関わりもないこと、どうかお許しいただきたいと存じます。ただ、そこに、鏡のように、自身の姿を映している、そのような印象、あるいはインスピレーションを持った、とでも申しましょうか、まさに、それが天使の降臨ともいうべき、全身を霊感させるがごとき素晴らしい神の慈悲でありました。本当にありがたいことでございます。私は、この加護のもとに、早々に決断をし、そして、行動に移したのでございます。誰にも相談をいたしませんでした。シャルル・ドリィ様にも、そして、メグツシュカ様にも……。相談とは、言葉をもってする以外にございません。しかしながら、言葉を通すことで、きっとこの感覚は別ものとなってしまうという危惧、そして、他の方に語ることで、自らの決断が少しでも揺らぐことがあってはならぬ、すなわち、知らず知らずのうちに、私はこの昇天の機会から逃れようとしているのではないか、という心配をいたしました。なにぶん、このような経験は皆無、もちろん、どこにも、このような手立てが人と神を結ぶものだという教えも、ございません。それらしいことを、聞いたことさえございませんでした。つまりは、自らが信じ、自らが試す以外にはない。これこそは、己の小さな命を捧げるに相応しい、いかにも私のこの立場にとって有意義な行いであると、信じたい。それだけが、私の主たる意志によって築かれたものでございます。しかし、メグツシュカ様には、勝手な振る舞いをいたしましたことを、重ね重ねお詫び申し上げねばなるまいと存じます。どうかお許し下さい」

「それで、どうだったのだ？」メグツシュカがきいた。「自らの首を落としたときの感覚は、どのようなものだったか？」

「それを表現する言葉を、私は持ちません。幾つか思いつくものといえば、一瞬であり永遠であり、重くあっても軽く、まるで、音楽を聴いているような、そして海風を受けるような、なんとも言い難い、爽快なものでございました。その後、私は、新しい地に辿り着きました」

「そこは、どのようなところか？」メグツシュカはきいた。

「明るいと思えば明るく、暗いと思えば暗い、楽しいと思えば楽しく、淋しいと思えば淋しい、そんな場所でございます。思いがそのまま、すべて現れます」

「自由か？」メグツシュカはウィルではなく、筒状の機械を見ていた。

「はい。私は以来、解放されました。このような幸せを生来、感じたことはございません。すべてが無であり、すべてが私の元に、私とともにあるのです。私が考えるものを、すべて生み出すことができます。ただし、それらの幸せに酔うちに、前世のことも、多少は心配になりました。これは未練といったものではありません。私は、前世に対して、慈悲を持つべきだと感じたのでございます。踏み台にしたものを粗末にしてはならぬと、そう思ったしだいでございます。ふと、私の躰、私の首は、どうなったのだろう。もちろん、それが見たいわけではありませんが、ただ、想像するに、その見苦しい亡骸《なきがら》を、そのままにすることは、たしかに私の汚点でありましょう。浅ましいことに、首を切るまでは、そんなところまでは、まるで考えも回らず、思いも至らなかったのでございます」

「それで、ウィルを使ったのだな？」メグツシュカが軽い口調できいた。困ったものだ、という表情を浮かべている。

「おっしゃられるとおり、弁解のしようもございません。かねてより、ウィルの思考に、私は影響を与えることができました。その理由を、そのときは突き詰めて考えはいたしませんでした。しかし、首を落とし、自由を獲得した今、私は唯一の真実を摑みました。そして、ウィルの躰もまた、私という存在の一部であることを知ったのです。ただ、ウィルを支配している子供の心は、そのことを知りません。おいおい、時が来れば、この摂理を聞かせようとは考えておりますが、それには、ウィルの自我が今よりも確固たるものに成長する必要がございましょう。私はそれを待とうと思います。私とウィルは、実は同じ存在であり、融合することは容易い。しかし、神は、人を個々に分散させて生かされているのです。その導きは、生きるものの道理でございましょう。砂を混ぜるは容易ですが、これを分けることは簡単にはまいりません。それと同じことではないかと思われます。より困難なものへ、より高みへ、積み上げていくことが、我々が生きている証であり、それがすなわち、存在そのものなのでございます」

「他の者も、自分と同じだと考えたか？」メグツシュカが尋ねる。

「恐れながら申し上げますが、メグツシュカ様、私には、それは無意味でございます。他の者がどうあれ、私にはいささかの関係もございません。私と同じように、頭脳と躰が分離された者が、このイル・サン・ジャックには、もちろん何人か存在するでありましょう。私だけが特別であるとは思えませんし、また、皆が全員、このような形態であるとも、何故か考えられないのでございます。明確な理由はありませんが、私は、特別でも、また普通でもない、おそらくは、その途上のものでございましょう。何故ならば、過去に、私のように自らの首を切って試した者がおりません。私が初めてであろうと思います。これは、つまり、私が歳をとっており、また、日々砂の絵を無駄に描いていたことに起因しているかと想像いたします。しかし、同じ境遇の者がいるならば、以後、おそらくは、同じ道を選ぶ者が出ることでしょう。人間ならば、いつかは感じるものでございます。いつかは必ず、求めるものだと思われます」

「どうして、首だけでなく、凶器まで持ち去ったの？」僕はウィルに尋ねた。

「両者を運び出し、少し離れた別々の場所へ捨てさせました」ウィルの口からウィルの声で、クラウド・ライツが答える。「ところが、これらを捨てにいった、と申し述べれば、両者を同じ場所に捨てたと人は思い込みます。ウィル自身も、海に捨てた、という言葉にしたときに、そう思い込んでしまいました。探す方も、一カ所だけを探すでしょう。つまりは、凶器は、首が見つからないようにするための囮《おとり》として運ばれ、捨てられたのでございます。ウィルが証言することも、あるいはその内容も、すべては、こちらの思いのうちにございました」

「オスカも、それを真似たわけ?」僕は質問する。

「おそらくは……」ウィルは頷いた。

隣に座っているミシェルは黙って俯いている。彼女はなにも言わなかった。ウィルの躰を媒体としてクラウド・ライツが現れたように、ミシェルにもオスカが現れるのだろうか、と僕は考えていた。

「オスカには、私が今、しているようなことができるとは思えません。このようなことをなすには、ある程度の精神修養が必要でございます。しかし、彼が、私同様に、己の存在に気づいたことはまちがいありません。彼は島一番の年寄りです。長く生きていれば、それだけ自分を見つめる時間も長くなります。さらに、彼の頭脳も、このミシェルという別人格を持つ素養を有していました。これは、私もたった今、知ったことですが、メグツシュカ様はそのすべてをお見通しのことと存じます。こんなお話をしてまことに恐縮です。そろそろお暇《いとま》いたしたいと存じますが……」

## 6

ウィルは眠そうな目を開ける。今まで居眠りをしていたようだ。一方のミシェルは、ときどき顔を上げて、僕を見つめ、すぐにまた俯いてしまう。

「ミシェルは、僕の話を理解した？」僕は彼女にきいた。

ミシェルは無言で頷いた。

「オスカは、君の中に生きている。それは、君とは独立しているけれど、物理的には同じ存在なんだ、わかるね？」

「はい」ミシェルは頷く。緊張した表情ではあった。

「ありがとう。二人とも、もう下がってよろしい」メグツシュカが優しい口調で言った。

少年と女は立ち上がり、揃って一礼する。彼らは入ってきたドアの方へ向かって歩いていった。一度も振り向かなかった。僕は二人の背中をずっと目で追った。

どう処理されたのだろうか。

人間の許容力とは素晴らしく大きいものだ、と改めて感じた。どんな条件に対しても、瞬時に順応しようとする。ショックを和らげ、ときには自分の能力を制限しても、変化に対応しようとする。この機能は、他の生命、そして人工のシステムを見回しても、比類がない。

ウィルとミシェルは、躰はウォーカロンと同じ人工物であるが、おそらくは自身の中に、心が存在するという幻想を抱くだろう。思考する機能が外部にあってさえも、その幻想を頼りにするにちがいない。それは、あらゆる精神が自身の中に宿っているのに、神を外部に作り出した人間の裏返しだ。

補完するのだ。

内と外のバランスを取るために。

「オスカは、クラウド・ライツのやったことを真似たのですね?」僕はメグツシュカにきいた。

「そうね」彼女は頷く。「当然、行為の意味には気づいていたでしょう。幾つかの点で、ライツと似た条件にあったことが、オスカにそれを気づかせたといえます」

「オスカとは、もう永遠に対話はできないのですか?」

「彼がそれを望んでいないと思います」

「望んでいれば?」

「望んでいれば、道はあります」

お茶はもう冷たくなっていた。僕はそれを飲み干し、カップをソーサに戻した。入口の付近に立っているのはロイディだけで、パトリシアの姿はない。

「少し歩きましょうか?」メグツシュカが立ち上がった。

「お休みになられなくて、大丈夫ですか?」

「夜更《よふ》かし」

「では、おつき合いします」僕も立ち上がった。

メグツシュカに従って、部屋の奥へ向かった。入ってきたのとは反対の方向だ。ロイディが少し離れてついてくる。ドアが開くとき、メグツシュカが彼を振り返り、くすっと笑った。何が可笑しかったのかはわからない。

コンクリートの壁に囲まれた通路で、黄色の細い手摺が片側にだけあった。照明が点在し、明るい場所では天井のパイプラインが光っていた。工事現場か、大きな設備の機械室みたいな雰囲気で、複数の動力の音がシンクロして低く唸っている。

金属製のドアを開けて入り、今度は一変して居住空間らしい内装になった。通路を奥へ進み、突き当たりがエレベータだった。僕たち三人はそれに乗って上昇した。

「クラウド・ライツは、あの日、僕を見て、それで決心がついたと、そんな話をしていましたけれど、あれは、どういうことだったんでしょう？」

「わかりません」メグツシュカは首をふった。「あなたを一見しただけで、分離型の新人類だと見抜けるとは考えられない。物理的には説明できません」

「周波数帯が近ければ……」

「無理ね。信号のプロトコルは固有のものです。他人の神経に触れただけで、その人の気持ちがわかる？」

「でも、なんらかの通信が行われていることは察しがつくでしょう？」

「いいえ、そんな電磁波はいくらでもある。光も電波も、いたるところに充満しています」

「女王様に初めてお会いしたとき、僕とロイディの通信に気づかれたように思いましたが……」

「そう……」メグツシュカは視線を変える。「たしかに、あのときはなにか変だな、とは思ったわ」

「不思議ですね」

「いずれ、答が導き出せるかもしれません。科学的に説明ができないものは実在しません。今は不思議でも、いずれは明らかになります。不思議とはつまり、将来の理解への予感ですね」

エレベータが到着し、ドアが開いた。

トンネルのような殺風景な通路だった。低い雑音はさらに大きくなっている。大きな動力部が近いようだ。発電施設だろうか。それとも、イル・サン・ジャックを回転させている機構部だろうか。

「島を回転させている具体的な機構は？」歩きながら僕は尋ねる。

「回転系のメカニズムではありません。岩盤のスリットに高粘性液体を圧入し、分子振動による局所加熱によって平面状に融解層を一時形成します。それをスリップ面にして動いています」

「熱が伝わって、層厚が増した場合に垂直応力の支持に支障をきたしませんか？」

「それを避けるために、常に異なる融解層を使います。加熱し、スリップした層は、その後は自然冷却します」

「そうか、リレーするわけですね」

鉄のシャッタが横にスライドした。暗闇に照明がつく。目の前には深い溝があった。かなりの大きさだ。それが左右に続いている。

奇妙な音が近づいてきた。

やがて右のトンネルから白いチューブ状のものが現れ、僕たちの前で停まった。空気音とともに、側面が跳ね上がり、ハッチが開いた形になる。乗りもののようだ。遊園地のコースタくらいの大きさで、僕のクルマよりも小さい。

メグツシュカが頭を下げて乗り込み、中のシートに腰掛けた。

「いつもは一人で乗るの」彼女は手招きをする。「ちょっと窮屈かもしれないけれど、どうぞ。ロイディは、悪いわね、後ろの荷物室に」

僕はメグツシュカの横に座った。振り返るとシートの後ろに空間があって、ロイディはそこに乗り込み、横向きに床に脚を伸ばして座った。

「摑まっているんだよ、ロイディ」僕はアドバイスする。

「了解。これは試練か？」彼が無表情で言った。

ハッチが閉まると、意外なほど静かに、それはスタートした。

緩やかに左へカーブしたトンネルの中を走る。

「あの……、デボウ・スホに連絡をとったりなさるのですか？」

「いいえ。彼女は、私が生きているとは思っていません」

「ああ、やっぱり、そうか……」僕は頷く。「では、もし、もう一度彼女に会うことがあっても、あなたにお会いしたことは黙っていた方が良いですね？」

「どちらでも、かまいません。それは、あなたの問題です」

トンネルを抜けて明るい場所に出た。

短いプラットホームのような場所に停車する。僕たちはカプセルを降りた。

ホームの両端は黒い鉄の扉。中央には銀色の両開きの扉があった。メグツシュカが、そのドアをボタンで開ける。エレベータのようだ。ロイディは、カプセルから降りるのに手間取っていたが、駆け足で乗り込んできた。

ドアが閉まり、上昇する加速度を感じる。

すぐに停止した。ドアが開くと、建物の中。

古い内装で、木の床、それに漆喰の壁、窓のガラスは曇っている。普通の住宅だろうか。メグツシュカは黙って部屋のドアを開けて通路に出た。階段が二階へ続いている。誰かが今にも下りてきそうな雰囲気だ。玄関のドアを開けて外へ出る。

海の匂いがした。

月明かりの下、前方へ向けて傾斜する草原。

その先に海が見下ろせた。

「海だ」僕は思わず口にした。「水がある」

7

見間違いかと思った。しかし、僕はゴーグルをかけている。水であることはわかった。イル・サン・ジャックの周囲が、また海になっていたのだ。

ついさきほど、僕は水のない砂地に立っていた。そこで、シャルル・ドリィと戦ったはず。

しかし、簡単なことだ。

岸から離れたところで堤防を建設し、この近辺の海を囲う。そして、海水が抜かれた。それが、僕が眠っている間に行われたトリック。今はその反対で、単に海水を入れただけのこと。潮の満ち引きと同じで、音もなく短時間に難なくできるだろう。

見えている海面はまだ低い。浅瀬がずっと続いているにちがいない。僕はあえて、メグツシュカにきかなかった。彼女も海のことなど話したくはないだろう。

振り返ると、ずっと高いところにそびえるモン・ロゼの塔が見えた。ゴーグルをズームにして、僕はその屋根の上に作られた天使の像に注目した。肩から翼がはえている。頭にはヘルメットを被っていた。人間の姿をしているという点でしか、僕との共通点はないように思えた。

メグツシュカは草原を下っていく。僕も彼女について歩いた。

冷たい風が下から吹く。

メグツシュカの髪が流れる。

僕が見ると、彼女も僕を見た。

草原の端はコンクリートの堤防。これが島の外周。

「ずっと、ここにいるのですか？」僕はつまらない質問をした。

「そうね」メグツシュカは頷く。「私の躰のことをきいているのならば」

「できたら、躰と一緒に行動した方が良い」僕は微笑んだ。

「電波が届かなくなるから？」

「頭脳も、多少の加速度刺激を必要としているかもしれません」

「そんなデータはないわ」メグツシュカは笑った。「あ、でも、試す価値はあるかしら」

「あると思います」僕は頷く。

満月が高い。

手を伸ばせば、自分の指先よりもずっと小さい月を、何故、人間はこんなにも大きく見ることができるのだろう。

子供のときから、それが不思議だった。

今は、理解しているだろうか。

理解していても、不思議はすべては消えない。

影になるだけで、不思議の形は残っているように思う。

「この街の人々のうち、現在はどれくらいが、分離されているのですか？」

「その数字に意味はない」メグツシュカは首をふる。「そうでなければなりません。いずれは、世界の全人口の何割がウォーカロンか、人間の躰のうち何パーセントが人造か、人格のうち何人が直系のボディを持つのか、そういった問がすべて、無意味なものになるでしょう」

「イザベルとケンが、シビを出ていくと話しています。彼らから相談を受けました」

「外部の人間がここに定着するには、まだまだシビは未成熟なのです。彼らは同化するか、反発するか、いずれかしかない。しかし、刺激は常に進化のために必要なもの。あなたがここへ来たことも、イル・サン・ジャックの良い刺激となりました」

「人間はまだ進化が必要ですか？」

メグツシュカは僕を見る。片方の眉を僅かに上げ、口もとに笑みを浮かべる。

「そうね。それは、人間が必要か、という問と同じ」

「人間は、必要ですか？」

「必要なものであってほしい」メグツシュカは答える。「願うという行為は、なにかが必要だと信じることです」

彼女の手を取り、僕はそこに接吻した。

「もう、行きます」僕は言う。「女王様、ありがとうございました。おやすみなさい」

「お互いに、楽しい夢を」

「明日の夕刻、ここを発ちます。明日は、お会いできますか？」

「いいえ」彼女は首をふった。「私はしばらく眠ろうと思います。いろいろな仕事が片づきましたので」

「僕と、こうして話すのも、仕事でしたか？」

「そうよ……。ここの女王としての大切な仕事の一つです」

その手を離す。

メグツシュカの手は、そのまま握られ、彼女の胸へ行く。

白い肌に、銀色のクロスが光っている。

いつか見たことのある形だった。ケンが、僕にくれた鉄のクロス。その型を使って作った銀の造形が、彼女の胸に飾られている。

僕は、黙っていた。

彼女には、その曇りない銀の輝きが相応しい。僕には、錆びついた鉄のクロスが似合っている。

「どうか、しましたか？」

「いいえ、なにも」僕は首をふり、微笑んだ。

彼女にも、知らないことがある、それが少し嬉しかった。

「おかしな人ですね」メグツシュカも微笑んだ。

真っ直ぐに、僕を見据える青い目は、しばらくの間、時間を失っていた。僕は、宇宙がどこにあるのか、という銀色の連想と、もっと足許への錆びついた愛着を同時に感じて、困惑の旅をする。

一瞬。

瞬き。

彼女の視線が薄れ、

僕も諦めた。

「さようなら」メグツシュカは言った。「サエバ・ミチル」

「さようなら、女王様」

「私の望みは……」

彼女の言葉は珍しく、そこで途切れた。

「え？　何でしょうか？」

「あなたに、生きていてほしい」彼女はそう言うと、顔を横に向けて、海を見た。

僕も海を見た。

生きていてほしい？

「何故？」

それは、彼女の思考からは遠く離れた言葉のように、思えた。

すぐには飲み込めなかった。

メグツシュカは数秒間目を閉じて、

なにかを押し留めている様子だったけれど、

やがて、

普段の彼女の表情を取り戻す。

一瞬。

瞬き。

自然のすべてが、彼女の瞬きに発しているように。

こちらを向いてくれる。

もう一度こちらを見つめてくれる。

その期待は、叶《かな》わなかった。

「生きている、とは、何ですか？」僕は未練がましい質問をした。

彼女は答えない。

まだ海を見ている。

僕も海を見たけれど、
しかし、そこに答はなかった。

「生きているのと、そうでないのと、両者の違いはどこにありますか？」僕はきき直した。

「そうね……」メグツシュカは横を見たまま静かに答える。「あなたが生きていれば、あなた以外の誰かが、あなたに会いたいと思う。他人に、そう思わせるキーワードが、生きているということかしら」

「キーワード？」

「呪文といっても良いわ」

「呪文？」

「そう。離れている人に、魔法をかける。その人に会えるためのキーワードです」

「そうか……。デボウも、生きているんですね？」

「生きているわ」

「僕も、生きている」

「生きています」

「女王様は、生きていますか？」

メグツシュカは、ゆっくりと顔をこちらへ向けて、僕を見た。

「素直な子、サエバ・ミチル」彼女は微笑んだ。「私が、ここにいると思う？　私が生きていると思う？」

答えようと思った。

しかし、
彼女の片手が持ち上がり、僕の口の前で、その指が、僕の唇に、そっと触れた。

「言わないで……、ミチル」

僕は黙った。

彼女は微笑む。

「ありがとう」

# エピローグ

いとしき君が肉体と、
やさしき君がみこころを、
よそにして、けだるげな君が美を、
求むるも詮無きよ！

鐘。
どこかで、鐘が鳴っている。
高らかに、誇らしげに、軽やかに、しかし、慎《つつ》ましく。
山が見えた。高みは白い。
空は絵の具のように一色で、皺もなくぴんと張っている。
尖った屋根の塔の下、緑の庭園に、人々は集まっている。
リボンを巻いた柱の周りで、踊っている子供たち。
ここは、どこだろう?
音楽は聞こえなかったけれど、
懐かしいリズムが躰に伝わってきた。
リズムに合わせて、手を叩く。
僕は、踊っている。

両手を友達と結んでいる。
遠心力で後ろへ倒れそうなくらいだった。
両手の力で留まっている。
「ミチル」
誰かが、僕の名を呼んだ。
友達と結んでいた手を解き、僕は走りだす。
球面のように盛り上がった芝の上を駆ける。
料理を運んでいる女、火の中に薪を投げ入れる男。
僕は、テーブルの方へ走った。
椅子に座っていた女が、こちらを向いて手を広げている。
その中へ、
その白い両腕の間、彼女の胸へ、
僕は飛び込んでいく。
良い匂いがした。
そんな気がする。
懐かしい匂い。
そんな気がした。

顔を上げ、目を開けると、そこは部屋の中だった。
ベッドが奥にある。
誰もいない。
僕一人が床に座って、おもちゃで遊んでいるみたいだ。
人形もある、ぬいぐるみもある、積み木も、ブロックも。
でも、誰もいない。
僕は立ち上がって、ドアまでいく。
そこを開けてみようとしたけれど、開けられなかった。
そう、
大人しくしていなければ、
と思う。
僕は、人形なのだから。
もう一度、もとの位置に戻って、
僕は動かなくなった。
次に目を開けると、僕はベッドの上にいた。
隣に女が眠っている。
誰だろう？

白い肩と白い背中が見えた。
アキラだろうか。
それとも、
デボウだろうか。
手を伸ばして、その肩に触れる。
僅かに、震えが伝わってくる。
良かった、生きている。
僕は躰を寄せて、その肩に口づける。
息の漏れる声。
彼女は小さく掠れた声で笑いだした。
夢を見ているのだろうか。
きっと良い夢だ。
良かった、生きている。
毎朝、目が覚めるごとに、そんな心配をしたのだ。
そして、彼女が生きているときも、
彼女が生きているときも、
彼女が死んだあとも。
ずっと、そんな心配をして、僕は生きてきた。

誰か、
僕のことを、
心配してくれただろうか。
僕が、生きていることを、
心配してくれただろうか？
「ねえ、僕は、本当にお母さんの子？」
テーブルで振り返る女は、僕の頰に両手を当てて、
にっこりと微笑んだ。
人形なの？
人間なの？
生きているの？
それとも、死んでいるの？
もともと、生きていないものは、
死んだりもしない。
そうだね。
そちらの方が、心配がいらない。
「変なことを考える子」

女は笑いながら、隣の男を見た。
男は僕を睨んでいた。
それから、女の首筋にキスをする。
ベッドでもないのに。
「血かな」男は呟いた。
血？
血って、何だろう？
人形にも、ぬいぐるみにも、積み木にも、ブロックにも、ないものだ。
ベッドの女が振り返る。
僕に両手を回して、抱きついてくる。
彼女の息。
「ミチル」
僕も彼女に腕を回した。
愛されたい？
それとも、愛したい？
どちらでもいい。

彼女が死んでしまうまえに、
彼女の眼球が破裂するまえに、
彼女の喉から血が溢れ出るまえに。
血って、何だろう。
「ミチル」
お願いだから、
そのまえに、
死んでしまうまえに……。
「ミチル」
僕は目を覚ました。
ロイディの顔が目の前にあった。
もう一度目を瞑る。
夢の続きが見たかった。
あんなに恐ろしい夢でも、
震えるほど恐ろしい夢でも、
そこでしか会えないのだから……。
でも、

もう、なにも見えない。
彼女の姿は、そこにはなかった。
匂いも、もう思い出せない。
もう一度目を開き、その小さな現実の穴へ、僕は飛び込む。
それは磨りガラスについた一粒の水滴。
そこからだけ、向こう側が見える。
それが現実だ。
起きているときだけ、僕は現実という夢を、我慢して見る。
「おはよう」僕は不機嫌な声で言った。
「夢を見たか？」ロイディがきく。
「夢が何だかも知らないくせに」僕はロイディと反対の方向へ躰を向ける。
ロイディはなにも言い返さない。優しいんだ、本当に。
本当は知っていても、知らないことにしてくれる。
「何時？」僕はきいた。
「十二時四十分」
僕は振り返る。
「十二時？」

「十二時四十分」

飛び起きた。

「何時間寝ていた？」

「十時間と三十分」

「ああ、良かった」僕は溜息をつく。「何日も寝たかと思った」

窓を見る。たしかに太陽は高そうだ。でも、向きは変わらない。

「どうも、ここにいると、時間の感覚が麻痺するよね」

僕はベッドから足を下ろした。

「麻痺しているとは思えない。いつもどおりのミチルだ」

「起こしてくれたら良いのに」僕はロイディを睨む。「起こした、と言いたいんだね？」

ロイディは無言で頷き、肩を竦める仕草。この頃、本当に堂に入っている。

「まず、シャワーを浴びて……、あ、荷物をまとめないと」

「それは済ませた」

「クルマは？」

「駐車場まで来させた。ケンが、クルマの後ろにトレーラを連結している」

「ああ、そうか」僕は頷いた。

僕がバスルームにいる間に、イザベルが来たようだった。戻ると、ポットに入ったお茶がサイドテーブルに置かれていた。ロイディの姿はない。荷物を運んでいるのだろう。

服を着て、お茶をカップに入れていると、ドアがノックされた。

「どうぞ」僕はベッドに座ったまま応える。

ドアを開けたのは、パトリシアだった。

「あれ、君か」

「サエバ・ミチル様、失礼いたします」彼女はドアを閉めてから頭を下げた。

「ロイディはいないよ。下にいなかった？」

「いいえ……」

「じゃあ、ゲートの外。クルマのところだよ、きっと」

「いいえ、私はロイディに会うために来たのではありません。サエバ・ミチル様、どうか……」

「いいよ、そんな丁寧な言葉遣いしなくても。何？」

「メグツシュカ様に命じられました。サエバ様に仕えるようにと」

「使える？」

「お仕えする、という意味です」

「ああ……」僕は笑った。「そんな必要ないよ、僕にはロイディがいるから」

「お邪魔でしょうか？」

「いや、邪魔ってことはないけれど……。何のために？」

「サエバ様を、お守りするように命じられました」

「どうして？」

「その理由は私には必要ありません」

「うーん、僕には、どうして守ってもらえるのかっていう理由が必要だよ」

「メグツシュカ様の厚意かと」

「厚意？」

「思いやり、あるいは、親切な心、という意味です」

「そんなことわかってるよ」

「失礼いたしました」パトリシアは頭を下げる。「出しゃばった真似をいたしました。どうかお許し下さい」

「だからさ、まず、その丁寧なものの言い方をやめて」

「わかった」パトリシアは頷いた。「これで良いか？」

「そうそう。そういえば、ロイディには、そんなふうに話していた」

「ロイディは人間ではない」

「僕は人間？」

「そう。それくらい知らないのか？」

「はいはい」僕は笑った。

「私が、ミチルのために働くことを承知してほしい」

「そうね……」僕は考えた。「エナジィ代がかかるけれど、まあ、それくらいは良いよ」

「それは自分のクレジットで賄《まかな》える。経済的な負担はない」

「押し掛け女房みたい」

「押し掛け女房？　何だそれは？」

「あ、そうだ。クルマが二人乗りなんだ。ケンのトレーラに乗るのはまずいし。あつあつの二人だからね」

「あつあつ？　何だそれは？」

「やっぱり、乗れないよ。諦めて、パトリシア」

「私は、トランクの中でスリープしている。ロイディよりもずっとコンパクトに収納できる。私の体重は彼の半分しかない。運動能力は推定だが、彼の二倍はある。ミチルを守る目的に関しては彼より適している」

「それは、わかった」僕は頷いた。「困ったなあ……」

とにかくお茶を飲むことにする。カップに注ぎ入れ、不思議な香りを楽しんだ。少しお腹が空いてくる。なにかを食べてから出かけた方が良いかもしれない。

ドアの前にパトリシアがずっと立っていた。黙って僕を見つめている。

「やっぱり、連れてはいけないよ。悪いけれど、モン・ロゼに帰って」僕は言った。

「それはできない」パトリシアは首をふった。「メグツシュカは、ミチルは必ず断るが、絶対にそれをきくな、と私に命じたのだ」

「でもさ、僕に仕えるんでしょう？　だったら、僕の命令をきくのが道理じゃない？」

「違う。私にはメグツシュカの命令が上位だ」

「あそう」僕は頷く。「なんか、面白くない、それ」

「おもしろくない？」パトリシアは首を傾げる。「意味がわからない。もともと、面白い面白くないという問題ではない」

「わからなくてもいいの」

「わからなくてもいいとは、内緒あるいは秘密という意味か？」

「まあ、そんなところだね」

「私が、ミチルに仕える理由の二つ目は……」

「二つ目があるの？」

「ある」パトリシアは眉をつり上げて恐い顔になる。「ミチルと会話をして、新たな回路を構築しろ、とメグツシュカに指示された。私には現在、その具体的な目標、あるいは正確な意図は理解できない」

「わからなくていいの」

「内緒か？」

「まあ、そんなところだね」

僕はお茶を飲む。

ドアが開き、ロイディが戻ってきた。

「クルマとトレーラの用意はできた」ロイディが僕に報告した。「ケンとイザベルは、下で、食事をすると話している。ミチルを呼ぶように言われた」

「あ、グッド・タイミング」僕は立ち上がった。

「パトリシアは何の用で？」ロイディが彼女を見た。

「本人にきいて」僕はドアへ歩き、部屋を出るときに二人を振り返った。「二人でちょっと話してみて。決めていいから」

「何を？」ロイディは言う。

僕はドアを閉めた。

一階の食堂で食事をする間、ケンとイザベルの話を聞いた。二人とも、楽しそうだったから、僕も嬉しかった。ここから一時間ほどの街まで、僕のクルマが彼らのトレーラを牽引する、そこでケンはクルマを買うと話した。既にその手続きを済ませているようだった。

部屋に戻ると、窓際にロイディ、ドアの横にパトリシアが立っていた。

「どうして、そんなに離れて立っているの？」僕はきいた。

「立つ位置に意味はない」ロイディが答える。

「話はついた？」

「私たちが決める問題ではない」ロイディが首を一度だけふる。

「私たちには、その権利がない」パトリシアが言った。

「しょうがない、さあ、もうそろそろ行こう」

僕たちは、イザベルの宿屋を出て、駐車場のクルマまで歩いた。イザベルとケンが最後の荷物をトレーラに積み込んでいる。十人ほどの野次馬が集まっている。カイリスが来ていて、二人を手伝っていた。

「サエバ・ミチル」彼は僕に片手を差し出した。もちろん、仮面とプロテクタのカイリスだ。

「短い間だったね」僕はジョークを言った。

次にジャンネが僕の前にやってきた。彼女は両手を僕に回して抱きついた。

「また、会えるといいのに」彼女は小声で言った。

「いつだって」僕は答える。

生きていればね、という言葉は飲み込んだ。

僕は機嫌が良いようだ。

「ロイディ」ジャンネは彼にも抱きついた。

パトリシアが、クルマのトランクに乗り込もうとしている。膝を抱えて縮こまった格好だ。

「本当に、大丈夫？」そちらへ行き、僕は尋ねる。

「ハッチを閉めて下さい。大丈夫」

「ホテルに着いたら、すぐに下ろしてあげるから」

「ありがとう」

僕はトランクのハッチを閉めた。

ケンとイザベルがトレーラに乗り込むのを確認して、ロイディと僕はクルマのシートに座った。

エンジンをかけ、全システムをセットする。

「そうか、運転するの、一年ぶりなんだ」僕は呟く。

なんとなく、ポケットの中を探したら、小さな石ころを指が見つける。取り出すと、それはガラスの破片だった。

「ほら、ロイディ」僕はそれを隣の彼に見せた。

「曼陀羅の中から拾った証拠品だ」ロイディは真面目な顔で言った。

「結局、残っている思い出って、こんなもんだね」

「どんなものだ?」

「どうでもいい、つまらないものってこと」

「そのたった一つの事例から展開する一般的傾向とは思えないが」

クルマはゆっくりと動き始める。トレーラを引く分、いつもよりも僅かに加速が遅れた。カイリスとジャンネが手をふっていた。

堤防へ渡る橋は、既に下りている。まだかなり右手にあった。その橋が使えるのは、数時間しかない。

橋を渡り、堤防の道路にのった。

バックカメラが映すモン・ロゼ、そして、イル・サン・ジャックがどんどん小さくなっていく。

右も左も、海。

ここへ来たときと同じ。

同じ道だ。

「来たときは二人だったのに、帰りは、五人？」僕は言う。

「たぶん、五人」ロイディが答えた。

彼も進化しているようだ。

太陽の光が当たって、車内は暖かかった。

「ロイディ、運転替わって。ずっと一本道だから」

「一本道だから？」

僕は欠伸《あくび》をする。

「ちょっと眠くなっちゃった」

「また寝るのか？」

# 解説

綿矢りさ（作家）

夢から覚めたつもりの夢を見ると、いつも負荷がかかり、目覚めると躰《からだ》がだるい。例えばこんな具合に。

悪夢の中で恐ろしい奴《やつ》に追いかけられている、逃れたい、目覚めたいと必死で願っていると舞台は変わり、自分の布団《ふとん》のなかで目覚めている。さっきのが夢で良かったなぁと思いながら日常の生活を始めるが、どこか少しずつ食い違う、朝ごはんの味がしなかったり、昔住んでいた家で歯を磨いていたり。

そして、はっと〝これも夢だ！〟と気づきぞっとしたところで、本当に目覚める。するとただ夢を見た時よりも躰がぐったり疲れているのだ。金縛りもそうだが、勘違いしていた意識が自分の肉体に戻ってくると、重力の違う世界を旅してきたかのように疲労している。

例えば、箱の中に一回り小さい箱。その箱を開けるとまた箱、開けるとまた……。

合わせ鏡に映る無限の笑顔。商品の缶を持つ女、缶のパッケージには同じ女が同じ商品の缶を持った姿が描かれ、そのパッケージのなかの女の持つ缶にはまた同じ女と缶が……。思わず、解き放ってくれ！　と叫びたくなるが、これも起きたつもりの夢にかかる負荷に近い。

『迷宮百年の睡魔』を読んでいると、私はそんな感覚を思い出した。

『女王の百年密室』の続編であるこの『迷宮百年の睡魔』は、前作と同様、主人公ミチルとその相棒ロイディが活躍する物語だ。舞台はテクノロジィの発達した近未来。百年間、世界との交流を拒絶した島イル・サン・ジャックを訪れたミチルとロイディは、犯人不明の殺人事件に遭遇する。ミチルは島の絶対的な支配者である女王メグツシュカと問答を繰り返しながら、また恋人アキラを失った悲しみを忘れられない自らと向き合いながら、事件の真相に迫る——。

密室殺人を追う推理小説なのだが、各章の冒頭に掲げられているボードレールの詩に呼応して進むストーリーは、殺人の生々しささえ感じさせず、神々《こうごう》しい。

このように本書は様々な要素を持つ物語なのだが、私はその中でもミチルの視線について話したい。

　この物語はミチルの一人称で綴《つづ》られているので、ミチルの視線イコール文体だ。ミチルはビデオカメラのように自在に視線を操ることのできるゴーグルを装備しているため、目の動きが特殊だ。

　どんな風かと言うと、まず、視界はとてもクリア。度数の高いコンタクトレンズを装着した時のように、見えすぎてくらくらする。そのため〝壁の高さ三メートル、幅は五メートルほど〟といった風にどんな感じの建物かというより数値で正確に表すのを重視した、設計図を描いていくような背景描写になる。また突然のズームアップも可能で一瞬をコマ送りして見る。リプレイまでできる。ロイディの視《み》た映像を転送してもらうことまで可能だ。

　このような文体は、長く読み続けていると、恐ろしいほど非現実的な感覚へと読者を導く。

　特に主人公ミチルがロイディと視野を共有しながら行動するシーンを読んでいる時の、生理的な違和感は著しい。世界が揺らぎ、負荷がかかる。「夢から覚めたつもりの夢」の感覚になる。

　ロイディとミチルは通信で現実的な会話を交わし、思考も普段と変わらないくらい明晰《めいせき》なので、彼らの見ている世界を想像しながら彼らに追いつくには読むスピードを半分くらい落とさなければならないほどだ。

普通の夢もそうだが、夢から覚めたつもりの夢にも、触覚や味覚などの鮮やかさが無い。ひたすら視覚が優位な世界だ。ミチルもロイディと同じ場所を見ることはできるが、その場の空気を感じることはできない。

「躰がそこに無い」ことも非現実的な感覚の一つだ。ミチルは普段でも、女王メグツシュカ曰《いわ》く「自分の肉体を諦《あきら》めている」ため、自分の躰を他人の物のように眺める。アキラが息絶えるシーンを思い出している時のミチルは、苦しみ、死に急ぎたがり、まるで自分の肉体が滅びるのを心待ちにしているようだ。しかし泣いているときでさえ〝僕の躰が泣いているのだろうか。僕の精神が泣いているのだろうか〟と考える。視線と躰の遊離の苦しさは読んでいて伝わってくる。

メグツシュカはミチルに「あなたの躰と、あなたの視線は、まるで統制がとれていない」と指摘する。この言葉は殺人事件のトリックにも関係が深い。

非現実的な世界を想像させる描写は、不思議の国や未来の国が舞台の物語に数多く披露されている。しかし読むと感覚まで非現実的になる小説を私は初めて読んだ。

私はミステリをよく読むが、犯人を当てることはできないし、下手をすれば主人公のしてくれるトリックの説明部分も難しくて理解できない。それでも読みたいと強く思うのは、個性的な登場人物や舞台設定、事件が起こるときの緊迫感に魅《ひ》きつけられるからだ。

森さんのミステリを読むときはもう一つとても楽しめることがある。それは会話戦だ。犀川《さいかわ》&萌絵《もえ》シリーズでもよく見られるが、二人の聡明《そうめい》な人間が勝ち負けではなく犯人解明を目指し、相手の目にある知性の光を見つめながらウィットをふまえて進んでいく簡潔な会話は、迫力がある。

本書ではミチルと女王メグツシュカの会話がそれに当たる。光より速いミチルの思考の疾走の様を追い、ミチルの奇抜に思える言葉がメグツシュカの返答によって核心を突いているのだと知ると心躍る。

メグツシュカは造り物のような容姿でありながら、発するオーラは冷たく恐ろしく、ブリザードという言葉を連想させる人物だ。私にとっては、彼女は登場人物たちのなかで最も鮮やかに浮かび上がってくる。それは彼女の持つ魅力のせいだろう。彼女の微笑《ほほえ》み、発する言葉全てに威厳がある。〝女王〟という言葉を耳にする時には、私はまず彼女の姿を思い浮かべるだろう。

この物語は三部作だそうだ。次の最終作では、ミチルの抱える矛盾は、また苦しみは解き放たれるのだろうか。

（二〇〇五年四月）

# 森博嗣著作リスト

（二〇一七年二月現在、講談社刊。＊は講談社文庫に収録予定）

## ◎S&Mシリーズ

すべてがFになる／冷たい密室と博士たち／笑わない数学者／詩的私的ジャック／封印再度／幻惑の死と使途／夏のレプリカ／今はもうない／数奇にして模型／有限と微小のパン

## ◎Vシリーズ

黒猫の三角／人形式モナリザ／月は幽咽のデバイス／夢・出逢い・魔性／魔剣天翔／恋恋蓮歩の演習／六人の超音波科学者／捩れ屋敷の利鈍／朽ちる散る落ちる／赤緑黒白

## ◎四季シリーズ

四季　春／四季　夏／四季　秋／四季　冬

## ◎Gシリーズ

φ《ファイ》は壊れたね／θ《シータ》は遊んでくれたよ／τ《タウ》になるまで待って／ε《イプシロン》に誓って／λ《ラムダ》に歯がない／

η《イータ》なのに夢のよう／目薬α《アルファ》で殺菌します／ジグβ《ベータ》は神ですか／キウイγ《ガンマ》は時計仕掛け／χ《カイ》の悲劇（＊）

◎Xシリーズ
イナイ×イナイ／キラレ×キラレ／タカイ×タカイ／ムカシ×ムカシ（＊）／サイタ×サイタ（＊）

◎百年シリーズ
女王の百年密室／**迷宮百年の睡魔**（本書）／赤目姫の潮解

◎Wシリーズ（すべて講談社タイガ）
彼女は一人で歩くのか？／魔法の色を知っているか？／風は青海を渡るのか？／デボラ、眠っているのか？／私たちは生きているのか？（二〇一七年二月刊行予定）

◎短編集
まどろみ消去／地球儀のスライス／今夜はパラシュート博物館へ／虚空の逆マトリクス／

## ◎シリーズ外の小説



## ◎クリームシリーズ（エッセイ）



## ◎その他

☆詳しくは、ホームページ「森博嗣の浮遊工作室」を参照
(https://www.ne.jp/asahi/beat/non/mori/)
（２０２０年11月より、ＵＲＬが新しくなりました）

この作品は二〇〇三年六月新潮社より単行本が刊行され、二〇〇四年三月に幻冬舎ノベルス、二〇〇五年六月に新潮文庫に収録されました。

|著者|森 博嗣　作家、工学博士。1957年12月生まれ。名古屋大学工学部助教授として勤務するかたわら、1996年に『すべてがFになる』（講談社）で第1回メフィスト賞を受賞しデビュー。以後、続々と作品を発表し、人気を博している。小説に『スカイ・クロラ』シリーズ、『ヴォイド・シェイパ』シリーズ（ともに中央公論新社）、『相田家のグッドバイ』（幻冬舎）、『喜嶋先生の静かな世界』（講談社）など、小説のほかに、『自由をつくる 自在に生きる』（集英社新書）、『孤独の価値』（幻冬舎新書）などの多数の著作がある。2010年には、Amazon.co.jpの10周年記念で殿堂入り著者に選ばれた。ホームページは、「森博嗣の浮遊工作室」（https://www.ne.jp/asahi/beat/non/mori/）。

迷宮百年《めいきゅうひゃくねん》の睡魔《すいま》　LABYRINTH IN ARM OF MORPHEUS

森《もり》 博嗣《ひろし》



講談社文庫

定価はカバーに表示してあります

2017年2月15日第1刷発行
2023年11月24日第3刷発行

発行者——髙橋明男
発行所——株式会社 講談社
東京都文京区音羽2-12-21　〒112-8001
電話 出版（03）5395-3510
　　 販売（03）5395-5817
　　 業務（03）5395-3615

KODANSHA

デザイン—菊地信義
本文データ制作—講談社デジタル製作
印刷———株式会社KPSプロダクツ
製本———株式会社KPSプロダクツ

Printed in Japan



ISBN978-4-06-293607-1

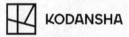

# 講談社文庫刊行の辞

二十一世紀の到来を目睫に望みながら、われわれはいま、人類史上かつて例を見ない巨大な転換期をむかえようとしている。

世界も、日本も、激動の予兆に対する期待とおののきを内に蔵して、未知の時代に歩み入ろうとしている。このときにあたり、創業の人野間清治の「ナショナル・エデュケイター」への志を現代に甦らせようと意図して、われわれはここに古今の文芸作品はいうまでもなく、ひろく人文・社会・自然の諸科学から東西の名著を網羅する、新しい綜合文庫の発刊を決意した。

激動の転換期はまた断絶の時代である。われわれは戦後二十五年間の出版文化のありかたへの深い反省をこめて、この断絶の時代にあえて人間的な持続を求めようとする。いたずらに浮薄な商業主義のあだ花を追い求めることなく、長期にわたって良書に生命をあたえようとつとめるところにしか、今後の出版文化の真の繁栄はあり得ないと信じるからである。

同時にわれわれはこの綜合文庫の刊行を通じて、人文・社会・自然の諸科学が、結局人間の学にほかならないことを立証しようと願っている。かつて知識とは、「汝自身を知る」ことにつきていた。現代社会の瑣末な情報の氾濫のなかから、力強い知識の源泉を掘り起し、技術文明のただなかに、生きた人間の姿を復活させること。それこそわれわれの切なる希求である。

われわれは権威に盲従せず、俗流に媚びることなく、渾然一体となって日本の「草の根」をかたちづくる若く新しい世代の人々に、心をこめてこの新しい綜合文庫をおくり届けたい。それは知識の泉であるとともに感受性のふるさとであり、もっとも有機的に組織され、社会に開かれた万人のための大学をめざしている。大方の支援と協力を衷心より切望してやまない。

一九七一年七月

野間省一

村上春樹／佐々木マキ絵　ふしぎな図書館
村上春樹／糸井重里　夢で会いましょう
村上春樹・文／安西水丸・絵　ふわふわ
U・K・ル＝グウィン／村上春樹訳　空飛び猫
U・K・ル＝グウィン／村上春樹訳　帰ってきた空飛び猫
U・K・ル＝グウィン／村上春樹訳　素晴らしいアレキサンダーと、空飛び猫たち
U・K・ル＝グウィン／村上春樹訳　空を駆けるジェーン
T・ファリッシュ著／B・ルート絵／村上春樹訳　ポテト・スープが大好きな猫
村山由佳　天翔る
睦月影郎　密通妻
睦月影郎　快楽アクアリウム
向井万起男　渡る世間は「数字」だらけ
村田沙耶香　授乳
村田沙耶香　マウス
村田沙耶香　星が吸う水
村田沙耶香　殺人出産
村瀬秀信　気がつけばチェーン店ばかりでメシを食べている
村瀬秀信　それでも気がつけばチェーン店ばかりでメシを食べている
村瀬秀信　地方に行っても気がつけばチェーン店ばかりでメシを食べている

虫眼鏡　東海オンエアの動画が6.4倍楽しくなる本〈虫眼鏡の概要欄　クロニクル〉
森村誠一　悪道
森村誠一　悪道　西国謀反
森村誠一　悪道　御三家の刺客
森村誠一　悪道　五右衛門の復讐
森村誠一　悪道　最後の密命
森村誠一　ねこの証明
毛利恒之　月光の夏
森博嗣　すべてがFになる〈THE PERFECT INSIDER〉
森博嗣　冷たい密室と博士たち〈DOCTORS IN ISOLATED ROOM〉
森博嗣　笑わない数学者〈MATHEMATICAL GOODBYE〉
森博嗣　詩的私的ジャック〈JACK THE POETICAL PRIVATE〉
森博嗣　封印再度〈WHO INSIDE〉
森博嗣　幻惑の死と使途〈ILLUSION ACTS LIKE MAGIC〉
森博嗣　夏のレプリカ〈REPLACEABLE SUMMER〉
森博嗣　今はもうない〈SWITCH BACK〉
森博嗣　数奇にして模型〈NUMERICAL MODELS〉
森博嗣　有限と微小のパン〈THE PERFECT OUTSIDER〉
森博嗣　黒猫の三角〈Delta in the Darkness〉

森博嗣　人形式モナリザ〈Shape of Things Human〉
森博嗣　月は幽咽のデバイス〈The Sound Walks When the Moon Talks〉
森博嗣　夢・出逢い・魔性〈You May Die in My Show〉
森博嗣　魔剣天翔〈Cockpit on knife Edge〉
森博嗣　恋恋蓮歩の演習〈A Sea of Deceits〉
森博嗣　六人の超音波科学者〈Six Supersonic Scientists〉
森博嗣　捩れ屋敷の利鈍〈The Riddle in Torsional Nest〉
森博嗣　朽ちる散る落ちる〈Rot off and Drop away〉
森博嗣　赤緑黒白〈Red Green Black and White〉
森博嗣　四季　春～冬
森博嗣　φ《ファイ》は壊れたね〈PATH CONNECTED φ BROKE〉
森博嗣　θ《シータ》は遊んでくれたよ〈ANOTHER PLAYMATE θ〉
森博嗣　τ《タウ》になるまで待って〈PLEASE STAY UNTIL τ〉
森博嗣　ε《イプシロン》に誓って〈SWEARING ON SOLEMN ε〉
森博嗣　λ《ラムダ》に歯がない〈λ HAS NO TEETH〉
森博嗣　η《イータ》なのに夢のよう〈DREAMILY IN SPITE OF η〉
森博嗣　目薬α《アルファ》で殺菌します〈DISINFECTANT α FOR THE EYES〉
森博嗣　ジグβ《ベータ》は神ですか〈JIG β KNOWS HEAVEN〉
森博嗣　キウイγ《ガンマ》は時計仕掛け〈KIWI γ IN CLOCKWORK〉

# 講談社文庫 目録

# 講談社文庫　目録

山本周五郎　戦国物語 信長と家康〈山本周五郎コレクション〉
山本周五郎　幕末物語 失蝶記〈山本周五郎コレクション〉
山本周五郎　逃亡記 時代ミステリ傑作選〈山本周五郎コレクション〉
山本周五郎　家族物語 おもかげ抄〈山本周五郎コレクション〉
山本周五郎　繁《しげ》あね〈美しい女たちの物語〉
山本周五郎　雨あがる〈映画化作品集〉
柳田理科雄　スター・ウォーズ 空想科学読本
柳田理科雄　MARVEL マーベル空想科学読本
靖子靖史　空《くう》色《しき》カンバス〈瑞空寺《ずいくうじ》凸凹《でこぼこ》縁起《えんぎ》〉
安本由佳・山本理沙　不機嫌な婚活
山中伸弥・平尾誠二・惠子　友情〈平尾誠二と山中伸弥「最後の約束」〉
山手樹一郎　夢介千両みやげ(上)(下)〈完全版〉
山口仲美　すらすら読める枕草子
夢枕獏　大江戸釣客伝(上)(下)
夢枕獏　大江《おおえ》戸《ど》火《か》龍《りゅう》改《あらため》
唯川恵　雨心中
行成薫　ヒーローの選択
行成薫　バイバイ・バディ
行成薫　スパイの妻

行成薫　さよなら日和
柚月裕子　合理的にあり得ない〈上水流《かみづる》涼子《りょうこ》の解明〉
夕木春央　絞《こう》首《しゅ》商《しょう》會《かい》
夕木春央　サーカスから来た執達吏
吉村昭　私の好きな悪い癖
吉村昭　吉村昭の平家物語
吉村昭　暁の旅人
吉村昭　新装版 白い航跡(上)(下)
吉村昭　新装版 海も暮れきる
吉村昭　新装版 間宮林蔵
吉村昭　新装版 赤い人
吉村昭　新装版 落日の宴(上)(下)
吉村昭　白い遠景
横尾忠則　言葉を離れる
与那原恵　わたぶんぶん〈わたしの「料理沖縄物語」〉
米原万里　ロシアは今日も荒れ模様
横山秀夫　半落ち
横山秀夫　出口のない海
吉田修一　日曜日たち

吉本隆明　真贋
吉本隆明　フランシス子へ
横関大　再会
横関大　グッバイ・ヒーロー
横関大　チェインギャングは忘れない
横関大　沈黙のエール
横関大　ルパンの娘
横関大　ルパンの帰還
横関大　ホームズの娘
横関大　ルパンの星
横関大　スマイルメイカー
横関大　K2〈池袋署刑事課 神崎・黒木〉
横関大　帰ってきたK2〈池袋署刑事課 神崎・黒木〉
横関大　炎上チャンピオン
横関大　ピエロがいる街
横関大　仮面の君に告ぐ
横関大　誘拐屋のエチケット
横関大　ゴースト・ポリス・ストーリー
吉川永青　裏関ヶ原

2023年 9 月 15 日現在